论中国现代作家的香港书写

——

1937-1949

——

侯桂新 著

文坛

WENTAN SHENGTAI DE YANBIAN
YU XIANDAI WENXUE DE ZHUANZHE

生态的演变

与

现代文学的转折

人民出版社

华南师范大学文学院"211"工程项目成果

鸣 谢

　　本书自构思到最终完成,曾得到众多师长热心无私的指点与帮助,在此谨向以下人士致以最诚挚的谢意:
　　许子东教授(岭南大学中文系)
　　陈顺馨博士(岭南大学文化研究系)
　　李雄溪教授(岭南大学中文系)
　　陈国球教授(香港教育学院语文学院)
　　陈惠英博士(岭南大学中文系)
　　钱理群教授(北京大学中文系)
　　洪子诚教授(北京大学中文系)
　　曹文轩教授(北京大学中文系)

目　录

序　言

许子东

中国现代作家的"香港书写",具体来说就是研究三四十年代从中国大陆到香港的一些作家的创作及文学活动。从中国现代文学研究的角度,这是另一种"租界文学"、"孤岛文学"(不仅借用空间,还和租界、岛上的文学文化发生联系)。从香港文学研究的角度看,则是较早期的"南来作家"的文学。"香港书写"在中国现代文学史上的转折意义,至今没有得到学界充分重视;但"南来作家"在香港文学史里的作用、影响,却已经很受关注甚至已被过分强调。

在香港新文学不到百年的历史上,至少有四五批"南来作家"。并不是出生在内地的香港文人均是"南来作家",三苏、西西、金庸等香港作家也在广东或江浙出生,从不会被称为"南来作家"。"南来作家"这个概念,意思是"南来"时已是"作家"(像刘以鬯那样虽然在上海也从事新文学活动,但并未怎么出名,主要成就在香港建立,故也不算"南来作家")。

五十年代以后的"南来作家",如徐訏、张爱玲、曹聚仁等,虽然也可以在广义的二十世纪中国文学进程中讨论,但他们的"香港书写"的文学史意义,与侯桂新所讨论的三四十年代的"南来作家"截然不同。如果说张爱玲、徐訏等是准备"逃离中国"的悲情文学,茅盾、夏衍等则是准备"解放中国"的革命文学。

无论在刘登瀚、袁良骏等内地学者撰写的《香港文学史》、《香港小说史》,还是在郑树森、黄继持、卢玮銮等香港、海外学者编著的香港新文学史料中,三四十年代南来作家的影响都得到很大篇幅的关注和强调——但关注的角度是不同的。刘登瀚主编的《香港文学史》认为,"内地作家的南来,对于香港新文学发展的影响是巨大的,他们以传播新思想、新文化、新文学、宣传抗日等实绩性行为,为香港正在兴起的新文学注入了新鲜的思想和艺术养料……南来作家以自己积极参与现实斗争的忧国忧民的作品,培植并影响了香港本土的青年作家,从思想和艺术两个方面,提高了香港新文学的水平。"①但黄继持等学者却认为，"（内地文人）来港后香港作家的主体性反而降低了，甚至几乎被淹没了，或者是被'边缘化'了。……香港的主体性被中国主体性取代了。……"②

侯桂新的研究没有就这些"南来作家"与本土文学的复杂关系作出太多与前人有争议的分析判断，但他在重新整理这种关系和影响的时候，引入了另一个文学史的视野：即"南来作家"怎样受到中国共产党地下组织的指挥而在香港从事文学活动，怎样有意识地展开一些在中国其他地区（解放区除外）无法展开的文学运动和文化批判，怎样运用这些文学批评（包括"方言运动"）来影响文学的政治倾向和社会效用。简而言之，1949年以后"中国当代文学"的种种意识形态策略和技巧，发轫于延安，实验于香港，后来才推广于全国——这种文学生产体制，几经演变，至今仍然存在。从这个角度看，中国现代作家的"香港书写"，实际上也是中国现代文学向当代文学的一个演习式的转折，其文学史意义值得重新评析。

正是在这个学术背景上，我很乐意看到侯桂新"越界"（从北大到岭南）的研究成果并为之写序。文学史研究，也与族群意识、性别研究或民族主义一样，纠结庐山真面目，只缘身在此山中。

2011.3.1

---

① 《香港文学史》，香港作家出版社，1997年，第77页。
② 《早期香港新文学作品选》，香港：天地图书，1998年，第24页。

第一章　绪　论

　　……现在到香港来的"外江佬"和本地的同胞，大家用不着再记忆着那地域给我们划出来的种种区别，而应当为中国的将来想，在这里共同努力树立起来中国的新文化中心。

——萨空了（1938，香港）①

　　正因为我们知识分子在新中国将担负巨大的工作，所以我们无论在思想意识方面或工作能力方面，都要感到无论如何还不够得很。

——茅盾（1948，香港）②

第一节　研究动机及目的

　　本书论述的对象是"中国现代作家的香港书写"，主要关注的是现代旅港作家——即学界所称"香港南来作家"——在香港旅居时期进行的文学书写，所要研究的核心问题是：在这一时间段，中国现代作家在其香港书写中展现了怎样的现代民族国家想像？与此紧密相关的问题则是：中国现代文学在香港发生了什么？它为香港文学带来了什么？

　　中国现代文学与香港的大规模遭遇，始于现代史上中华民族抗日战争及接踵而来的国共内战两次大型战争的爆发。受战乱影响，一批又一批内地作家为了避难或从事海外宣传，纷纷南下香港以及新加坡、马来亚、菲律宾、印度尼西亚等地，形成日后学界所称的"南来作家"现象。事实上，在整个二十世纪中国文

---

　　①　了了〔萨空了〕：《建立新文化中心》，《立报·小茶馆》，1938 年 4 月 2 日。
　　②　茅盾：《岁末杂感》，《文艺生活》总第 44 期（1948 年 12 月 25 日），第 3 页。

学史版图上，作家南下香港或南洋等地是一个持续不断而引人注目的现象，仅以香港为例，其中形成较大规模的共分五批，分别集中于抗日战争时期（代表作家有茅盾、戴望舒、萧红、许地山、叶灵凤、端木蕻良、夏衍、萧乾、徐迟等）、国共内战时期（代表作家有茅盾、郭沫若、夏衍、冯乃超、邵荃麟、周而复、袁水拍、司马文森、聂绀弩等）、中华人民共和国成立前后（代表作家有刘以鬯、曹聚仁、徐讦、徐速、李辉英、司马长风、金庸、梁羽生、倪匡等）、"文革"中及以后（代表作家有陶然、东瑞、颜纯钩、梅子、张诗剑、杨明显等），以及改革开放时期即八九十年代以后（代表作家有王璞、程乃珊、蔡益怀、黄灿然、廖伟棠等）。从时间段上看，前两个时期的南来作家规模和对当时文坛的影响最大，而从南来作家在海外的分布看，以香港最为集中，是以本书即选取前两批香港南来作家为研究对象。①

自 1937 年 7 月全面抗战爆发至 1949 年 10 月中华人民共和国成立期间，南下香港的内地知名作家超过二百人，郭沫若、茅盾、胡风、萧红、戴望舒、叶灵凤、夏衍、萧乾等都与香港有过或深或浅的关联，茅盾、戴望舒等更是多次南来，在当时的香港文坛极为活跃。据笔者初步统计，这二百多名作家中，虽然大半只属过境性质，在香港只有短暂逗留，但也有相当比例的作家由于各种原因滞留于此，居港时间较长：胡风、施蛰存等十余人长于半年，郭沫若、萧红、萧乾、穆时英、冯乃超等十余人在一年至两年之间，茅盾、夏衍、端木蕻良、邵荃麟、周而复、楼适夷、欧阳予倩、徐迟、叶君健、秦牧等二十余人在两年至三年左右，黄谷柳、林默涵、黄药眠、陈残云、司马文森、袁水拍等二十余人在三年至五年，戴望舒、许地山、叶灵凤、林焕平等则长达五年以上，有的在此长期定居乃至终老。倘若抛开"作家"的狭义定义，将南下的新闻、戏剧、电影、音乐、美术、教育等方面的专业知识人士一并纳入，更是组成了一支浩浩荡荡的文化大军，人数上千。②

这支文化大军，以其丰富多彩的文化活动，将当时的香港（沦陷时期除外。主要集中于 1938—1941、1947—1949 年间）塑造成了一个引人注目的全国性的

---

① 除了规模和影响相似，将这两批南来作家合在一起研究，还由于以下原因：其一，这两批作家南来原因相似，背景相似，主要是受战争影响，在人员上也有较大程度的重合，在文学活动和文化建设方面有较强的延续性；其二，这两批作家的南来发生在中国现代文学史上的"第三个十年"和香港新文学史的发轫期，在文学史格局中的地位相似。

② 据《中华全国文学艺术工作者代表大会纪念文集》（北京：新华书店，1950 年）统计，1949 年 7 月中华全国文学艺术工作者代表大会（第一次文代会）在北京召开，与会代表648 人，其中从香港或经香港北上的代表即超过 110 人。

"临时文化中心"。① 这一文化中心虽则是"临时"的，却不仅在当时轰轰烈烈，同时也在整个二十世纪中国（亦包括香港）文学史、文化史和思想史等方面留下了鲜明的印记。尤其是在文学史领域，一方面，南来作家群体在港创作发表了大量不同文体及风格的文学作品，不少成为流传后世的杰作，如茅盾的《腐蚀》、萧红的《呼兰河传》、许地山的《玉官》、黄谷柳的《虾球传》、戴望舒的《灾难的岁月》等，都早被公认为中国现代文学史或香港新文学史上的经典，对后来的作家产生潜移默化的影响。另一方面，南来作家在港期间开展的内容丰富的诸多文学论争，包括抗战期间的"民族形式"论争、"反新式风花雪月"论战，以及国共内战期间的文艺大众化与"方言文学"论争、对"反动文艺"的批判等，或者是全国性论争的重要组成部分，或者是香港文坛独有的理论批评活动，对中国现代文艺思想的发展进行了较深入的探索。其中发生于1948年《大众文艺丛刊》等刊物上的对"反动文艺"的批判，更是中国当代文学史上频繁发生的文艺批判运动的预演，对新文学的整体走向产生了具有决定性的影响。同时，南来作家积极引介毛泽东著作，在对毛泽东文艺思想进行权威阐释和经典化方面作出了前瞻性的贡献。

南来作家在文学史上的重要地位理应得到学界关注。对这一群体的深入研究，有益于"中国现代文学"与"香港文学"② 的完整建构，有助于丰富我们对文学史的理解。倘非如此，不管是中国现代文学缺少了它的香港环节，还是香港文学无视它的"南来"影响，我们对于文学史的想像都将残缺不全。

---

① 这既是南来文化人努力的目标，也是达到的现实结果。有学者认为，1938—1942年间，武汉陷落后，"重庆、桂林、延安、香港等城市，就都经常发挥着文化中心的作用。"见王瑶：《中国新文学史稿（下册）》（上海：上海文艺出版社，1982年），第361页。另一位文学史家则如此表述1946年后香港的文化地位："内战开始以后，由中共中央安排，在国统区的左翼文化人士和'进步作家'，先后来到香港，香港成为40年代后期的左翼文化中心。"见洪子诚：《中国当代文学史》（北京：北京大学出版社，2007年，第2版），第10页。

② 依目前惯例，本书中出现的"中国现代文学"、"香港文学"，以及"中国当代文学"、"二十世纪中国文学"等概念，如无特别说明，均指各自范畴中的"新文学"，即以现代白话为载体写就的文学。与之类似，文中出现的"文坛"一词，一般也专指由新文学作者组成的文学界。

第二节　现有研究述评

一、香港学者

对南来作家进行较有系统的研究始于二十世纪七十年代中后期的香港。其中，在史料建设方面，香港中文大学学者卢玮銮耕耘二十余载，成绩最著。1982年，她以论文《中国作家在香港的文艺活动，1937—1941》获得香港中文大学硕士学位，并于此后延续了对这一课题的关注，编纂出版了大量作品选、史料集及研究专著。最早的一本名为《香港的忧郁：文人笔下的香港（1925—1941）》①，集中收录了数十篇内地作家描写香港的散文，而以楼适夷的一篇《香港的忧郁》作为书名，大致可以看出中国现代作家对于殖民地香港的基本观感和态度。紧接的是《茅盾香港文辑（1938—1941）》②，收录了此期茅盾在香港报刊上发表的全部随笔评论作品，有助于从中理解茅盾三四十年代之交的思想与创作风貌。这也是时至今日，为单个南来作家的香港书写编订的唯一一部作品集。1987年，卢玮銮出版了她的重要著作《香港文纵》③，副题为"内地作家南来及其文化活动"。该书仔细梳理了香港新文学早期发展流变的历史轨迹，对茅盾、戴望舒、萧红、丰子恺等人在香港的行踪和文学活动进行了钩沉，尤其是对当时香港两个最重要的文学文化团体——中华全国文艺界协会香港分会与中国文化协进会的活动史实作了详细考辨，从中可以窥见其时香港文坛的基本面貌。此书可谓对南来作家进行专题研究的拓荒性的著作。此后，她与郑树森、黄继持合作，于1998—1999年连续推出了四本有关二十至四十年代香港新文学的"作品选"和"资料选"④，并于"资料选"书末附有"香港文学大事年表"，将长期于香港早期报

①　卢玮銮编：《香港的忧郁：文人笔下的香港（1925—1941）》（香港：华风书局，1983年）。

②　卢玮銮、黄继持编：《茅盾香港文辑（1938—1941）》（香港：广角镜出版社，1984年）。

③　卢玮銮：《香港文纵》（香港：华汉文化事业公司，1987年）。

④　郑树森、黄继持、卢玮銮编：《早期香港新文学作品选》、《早期香港新文学资料选》（香港：天地图书有限公司，1998年），《国共内战时期香港本地与南来文人作品选（上、下册）》、《国共内战时期香港文学资料选》（香港：天地图书有限公司，1999年）。

刊上爬梳剔抉获得的珍贵资料公之于众，大大便利了后来的研究者。此四书所收文学作品与史料，虽然涵盖了南来作家与香港本地作家，不过就反映当时的实际情况而言，南来作家的部分所占比重远大于本地作家。与此相似，陈智德编选的两本三四十年代香港诗选和诗论集，① 南来诗人的作品也占了很大比重。此外，侣伦在报章发表了大量回忆香港早期新文学当事人及其活动的散文，② 刘以鬯描绘辨析了萧红、端木蕻良、叶灵凤等人在港的文艺活动与创作，③ 而对于1950年代以前香港文学书籍和报刊的出版情况，在南来学者胡从经编纂的《香港近现代文学书目》中有较完整的反映。④

　　正是通过以上诸位及其他香港学者的扎实工作，完成了南来作家研究初步的史料建设，使后续研究能够持续展开。在此过程中，卢玮銮、黄继持、郑树森、黄维樑、梁秉钧、王宏志、陈国球、黄子平、刘以鬯、黄康显、张咏梅、陈智德、陈德锦、陈顺馨、叶辉、蔡益怀等众学者，分别从各个角度就不同议题展开论述，取得了不少成果。黄继持针对茅盾1941年在香港所写涉及中国历史文化的散文、抗战期间文艺"民族形式"问题讨论及战后香港"方言文学"运动等具体问题，有过较深入的挖掘，作出了文学史意义上的评价。⑤ 郑树森、黄继持、卢玮銮在前述"作品选"和"资料选"书前以"三人谈"形式对全书内容进行解读，就南来作家与香港新文学关系进行高屋建瓴的评价，具有史论性质。⑥ 梁秉钧、黄维樑、黄康显等虽多讨论香港文学、香港作家，却常涉及中国现代文学、南来作家，或以之为背景、对照，⑦ 如梁秉钧有专文讨论抗战诗、鸥外鸥的诗歌。进入新世纪以来，对南来作家的研究仍然绵延不衰，更有年轻学人

---

　　① 陈智德编：《三、四〇年代香港诗选》（香港：岭南大学人文学科研究中心，2003年）、《三、四〇年代香港新诗论集》（香港：岭南大学人文学科研究中心，2004年）。

　　② 其中较重要的一部分已收入侣伦：《向水屋笔语》（香港：三联书店，1985年）。

　　③ 参见刘以鬯：《短绠集》（北京：中国友谊出版公司，1985年）。

　　④ 参见胡从经编纂：《香港近现代文学书目》（香港：朝花出版社，1998年）。该书选择对象为1840—1950年间在香港创作或出版的文学书籍、文艺期刊和报章文艺副刊，范围较宽，其中约收1937—1949年间的文学书籍五六百种。

　　⑤ 相关文章收入黄继持：《文学的传统与现代》（香港：华汉文化事业公司，1988年），第116—172页。

　　⑥ 此外，三人还收集各自有关香港文学的论文，编为一本合集。见黄继持、卢玮銮、郑树森：《追迹香港文学》（香港：牛津大学出版社，1998年）。

　　⑦ 参见也斯〔梁秉钧〕：《香港文化空间与文学》（香港：青文书屋，1996年）、黄维樑：《香港文学初探》（香港：华汉文化事业公司，1985年）、黄康显：《香港文学的发展与评价》（香港：秋海棠文化企业，1996年）等。

以之作为高级学位论文的选题。如张咏梅讨论五六十年代左翼南来作家在小说中如何呈现"香港"形象，对不少作品有着细致的解读。① 陈智德对早期香港新诗的考察，从特定文体出发，不斤斤计较于诗人的籍贯及居港时长，而以作品为重点，论的诗人很多都属南来一族。② 鲁嘉恩对来自上海的南来作家进行专题论述，重点讨论了叶灵凤、刘以鬯、马朗、徐訏四位南来作家，③ 其中前两位都是在 1949 年前来港。如果说上述学人的工作基本上属于文学史研究范畴，另外的个别学者则已另辟新径，扩大视野，以文化研究的方法考察南来作家的文化活动，当中尤其值得关注的是陈顺馨借助布尔迪厄的文化生产场域等理论，研究抗战胜利以后南来文人与中国四五十年代文化转折的关系。④

二、内地学者

在内地，对南来作家的研究活动起步较香港学者大约迟了十年。此前，伴随着"文革"结束，一批老作家重获写作权利，纷纷撰写回忆录，其中不少对当年香港岁月的追忆浓墨重彩而不乏温馨。这一自传风潮一直持续到九十年代中期，茅盾、胡风、周而复、萧乾等都留下了各自的香港"剪影"，而许地山、郭沫若、戴望舒、夏衍、黄谷柳、邵荃麟、廖沫沙、司马文森等人的香港经历则由其亲友或研究者写出。⑤ 不过，此类回忆或钩沉文章主要具有史料价值，而且没有从整体上对南来作家进行观照，因而只是进一步从事学术研究的基础。直到 1989 年，潘亚暾发表论文《香港南来作家简论》，明确提出了"香港南来作家"的概念和界定。⑥ 这既标志着内地研究者一个新课题的开辟，同时这一名称本身暗示着此类研究至少在其开初阶段是受到了香港学者既有研究的启发。因为，卢玮銮等香港学者频频使用"南来"一

① 参见张咏梅：《边缘与中心——论香港左翼小说中的"香港"（1950—1967）》（香港：天地图书有限公司，2003 年）。该书在版权页标明"本书主要改编自作者于 2001 年度呈交香港中文大学研究院中文学部之博士论文"。

② 参见陈智德：《论香港新诗 1925—1949》（香港：岭南大学哲学博士学位论文，2004 年）。

③ 参见鲁嘉恩：《香港文学的上海因缘（1930—1960）》（香港：岭南大学哲学硕士学位论文，2005 年）。

④ 这是一个正在进行的研究项目，其导论部分《香港与 40—50 年代中国的文化转折》已发表于陈平原主编：《现代中国·第六辑》（北京：北京大学出版社，2005 年 10 月），第 176—196 页。

⑤ 这些自传和他传文字最初多发表于《新文学史料》这一大型文学期刊，此外《出版史料》等刊物亦有登载。

⑥ 潘亚暾：《香港南来作家简论》，《暨南学报》1989 年第 2 期，第 13—23 页。

词，盖因其立足点是在香港，"南来"具有"从北方来到南方"、"向南而来"的方位指向意味，对于内地学者来说，当年内地作家远赴香港，应称"南下"、"南去"更为准确。他们最终没有创造和使用"南下作家"、"南去作家"等概念，而选用"南来作家"一词，当然不是说明他们立场或位置的悄然挪移，而是证明了其研究来自对香港同行工作的认可和延伸。①

　　一方面是对概念的自觉，另一方面则由于面临着香港回归的大事件，加之在内地中国现代文学日益成为一门"拥挤的学科"，② 部分研究者从中分流而出，从事"台港澳暨海外华文文学"研究，种种因素使得九十年代以后，对香港文学的研究吸引了不少学者，甚至一时成了热点，短短十来年产生了一批具有代表性的成果，而包含于其中的南来作家研究自然跟着"水涨船高"。首先是几种香港文学史性质著作的面世。早在 1990 年，有学者就写出了香港新文学的"简史"，③ 五年之后，第一部直接以"香港文学史"命名的专著出现，④ "九七回归"当年，又有两部同名著作先后于香港和内地推出。⑤ 到了世纪末，第一部"香港小说史"随之登场。⑥ 在这些文学史或小说史著作中，南来作家都占据了比较醒目的篇幅，他们的重要作品与活动得到评述。其次，一些主题性或专题性的研究也得以开展，参与的学者主要有王剑丛、潘亚暾、汪义生、刘登翰、袁良骏、赵稀方、黄万华、古远清、朱崇科、计红芳等。其中，赵稀方从后殖民理论切入，通过讨论香港小说的"历史想像"与"本土经验"，一窥香港的文化身份。⑦ 黄万华以 1937—1949 年的"香港文学"为关注重点，发表了多篇论文，

---

　　① 与之类似，笔者进行此项研究，本着对前贤的尊重，兼考虑到概念约定俗成的用法，在本书中也采用"南来作家"的说法。

　　② 早在 1984 年，就有学者公开撰文讨论这一问题，参见许子东：《现代文学："拥挤"的学科？》，《中国现代文学研究丛刊》1984 年第 3 期，第 172—178 页。

　　③ 谢常青：《香港新文学简史》（广州：暨南大学出版社，1990 年）。该书所述截至"战后香港文学"，而所称"战后"是指 1945—1949 年，因此基本是一部有关南来作家的小型文学史专书。

　　④ 王剑丛：《香港文学史》（南昌：百花洲文艺出版社，1995 年）。

　　⑤ 分别是刘登翰主编：《香港文学史》（香港：香港作家出版社，1997 年）和潘亚暾、汪义生：《香港文学史》（广州：暨南大学出版社，1997 年）。

　　⑥ 袁良骏：《香港小说史（第一卷）》（深圳：海天出版社，1999 年）。

　　⑦ 赵稀方：《小说香港》（北京：生活·读书·新知三联书店，2003 年）。

提出这一时期的香港文学呈现出中原化与本地化进程相纠结的特点，予人启发。① 与此同时，内地一些研究中国现代文学或当代文学的学者，也从文学史的角度着眼，对南来作家在香港时期的某些文学实践予以高度重视，强调其在中国现、当代文学转折过程中的重要作用。在钱理群、洪子诚、贺桂梅等的研究中，1948 年在香港创办的《大众文艺丛刊》尤其被放到了异常重要的位置，例如，钱理群在其专著中以整整一章的篇幅分析这一刊物。② 虽则他们没有把南来作家从中国现代或当代文学史的框架中独立出来加以研究，但对具体对象的分析相当深入。

与香港的情况相似，经过一定积累，新世纪以来，内地亦开始有年轻学者在高级学位论文中以南来作家作为一个整体进行析论。周双全的《大陆作家在香港（1945—1949）》是第一次以博士学位论文的规模专题讨论国共内战时期的香港南来作家，文中将南来作家分成不同类别，讨论了几份重要文艺副刊、不同体裁的文学作品和几次文艺批判活动，对南来作家的家国想像有简略论述。③ 郭建玲的《1945—1949 年中国现代文学格局转型研究》全文除《绪论》、《余论》外，正文五章，其中第五章专论当时香港左翼文坛主导下的文艺批判，目的在探讨中国现代文学格局转型过程中香港南来作家所起的作用。④ 计红芳的《跨界书写——香港南来作家的身份建构》集中论述南来作家的文化身份建构问题，宏观与微观结合，不过文中所论限于 1949 年后的三批南来作家；该文在学术界得到肯定，被认为对南来作家成功进行了"整体"和"系统"的研究。⑤ 南来作家能够成为多篇博士论文的选题或考察重点之一，亦证明这项研究有着较大的学术容量和发展前景。

三、简评

综观两地（香港与内地。其他地区尚未见有成规模的南来作家研究）对于

---

① 参见黄万华：《战时香港文学："中原心态"与本地化进程的纠结》，《中国现代文学研究丛刊》2003 年第 1 期，第 87—102 页；《1945—1949 年的香港文学》，《中国现代文学研究丛刊》2004 年第 2 期，第 89—104 页。

② 钱理群：《1948：天地玄黄》（济南：山东教育出版社，1998 年），第 21—47 页。

③ 周双全：《大陆作家在香港（1945—1949）》（上海：复旦大学中文系博士学位论文，2004 年）。

④ 郭建玲：《1945—1949 年中国现代文学格局转型研究》（上海：华东师范大学中文系博士学位论文，2007 年）。

⑤ 计红芳：《跨界书写——香港南来作家的身份建构》（苏州：苏州大学博士学位论文，2006 年）。该文后经修订出版，此处所引评价来自封底所附专家评语，参见计红芳：《香港南来作家的身份建构》（北京：中国社会科学出版社，2007 年）。

南来作家的研究，各有优势及特点。香港学者的优势主要在于得"地利"之便，因有关南来作家的史料主要保存于香港各大学及市政图书馆，因而他们在史料钩沉辑佚方面贡献甚大。在选取研究对象时，香港学者多瞩目于那些较有香港特色、可以归入他们心目中的"香港文学"的作品，如黄谷柳的《虾球传》等，而于茅盾的《腐蚀》等不加注意，虽则后者在文学史上的地位可能要高于前者。内地学者的优势则主要来自"天时"之助，在内地实行"改革开放"的时代背景下，自1984年中英联合声明签订以后，香港的回归进入倒计时，几乎与此同时，内地的闽粤京沪等地纷纷成立"港台文学"研究室、所，开设课程，成立学会，举办研讨会，对香港文学的研究作为一项"国家工程"一时成为"显学"。① 这一热潮至"九七"达到高潮，及至"九七"过后，许多学者论及当前的香港文学仍多从"回归 X 周年"说起，戴着"回归"的大帽子，以之作为思考的背景和参照。在对南来作家的研究过程中，只有少数内地学者利用赴港访学之便积累了一些一手材料，大部分人都要依靠香港学者供给。一些论者相互转引二手材料的情况也不鲜见。在具体论述中，学者们在多年来形成的文学史框架内驾轻就熟，但比较普遍地缺乏新意，直至一批相对比较年轻的学人加入研究阵营，这一状况才有了较大改变。

从上世纪七十年代末至今，对南来作家的研究已持续约三十年，两地学者既分工又有合作，从不同方面作出了富有成果的探索，尤其是对于戴望舒、萧红、许地山、茅盾等几位在文学史上占重要地位作家的文学活动与作品有过较详细的分析，对南来作家在香港文坛的影响、南来作家与党派的关系、南来作家在文学史上的定位也比较关注。不过总体来看，对南来作家的研究尚不够成熟，存在较大的突破空间。这体现在诸多层面。

其一，对"南来作家"的定义存在分歧，不同的论者，他们视野中的"南来作家"所指不一。潘亚暾对"南来作家"的界定分狭义和广义两种，狭义的"南来作家"是指"民主革命时期"由中国大陆南来香港的作家，并且他们在大陆已有文名，而广义的"南来作家"则指凡来自大陆者，而不问其来港之际是否已有文名。② 对南来作家素有研究的卢玮銮不想就其定义进行争议，而愿意思索一些相关的问题，其中的一点是，"'南来'与'北返'应该存在着相对的意义"，因此，称三四十年代来港的茅盾、夏衍等为"南来作家""是很合理的"，而四十年代末以后因政治因素而南来的作家，有的"终老于斯"，还有的"愈走

---

① 参见黄子平：《"香港文学"在内地》，载黄子平：《害怕写作》（香港：天地图书有限公司，2005年），第16页。

② 潘亚暾：《香港南来作家简论》，《暨南学报》1989年第2期，第13页。

愈远"，"一去不归"，称他们为"南来作家"，"究竟有什么意义?"① 与之相反，计红芳眼中的"南来作家"在时间上限定于 1949 年后，指的是"具有内地教育文化背景的、主动或被动放逐到香港的、有着跨界身份认同的困惑及焦虑的香港作家"，而"抗战后及内战期间'南下'香港的作家不在笔者的研究视域内，因为他们是由于某种原因暂时避居到香港的'过客'型作家，只要时机成熟最终还要回到内地。而'南来作家'的立足点是在香港，不管是被迫还是主动来港，最后大都以香港为家。"② 不过，她的定义是直接和盘托出，先验地认定南来作家属于香港作家，而未说明其理由。综合考虑学界对"南来作家"的研究现状与认识，笔者对"香港南来作家"的简明定义是："出于政治、经济、文化等各种原因，由中国大陆南下香港的中国作家。"其中，"作家"的概念从宽，包括从事小说、诗歌、散文、剧本、文艺理论与批评等创作的知识分子。考虑到"南来"与"北返"应具有的相对意义，或可认为，在二十世纪的五批南来作家中，抗战与国共内战时期南下的两批是最"典型"的"南来作家"。

其二，史料建设远未完备。③ 除了少数几位在浓缩的现代文学史上占有一席之地的作家，对许多当年在香港文坛非常活跃的中坚分子，如徐迟、司马文森、邵荃麟、冯乃超、周而复等，都没有总结出居港时期详细的年表和作品目录，更不用说那些难以进入现代文学史叙述的作家作品了。

其三，研究范围较窄，深度和广度不无欠缺。这一方面是由于史料积累不够，许多作家作品无法进入研究者的视野，另一方面也是由于众多研究者仅就个别作家立论，未能意识到南来作家作为一个群体的特殊性，即它正好位于中国现代文学和香港文学的交叉点上，同时具有二者的某些特性，又同时对于二者具有相对的独立性，不完全归属于任何一方，因而不能从整个二十世纪华文文学的高度看待，除了少数几篇学位论文，将其作为一个整体进行较大规模研究的少之又少。

---

① 卢玮銮：《"南来作家"浅说》，载卢玮銮：《香港故事：个人回忆与文学思考》（香港：牛津大学出版社，1996 年），第 119 页。

② 计红芳：《香港南来作家的身份建构》（北京：中国社会科学出版社，2007 年），第 10、1 页。

③ 卢玮銮多次撰文谈到这一问题及解决的困难。参见她的《香港文学研究的几个问题》（《香港文学》总第 48 期，1988 年 12 月，第 9—15 页）、《众里寻它——追寻香港文学资料小记》（《香港文学》总第 100 期，1993 年 4 月，第 33—34 页）、《造砖者言——香港文学资料搜集及整理报告（以二十年代至四十年代为例）》（香港文学总第 246 期，2005 年 6 月，第 65—71 页）等文。

其四，受限于不同的历史文化语境，大陆和香港两地学者的学养构成、学术心态、立场和视点不一，导致对相关问题的看法往往相左，甚至在一些基本问题上观点也颇为分歧。① 例如在南来作家与文学史（主要是香港文学史）的关系定位上，就存在几种不同的研究思路和价值判断。香港学者一般较少关注南来作家和中国现当代文学的关系，认为不言自明，而较多探讨其和香港新文学的关系，在价值判断上较多注意其负面影响。以卢玮銮为例，她在研究初期基本采取就事论事的中立态度，并无强烈的"香港意识"，但九十年代后越来越重视将南来作家与香港文化背景——在其中突出的是香港文学的"主体性"或"本土"意识——联系起来，其潜台词是南来作家与香港文学史的关系。在《早期香港新文学资料选》等书前的"三人谈"中，她不断发问："这与香港有何关系？""这与香港文学有何关连？"② 换一种说法也就是：南来作家对香港文学"本土"意识的发展起的是什么作用？对此问题，另一位香港学者撰文明确指出："在大量成名作家南下后，香港文学本身的发展，在某一程度上说，其实是受到了牵制，或甚至是窒碍的。"③ 认为南来作家对香港文学主要起一种压抑作用，令香港文学的发展出现中断和"真空"，这种看法在香港本土学者中有一定代表性。内地学者则多不同意这种看法。这主要又可区分为两种情况。从事华文文学、台港文学研究的学者，较多探讨南来作家和香港新文学的关系，在价值判断上强调其积极影响。在他们看来，"香港文学本来就是中国文学的一部分"，"这是毋庸多论的"，"香港新文学的发生"主要是由于内地新文学运动的"催生与推动"，在抗战和国共内战期间，南来作家两度"主导了香港的文坛"，对此"应当肯定它对香港文学发展的意义"。④ 已经出版的几部《香港文学史》，南来作家都在其中占有较大比重。对于南来作家和香港文学的关系，从章节内容安排本身就已显示，

---

① 对于大陆和香港学者在研究香港文学（包括南来作家）过程中的得失及存在的主要问题，张咏梅和蔡益怀各有过集中总结。张咏梅主要分析大陆研究者因具有"中原心态"导致谬误与偏差，蔡益怀则认为内地研究者的研究存在资料不足、观念过时、不够科学与公正的问题，他同时提到香港研究者中存在山头主义、小圈子风气、视野狭窄、生吞活剥西方理论的毛病。分见张咏梅：《边缘与中心——论香港左翼小说中的"香港"（1950—1967）》（香港：天地图书有限公司，2003年），第5—9页；蔡益怀：《想像香港的方法：香港小说（1945—2000）论集》（北京：中国社会科学出版社，2005年），第224—225页。

② 郑树森、黄继持、卢玮銮编：《早期香港新文学资料选》（香港：天地图书有限公司，1998年），第13、19页。

③ 王宏志：《我看"南来作家"》，《读书》1997年第12期，第31页。

④ 刘登翰：《总论》，载刘登翰主编：《香港文学史》（香港：香港作家出版社，1997年），第23、21、23、24页。

这些学者是把南来作家在香港期间的创作归入到香港文学，认定南来作家对本土作家主要起扶持和提高作用。从事中国现当代文学研究的学者，则较少考虑南来作家和香港文学史的关系，也不把南来作家作为中国现当代文学史的一个单独叙述部分，但对南来作家在香港时期的某些文学实践予以高度重视，强调其在中国现当代文学转折过程中的重要作用。

显然，面对同一问题，不同研究者有不同的侧重点和思维方向。研究者的立场和视野受限于两地不同的文化环境，不可强求，而加强对话交流、增进相互理解则是必要之举。面对种种问题，本书无力一一回应，不过，利用个人曾经在港求学之便，查阅尽可能多的原始资料，并在充分借鉴现有研究成果的基础上，对一些基本问题尝试提出个人理解，同时为两地的南来作家研究搭起一座小小的桥梁，则可以成为本书的努力方向。

第三节　研究思路及架构

一、研究思路

在借鉴现有研究成果的基础上，笔者在进行南来作家研究时，个人遵循以下三条方法论原则：一是群体研究与个案研究相结合。由于香港和内地文化空间迥异，造成南来作家文学实践总体上的特殊性，需要将其作为一个整体加以把握，同时通过对重点作家作品的解读深化对其特性的认识。① 二是外部研究与内部研究相结合。南来作家深受特定时空的影响，大部分与党派关系密切，创作具有鲜明的意识形态诉求，因此必须努力复现和还原当年的文化氛围和文学生产背景，同时注意文本内和文本外的现实内涵，而不能仅仅以作品为解读依据。三是文学史研究与思想史研究相结合。对南来作家的研究，只局限于文学史内部是难以深度把握的，必须吸收政治学、社会学、文化史、思想史等相关学科的研究成果，尤其是南来作家的创作和论争涉及一些重要的思想史命题，例如民族主义意识的发扬和知识分子身份意识的变迁等，必须置于二十世纪知识分子思想史甚至更大

---

① 因南来作家作品众多，本书无法对其进行全面评述，因此主要依据作家知名度、居港时长（通常长于半年）、作家作品对文坛的影响等因素，从中选取约 90 位作为关注对象，并以近十位作家为论述重点。关于这约 90 位作家的基本情况，参见本书《附录 香港南来作家传略》。

的背景下才能有较清晰的显影。以此，在理论方法上，本书将拓展视野，多方借鉴，例如会对安德森（Benedict Anderson）"想像的共同体"等学说加以吸收，有的还将结合具体对象稍作引申。

在研究思路上，本书选取"民族主义与现代文学"这一角度，着重考察南来作家文艺活动及文本书写中呈现出来的现代民族国家想像，亦即他们如何以文学想像的方式从事对现代民族国家的意识形态建构，以及这种建构所带来的现代文学质地的变化。在解读众多作品的基础上，可以认为，南来作家的香港书写，基本可以"从香港想像中国"这一短语加以概括。其中，"从"是一个方位介词，表明"想像"这一动作发出的起点（"香港"）和指向（"中国"）。对这两批南来作家而言，他们绝大多数具有强烈的"过客"心态，身处香港，心怀祖国，因而往往"身在曹营心在汉"，"言在此而意在彼"。这里所称的"香港"，既有地域上的意义，更主要是从文化空间的角度来看，而"中国"既指南来作家笔下的故土、中原，更多的时候则指他们憧憬中的作为现代民族国家的一个政治文化目标，相对于此前的政治文化实体，这一新的想像目标常被称为"新中国"。不同派别的作家对于"新中国"有着各自不同的想像，对于在南来作家中占据主体部分的共产党和左翼作家来说，他们头脑中的"新中国"日渐清晰，其权威阐释来自毛泽东，最后归结为用以指称各革命阶级联合专政的新民主主义共和国。至于"想像"，可说是文学的本质特征。凡文学都具想像，而某些时期、某些类型的文学，其想像具有鲜明的意识形态性，南来作家创造的文学即是如此。

民族主义思潮的涌动不息是二十世纪中国乃至全世界的一个重要历史现象，反映在文学史上，即是许多作家在其作品中从不同侧面表现出对于现代民族国家的某种想像。这既是一个文学史命题，也是一个思想史命题，关涉到近十几年来学界广泛讨论的现代性话题。在中国现当代文学研究界，对思想史的关注已经蔚然成风，甚至有学者认为："20世纪中国文学史研究正在成为一部思想史长编，统摄这部思想史的核心理念是作为一种普遍主义知识体系的现代性。"① 不过，现有对南来作家的研究，较少强调这一方面。不管在香港还是内地，学者们在研究南来作家时，可能多会关注他们如何想像"香港"，而较少论及南来作家如何

---

① 刘忠：《思想史视野中的中国现当代文学》（上海：上海人民出版社，2006年），第1页。

想像"中国"。① 即便有所涉及，也一般不从思想史层面进行阐释。事实上，结合思想史研究的某些方法与成果进行文学史研究，南来作家是一个很好的个案。因此，本书从事的工作虽可算是一项有明确主题统摄的文学史专题研究，但在具体论述过程中却有很多对思想史研究的借鉴。

南来作家的现代民族国家想像主要通过两种话语实践来表达：一种是民族主义话语，另一种是阶级/革命话语。这两种话语和启蒙话语等一样，是现代中国历史上占有主导地位的话语类型，在现代文学史上早已存在，而在全民抗战和国共内战时期得到最强烈的表述。话语的不断强化与当时的战争和政党政治的文化背景直接相关。相当比例的作家兼具鲜明的政治身份，其写作代表了某一特定集团的利益，是明确的意识形态实践。从表面来看，这两种话语各有其内涵，并在不同时期处于不同地位，如抗战时期民族主义话语居主导位置，国共内战时期阶级/革命话语几乎笼罩了一切，不过二者显然具有相关性。正如刘少奇所言："世界各国革命的经验和中国革命的经验，都充分地证明了马克思列宁主义关于民族问题是与阶级问题相联系、民族的斗争是与阶级的斗争相联系的科学分析，是完全正确的。"② 在现代中国，将民族主义话语及阶级/革命话语联系起来的一个共同目标，即是建立一个完全独立充分自主的现代民族国家。为了这一共同目标，两种话语往往纠缠在一起，相辅相成。

二、本书架构

本书的论述架构是，除了前后的《绪论》和《结论》之外，全书主体部分分为"文学生产"和"话语实践"上下两篇。两篇所论，大致分属文学的"外部研究"和"内部研究"，但也存在交错，二者互见、互证，从而有可能在"文学史"和"一般历史"之间实现某种程度的沟通。③

上篇"文学生产"着重梳理南来作家在香港特定的文化时空里，如何从事包括写作在内的文学活动，这些活动如何被体制化，以生产出相应的物质和精神

① 张咏梅《边缘与中心——论香港左翼小说中的"香港"（1950—1967）》（香港：天地图书有限公司，2003年）、蔡益怀《想像香港的方法：香港小说（1945—2000）论集》（北京：中国社会科学出版社，2005年）以及计红芳《香港南来作家的身份建构》（北京：中国社会科学出版社，2007年）三书都主要是论述南来小说家们的"香港想像"。

② 刘少奇：《论国际主义与民族主义》（北京：人民出版社，1951年，二版），第37页。

③ 汉斯·罗伯特·尧斯："文学史只有当它不仅按文学生产体系的秩序共时和历时地去描述文学生产，而且还在文学生产与一般历史的特有关系中把文学生产看作特殊历史才算完成了自己的任务。"见中国艺术研究院马克思主义文艺理论研究所外国文艺理论研究资料丛书编委会编：《读者反应批评》（北京：文化艺术出版社，1989年），第166页。

产品——以现代传媒为代表。其中，第二章《殖民空间的言说主体》在查阅大量史料的基础上，力求较为清晰地勾勒出当年内地作家因战争几度南下的景观，包括其南来的不同原因、身份，在港的主要文化活动与基本生存处境等，并运用统计等方法，筛选出数十位较为重要的作家作为主要关注对象。从时间上看，作家们南下比较集中的有三个时期：一是抗战全面爆发尤其是上海沦陷以后，二是皖南事变以后，三是国共内战爆发以后。1938 年、1941 年和 1946 年这三个年份南下的作家最多，其中又以 1946 年南下的平均居港时间最长。从作家们在香港的生存处境看，由组织派来从事文艺宣传的与个人流亡而来卖文为生的，以及著名的"五四"作家与初出茅庐的青年作家之间，存在较大差异。但不管是为个人还是为集体，为谋生还是为宣传，作家们（及其他文化人）来港后都必须兢兢业业，从事多方面的文艺活动，从而在客观上使得当时的香港成为一个与上海、重庆、桂林、延安等地相比肩的全国性的文化中心。不过这一中心与其他几个中心相比有很大的不同，源于这里的文化空间具有其特殊性。在英国殖民当局的统治下，当时的香港相比内地各大城市具有更大的言论自由，这使得不同派别的作家，基本处于一个平等竞争的地位，他们竞相成为这一殖民空间下的言说主体，形成多元文化共生与自主竞争的生态景观。此外，由于内地被不同的政治势力分割成几大块，日本侵略者、国民党政府和共产党民主政权各有其势力范围，相互难以沟通，因而香港就成为一个重要的物资和文化"中转站"，这样一来，虽然南来作家的文学生产基地是在香港，但他们产品的消费者却主要在香港以外，包括南洋和内地。香港不仅是经济方面的贸易中转站，同时也是文化与意识形态的中转站。

第三章《现代传媒与"想像的共同体"》主要讨论现代传媒与民族主义想像的关系，为本书提供一个分析的理论框架。我将概述"民族主义"的基本定义，讨论现代民族主义在中国的萌发，以及现代传媒作为重要平台对民族主义传播所起的作用。在此基础上，分析党派政治对传媒生产的影响，可以"体制化"来加以概括。作家们南来之后，多数并没有切断和内地的联系。尤其是那些与组织关系密切的党派作家，他们一举一动的背后，大都是奉命行事，这使得南来作家的文学生产具有很强的体制化特点，"计划性"和"规划性"很强。各党派利用现代传媒，将南来作家们组织成一个个小团体，各自负责相关的报刊、出版社、学校、制片公司等，在经济和人力上给以大力扶助。在这种严密的组织下，当时与新文学有关的主要的文学期刊和报纸文艺副刊，大都具有党派背景，而当时出版的文学书籍，有一半左右被列入各种丛书，毛泽东的著作也以选集形式在港出版发行，其中的《论文艺问题》（即《在延安文艺座谈会上的讲话》）更是在解放区以外首次全文发表，可见其生产体制化的程度之深。党派文人在这种体制化的文学生产中，着重引进了两种话语——民族主义话语与革命话语，并将其输出到南洋和内地，从而产生实际的与象征的影响。在以上讨论过程中，我将选取几份较重要的报刊进行分析，从中庶几可见三四十年代南来作家文学生产的概貌与意旨。

下篇"话语实践"则专注于分析隐含在南来作家文学产品中的话语内涵，考察民族主义话语和阶级/革命话语如何渗透进作家的思想意识和文学作品，规范其现代民族国家想像。我将选取部分重要的文学作品和文艺论争，从中管窥南来作家文学想像的方式和内容，以及作家自我身份意识的变迁。

第四章《乡土与旅途》将讨论南来作家民族国家想像与土地的关系，以萧红、许地山等的作品为重点。南来作家的笔下常常有对故乡和旅途的描绘，往大了说，只有他们成长的地方才是家乡，一旦离开，不管到了哪里，都是旅途，而他们都成了过客。南来作家在香港有很强的"过客"意识，他们对故国、故土充满思念，而对旅居的脚下这片土地一般难有深情，充满了异己感，这让他们大量的怀乡之作具有浓郁的抒情色彩，而在对异地的游记或观感中常常笔带讽刺语调。这一时期的南来作家最终多数没有成为香港作家，正是由其强烈的"中原心态"和"过客"意识所致。民族主义的一个重要功能便是增强民众的凝聚力，而这就需要有一个想像投射的中心，与之相对的都是边缘，于是我们看到，南来作家对"国土"的想像无一例外地都要被整合进他们对"中原"的想像。当然，南来作家并非生活于真空，他们对香港也必须有限度地融入，具体到他们和香港作家的关系，也并非一味排斥或忽视，对于本地的年轻作者，南来作家还是给予了一定的团结和指导，这在《文艺青年》等刊物上有着明显反映。

第五章《创伤记忆与革命叙事》将集中分析南来作家对革命的叙述，以茅盾、黄谷柳等的作品为重点。近年学界有许多关于革命历史小说的研究，不过选取的对象一般集中在1949—1966年即所谓"十七年"时期的大陆小说。事实上，伴随着革命的发生，关于革命的叙事也就开始了，某些时候甚至是先有革命的想像和召唤，后有革命的现实。三四十年代的许多革命故事可能未必完全吻合后来的学者对"革命历史小说"的定义（比如说，部分作品所述事件刚刚发生不久或正在进行，或许该称为"革命现实小说"），而是既具有这类小说的一些基本特征，又带着某种新兴叙事初创时期的含混与复杂性，但无疑值得深入考察。从大的方面说，所有关于革命的叙事都是在讲述革命为什么发生、如何发生以及如何一步步走向胜利，这其中，对"革命何以发生"的叙述最为紧要，这关系到革命以及革命叙述的合法性。从这一角度看，所有的革命叙事，必不可少的元素之一便是提供一个革命的"起源神话"。浏览这一时期的革命文学作品，很容易发现其中具有不少雷同之处，例如，故事中革命之所以发生，几乎无一例外地来自主人公的某种"创伤记忆"：自然，根据中国共产党发展出来的阶级论，这种创伤都是由"阶级敌人"造成的。被压迫民众中，有的觉悟较快，很快便发现了自身悲惨处境的罪魁祸首，有的较为麻木，需要一遍一遍地进行启蒙（通常以"诉苦"的方式进行），才能发现伤口的由来，但不管怎样，一旦找到和确认了敌人，革命民众接下来要做的就是一件事：血债血还，而这正是革命的最高定律。对这些流血冲突场面的描写，有时比较恐怖残忍。① 茅盾、黄谷柳等人的革命叙事，则分别代表了政治化与通俗化的两个发展方向。

第六章《民族形式·方言文学·大众化》讨论了在南来作家中影响较大的两次文艺论争，包括抗战时期文艺"民族形式"讨论、战后"方言文学"论争，以及隐含其中的文艺大众化取向。抗战期间在香港展开的"民族形式"讨论是全国范围内大论争的重要组成部分，经历了"旧形式的利用"与"民族形式"的创造两个阶段。和延安、重庆等地不一样的是，香港的论者更多地强调为了达成民族形式，必须加强方言土语的运用，以此为创造"民族形式"的重要来源，这就和战后"方言文学"论争的内容联系起来了，而这两次论争的目的都是为了实现文艺大众化，因此笔者将其放在一起讨论。正如安德森在《想像的共同体》里所论证的，欧洲民族主义的兴起和方言变迁之间有着深刻联系。在欧洲，现代民族国家的出现，伴随着各国的地方语言取代原来的作为书面共同语的拉丁语这一过程。② 然而在中国，文言、白话与方言三者中，担任现代民族国家意识形态建构功能的却并非方言，而是普通话。因此，"方言文学"运动注定在造成短期的轰动效应后便面临着谢幕。至于两次论争中强调的"大众化"问题，本身也是问题多多。

第七章《现代诗人的自我》选取戴望舒、徐迟、黄宁婴、聂绀弩等几位南来诗人，通过对他们诗作的细读，分析现代诗人们如何被时代话语攫住，通过写作向"人民"或"革命"靠近，在此过程中逐渐失去"自我"，将"小我"融入"大我"之中。其中，戴望舒在抗战以后，"自我"的归宿由爱情、事业转向民族、集体，诗中流露出强烈的民族主义意识。徐迟、黄宁婴、聂绀弩等则在这一时期皈依革命，诗歌的表现主题之一是对革命领袖的歌颂。诗歌通常被认为是最具个人性的文体，然而这一时期的诗歌，多数却成为某种话语的代言。

---

① 关于革命叙事的暴力美学，可参唐小兵：《暴力的辩证法——重读〈暴风骤雨〉》，载唐小兵编：《再解读：大众文艺与意识形态》（香港：牛津大学出版社，1993年），第108—126页。

② 参见班纳迪克·安德森著、吴叡人译：《想像的共同体：民族主义的起源与散布》（台北：时报文化出版企业股份有限公司，1999年），第19—24页。

　　第八章《"文艺的新方向"与"新中国"的诞生》主要讨论1948年以后左翼南来作家一方面通过学习毛泽东《在延安文艺座谈会上的讲话》等进行自我改造，另一方面通过《大众文艺丛刊》等发动猛烈的文艺批判运动，进一步分析南来作家的现代民族国家想像与自我身份意识建构的关系。关于"新中国"的美好憧憬令作家们热血沸腾，然则并非每一位作家都曾经仔细思量过，自己将在这一马上就要到来的"新中国"里居于一个什么样的位置？将如何安放"自我"？讨论的重点放在《大众文艺丛刊》进行的文艺大批判和文坛意识形态大清理上，我将在现有研究的基础上，着重考察这一刊物所形成的新的批评模式和批评文体，分析它和"毛文体"① 的紧密关联，看看对这一文体的实践，如何导致批评家们为了获取"革命"的主体性地位，而产生对权威的无条件服从和对"自我"的无条件放弃。当想像中的"新中国"真的来到眼前，作家们却蓦然发现已然失去自己的声音，而只能加入民众鼓掌欢呼了。

　　在对南来作家的文学生产和话语实践分别有过初步的考察后，本书第九章《结论》部分将集中概述南来作家现代民族国家想像的方式和特点，并对南来作家的文学史地位作出评价。

---

　　① 此处借用批评家李陀提出的一个概念，后文第八章将有详细分析。

上篇　文学生产

第二章　殖民空间的言说主体

抗战质经改变了——至少是部分的——我的气质，这是到香港以后才发觉的……

——施蛰存（1940，香港）①

我们认为：一切悲剧的发生，根源于最多数的生产者劳而无获，最少数的浪费者坐享其成……这是历史的不幸，这饥饿的时代，血的时代，比起屈原的时代还要惨苦，更为黑暗。但又不同于屈原的时代。那百姓起来点灯，不准州官放火的信号上升了。这是悲剧时代里的福音。

——黄药眠等（1947，香港）②

第一节　战争与流亡

一、历史上的作家南来现象

香港虽然历来属于"中国"领土，自秦汉以来即一直归属中土③政权管辖，至唐代更于屯门设军镇治所，屯门从此成为粤港交通重要孔道，来往商旅日多。不过总体看来，由于地处大陆南端，孤悬海外，在鸦片战争以前，香港社会经济

---

① 施蛰存：《薄凫林杂记》，《大风》第 69 期（1940 年 6 月 20 日），第 2149 页。

② 黄药眠等：《一九四七年诗人节宣言》，《华商报》，1947 年 6 月 23 日，第三版。

③ 西周初年，周成王即位，辅政的周公在原先的洛邑城（今河南洛阳附近）的基础上，重新营建了一座规模宏大的新都城，史称"新洛"，又被称为"中土"或"中国"。"中土"、"中国"与"华夏族"合称"中华"。此后，"中华"逐渐成为整个中国的代称。

的发展是缓慢的，直至十九世纪前期仍然只是一个人口不足八千人的海岛渔村。① 历史上，中原人士南迁至此定居，多是由于战乱，相对于中土的烽烟时起，这一远离政治中心的海外岛屿显得宁静和平。至于文人踏足此地，通常若非为了避难，便是由于遭贬流放。据有心人搜集史料，发现从古至今，南来香港的知名诗人不下百人，早在唐代，韩愈、刘禹锡等大诗人就曾留下歌咏香港的诗篇。② 如果考虑到其他文学体裁，对香港进行过描绘的作家自然更多。不过在人们脑海中，古代没有任何一位文化名人是"属于"香港的，因为他们只是路过，并未长住，更谈不上建立深厚的感情联系。

随着大英帝国在全球海外贸易的大力扩张，进而发展到通过鸦片战争一步一步将香港岛、九龙和新界攫取为殖民地，香港因其具有一条天然良港，又处于欧亚各国贸易的交通要道，作为一个转口贸易港便迅速发展起来。与此同时，被强行纳入世界历史进程的近代中国更加动荡不安，战乱频仍（第二次鸦片战争、太平天国、中日甲午战争、辛亥革命、军阀混战……）。于是，人口的流动大大加快，在这片土地上，文化人的身影也就出现得越来越频繁了。但大致而言，近代文人来此，或为避难，或为中转（由此转赴南洋或欧美等地），一般不出此二途，因此长居的很少。例如曾与香港发生密切关系，在此创办著名的《循环日报》并第一个在香港中文报纸上开辟副刊的王韬（1828—1897）③，当初避居香港，就是为了逃避清政府的通缉。另外一批被视为前清遗老的旧文人，如章士钊、郑孝胥、林琴南等，则是因辛亥革命的爆发而来避居的。④

伴随着香港社会经济、文化教育等各方面的发展，民国时期，开始有名作家、名学者为了文化交流和文化建设的目的来到香港演讲、访问和讲学。1927年2月18日及19日，鲁迅（1881—1936）应香港基督教青年会邀请，在该会礼堂连续作了两次演讲，题为《无声的中国》与《老调子已经唱完》，前者由听众记录的讲稿于《华侨日报》刊出。⑤ 在不少文学史叙述中，鲁迅这次南来被视为

① 据港务局人口统计，1841 年香港（不含九龙和新界）人口仅为 7450 人，另据一份教会实地考察记录，若不含水上居民，当时港岛人口估计不到 2500 人。参见高添强编著：《香港今昔（新版）》（香港：三联书店（香港）有限公司，2005 年，第三版），第 106 页。

② 参见胡从经编纂：《历史的跫音：历代诗人咏香港》（香港：朝花出版社，1997 年）。

③ 近代中国著名文化人物，因给太平军上书献计而被清廷通缉，避难香港长达 23 年。在港期间，一方面办报论政，开风气之先，另一方面广收香港史料，并以《香港略论》、《香海羁踪》和《物外清游》三文奠定了自己香港"南来文化第一人"的历史地位。

④ 参见刘登翰主编：《香港文学史》（香港：香港作家出版社，1997 年），第 51、55 页。

⑤ 参见刘随：《鲁迅赴港演讲琐记》，收入小思编著：《香港文学散步（新订版）》（香港：商务印书馆（香港）有限公司，2004 年），第 23—26 页。

促成了香港新文学的萌芽。1935 年初，胡适（1891—1962）南来香港，接受香港大学颁予的名誉博士学位，在港住了五天，演讲五次，并支持港大延聘教授、改革文科教学。① 胡适当时推荐的人选是许地山。1935 年底，许地山（1893—1941）因在燕京大学与校长司徒雷登关系不洽，被解聘。为了工作和生活，携全家来港，应聘就任香港大学中文学院主任教授。他上任后大力改革教学内容，在中文学院设文学、史学和哲学三系，并加强新文学教育，推行新文字运动。② 由此可见，至二十世纪三十年代中期，文人南来香港已渐渐增多，交流也趋向深入。不过，这时作家南下基本是出于个人原因，属于个别现象，尚未形成规模。

二、抗战爆发与作家大规模南下

1937 年日本军队在北平发动七七事变，8 月 13 日又进攻上海，在两地均遭到中国军民的顽强抵抗，至此中华民族的全面抗日战争宣告爆发。正如历史上屡次发生内乱或外敌入侵时的情形一样，战争带来了大规模的人口流动。而和历史上的逃难大潮不同，抗战引发的难民潮中，有着不少作家的身影。这是由于战争爆发后，国内各党派组织很快意识到香港是从事海外宣传、争取舆论支持的最佳基地，因而有组织地分批委派文化界人士南下，在香港建立宣传基地，将国内的声音从此传播到海外，期望从海外华侨及支持中国抗战的国际人士那里获得道义和物质上的支援。和历史上内地作家的南下不同，这一时期作家们南下固然也有一部分是个人的避难行为，但更多的是集体行为，因而数量和规模远超以往。

1937 年 9 月，抗战爆发不久，杜埃（1914—1993）由广州来港，在八路军驻港办事处从事抗日文艺宣传工作，在共产党与十九路军合办的《大众日报》写社论、编副刊一年，期间在《文艺阵地》等报刊发表政论、文艺理论、散文、小说。1939 年春被派赴广东东江游击区工作。③

1937 年 11 月上海失陷后，蔡楚生（1906—1966）转赴香港从事电影活动。他与司徒慧敏合编了粤语电影剧本《血溅京山城》和《游击队进行曲》，与赵英才合编《孤岛天堂》，独自编导电影《前程万里》等。④ 与他几乎同时，欧阳予

---

① 参见胡适：《南游杂忆》，收入卢玮銮编：《香港的忧郁——文人笔下的香港（1925—1941）》（香港：华风书局，1983 年），第 55—61 页。

② 参见周俟松、边一吉：《许地山传略及作品》，《新文学史料》1980 年第 2 期，第 177—178 页。

③ 杜埃：《我的小传》，收入徐州师范学院《中国现代作家传略》编辑组编：《中国现代作家传略（下集）》（成都：四川人民出版社，1981 年），第 168 页。

④ 参见北京语言学院《中国文学家辞典》编委会编：《中国文学家辞典（现代第三分册）》（成都：四川文艺出版社，1985 年），第 597 页。

倩（1889—1962）因受汉奸特务逼迫，也由上海前往香港，编写古装片电影《木兰从军》，为中国旅行剧团导演话剧《流寇队长》、《魔窟》、《一心堂》、《钦差大臣》、《日出》等。①

同年，杜衡、袁水拍、黄秋耘、黄绳、楼栖、林焕平等先后由广州等地来港，通过从事文艺工作积极进行抗战宣传，有的还直接从事与抗战军事有关的工作，如黄秋耘（1918—2001）曾在八路军驻香港办事处和其他部门做军事工作和地下工作，打进日寇情报机关刺探军事情报，后又打进国民党军事机关当过尉级军官和中校军官，曾率领小部队和日本侵略军作战。②

1938 年 2 月底，茅盾（1896—1981）应生活书店约请主编《文艺阵地》，迁居香港。4 月 16 日，《文艺阵地》半月刊开始出版，创刊号刊登了张天翼的《华威先生》，第三期发表姚雪垠的《差半车麦秸》，都是抗战初期具有全国影响的佳作。该刊大力推动抗战文化，是名副其实的宣传"阵地"，而他同年主编、4 月 1 日开始出版的《立报·言林》也不例外。此时在港的青年作者杜埃、林焕平、李南桌、黄绳、袁水拍等成为《言林》和《文艺阵地》的常见撰稿人。由于《文艺阵地》虽为读者叫好却销路不畅，编者自己还得垫付费用，加之香港生活程度较高，茅盾一家每月的开支入不敷出，十个月亏蚀了一千元，该年 12 月，茅盾远赴迪化（今乌鲁木齐）担任新疆学院文学院长。③

1938 年 5 月，戴望舒（1905—1950）与徐迟（1914—1996）各携家人同船自上海来港。戴望舒由《大风》旬刊主笔陆丹林（1896—1972）推荐，任 8 月 1 日新创刊的《星岛日报·星座》主编。从此，他在港岛长住了下来，直到 1949 年春天，除了 1946—1948 年间返回上海居住，其余时间都在香港度过，前后相加达八九年之久。在港期间，他除了编辑过众多报刊，如与金仲华、张光宇等合编《星岛周报》，与艾青合编《顶点》诗刊，与冯亦代、徐迟、叶君健等创办英文版《中国作家》（Chinese Writers）之外，更积极参与中华全国文艺界抗敌协会

---

① 参见欧阳敬茹：《欧阳予倩传略》，收入徐州师范学院《中国现代作家传略》编辑组编：《中国现代作家传略（上集）》（成都：四川人民出版社，1981 年），第 458 页。

② 参见陈衡、袁广达主编：《广东当代作家传略》（广州：中山大学出版社，1991 年），第 147 页。

③ 参见茅盾：《在香港编〈文艺阵地〉——回忆录〔二十二〕》，《新文学史料》1984 年第 1 期，第 1—20 页。

香港分会等文艺组织的活动，在抗战期间，他与许地山是该组织事实上的领导人。①

1938 年夏，萧乾（1910—1999）来港，参加港版《大公报》筹备工作。8 月 13 日《大公报》在香港复刊，萧乾编辑《大公报·文艺》至 1939 年 8 月底，期间连载过沈从文的长文《湘西》等。1939 年春，副刊逐渐放弃纯文艺传统，开始出综合版，只要有利于抗战的作品都可以发表，如大量关于日本研究的文章。1 月，副刊出了一个连载专刊"日本这一年"，后结集为《清算日本》，以"大公报文艺编辑部"名义于 3 月出版。同年 9 月 1 日，萧乾离港赴伦敦。②

除了以上几位，1938 年还有众多作家来港，包括冯亦代、胡兰成、黄宁婴、金仲华、楼适夷、鸥外鸥、叶君健、叶灵凤、邹荻帆等。其中，时任中华全国文艺界抗敌协会组织部副主任的楼适夷（1905—2001）在"保卫大武汉"的呼声中南下，于 11 月辗转抵港，协助茅盾编辑《文艺阵地》，并在茅盾前往新疆之后代理主编工作。1939 年 6 月因安全原因回到上海，《文艺阵地》的编辑地同时转移。③ 叶君健（1914—1999）则是在武汉失守前夕撤退到香港，参加楼适夷编辑的画报《大地》与金仲华编辑的《世界知识》，并主编对外宣传刊物《中国作家》，出版两期后，1939 年秋离港。在港期间，他用英文翻译刘白羽、严文井、杨朔、姚雪垠等解放区和国统区作家的作品，寄到纽约《小说》月刊（Story）、伦敦《新作品》（New Writing）丛刊与莫斯科《国际文学》（International Literature）等刊物发表。④

1939 年，又有杨刚、郁风等作家来港。共产党员杨刚（1909—1957）是前来接替萧乾之职，编辑《大公报》的《文艺》副刊直至 1941 年冬。在她主编期间，《文艺》继续坚持宣扬抗战民主文化，发表了很多延安文学作品。⑤

1940 年 1 月下旬，端木蕻良（1912—1996）与萧红（1911—1942）夫妇应

---

① 参见冯亦代：《戴望舒在香港》，《新文学史料》1980 年第 4 期，第 164—168 页；以及郑择魁、王文彬：《望舒传——从雨巷到升出赤色太阳的海》，《新文学史料》1986 年第 4 期，第 154—172 页。

② 参见萧乾：《我当过文学保姆——七年报纸文艺副刊编辑的甘与苦》，《新文学史料》1991 年第 3 期，第 22—34 页；杨玉峰：《萧乾、〈大公报·文艺〉与〈清算日本〉》，《香港文学》1985 年第 7 期，第 76—78 页。

③ 楼适夷：《茅公和〈文艺阵地〉》，《新文学史料》1981 年第 3 期，第 170—177 页。

④ 叶君健：《忆抗战初期的文学对外宣传工作》，《新文学史料》1982 年第 3 期，第 44—48、43 页。

⑤ 参见胡寒生：《追忆杨刚》（《新文学史料》1982 年第 2 期，第 118—120 页）及李辉：《延安文学在香港〈大公报〉》（《新文学史料》1991 年第 3 期，第 34—41 页）等文。

复旦大学教务长、时任香港大时代书局总经理的孙寒冰之请，由重庆来港编辑《大时代文艺丛书》。其时，重庆空气紧张，屡遭日军空袭，兼以生活水平较差，而端木蕻良的长篇小说《大江》已经开始在《星岛日报·星座》连载，这些可能也是促成二人离开的因素。到港后，端木蕻良积极从事《大时代文艺丛书》的编辑工作，1941年夏又主编《时代文学》，同时笔耕不辍，发表出版了不少作品。萧红也在生命的最后两年完成了《呼兰河传》、《马伯乐》、《小城三月》等重要作品。太平洋战争爆发后，萧红因病于1942年1月22日逝于香港，端木蕻良随后离港。①

1940年，胡仲持、柳亚子等文化名人被迫潜往香港，施蛰存（1905—2003）亦于香港旅居半年以上，在《大风》旬刊与《星岛日报·星座》等发表文章。②

在抗战爆发后的三年多时间里，来港作家渐渐增多，至1940年底，聚居此地的知名作家已达数十人之多，在很大程度上改变了香港的文化空气。从政治倾向看，既有茅盾、萧红、林焕平、欧阳予倩、杨刚、袁水拍、邹荻帆、黄宁婴、杜埃等不折不扣的共产党及左翼作家，也有戴望舒、叶灵凤等"政治上左倾，艺术上自由主义"、相对更为注重艺术追求的作家，还有简又文、胡春冰、陆丹林等国民党作家，以及胡兰成等逐渐走向"汪派"的作家。他们大多由上海、广州或武汉等大城市而来，从事的工作各有不同，但也有着大致相同的指向：多数作家在避难的同时，从不同方面对抗战作出自己的回应。

三、皖南事变后左翼作家的流亡

抗战初期，共产党与国民党及其他社会团体力量建立了广泛的抗日民族统一战线，不过各个政治势力之间亦常产生利益冲突和现实摩擦。1941年初发生的皖南事变是其中一次严重的事件。事变发生后，共产党方面认为身处国统区的作家们工作环境恶化，人身安全也受到威胁，因此迅速作出反应，由周恩来亲自安排，明确指令部分知名作家紧急疏散，或进解放区，或撤至香港等地，继续从事抗日民主宣传活动。因此，短期内又有不少作家奉命来港，只不过因应时事，这一年来的几乎全部是共产党与左翼作家。

---

① 参见刘以鬯：《端木蕻良在香港的文学活动》，载刘以鬯：《见虾集》（沈阳：辽宁教育出版社，1997年），第52—73页。

② 施蛰存《自传》（收入徐州师范学院《中国现代作家传略》编辑组编：《中国现代作家传略（上集）》，成都：四川人民出版社，1981年，第480—483页）中回忆自己旅居香港的时间是1940年6月至11月，当属误记。查他写作的《薄凫林杂记》一文起首便说"来到香港，转眼便是三月"，文刊1940年6月20日出版的《大风》第69期（第2149页），可知他是在1940年3月到港的。

1941 年 1 月下旬，夏衍（1900—1995）奉周恩来急电，转移赴香港，任中共南方工作委员会委员，并建立党对海外的宣传据点。大致在同一时期，范长江、邹韬奋、廖沫沙、张友渔等分别从重庆和桂林等地来港，加上此前在港的胡仲持等，在廖承志领导下，共同筹办中共海外机关报《华商报》。4 月 8 日，《华商报》正式出版。夏衍除了担任社务委员，撰写社论和时事述评外，还监管文化评论工作和文艺副刊《灯塔》，并兼任《大众生活》编委，同时根据周恩来指示，从事党的统战工作。在此期间，他创作和连载了生平唯一的长篇小说《春寒》。太平洋战争爆发后，《华商报》停办，1942 年 1 月 8 日，夏衍化名撤退出香港。① 其余同仁也纷纷撤离。

1941 年 3 月，茅盾二度来港，任务是开辟"第二战线"。同前次一样，他在编辑和写作方面花费了大量的精力。他加入邹韬奋主持的《大众生活》，担任编委，并应对方邀请，开始写作日记体长篇小说《腐蚀》于杂志连载，同时于《华商报·灯塔》连载散文《如是我见我闻》十八篇（后更名《见闻杂记》），其后为之撰写杂文超过 30 篇。此外，他还在《大公报》、《国讯》等报刊发表短论和杂感。几个月后，他创办并主编半月刊《笔谈》，9 月 1 日出版创刊号，不到五天即出版再版本，共出版七期。这次他居港九个月，总计除了长篇《腐蚀》与短篇《某一天》之外，还写了近百篇杂文，如此高产，无怪乎晚年回忆这段时光，要将之形容成"战斗的一年"了。年底香港沦陷，茅盾等人第一批撤退，于 1942 年初由东江游击队保护离港。②

1941 年 5 月 7 日，为抗议国民党发动皖南事变，按照共产党的安排，胡风（1902—1985）全家离开重庆，6 月 5 日抵达香港。在港半年间，胡风没有具体工作岗位，生活大半由党组织照料和维持。他所做的，便是为《笔谈》、《华商报》、《光明日报》、《大众生活》等撰稿。1942 年 1 月 12 日，经党组织筹划安排，脱险出九龙。③

此外，因皖南事变而转赴香港的还有戈宝权、叶以群、胡绳、华嘉、黄药眠、林林、宋之的、于伶、章泯等。其中，戈宝权（1913—2000）与叶以群（1911—1966）秘密来港的任务是创办文艺通讯社，开展对海外华侨文艺社团及

---

① 参见巫岭芬、庄汉新：《夏衍传略》，《新文学史料》1983 年第 3 期，第 79—86 页。

② 参见茅盾：《战斗的一九四一年——回忆录〔二十八〕》，《新文学史料》1985 年第 3 期，第 52—70 页；戈宝权：《忆和茅盾同志相处的日子〔二〕》，《新文学史料》1981 年第 4 期，第 52—58、227 页。

③ 参见晓风：《胡风年表简编》，《新文学史料》1986 年第 4 期，第 173—187 页；胡风：《在香港——抗战回忆录之十二》，《新文学史料》1988 年第 1 期，第 21—30 页。

报刊的文艺通讯联络活动，将大陆文艺作品寄往南洋一带报刊发表。① 宋之的
（1914—1956）来港后，与于伶、章泯、司徒慧敏等人组织了"旅港剧人协会"，
演出《雾重庆》（自编自导）、《希特勒的杰作》（《马门教授》）、《北京人》（曹
禺编剧）等剧，在《华商报》、《大众生活》等发表短论杂文，此外也从事团结
统战工作。香港沦陷后随东江游击队北撤。后来，宋之的写作剧本《祖国在呼
唤》，描写香港之战期间中共对文化界人士的"伟大的抢救"工作。②

　　1941 年 12 月 8 日，日军发动太平洋战争，从珍珠岛等地向盟军进攻，香港
也经历了十八天的战争，至 12 月 25 日，港督宣布投降，在经历了一个"黑色圣
诞"之后，香港落入日本人手中，从这时直到 1945 年 8 月日本宣布投降期间，
统治香港的是日本军政府。香港沦陷后，共产党经过周密筹划，分批将留港文化
人士和民主人士营救出去。于是，接下来的三年多里，除了戴望舒、叶灵凤等少
数几人羁留于此，南来作家全部撤离，香港的文化活动和文学生产归于沉寂。

四、国共内战时期作家再次集结香港

　　抗战胜利后，香港重归英国管辖，中共鉴于香港作为海外宣传基地的独特地
位，很快派员来到香港，恢复战前部分文化阵地，首要的便是《华商报》。早在
战前就曾在港从事党的工作的饶彰风（1913—1970）被指派领导报纸的复刊工
作，亲任总经理（后由萨空了接任）。饶彰风同时担任香港工委下设的文化委员
会和报刊委员会（以下简称"文委"和"报委"）领导工作，负责对民主党派、
爱国民主人士和文化界的统战工作。③ 在重庆的廖沫沙（1907—1991）接受周恩
来和王若飞的指示，于 11 月初启程，因交通困难，长达千里的一半路程只能靠
步行或搭乘小木船，因此直到 12 月中旬才到达香港，这时报纸的筹备工作已经
完成，只等出版了。1946 年 1 月 4 日，《华商报》正式复刊，廖沫沙任副总编辑
兼主笔，撰写社论，并负责军事评论专栏《每周战局》。总编辑是刘思慕，编辑
主任是高天，吕剑任副刊编辑。廖沫沙加入了香港工委报委，离开报社后，主持

　　① 参见戈宝权：《我的自传》，收入徐州师范学院《中国现代作家传略》编辑组编：《中
国现代作家传略（上集）》（成都：四川人民出版社，1981 年），第 126 页；周而复：《往事回
首录·二、临时文化中心》，《新文学史料》1992 年第 2 期，第 115 页。
　　② 参见宋时：《宋之的传略》，及夏衍：《之的不朽》，均刊《新文学史料》1984 年第 1
期，第 115—117、142—146 页。
　　③ 参见陈衡、袁广达主编：《广东当代作家传略》（广州：中山大学出版社，1991 年），
第 294 页。

新民主出版社的编辑工作，直至 1949 年 6 月初离港赴京。[①]

不过，作家再度大量南下，则是由于 1946 年后国共内战正式爆发。与皖南事变后的情形相似，左翼作家又被迫流亡，而其规模则超过了此前任何一个时期。

1946 年夏，由党组织安排，周而复、龚澎、乔冠华、林默涵等同日乘船离开上海，前往香港。为了安全，各人秘密登船，在甲板上"不期而遇"。10 月下旬，冯乃超（1901—1983）与李声韵夫妇自上海抵港。10 月 30 日，夏衍和潘汉年乘飞机抵港。章汉夫与胡绳夫妇亦先后来到。除了夏衍是受周恩来之命前往新加坡从事宣传，其余人都进入中共在香港的组织，各司其职，从事文艺与统战工作。[②]

同年 6 月，因《文艺生活》被国民党封闭，陈残云（1914—2002）撤退到香港，继续从事民主运动与文艺运动，社会职业是香岛中学教师，并在《大公报》上与黄秋耘合编《青年周刊》，与章泯合编《电影周刊》。[③]《文艺生活》的主编、曾从事地下党工作的司马文森（1916—1968）也被迫由广州撤退来港，他复刊了《文艺生活》，出版海外版，后担任中共南方局文委委员、港澳工委委员、达德学院文学教授、《文汇报》主编等职，倡导报告文学，同时担负统战工作。[④] 秦似（1917—1986）与宋云彬则是由于在桂林同人杂志《野草》被封来港，在此与夏衍、聂绀弩、孟超以不定期刊形式复刊了《野草》，秦似任执行编辑，主要发行地区是香港和南洋。至 1949 年共出版十二期。[⑤]

1946 年秋，华嘉与黄宁婴、黄药眠结伴由广州乘船抵达香港。华嘉（1915—1996）进入《华商报》工作，任副刊编辑。[⑥] 黄药眠（1903—1987）参与创办达德学院，担任文哲系主任，并参与民盟领导工作，主编民盟机关报《光明报》，在各报刊发表大量诗作和评论。[⑦]

---

① 参见司徒伟智、陈海云：《廖沫沙的风雨岁月〔四〕》，《新文学史料》1985 年第 4 期，第 206—217 页。

② 参见周而复：《往事回首录》，《新文学史料》1992 年第 1 期，第 34—42 页。

③ 陈残云：《我的小传》，收入徐州师范学院《中国现代作家传略》编辑组编：《中国现代作家传略（上集）》（成都：四川人民出版社，1981 年），第 424 页。

④ 参见陈衡、袁广达主编：《广东当代作家传略》（广州：中山大学出版社，1991 年），第 305 页。

⑤ 秦似：《回忆〈野草〉》，《新文学史料》1979 年第二辑，第 170—174 页。

⑥ 华嘉：《忆记香港〈华商报〉及其副刊》，《新文学史料》1986 年第 1 期，第 142—152 页。

⑦ 《黄药眠同志生平》，《新文学史料》1988 年第 1 期，第 222—223 页。

同年，韩北屏、洪遒、黄谷柳、刘思慕、楼栖、欧阳予倩、秦牧、薛汕、章泯等亦分别由上海或广州等地来港，其中不少人是第二次撤退至此了。

1947 年 1 月，邵荃麟（1906—1971）由周恩来亲笔介绍，自上海来港。三个月后，妻子葛琴带着孩子前来。在港期间，邵荃麟任香港工委文委委员，后任文委书记和工委副书记，从事统战工作。1948 年参与创办《大众文艺丛刊》，是主要编辑者，在刊物上发表了《对于当前文艺运动的意见》、《新形势与文艺》等多篇重要理论文章。期间还翻译了一些马列主义文艺理论，如阿·梅耶斯涅可夫的《列宁与文艺问题》；写过一些介绍马列文论的小册子，如《文艺真实性与阶级性》等。①

1947 年夏，钟敬文（1903—2002）因"左倾思想"被中山大学解除教授职务，7 月末化装离开广州，避难香港，"在共产党和民主党派共同办理的达德学院文学系任教"。除了学校工作，兼任文协香港分会常务理事、方言文学研究会会长，发表关于一般文艺、民间文艺和方言文学的论文，及一些关于彭湃、冼星海、郁达夫、朱自清的回忆纪念文章，并主编《方言文学》文集。②

1947 年秋天，吴祖光（1917—2003）因受国民党当局警告和威胁，应香港大中华影业公司之聘，赴港任电影编导。行前为香港永华影业公司编写了两个电影剧本：由话剧本《正气歌》改编的《国魂》，与喜剧《公子落难》。在港期间，为大中华影业公司编导电影《风雪夜归人》及聊斋故事《莫负青春》，为永华影业公司导演唐漠编剧的《山河泪》及改编自黄谷柳小说的《春风秋雨》。③

1947 年 9 月，夏衍在新加坡被英国殖民当局礼送出境，返抵香港。10 月，巴人亦自南洋被逐回港。11 月，在上海的郭沫若（1892—1978）与茅盾一道，在党组织安排下，由叶以群护送撤退到香港。郭沫若住在九龙山林道，这是香港的天官府，文艺界一些聚会不便在其他地方举行的，便于郭家聚会。④

---

① 参见周而复：《回忆荃麟同志》，《新文学史料》1980 年第 3 期，第 73—82 页；小琴：《辛勤奋斗的一生——追念我的父亲邵荃麟》，《新文学史料》1983 年第 2 期，第 106—123 页。

② 钟敬文：《自传》，收入徐州师范学院《中国现代作家传略》编辑组编：《中国现代作家传略（上集）》（成都：四川人民出版社，1981 年），第 531 页。

③ 吴祖光：《自传》，收入徐州师范学院《中国现代作家传略》编辑组编：《中国现代作家传略（上集）》（成都：四川人民出版社，1981 年），第 371—372 页。

④ 周而复：《缅怀郭老》，《新文学史料》1980 年第 2 期，第 132—154 页。

1948 年，周而复、张天翼、葛琴、蒋牧良（自左至右）在香港
（图片来自赵文敏编《周而复研究文集》，北京：文化艺术出版社，2002 年）

同年，杜埃、林焕平、柳亚子、楼适夷、孟超、聂绀弩、沙鸥等作家亦因时局紧张而撤至香港。众多文化人的聚集使得从这一年开始，香港的文化运动趋于高潮，文学、戏剧、电影、音乐、舞蹈、美术等各方面活动不断，丰富多彩。

进入 1948 年，内战的国共双方实力已经逆转，战局朝着有利于共产党的方向转化。与此同时，国统区的"白色恐怖"仍然存在乃至变本加厉，因此仍有不少作家出走香港。

1948 年 2 月，公刘（1927—2003）为逃避国民党逮捕，从大学三年级辍学，由南昌经上海来港，参与共产党领导的"全国学联"宣传部工作，任"全国学联"地下机关刊物《中国学生》编辑。[1] 5 月，柯灵（1909—2000）由于国民党特务搜捕，由上海逃往香港，参与创办港版《文汇报》，兼任永华影业公司编剧，并任中国民主促进会中央常务委员。[2] 这年夏天，戴望舒因在上海从事民主运动被国民党通缉，再度流亡香港。

蔡楚生、端木蕻良、黄绳、金仲华、于伶、林林、袁水拍等于 1948 年再度

① 公刘：《小传》，收入徐州师范学院《中国现代作家传略》编辑组编：《中国现代作家传略（下集）》（成都：四川人民出版社，1981 年），第 35 页。
② 柯灵：《自传》，收入徐州师范学院《中国现代作家传略》编辑组编：《中国现代作家传略（上集）》（成都：四川人民出版社，1981 年），第 518 页。

来港。秋天，萧乾、杨刚自国外回来，再到香港，重入《大公报》工作。于逢与张天翼则分别于春天和秋天至港养病，同时在报刊发表作品。

1948 年秋天，随着共产党开展对国民党的战略决战，"蒋家王朝"的覆灭已在数难逃，召开"新政协"、建立"新中国"的宏伟工作已排上日程。另一方面，港英当局对战争形势感到惊愕，害怕解放军越过边境进入香港，于是增派兵力，加强治安，制定法例，干涉民众生活自由，南来文人的活动日益受到严厉限制。在这种背景下，中共中央决定将在港文化人士分批护送撤离。自 1948 年 8 月至 1949 年 8 月一年间，中共香港分局和工委共分二十批（人数较多的有四批）护送民主、文化人士及其他人员 1000 多人，进入解放区。①

这样，在中华人民共和国建立之后，于 1948 年前来港的南来作家群体中除了个别人（如叶灵凤等）选择留居香港，还有少数人（主要是一些广东籍作家，如陈残云、韩北屏、洪遒、司马文森、吕志澄、于逢等）因工作需要坚持到 1950 年以后才离开之外，绝大多数都和这片土地永远告别了。他们曾经在此制造的抗战与民主文化繁荣景象，也一去不复返了。

第二节　从"文化的荒漠"到"临时文化中心"

一、战前香港社会文化概况

香港自开埠以后，经过半个多世纪的发展，至二十世纪三十年代，已成为亚太地区一大都市，被誉为"东方伦敦"。市面之繁华、建筑之雄丽、风光之秀美、风气之开放，常让内地来的客人赞叹不已，即便是来自另一大都市上海的文人们，对于此地物质生活的富裕和商业的发达程度也啧啧称奇。如有位作者写道："香港之种种情形，我一见后，不禁佩服英人办事魄力之雄厚，虽号称'中国之花'之上海，几不可比拟。"② 旅客们形诸笔墨，留下了当日香港的许多剪影：

---

① 参见袁小伦：《战后初期中共与香港进步文化》（广州：广东教育出版社，1999 年），第 137—156 页。

② 二难：《香港一瞥》，收入卢玮銮编：《香港的忧郁——文人笔下的香港（1925—1941）》（香港：华风书局，1983 年），第 75 页。

广阔的马路随着地势的高下穿贯全岛，汽车可以直驶山顶。水管煤气管埋好了，电线架好了，教堂的尖楼盖起花纹石来了，庭园里盛植的棕榈树，都成绿荫了。

荒岛变成了人烟稠密的海上蜃楼。跑马场，夜总会，网球场，高尔夫球场，把海滨装缀得像伊甸乐园一样。到处是大不列帝国的伟大表现，到处是英国人的威风，中国人士，都在那到处展扬的大英旗下，过着安居乐业的生活。①

海滨之区，原为峭壁，英人移山填海，造成陆地，繁华隆盛之商场，即建筑于其上，山坡山腹，则因地修街，就坡建屋，或左右相成而凿之，或上下相连而通之，曲折迂回，有如游龙蜿转，高低起伏，宛若云梯通天，山巅巨厦连云，华屋成村，自海面望之，仿佛空中楼阁蓬莱仙阙，天上人间，令人神往，若夜立九龙之滨，望香港正面之市，则星辰点点，闪灼空际，金光万道，照耀尘寰，不复知为世俗市尘矣。②

国商最大之营业即为饮食，店粤名曰"酒家"，五步一楼，十步一阁，灯壁辉煌，建筑雄丽，友人雷君邀余就食某酒家，人声喧嚷，客座无余，至五楼后始得一空室，余方惊此楼之大，为北方所无，而雷君示余曰："此为港埠最小之酒家，其数大者且较此为倍蓰。"③

然而，来自北方的旅客在对大英帝国的统治倍感惊讶、对香港的繁华美丽颇有些"叹为观止"之余，多数却对此地的教育文化视之甚低，认为无论是中小学教育还是大学教育均远远无法与内地城市相比：

香港为商业之地，文化绝无可言，英人之经营殖民地者，多为保守党人，凡事拘守旧章，执行成法，立异趋奇之主张，或革命维新之学说，皆所厌恶，我国人之知识浅陋，与思想腐迁者，正合其臭味，故前清之遗老遗少，有翰林，举

---

① 张若谷：《香港与九龙》，收入卢玮銮编：《香港的忧郁——文人笔下的香港（1925—1941）》（香港：华风书局，1983年），第41—42页。

② 友生：《香港小记》，收入卢玮銮编：《香港的忧郁——文人笔下的香港（1925—1941）》（香港：华风书局，1983年），第48页。

③ 杜重远：《香港所见》，收入卢玮銮编：《香港的忧郁——文人笔下的香港（1925—1941）》（香港：华风书局，1983年），第79页。

人，秀才等功名者，在国内已成落伍，到香港走其红运，大显神通，各学校之生徒，多慕此辈，如吾国学校之慕博士硕士焉，彼辈之为教也，言必称尧舜，书必读经史，文必尚八股，盖中英两旧势力相结合，牢不可破，一则易于统治，一则易于乐业也。①

香港大学最有成绩的是医科与工科，这是外间人士所知道的。这里的文科比较最弱，文科的教育可以说是完全和中国大陆的学术思想不发生关系。这是因为此地英国人士向来对于中国文史太隔膜了，此地的中国人士又太不注意港大文科的中文教学，所以中国文字的教授全在几个旧式科第文人的手里，大陆上的中文教学早已经过了很大的变动，而港大还完全在那变动大潮流之外。②

从以上引文可知，内地文化人对香港的教育和文化不满，主要是由于此地崇洋和守旧势力太强，以致教育以英文、传统国学和实用内容为主，独独缺少内地五四以来的"新文化"、"进步文化"。如当时在港的老教育家吴涵真认为，香港大学教育的"程度连上海的高中都不及；学校注重英文，但目的仅为训练洋行的买办和商店的职员，并不在培养人才"。③ 而这种局面的形成，被归因于殖民统治的本性。抗战爆发后，大批作家南下，对香港的文化空气和市民的精神状态进行了严厉批评，如茅盾所说：

一九三八年的香港，是一个畸形儿——富丽的物质生活掩盖着贫瘠的精神生活，这在我到达香港不久就感觉到了。香港的报纸很多，大报近十种，小报有三四十，但没有一张是进步的；金仲华任总编辑的《星岛日报》那时还在筹备中。除了几份与香港当局有关系的大报外，其他都是纯粹的商业性报纸，其编辑人眼光既狭窄，思想也落后。至于大量充斥市场的小报，则完全以低级趣味、诲淫诲盗的东西取胜……用"醉生梦死"来形容抗战初期的香港小市民的精神状态，并不过分。几十年的殖民统治，英帝国主义所希望于香港民众的，就是这种精神状态。而我们进步文化界，虽然在上海、在全国搞得轰轰烈烈，却唯独忘记了这

① 友生：《香港小记》，收入卢玮銮编：《香港的忧郁——文人笔下的香港（1925—1941）》（香港：华风书局，1983年），第51页。
② 胡适：《南游杂忆》，收入卢玮銮编：《香港的忧郁——文人笔下的香港（1925—1941）》（香港：华风书局，1983年），第56—57页。
③ 茅盾：《在香港编〈文艺阵地〉——回忆录〔二十二〕》，《新文学史料》1984年第1期，第2页。

个小岛。当然，港英当局对进步活动十分严厉的箝制和压迫，也是重要的原因。因此，当我在一九三八年二月底来到香港时，似乎进入了一片文化的荒漠，这是我始料所不及的。①

这一段文字，既体现出文化精英的痛心，也反映了一位民族主义者的愤慨。尽管是日后的追忆，但可以看出，茅盾心目中的"文化"无疑是"五四新文化"，是一种启蒙文化和精英文化，以这把标尺来衡量，在香港弥漫的这种专事俘获大众的商业性、娱乐性精神"食粮"，自然是要被逐出"文化殿堂"的。

当时的香港人是否真的"醉生梦死"、对时局麻木不仁呢？似乎也不尽然。许多人记述，每当社会团体发动筹款运动支持前线将士时，市民都行动踊跃，慷慨解囊，有些下层百姓甚至节衣缩食，奉献绵薄。有人观察到，反倒是"许许多多（不敢说是大多数）从事文化工作的人，都表现着对抗战的淡冷。他们不是全然冷淡，他们也有时表现出热情，但是，很可惜，他们的热情只表现在口头上，只表现在每天经常的看战事消息上，除此外，他们的生活和抗战不发生什么关系"。例如，有些中学教员每月收入数十元，但"所献的金额仍不及每月数元入的校役献的多"，劝他们写慰问信，有人也以没有时间来推托。②

香港历来被形容为华洋杂处，五光十色。出于不同立场，看到不同的景象，实在正常不过。我们很难说哪一种描述更接近历史事实，也无需详列历史研究著作提供的一些统计数据，重要的是，知道南来作家们如何看待香港，对于理解他们此期的一些文化活动，包括作品，无疑会有帮助。例如在茅盾等人看来，既然香港是一片"文化的荒漠"，于是迫切需要南来文人播下新文化的种子，经过数载努力（客观上则是由于英、日关系日益紧张，丘吉尔上台后对日采取强硬态度，对于抗日宣传不再阻拦），到了1941年，香港"已有了很大的变化，政治空气浓厚了，持久抗战的道理，在先进工人和知识界中已成常识，一般市民对于国家大事也不再漠不关心……进步文艺界很活跃……与三八年相比，香港是大大的不同了，那时还是一片'文化荒漠'，现在已出现了片片绿洲……"③

文学界的情况同样经历了大变化。在二十年代中后期，香港市面上虽然可见

---

① 茅盾：《在香港编〈文艺阵地〉——回忆录〔二十二〕》，《新文学史料》1984年第1期，第1页。

② 岑桥：《关于香港的文化人》，收入卢玮銮编：《香港的忧郁——文人笔下的香港（1925—1941）》（香港：华风书局，1983年），第117—118页。

③ 茅盾：《战斗的一九四一年——回忆录〔二十八〕》，《新文学史料》1985年第3期，第52页。

到十余份"新闻纸"、十份小报，以及一些画报和《墨花》、《伴侣》、《脂痕》、《香声》等杂志，经常发表作品的作者亦有二十余位，不过总体上"香港的文艺是在一个新旧过渡的混乱，冲突时期"。① 进入三十年代初，香港第一个新文艺团体"岛上社"出版了三期《岛上》，"梁国英"药局资助出版文艺杂志《红豆》，长达两年多。1935年1月1日，《时代风景》创刊，但只出版一期。同时，自1936年以来，由本地文化人为主召开的"文艺界茶话会"经常举行，来港的穆时英等因此与之有较多联系，1937年5月27日成立的"香港中华艺术协进会"也以本地文化人为主要成员。② 种种迹象表明，香港的新文艺无论是活动还是创作都日益丰富起来。

不过，抗战的爆发和内地作家的南下，中止了这一自然进化的历程，并造就了一个全新的局面。

二、作家南来与文化中心的转移

南来作家、尤其是由上海南下的作家，很快就有意识地要将香港建成为一个全国性的文化中心。

萨空了（1907—1988）是上海《立报》的创办者，该报副刊曾创造了上海报纸副刊的销售纪录。1938年4月1日，萨空了在香港复刊《立报》，第二天他就在报纸上发表短文，呼吁全港同胞迅速起来在香港建设新的文化中心。文章开头描绘十几万上海人来到香港后，"带给香港的只是挥金如土一类的豪举"，而令香港人对其文化中心的憧憬渐渐破碎，接着笔锋一转，认为香港可以取代上海成为全国的文化中心：

本来所谓文化中心的形成，多半是人为的，地域环境，只有一小部分的关系。在交通的关系上讲，现在香港已代替上海来作全国的中心了，所以只要加上"人力"，今后中国文化的中心，至少将有一个时期要属香港。

并且这个文化中心，应更较上海为辉煌，因为它将是上海旧有文化和华南地方文化的合流，两种文化的合流，照例一定会溅出来奇异的浪花。③

萨空了的倡议当时似乎没有得到太多的文字响应，但在实际行动上，南来作

---

① 吴灞陵：《香港的文艺》，收入卢玮銮编：《香港的忧郁——文人笔下的香港（1925—1941）》（香港：华风书局，1983年），第23—27页。

② 卢玮銮：《香港文纵》（香港：华汉文化事业公司，1987年），第13—15。

③ 了了〔萨空了〕：《建立新文化中心》，《立报·小茶馆》，1938年4月2日。

家们以各自的"人力"、"人为"，从事着不同的文化工作，为这一中心的形成奠基。仅以文艺报刊而言，仅在1938年就创办了多种，包括茅盾主编的《立报·言林》（4月1日创刊）、《文艺阵地》（4月16日创刊）、戴望舒主编的《星岛日报·星座》（8月1日创刊）、萧乾主编的《大公报·文艺》（8月13日创刊）、陆诒主编的《光明报》双周刊（3月创刊）、陆丹林主编的《大风》旬刊（3月5日创刊）、周鲸文主编的《时代批评》（6月创刊）、金仲华主编的《世界知识》（8月创刊）、马国亮主编的《大地》（11月创刊）等。这些报刊的撰稿阵容几乎囊括了当时全国的知名作家，贡献了一批名家名作，如沈从文的《湘西》、《长河》分别连载于《大公报·文艺》、《星岛日报·星座》，张天翼的《华威先生》、姚雪垠的《差半车麦秸》发表于《文艺阵地》，郁达夫的《毁家诗纪》、谢冰莹《一个女兵的自传》等发表于《大风》，穆旦的《防空洞里的抒情诗》初刊《大公报·文艺》等。可以说，正是从1938年开始，香港就隐隐然成为中国文化中心之一了。

　　到了1939年，随着南来的文人日多，成立相应的文艺组织、改变文人各自为战的局面就日益迫切了。这年3月26日，中华全国文艺界协会香港分会①成立，首届干事九人：楼适夷、许地山、欧阳予倩、戴望舒、叶灵凤、刘思慕、蔡楚生、陈衡哲、陆丹林。由许地山起草的《成立宣言》强调留港会员"必须变更过去留港同人们人自为战的方式，而一致归趋于全文协的旗帜之下，立刻团结起来"，目的则在于"扩大文艺的事功，实践以文艺动员全民的神圣任务"、实现"国民精神动员，国际同情争取"，乃至"策励精进，奠国民文艺之基，齐一步骤，赴抗战建国之路"。② 在此前后，许多作者在报刊发文造势，力陈建立文艺统一组织的必要，讨论香港的特殊环境与地位及分会会员的使命。在他们看来，香港其时已成为海内外的一个文化"运输站"，如叶灵凤所言，会员们"应该一面克服身边的困难，说服争取工作圈外的同伴，一面利用环境负起一个运输站的责任，将沦陷区民众的希望和世界的同情寄回祖国，再将祖国新生的气息传递到黑暗的区域和全世界。"③ 另一篇评论文章也称，希望利用香港这个"沟通国内外声气的地位"，"在积极方面"，"特别是要多做点国际宣传工作"；"在消

----

　　① 时称"中华全国文艺界协会留港会员通讯处"。这一组织名称多次更易，另有"中华全国文艺界抗敌协会香港分会"等称呼。参见卢玮銮：《香港文纵》（香港：华汉文化事业公司，1987年），第61—63页。下文一般简称"文协香港分会"。

　　② 陆丹林：《文艺统一战线》，《大风》第33期（1939年4月5日），第1041页。

　　③ 叶灵凤：《留港文艺工作者的责任——遥祝文协总会一周年纪念》，《立报·言林》，1939年3月26日。

极方面，应该尽量的检举失败主义者以及发和平谬论的汉奸，和×人的种种宣传，并随时予以打击。"①

文协香港分会成立后，在两年多的时间内，举办了大量活动，尤其集中在推广文艺通讯活动、弘扬抗战文艺创作、开展文艺理论探讨，及"送往迎来"、加强与来港文化人联络方面，② 从而成为战前香港最重要的文艺组织。半年之后，9 月 27 日，另一个文化组织"中国文化协进会"宣告成立。该会与文协香港分会相比，范围更宽，成员不限于文艺界，并确定了固定的活动场所。表面看来，这是另一个抗日统一战线性质的文艺组织，首届二十七名理事中包括许地山、戴望舒等文协香港分会人士，但实际上它与国民政府关系密切，成员多为右翼文人，与学术界及社会高层人士来往较多，而和文协香港分会有分庭抗礼之意。到了第二届以后，戴望舒等文协香港分会会员被排除在其理事会之外，而到皖南事变之后，两派文人的斗争更由暗涌变为明争。③

除了这两个规模较大的组织，来港文化人还按不同界别成立了一些文化组织，教育、学术、文艺、新闻、戏剧、电影、音乐、美术各界几乎都有自己的组织，如戏剧电影界的"旅港剧人协会"、新闻界的"文艺通讯社"等，通过不同途经尽量将知名文化人组织进来。

到了国共内战时期，南来文人更多，香港的文化组织也进一步增加。当事人对此有鲜明印象。茅盾在 1947 年 11 月再抵香港，不久后，"香港文协分会举行了新年团聚大会，欢迎我们这些陆续来港的文化人。到会三百余人。这是全国的文化人在香港的又一次大聚会。前一次聚会是在一九四一年，也是由于政治形势的恶化，大批文化人来到了香港，不过这一次的规模比四一年那一次大得多。"④ 周而复日后如此形容："香港当时形成以郭沫若、茅盾为首的临时文化中心，重庆的、上海的和广东的文化界著名人士几乎都来了，'群贤毕至，少长咸集'，极一时之盛……可以说，这是全国文艺界著名人士第二次在香港大集会（第一次是抗日战争时期太平洋战争爆发以前），其阵容、声势和影响远远超过第一次。"而且，"全国各民主党派与民主人士也大半到了香港……香港不只是成了文艺界

---

① 《文协香港通讯处成立 希望能全始全终奋斗到底》，《立报》，1939 年 4 月 10 日。
② 参见卢玮銮：《香港文纵》（香港：华汉文化事业公司，1987 年），第 63—70 页。
③ 参见卢玮銮：《香港文纵》（香港：华汉文化事业公司，1987 年），第 93—107 页。
④ 茅盾：《访问苏联·迎接新中国——回忆录〔三十三〕》，《新文学史料》1986 年第 4 期，第 29 页。

临时中心，同时也成为民主党派和民主人士的中心，民主活动的中心之一了。"①
犁青则回忆起当年的诗歌运动，认为"1947—1948 年，香港的诗歌运动在整个中国国民党统治区，华南地区起了主流的作用"，"香港，代替了华南地区、上海地区而成为当时中国国民党统治区诗的中心地位。"②

　　当事人由于情感与记忆等因素，日后的描述未必准确，而可能产生无形中的夸大。不过如果我们通观当时全国的情况，为其时的中国画下一张文化地形图，还是能够体会香港的重要地位。在全面抗战爆发以前，上海毫无疑问是中国首屈一指的文化中心。无论是文化人的数量、文化设施的齐全、印刷与出版的发达、新闻与电影事业的兴盛等等，全国都没有其他城市可与上海匹敌。不过，日军发动的侵华战争中止了上海现代文化的黄金时代。1937 年 8 月 13 日，战火延烧到上海，11 月上海沦陷，从这时起直到太平洋战争爆发以前，上海成为"孤岛"，文化人多数转移至别地，少数滞留的基本托庇于租界的保护，得以维持日常生活，并发表作品。1941 年底太平洋战争爆发后，日军更占领了上海租界，滞留的文化人顿时无法自由发声。在这种历史情境下，上海作为全国文化中心一枝独秀的局面不再，这一中心经历了一个分裂和转移的过程。文化人随着时事的变化而不断流徙到武汉、广州、桂林、重庆、昆明、延安、香港等地，这几个城市也便成为三四十年代全国性的几个文化中心。其中武汉和广州在 1938 年秋天失守，作为文化中心地位的保持非常短暂。桂林主要是在此后的五六年间成为著名的"文化城"，发挥了文化中心的作用，至 1944 年秋湘桂大撤退而沦落。重庆是战时陪都，聚集的文化人最多，不过其文化设施基础远不如上海，而且抗战胜利后国民政府回迁南京，重庆也就失去了文化中心的地位。真正跨越抗战和国共内战时期的文化中心，算来只有位于"海外"的香港和根据地延安了。也就是说，除了沦陷期的三年多，无论战前战后香港都是全国屈指可数的四五个文化中心之一，这样重要的地位，在香港有史以来绝对是独一无二的。

　　如果我们换一个角度，从香港人口的变化情况，亦可看出它作为一个临时文化中心的盛衰历程。战前香港人口不足百万，卢沟桥事变后，自 1937 年 7 月至 1938 年 7 月，短短一年间，香港人口骤增 25 万。随着战事的进行，上海、南京、天津、青岛、武汉、广州等众多城市和乡村相继沦陷，逃难来港的民众仍源源不

---

①　周而复：《往事回首录·二、临时文化中心》，《新文学史料》1992 年第 2 期，第 111
页。

②　犁青：《从"南来作家"到"香港作家"》，《新文学史料》1996 年第 1 期，第 186—
187 页。

断，至 1941 年底香港沦陷前夕，人口总数已高达 160 万。① 值得注意的是，新增的六七十万移民中，大部分来自内地文化发达城市，其中来自上海的就超过 10 万。这些人口中存在阅读需求的比例相对较高。香港沦陷后，日本军政府为了减轻人口负担，将大量移民遣返内地，使得香港人口骤减至 60 万左右。香港光复后，人口回流，至 1945 年底回复到 100 万人。1946 年国共内战爆发导致内地局势不稳，大量难民再度涌至香港，香港人口迅猛增加，至 1947 年底达 180 万人，超过战前最高水平。② 大量人口的涌入，不但为香港的经济建设提供了大量资金和劳动力，同时也为文化的繁荣造就了大量阅读人口。因为香港报业一贯发达，仅靠本地原有读者，报刊市场已趋饱和，南来文人渗入、革新原有报刊，创办新的传媒，除了从原有读者群中争夺部分受众，其主要读者群正来自这大量的新移民，以及广大海外华侨。有学者注意到，抗战期间，香港民众的民族意识空前高涨，主要归功于两个因素：一是中文报刊的宣传，一是由内地迁港的中文学校。这些学校的特殊性在于，它们虽然迁到了香港，但仍要"秉承中华民国教育部的抗日政策"，"要培训学生全面投入抗日、救国、建国和振兴中华民族"。③ 这些学校的学生，无疑是较为集中的报刊阅读群体。从各报刊发行量来看，1941 年 5 月在香港复刊的《大众生活》，尽管只出版了七个月，平均每期发行多达 10 万份。到了战后，《华侨日报》每日发行 38000 份，居全港各报之首；《正报》平日发行 8000 份，重大节日曾达 20000 份；而《华商报》解放战争初期在港澳和东南亚各国销量达 10 万份。④ 杂志方面，司马文森主编的《文艺生活》海外版，每月都能收到几千封来自新加坡、印度尼西亚、马来亚、美国等地华侨读者的来信。⑤ 据此推测，其发行量至少也有数万之多。一方面激于时代需要，一方面香港处于便利宣传的特殊地位，加之阅读人口的迅猛增长，南来作家受益于这几大客观因素形成的合力，这才令其将香港建成为文化中心的企图变为现实。

---

① 丁新豹：《移民与香港的建设和发展——1841—1951》，收入历史与文化：香港史研究公开讲座文集编辑委员会编：《历史与文化：香港史研究公开讲座文集》（香港：香港公共图书馆，2005 年），第 38 页。

② 元邦建编著：《香港史略》（香港：中流出版社有限公司，1987 年），第 201 页。

③ 霍启昌：《香港在中国近代史的重要贡献》，收入历史与文化：香港史研究公开讲座文集编辑委员会编：《历史与文化：香港史研究公开讲座文集》（香港：香港公共图书馆，2005 年），第 117 页。

④ 陈昌凤：《香港报业纵横》（北京：法律出版社，1997 年），第 18、28、31、32 页。

⑤ 杨益群等编：《司马文森研究资料》（北京：北京十月文艺出版社，1998 年），第 93 页。

第三节　殖民空间的多元言说

一、殖民统治下的文化空间

南来作家能够将香港建成为一个文化中心，除了自身的人力、物力因素，客观上还得力于港英殖民当局奉行的外交、文化、法制政策，由此形成的较为宽松的言论空间。

作家们进入香港，不可避免地面临着一个新的文化空间，进而影响到自己的写作。文学史家早就注意到，三四十年代的香港为南来作家提供了远比大陆更为宽松的言论空间，使得其表达更为明白晓畅。例如王瑶发现："默涵的《狮和龙》……因为其中大部的文字是在香港发表的，所以文笔就比较开朗，可以比较直接地说明自己的论点，不必多用隐晦曲折的方式，因此文章也就显黯有力。"① 因此今天要准确理解南来作家的文学生产和文学想像的方式，就必须对当年香港的文化空间有较清晰的认识。

1937—1949 年间的香港文化空间特点何在？从纵向、历时的角度看，这一时期的文学，是整个二十世纪中国文学史上受战争文化影响最大的，香港虽然在这一时期的大部分时段没有卷入战争，然而却无法自外于战争文化：一方面，香港处于中、日、英之间，随时存在战争威胁和阴影，另一方面，正是由于战乱，带来人口的大规模流动，作为文化生产者的作家们也才远离故土，大量进入香港，从事他们各种因应战争而起的的文学文化实践。从横向、共时的角度看，香港的特殊地位在于它为作家们提供了一个比内地任何城市享有更大言论自由的公共空间。关于公共空间——public sphere，亦有人翻译为"公共场域"，最初是由德国哲学家哈贝马斯提出的一个概念，指的是一种"介于国家和市场之间的中产阶级机制，也就是通过媒体和公共舆论的方式，来形成的'公共场域'"，"它独立于经济利益与国家管辖之外，发展出对于公共事务的关怀。在这样的背景下，形成了所谓的理性而又批判的话语（rational critical discourse），认真讨论何谓大众利益，而不以某些阶级或性别为主要的考虑。"② 对于现代中国是否具有经典意义上的公共空间，学界存在一定争议。如果将重点放在能够包容理性批判话语

---

①　王瑶：《中国新文学史稿（下册）》（上海：上海文艺出版社，1982 年），第 772 页。

②　廖炳惠编著：《关键词 200：文学与批评研究的通用词汇编》（南京：江苏教育出版社，2006 年），第 209、210 页。

的空间方面，那么可以说这种公共空间在某些局部和某种程度上还是存在的。例如战前的上海租界里，《申报·自由谈》等报纸副刊为知识分子开辟了一个新的批评空间，令鲁迅这样享有很高声誉的作家可以采用杂文文体写作，通过剪贴、套用、使用××障眼法等手法，与国民党的新闻检查制度作战，有限度地表达个人对时事社会的观感，虽然这一时期的公共空间似乎反而较军阀时期更为缩小。① 不过抗日战争爆发以后，尤其是上海租界被日本占领以后，在中国内地，这样的批评空间难以存在了：在被日本侵略者占领的广大沦陷区，作家们的表达权利几乎丧失殆尽；在国统区（大后方），国民党严苛的书刊检查制度、对李公朴和闻一多等民主人士的暗杀等则说明无论是在抗战还是国共内战时期，在国统区的进步文化势力始终面临压抑，进步作家难以自由发声；在解放区（根据地），1942年延安文艺整风运动过程中发生的王实味事件、愈演愈烈的要求作家积极进行思想改造的风潮以及日益明确的文学"一体化"进程，也都证明这里其实也不允许作家们多种声音的存在。有学者甚至认为："中国的革命特质——和世界上其他过激的革命一样——是全盘否定、彻底破坏式的。在这个革命过程中，是不容许任何'公共空间'的存在。"② 在这样的背景下，三四十年代的英属殖民地香港反而成了各路作家的庇护所，给他们提供了一个不可多得的公共空间，令他们可以卸下人身安全的忧患和思想越轨方面的压力，高谈阔论，直言无忌。国民党作家自然可以指斥共产党作家不听命令、诬蔑元首，左翼作家也能严厉地批评国民党统治腐败政治黑暗，照骂不误。时隔四十多年，当年的南来作家犁青仍然清晰地记得："四十年代后期的香港诗歌，是特定的时期在特殊的地域香港的文学现象。它基本上是中国国统区文学的延伸，但它在英国的'借来的'地方香港，又享有言论上反'蒋'的自由（在大陆则是焚书坑儒的特殊统治），因此，其诗歌更能把中国国统区包括香港的各阶层人民真实情况和内心的呼喊直接表达出来。"这一时期香港诗歌的语言体式非常丰富：有的直接呼喊打倒国民党政府统治，迎接人民解放；有的直接描述国统区农村农民斗争；有的直接写国统区城市平民与学生的反饥饿、反迫害、反内战斗争；有的从各不同角度反映国统区城乡的官僚腐败，人民贫困，经济崩溃，人民造反等的末世现象。③ 可以

---

① 参见李欧梵：《"批评空间"的开创——从〈申报〉"自由谈"谈起》，载李欧梵：《现代性的追求——李欧梵文化评论精选集》（台北：麦田出版股份有限公司，1996年），第15—34页。

② 李欧梵：《"批评空间"的开创——从〈申报〉"自由谈"谈起》，载李欧梵：《现代性的追求——李欧梵文化评论精选集》（台北：麦田出版股份有限公司，1996年），第33页。

③ 犁青：《四十年代后期的香港诗歌》，《新文学史料》2005年第3期，第139页。

说，寄居于香港的南来作家分属不同派别，因其代表的各方政治势力受国际法约束，无法行政，因而作家们基本处于一个平等竞争的地位，各说各话，众声喧哗。

作家们能够参与创建这一公共空间，与当时英国殖民统治的特点有关；同时随着港英当局政策的变化，这一公共空间也经历了一个不时扩大或缩小的过程。大致说来，英国殖民当局在中日、国共关系上采取近似中立的暧昧立场，以自利为前提，对于南来作家的言论活动，只要不挑战到殖民统治的权威和利益，一般不横加干涉，因而各方意志能够得到较大限度的表达。但殖民者的立场也时有调整和变化。在抗日战争初期，英国殖民当局为了英日友好以换取自身安全，取缔抗日文字，华民政务司晓谕各报刊负责人，规定在报刊上不得出现"敌，倭寇，倭奴，倭夷，虾夷，岛夷，东房，日寇，暴寇，暴日，兽行，兽性，兽兵，强盗，无耻，焚劫，奸淫，掳掠，屠杀"以及"其他类似此等字句者"。因有这等限制，当时报刊"开天窗"是常见景象。"打开一张报纸，在论著，新闻，通讯等的文字里，东也××，西也××，或者全段空白开天窗。"① 1941 年后，日军南进的企图日益明显，香港进入积极备战状态，丘吉尔上台后，为了维护英国在远东的利益，对日态度日益强硬，对于抗日宣传不再阻拦。例如，文协香港分会于这年十月开始公开使用"中华全国文艺界抗敌协会香港分会"这一"最正确"的名称，恢复了"抗敌"一词。② 可是不久香港沦陷，在日本军政府统治下，由报刊传媒所开辟的公共空间几乎完全丧失了。

战后，大英帝国元气大伤，自顾不暇，对于国共事务采取中立不介入的态度，这更便利了进步作家的民主宣传。尤其是与国统区相比，作家们感觉到莫大的解放。茅盾晚年回忆道："一九四八年的香港，在我们这些政治流亡客的眼里，又是个小小的自由天地。在报刊上，只要不反对港英当局，不干涉香港事务，你什么都能讲，包括骂蒋介石和美帝国主义……这样便利的条件，对于我们这些握了半辈子笔杆却始终不能想写什么就写什么的人来说，真像升入了'天堂'。"③林默涵、夏衍、聂绀弩等人当年的杂文极尽嬉笑怒骂之能事，正得益于这样一个"自由天地"。对多数左翼作家而言，遭遇 1948 年香港的公共空间很可能成为他们一生中的大幸。但到了 1948 年底、1949 年初，国民党在大陆的统治已到败亡

① 陆丹林：《续谈香港》，收入卢玮銮编：《香港的忧郁——文人笔下的香港（1925—1941）》（香港：华风书局，1983 年），第 176 页。

② 卢玮銮：《香港文纵》（香港：华汉文化事业公司），第 63 页。

③ 茅盾：《访问苏联·迎接新中国——回忆录〔三十三〕》，《新文学史料》1986 年第 4 期，第 28—29 页。

前夕，港英政府因对即将统治中国的共产党政权心存忌惮，无形中又加强了言论管制，包括以推行政治活动为名取消了达德学院的注册。不过这时，左翼作家已开始分批北撤了。

此外，在具体的移民、新闻出版等政策方面，也有利于形成一个众声喧哗的公共空间：例如，当时香港实行自由出入境政策，保证了作家们能够方便地进出这一空间；在出版管制方面，规定只要缴纳押金三千元，有人担保，即可自由创办报刊。由于三千元不是个小数目，有时还可以采取某些规避措施，如以书代刊，或以原先注册的名义复刊，都不需缴纳押金。所有这些都为作家"想写什么就写什么"、写了还能有地方发表创造了条件。

总体来看，"在政治及法制层面上"，香港"为南来文化人提供了一个特殊的活动空间"，甚至因此形成了"一个颇为完整的南来文化人模式"，或称"王韬模式"，其中包含几个元素："一、因政治因素而被迫离开中国大陆，南来香港，寻求护荫；二、以中原文化心态观照香港文化的边缘位置，深感不满；三、在香港受到西方文化的冲击，思想上跟国内人士有所不同；四、利用香港特殊空间从事各种各样的文化活动，发表作品和言论，以尖锐的言词及其他形式向祖国'喊话'；五、仍然希望'落叶归根'，离开香港，返回故乡。"①

二、文学场中的多元言说

香港表面上是个很自由的地方，但长期以来其公共空间并不发达，殖民统治对人文事业的冷落造成文人社会地位的低下，充满功利主义的商业文化则四处蔓延，使得大众媒体缺乏一种"公共性"的理念，一般的本地写作者头脑中都缺乏"公共性"的意识。这一点直到二十世纪末仍是如此。②

殖民统治只是给南来作家提供了一个相对宽松的写作环境，真正要建设一个有质量的公共空间，还得依靠他们自身的努力。好在他们中的大部分来港前已是训练有素的职业文人，不少是著名文学期刊与报纸副刊的编辑，人脉甚广，到港后只要谋得合适的位置，从事文化宣传可谓驾轻就熟。很快，香港的文化面貌便焕然一新。

南来作家内部分成不同派别，他们各自利用香港的和平环境，竞相成为这一殖民空间下的言说主体，外来言说主导了当时的文坛，形成多元文化共生与自主

---

① 王宏志：《"借来的土地，借来的时间"：香港为南来文化人所提供的特殊文化空间（上编）》，载王宏志：《本土香港》（香港：天地图书有限公司，2007年），第31、42页。

② 参见李欧梵：《香港媒介缺乏"公共性"》，载李欧梵：《寻回香港文化》（桂林：广西师范大学出版社，2003年），第94—99页。

竞争的生态景观。不过，既然背后代表着不同的政治势力，作家们也就无可避免地时时面临着话语的纷争，各方话语并非处于一个势均力敌的状态，但都留下了各自的历史轨迹。大致而言，战前香港南来作家主要形成了三个阵营：追随共产党的左翼作家群，认同国民政府的右翼作家群，以及投靠汪精卫政权的"汪派"作家群。这几派作家相互都有矛盾，也各有自己的宣传阵地，常常在纸上打起笔仗来，"左右派更是两大阵营，在这弹丸之地展开外表若无其事，内则惊心动魄的斗争。"①

　　1940 年 3 月，汪精卫在南京组织伪政府，发表《和平建国宣言》。这一有违民族大义的举动，引起了左右翼文人的一致谴责。两派作家在共同的敌人面前，在抗日民族统一战线的名义下，联合起来，一致行动，包括举行理事联谊会，联合举办音乐欣赏会，共同推行"文化清洁运动"与"文化肃奸运动"等。受到连手打击的汪派则反过来进攻左派，这年 7 月，娜马在《南华日报》文艺副刊上发表致《大公报·文艺》编者（杨刚）的公开信，批评文协香港分会所属"文艺通讯部"（简称"文通"）面向香港文艺青年举办的"文艺竞赛"，文章最后露骨地表示抗战运动已失却现实基础，应转向"革命的和平建国运动"。而《南华日报》副刊上多刊载伤感的反映思乡和流亡情绪的空洞抒情文字，于是杨刚 10 月于"文通"机关刊物《文艺青年》半月刊上发表了《反新式风花雪月——对香港文艺青年的一个挑战》，本意是引导文艺青年如何创作，当然暗中对汪派报纸《南华日报》也是一种批评。这篇文章成为一场论争的导火索，出乎意料的是，批评杨刚的论者大多来自右翼的《国民日报》，而非汪派的《南华日报》（在左右翼论战的时候，汪派文人便"隔岸观火，煽风点火，唯恐天下不乱"。②）胡春冰、洁夫、曾洁孺等均发表文章向杨刚反攻，而左翼阵营内的黄绳、许地山、林焕平、乔木等则向杨刚表示声援，形成一场混战。11 月 24 日，文协香港分会召开了"反新式风花雪月座谈会"，两派文人共二百多人出席，双方主力战将展开正面交锋，结果左翼文人取得了一面倒的胜利。左右翼双方另一回合的交锋是在皖南事变后，《星岛日报》主笔金仲华发表社论《中山先生十六周年忌辰》，引发《国民日报》总主笔王新命连串猛烈攻击，《星岛日报》予以强烈还击，双方大战三个多月。后来，《星岛日报》方面可能受到某方面压力，被迫辞

---

　　①　卢玮銮：《香港文纵》（香港：华汉文化事业公司，1987 年），第 41 页。

　　②　郑树森语。见《早期香港新文学资料三人谈》，载郑树森、黄继持、卢玮銮编：《早期香港新文学资料选》（香港：天地图书有限公司，1998 年），第 17 页。

退了金仲华、郁风、羊枣等人。①

以上事实说明，由媒体和舆论营造出来的公共空间，即使在奉行言论和出版自由的香港，背后仍然受到内地各派政治势力的牵制。如果说左右翼文人在某些场次的论争中看似势均力敌（事实上，左翼作家不但人数众多，名望也高，在这个"文学场"中无疑拥有更多"文化资本"），那么汪派文人的声势在香港就很弱了，"从报纸副刊上看，来来去去便只有五六个名字"，"主要的只有两三个人"。而对他们来说，"反共似乎比反国民党更重要"。②

以上是香港战前的情况。到了战后，各派势力严重失衡：汪派已不复存在，右翼文人的声势随国民党在战场上的溃败而日趋微弱，几乎布不成阵，左翼文人取得了一枝独秀、主导文坛的地位。但此期的文艺论争乃至批判仍不断进行。随着对"革命性"的要求越来越高，左翼阵营开始将一些原来的"同路人"和内部的持异见者视为批评或打击的对象，清理自身队伍，萧乾、胡风等由朋友变成了敌人。当左翼主流文人的声音越来越强势，逐渐成为唯一"正确"的声音，此前那个能够包容平等竞争的多元文化空间受到了很大损害。不过，这一时期的香港文坛虽然看上去壁垒森严，被批判者仍有一定的生存空间，例如萧乾在1948年春被郭沫若在刊于《大众文艺丛刊》第一辑中的那篇著名的《斥反动文艺》怒斥过后，仍能在左翼作家编辑的《文艺生活》等报刊上发表作品，说明香港文坛的多元性并未完全丧失。

在简述了南来作家内部的不同派别及其一般性关系后，有必要回顾一下本土作家在这一时期的创作动向。香港本土新文学萌芽于二十年代中后期，侣伦、张吻冰、谢晨光等取法上海，在文坛崭露头角。然而抗战爆发内地作家大量南下后，这一批香港作家却从新文学阵营中销声匿迹了。他们中的一部分改用笔名写作流行的通俗小说，如黄天石改名杰克，张吻冰改名望云，岑卓云改名平可，而他们创作的通俗小说在市场上大受欢迎。至于在严肃文学领域，本土作家"完全没有生存空间"，既不被南来作家接纳参加他们的文学活动，作品也不能在南来作家掌握的报刊上发表，由此造成香港文学主体性的成长被"腰斩"和"中止"，"香港的主体性被中国主体性取代了"的情况。于是，在香港的文化战场上，便形成"左派"、"国民党"、"汪派"及"英方""四方面的角力，而香港

① 本段史料引自卢玮銮：《香港文纵》（香港：华汉文化事业公司，1987年），第45—49页。

② 《早期香港新文学资料三人谈》，载郑树森、黄继持、卢玮銮编：《早期香港新文学资料选》（香港：天地图书有限公司，1998年），第18页。

人则缺席了"的现象。① 造成这种现象的原因，卢玮銮推测是由于"大概国内作家的写作水平的确高，以'君临'姿态来港，使本地作家失色了。"② 黄继持也认为，本地文学青年的文艺活动"虽然算是本地自发，但文学观念乃至形式内容仍不免是'移入'的，而且成绩未丰，一旦面对来自内地作家的强势，只能退处一隅。"③ 通俗一点说就是，本地文学青年原本是向上海等内地作家学习写作，但当他们文学上的老师来到香港后，却对这批学生完全无视，令其只好另谋出路，从事通俗文学的创作了。但问题是，在三十年代初期，侣伦等向上海的文学期刊投稿，还经常被采用，何以这一时期的香港新文学报刊反而不接纳他们的作品呢？仅仅以作品的水平原因似乎不足以解释。我想，另外有两个因素值得考虑：一是南来作家的文学生产是相当体制化的，作家的组织也是半政治性乃至党派性的，因而这些自发从事创作的本土青年就很难被纳入这些组织。二是时事的变化引起了文学风尚的变化，而本土文学青年一时难以适应。在三十年代初期，侣伦等人的作品以其异国情调和都市色彩，易为上海的作家引为同道，作品较易被刊登。而抗战以后，民族意识高涨，南来作家在港努力推行抗战文化，要求作品与此相适应，这样一来，侣伦等人原先风格的作品就显得格格不入，而要他们从事抗战文艺的创作显然又勉为其难。于是，倘若还想靠写作谋生，他们便只有另辟蹊径，以通俗文学为突破口，以市场为取向了。这也就是为什么在三四十年代的香港文坛（限于新文学界），尽管存在着多元言说，却并不存在本土作家这一"元"了。

① 黄继持、卢玮銮、郑树森：《早期香港新文学作品三人谈》，载郑树森、黄继持、卢玮銮编：《早期香港新文学作品选》（香港：天地图书有限公司，1998 年），第 24、26 页。

② 卢玮銮：《香港早期新文学发展初探》，载卢玮銮：《香港文纵》（香港：华汉文化事业公司，1987 年），第 16 页。

③ 黄继持：《香港文学主体性的发展》，载黄继持、卢玮銮、郑树森：《追迹香港文学》（香港：牛津大学出版社，1998 年），第 93 页。

第三章　现代传媒与"想像的共同体"

　　然而今日我中华民族正在和侵略的恶魔作殊死战，《言林》虽小，不敢自处于战线之外；《言林》虽说不上是什么重兵器，然亦不甘自谓在文化战线上它的火力是无足轻重的。它将守着它的岗位，沉着射击。

——茅盾（1938，香港）①

　　开仗以来，中国人临危终能团结御侮的长处虽已充分表现出来，但暴露的弱点为数必也不少。这次可说是一个全民族的大会考。及格的固多，落榜的必也有。凡此种种，都足以影响战争长久的支持。即使基于国民的天良，我们也不能视若无睹。

——萧乾（1938，香港）②

第一节　"想像的共同体"与中国近现代民族主义思潮

一、民族主义的概念

　　在二十世纪以来的学术思想史上，"Nation（民族），nationality（民族归属），nationalism（民族主义）——这几个名词涵义之难以界定，早已是恶名昭彰"，"民族主义已经对现代世界发生过巨大的影响了；然而，与此事实适成对比的是，

----

① 茅盾：《献词》，《立报·言林》，1938年4月1日。
② 编者〔萧乾〕：《这个刊物——代复刊词》，《大公报·文艺》，1938年8月13日。

具有说服力的民族主义理论却明显的屈指可数。"① 以"想像的共同体"学说被广泛称引的美国学者安德森在其著作中如此感叹。当代英国学者安东尼·史密斯（Anthony D. Smith）显然也有类似的看法，在"民族主义"那五花八门的丰富含义中，他总结出最重要的几个是：（1）民族的形成和发展过程；（2）民族的归属情感或意识；（3）民族的语言和象征；（4）争取民族利益的社会和政治运动；（5）普遍意义或特殊性的民族信仰和（或）民族意识形态。② 其中的每一种含义都涉及到对"民族"的理解，而在这方面学者们也莫衷一是，人言人殊。大致而言，对"民族"的理解有的强调其客观因素，典型的如斯大林的定义："民族是人们在历史上形成的一个有共同语言、共同地域、共同经济生活以及表现于共同文化上的共同心理素质的稳定共同体。"③ 有的强调其主观因素，如安德森依循人类学精神对"民族"所作的界定："它是一种想像的政治共同体——并且，它是被想像为本质上有限的（limited），同时也享有主权的共同体。"④ 史密斯认为，这两种定义都表述了民族概念的一些重要特征，同时也都存在缺陷，一般的学者则选择跨越"主观—客观"谱系的标准，或偏于理论，或偏于历史，从不同角度出发，形成了对于"民族主义"解释的四种基本范式。

第一种是现代主义的解释范式。现代主义认为，民族、民族国家、民族认同等都是人类进入现代才有的现象，确切地说，是自 1789 年法国大革命之后才有的历史现象，民族主义是现代化的产物。在现代主义范式内部，存在着社会经济的、社会文化的、政治的、意识形态的、建构主义的等不同形式和视角。这一范式代表着民族主义研究的主流和正统。⑤

这一范式的形成经历了一个长久的过程。早在第一次世界大战结束后不久，美国学者海斯（Carlton J. H. Hayes）就出版了一部《民族主义论文集》，讨论其时极端好斗的某种民族主义。1930 年代初，他出版了专著《现代民族主义演进史》，详细论述了自法国大革命以来"现代民族主义"演进的历程，详述其各个

① 〔美〕班纳迪克·安德森著，吴叡人译：《想像的共同体：民族主义的起源与散布》（台北：时报文化出版企业股份有限公司，1999 年），第 8 页。

② 〔英〕史密斯著，叶江译：《民族主义：理论，意识形态，历史》（上海：上海人民出版社，2006 年），第 6 页。

③ 〔苏〕斯大林：《马克思主义和民族问题》，《斯大林全集（第二卷）》（北京：人民出版社，1953 年），第 294 页。

④ 〔美〕班纳迪克·安德森著，吴叡人译：《想像的共同体：民族主义的起源与散布》（台北：时报文化出版企业股份有限公司，1999 年），第 10 页。

⑤ 〔英〕史密斯著，叶江译：《民族主义：理论，意识形态，历史》（上海：上海人民出版社，2006 年），第 48—51 页。

不同的发展阶段，例如人道民族主义、雅各宾民族主义、传统民族主义、自由民族主义、完整民族主义（含法西斯主义）等。在此基础上，作者在全书的末章《结论》部分进一步讨论了民族主义在近代盛行的原因。他断言："民族主义无疑地是现代文化的一个主要特征。"① 它的盛行，很难找到确切的单一原因，而是多种因素共同作用的结果，其中的一个因素是它填补了对于宗教的怀疑主义所造成的信仰真空，"无论如何，现代民族主义开始就含着一种宗教的性质。"此外，另一种信仰——认为国家尤其是民族国家"能够帮助而且应当帮助人类的进步"的信仰——也对民族主义的盛行起到推动作用。② 总之，现代主义的民族主义观一般认为从历史发展演变看，民族主义经历了原型（传统）民族主义（pro-tonationalism）与近代（现代）民族主义（modern nationalism）两种，二者最大的不同是前者没有"民族国家"意识。近代民族主义的认同符号由过去的王权、种族等文化因素而变为国家，以建立民族国家为第一要务。从空间起源与散布看，近代民族主义起源于欧洲，之后逐步向亚洲等地扩散、变形。③

马克思主义的民族主义在经历了自身的发展过程后，部分融入到现代主义之流中。马克思主义的创始人之一恩格斯于 1884 年出版了《家庭、私有制与国家的起源》，这被视为马克思主义民族学的奠基著作。在书中恩格斯受摩尔根影响，认为民族是在原始社会末期，随着部落合并、融合而形成的。到了野蛮时代的高级阶段，"住得日益稠密的居民，对内和对外都不得不更紧密地团结起来。亲属部落的联盟，到处都成为必要的了；不久，各亲属部落的融合，从而分开的各个部落领土融合为一个民族〔VOLK〕的整个领土，也成为必要的了。"例如，雅典人"相邻的各部落的单纯的联盟，已经由这些部落融合为单一的民族〔VOLK〕所代替了。"④ 不过，斯大林则认为"民族不是普通的历史范畴，而是一定时代即资本主义上升时代的历史范畴。封建制度的消灭和资本主义发展的过

---

① 〔美〕海斯著，帕米尔译：《现代民族主义演进史》（上海：华东师范大学出版社，2005 年），第 227 页。

② 〔美〕海斯著，帕米尔译：《现代民族主义演进史》（上海：华东师范大学出版社，2005 年），第 236 页。

③ 参见〔美〕班纳迪克·安德森著，吴叡人译：《想像的共同体：民族主义的起源与散布》（台北：时报文化出版企业股份有限公司，1999 年）。

④ 恩格斯：《家庭、私有制和国家的起源》，载中共中央马克思恩格斯列宁斯大林著作编译局编：《马克思恩格斯选集（第四卷）》（北京：人民出版社，1995 年，第 2 版），第 164、108 页。

程同时就是人们形成为民族的过程。"① 与此相应，民族主义被认为是专属于资产阶级的一种意识形态，基本是一个否定性的概念，无产阶级对于民族问题的看法和基本处理准则则被称为"国际主义"。这样的理解长期被中国共产党所接受和阐发，以致今天在大陆最有权威和影响的辞典仍对"民族主义"这样解释："资产阶级对于民族的看法及其处理民族问题的纲领和政策。在资本主义上升时期的民族运动中，在殖民地、半殖民地国家争取国家独立和民族解放的运动中，民族主义具有一定的进步性。"②

第二种范式是永存主义。持这种观念的学者认为，"即使民族主义的意识形态是现近的，但民族却始终存在于历史的每一个时期，并且许多民族甚至在远古时代就已存在"。③ 永存主义有两种形式："持续的永存主义"，以及"周期性发生永存主义"。前者"断言各个民族都有长久的、持续不断的历史，它们的起源可以追溯到中世纪或古代"（如法兰西、英格兰、西班牙等民族都可以得到历史记录的证明），后者则认为"特定的民族是历史性的"，但是"总体的民族""则是永存的和无处不在的"。④

第三种范式是原生主义。它的起源可以追溯到卢梭，他曾经"呼唤逃离城市腐败而回归'自然'以恢复失去的单纯"，"这种'自然主义的'精神很快就成为对民族的定义"。在这种看法下，民族被认为是"原生的"，"它们存在于时间的第一序列，并且是以后一切发展过程的根源。"⑤ 这种比较传统的有机论民族主义是原生主义的一种形态。另外还有两种形态，一种重视民族的社会生物学属性，另一种强调民族的形成与忠诚、依恋某种"文化施与"有关。⑥

第四种范式是族群—象征主义，其代表性人物之一便是安东尼·史密斯本

---

① 〔苏〕斯大林：《马克思主义和民族问题》，《斯大林全集（第二卷）》（北京：人民出版社，1953年），第300—301页。

② 中国社会科学院语言研究所词典编辑室编：《现代汉语词典（修订本）》（北京：商务印书馆，1996年，第3版），第884页。这是该词典"民族主义"词条的第一个义项，第二个义项是"三民主义的一个组成部分"。

③ 〔英〕史密斯著，叶江译：《民族主义：理论，意识形态，历史》（上海：上海人民出版社，2006年），第52页。

④ 〔英〕史密斯著，叶江译：《民族主义：理论，意识形态，历史》（上海：上海人民出版社，2006年），第53页。

⑤ 〔英〕史密斯著，叶江译：《民族主义：理论，意识形态，历史》（上海：上海人民出版社，2006年），第54页。

⑥ 〔英〕史密斯著，叶江译：《民族主义：理论，意识形态，历史》（上海：上海人民出版社，2006年），第54—56页。

人。与其他三种范式相比，"历史族群—象征主义特别强调主观因素在族群延续、民族形成和民族主义影响中的作用"，它"给予主观的因素如记忆、价值、情感、神话和象征等以更多的重视，并且由此而寻求进入并理解族群和民族主义的'内在世界'。"① 族群—象征主义者们"没有发展出理论，而只是产生一种方法"，但因他们"注重宏观的历史及其社会文化因素"，因而"对其他主要范式追随者们经常是空泛的断言提供了必要的修正"。②

以上四种范式基本概括了从事民族主义研究的学者们对这一范畴的基本观照方式。当然，可想而知，每一种范式并不那么纯粹，相互之间有对立，也有重合。因而在分析中国近现代民族主义的时候，可以选择借鉴某种范式（例如现代主义的范式）为主，同时适当地补充其他视角，在关注民族主义现代性的同时，也要考虑到它的历史文化根源，尽量作出较为恰切的分析。

二、中国近现代民族主义思潮的发展

对于中国人而言，现代意义上的"民族"和"民族主义"的概念都属舶来品，是随着鸦片战争、八国联军入侵等一系列军事政治事件，中国历史被强行纳入世界历史的进程而出现的。"西方的入侵不仅给中国最初带来民族危机，而且同时也带来了有关国家的知识与想像。它要求着民族国家主体的建构。"③ 在西方，具备现代意义的"民族"一词，是在十八世纪伴随着现代意义上的"国家"概念出现的。例如在英语中，nation 一词既表示国家，又可表示民族。"民族"与"国家"这两个概念基本上是在十九世纪后半叶一同进入中国的。吕思勉曾谈及，在 1895 年左右人们并不知道"国土"二字怎么写。陈独秀在《实庵自传》中说，到了八国联军入北京之后，他才知道世界上的人是分作一国一国的，这才知道有个国家。④ 1903 年以后经由梁启超介绍，"民族"一词被广泛使用，关于国家的概念也逐渐普及。三民主义的创始人孙中山曾试图将"民族"和"国家"分开，他认为，"说民族主义就是国族主义，在中国是适当的，在外国便不适当。外国人说民族和国家便有分别。英文中民族的名词是'哪逊'，'哪逊'

---

① 〔英〕史密斯著，叶江译：《民族主义：理论，意识形态，历史》（上海：上海人民出版社，2006 年），第 60 页。

② 〔英〕史密斯著，叶江译：《民族主义：理论，意识形态，历史》（上海：上海人民出版社，2006 年），第 63 页。

③ 韩毓海主编：《20 世纪的中国学术与社会·文学卷》（济南：山东人民出版社，2000 年），第 60 页。

④ 参见王泛森：《晚清的政治概念与"新史学"》，载王泛森：《中国近代思想与学术的系谱》（石家庄：河北教育出版社，2001 年），第 168—169 页。

这一个字有两种解释：一是民族，一是国家。……本来民族与国家相互的关系很多，不容易分开，但是当中实在有一定界限，我们必须分开什么是国家，什么是民族。"① 有论者认为，以 nationalism、nation‐state 为核心的"民族—国家"理论是与资本主义相伴随的最具代表性的政治学说。孙中山等使用和论述"民族"一词，是抱着一种政治理想，这使得该词在中国一经出现，就具有了浓厚的政治意味。② 民族作为"一种目标明确的政治动员策略，包括独立运动所要抗争的对象以及建国方略"而存在，③"民族"成为一面凝聚人心的标志性旗帜。

民族主义传入中国后，在不同历史阶段产生了不同的侧重点和面向，并引发了层出不穷的各类思潮和运动。大致而言，近代民族主义可以划分为政治民族主义（民主民族主义）、经济民族主义和文化民族主义三种次元类型。孙中山著名的三民主义，头一项便是民族主义，"驱除鞑虏，恢复中华"，是一种政治民族主义，它为推翻清朝帝制、建立民国提供了强大动力。1924 年，孙中山将其发展为新三民主义，其中民族主义的表述由辛亥革命时期狭隘的排满，演变为对外反对帝国主义，对内主张国内各民族一律平等。政治民族主义于中华民族全民抗日战争时期达到高潮。文化民族主义则于五四前后达到高潮，以杜亚泉、梁漱溟为代表的东方文化派崛起为标志，在抗战时期则以现代新儒家为主流。由于第三世界的民族主义一般都是在面临民族危机时产生的，一开始就具有国际的（反对外来干涉侵略，争取民族独立）和国内的（反对本国封建势力）双重使命；与西方民族主义通常注重自由主义和理性不同，第三世界的民族主义更倾向于以传统的、集体主义的文化观念定义其现代民族身份，以高扬传统的形式实现民族文化的复兴和创立现代国家。因而，在中国，政治民族主义和文化民族主义呈并发性，都是自鸦片战争以后逐步萌发和发展。④这可以视为中国民族主义的一个重要特点。在抗战时期，政治民族主义固然异常高涨，文化民族主义也十分盛行："人们把反对日本帝国主义侵略的战争，不仅视为争取民族自由、国家独立的抗争，而且看作是保卫中华文化、保卫世界进步文化的斗争。……这样在文

---

① 孙中山：《民族主义》，《孙中山选集》（北京：人民出版社，1981 年，第 2 版），第 617—618 页。

② 周传斌：《1900—2000：中国民族理论的一个世纪》，《中南民族大学学报（人文社会科学版）》，2004 年第 1 期，第 66—70 页。

③ 〔英〕艾瑞克·霍布斯邦著，李金梅译：《民族与民族主义》（上海：上海人民出版社，2000 年），第 45 页。

④ 杨思信：《近代中国文化民族主义研究》（北京：北京师范大学历史系博士学位论文，1999 年），第 1—9 页。

化领域内，就出现了一个罕见的全民族对传统文化大认同的局面。"①

这种对民族传统文化的认同，是塑造民族认同的重要方面，而民族认同则是民族主义的核心。中国深厚悠久的历史文化传统，为形塑民族认同提供了丰富的源泉。而为了达到这一目的，五四新文化运动大力弘扬的科学主义精神有时会变得并不那么纯粹。譬如关于中国人种起源的问题，传统汉文文献少有记载，这一问题是在中西交通后由西方人于十七世纪首先提出，国人开始关注则在十九世纪末年，"中国人种起源问题和中国近代国家观念几乎是同时产生的"。二十世纪初期（清末民国前期），中国人种起源以"西来说"被广泛接受，即认为中国古人起源于西方，后来才徙居中原，三十年代后"西来说"被"土著说"代替。民族溯源是建构民族认同的重要方面，而"西来说"和"土著说"都是建构民族认同的表现，前者被后者所代替，部分源于二三十年代仰韶文化、北京人化石等史前考古发现，另外也是由于民族情感立场使然。②

无论是现代主义还是族群—象征主义的民族主义，都承认民族主义具有意识形态属性。"各种民族主义的意识形态都有界定得很好的集体自治、疆土统一，以及文化认同等目标，并且经常有清楚的政治和文化计划来完成这样的目标。"民族主义意识形态存在着"宗教的、世俗的、保守的、激进的、帝国主义的、分离主义的"等多种类型，但却"被贴上了某种认同的标记：异常地追求建立国家"。③ 晚近的研究者如此表述意识形态要求对于民族意识和民族国家的创建所具有的重要作用："意识形态要求在'民族'从一种朦胧的族群意识转化为一种清晰的民族意识过程中起到了关键性作用。从这个角度出发，一些学者甚至直接将'民族'看作纯粹的意识形态概念，从而否定民族的自然存在。"例如，安德森认为"民族"只是一个人为构建出来的符号，是一个"想像的共同体"，"'民族'的构建是国家创建过程中的首要意识形态手段，充任宣传机器的作用。'民族'的作用在于它能够通过想像的'民族'，凝聚各式各样的集体情感，并通过其他宣传机器加以强化，把这些情感集中在一个特定的方向上。"④

① 杨思信：《近代中国文化民族主义研究》（北京：北京师范大学历史系博士学位论文，1999 年），第 143 页。

② 刘超：《民族主义与中国历史书写——清末民国时期中学中国历史教科书研究》（上海：复旦大学历史系博士学位论文，2005 年），第 97—115 页。

③ 〔英〕史密斯著，叶江译：《民族主义：理论，意识形态，历史》（上海：上海人民出版社，2006 年），第 22 页。

④ 蒋海升：《"西方话语"与"中国历史"之间的张力——以"五朵金花"为重心的探讨》（济南：山东大学博士学位论文，2006 年），第 146 页。

1927 年南京国民政府成立，1928 年国民党完成全国统一，开始实行党化教育，加强思想控制，中国现代的民族主义由此意识形态化。1929 年，由"古史辨派"的顾颉刚等人编著、胡适校订的《现代本国史》等两部初中教科书由于"疑古"思想，对传说的三皇五帝不予肯定，对黄帝的真实性、尧舜事迹等表示怀疑，对黄帝的中华民族始祖地位不表确信，批判了后人所谓上古三代是黄金时代的观念，而被教育部查禁。考试院长戴季陶认为其"足以动摇国本"。顾颉刚称此次事件为"'中华民国'的一件文字狱"。① 此事再次说明，在民族溯源和民族象征符号的寻求过程中，科学主义的努力倘若客观上不利于民族主义的意识形态要求，将不获政权或意识形态主管部门的支持，乃至形成对抗。

国民党政权在宣扬民族主义时，注重传统文化根源的发掘与阐释，共产党除此之外，积极阐发斯大林的民族主义观，将民族问题与阶级问题联系起来（代表作有刘少奇于 1949 年初版的《论国际主义与民族主义》）。其基本思路和策略是，通过阶级来构造民族，将一国之内的人民分成若干个阶级，认为只有某些特定的阶级成员——无产阶级及其同盟军——才能代表本民族的根本利益，而另外的阶级——官僚地主、买办资产阶级等剥削阶级——则是帝国主义在本国的代理人，需要被推翻。② 这样一来，部分阶级成员便被排除在本民族成员之外，如毛泽东所定义的："人民是什么？在中国，在现阶段，是工人阶级，农民阶级，城市小资产阶级和民族资产阶级。"③ 这四个阶级以外的成员一般是不被当作"人民"看待的。而为了实现民族独立、人民解放，便需要向社会成员灌输这一无产阶级化的对于民族问题的基本理解，然后鼓动被压迫阶级起来进行阶级斗争和民族解放战争，推翻本国剥削阶级和外来侵略者。以此，共产党虽以民族独立解放为长远目标，但在具体表述中常常是以讨论阶级问题为主要内容的，这在共产党领导的左翼文学内部也是常见现象。

---

① 刘超：《民族主义与中国历史书写——清末民国时期中学中国历史教科书研究》（上海：复旦大学历史系博士学位论文，2005 年），第 137—154 页。

② 参见毛丹武：《现代性中的阶级和民族——左翼文学理论话语的一种考察》（福州：福建师范大学中文系博士学位论文，2004 年）之第二章《通过"阶级"构造"民族"》，第 27—37 页。

③ 毛泽东：《论人民民主专政》，《毛泽东选集（第四卷）》（北京：人民出版社，1991 年，第 2 版），第 1475 页。

第二节　作为"共同体"想像平台的现代传媒

一、印刷资本主义与民族意识的起源

现代民族主义自产生至今不过短短两个多世纪的历史，却早已成为主宰这个世界的屈指可数的几种主要思潮之一，而"民族属性（nation - ness）"更是成了"我们这个时代的政治生活中最具普遍合法性的价值"。① 这一事实吸引不少学者去深入挖掘民族主义产生的根由。在安德森看来，民族主义的兴起有其深刻的文化根源，其大的文化背景是宗教共同体和王朝这两个文化体系的解体，以及一种新的对时间的理解的产生，后者的技术上的手段由两种新兴的想像形式——小说与报纸来提供。"直到三个根本的，而且都非常古老的文化概念丧失了对人的心灵如公理般的控制力之后，并且唯有在这个情况发生的地方，想像民族之可能性才终于出现。"② 而从民族意识的具体起源看，印刷资本主义的兴盛发达可谓起了关键作用，奠定了民族意识的基础。资本主义有效地将彼此相关的方言组合起来，创造出可以用机器复制并经由市场扩散的印刷语言。如此一来，那些操着各式方言，原本难以或无法彼此交谈的人们，就有了一个统一的交流和传播领域，变得能够相互理解了。而印刷语言产生之后，便会产生一种固定性，使得语言变化的速度趋缓，从而形成一种古老的形象，这一形象对塑造出主观的民族理念极为关键。③

安德森在论述印刷资本主义的迅速发展历程时，举的主要是西欧十六世纪的例子。到了二十世纪，资本主义印刷术的发展更是突飞猛进，并扩展至欧美以外的各国和地区，对当地的民族主义想像起到推动作用。李欧梵对安德森的论述作了引申，具体研究过上海的印刷文化与现代性建构的关系，他认为在中国，"作为'想像性社区'的民族之所以成为可能，不光是因为像梁启超这样的精英知

---

① 〔美〕班纳迪克·安德森著，吴叡人译：《想像的共同体：民族主义的起源与散布》（台北：时报文化出版企业股份有限公司，1999 年），第 8 页。

② 〔美〕班纳迪克·安德森著，吴叡人译：《想像的共同体：民族主义的起源与散布》（台北：时报文化出版企业股份有限公司，1999 年），第 36 页。

③ 〔美〕班纳迪克·安德森著，吴叡人译：《想像的共同体：民族主义的起源与散布》（台北：时报文化出版企业股份有限公司，1999 年），第 54 页。

识分子倡言了新概念和新价值，更重要的还在于大众出版业的影响"。① 在中国，二十世纪前半期，印刷资本主要集中于上海等南方发达城市以及北京等北方文化重镇。这其中，现代传媒（大众出版业）的异军突起尤其是一个引人注目的现象。这一时期的现代传媒，对大众思想意识影响最大的是报刊和教科书。尤其是报刊，受众面广，发行量大，除了传递信息，也是各路人马进行宣传的重要阵地，历来备受重视。在中国最早进行报学史研究的戈公振，曾将报纸在社会中的重要地位强调到一个生死攸关的程度：

欧美人有不读书者，无不读报者。盖报纸者，人类思想交通之媒介也。夫社会为有机体之组织，报纸之于社会，犹人类维持生命之血，血行停滞，则立陷于死状；思想不交通，则公共意识无由见，而社会不能存在。有报纸，则各个分子之意见与消息，可以互换而融化，而后能公同动作，如身之使臂，臂之使指然。报纸与人生，其关系之密切如此。〔彼？〕报纸之知识，乃国民所应具。②

这里，作者的观察起自欧美社会，但显然他认为在中国也应当如此。而对于报纸交通思想、互换意见的效用，强调的不是报纸作为现代社会的一个公共空间所形成的众声喧哗的场面和效果，而是着眼于报纸可以"融化"各类意见，形成共同看法，在此基础上产生一致行动。这在战争时期尤其如此："军事扰攘，岁无宁日，吾人欲挽此危局，非先造成强有力之舆论不可。报纸既为代表民意之机关，应屏除己见，公开讨论，俾导民众之动作，入于同一轨道。"③ 戈公振此言出于1926年国民革命军北伐前夕，事实上，现代中国史上，社稷动荡，每一时期，均有一种或数种著名报刊承运而起，在社会上产生很大影响，乃至成为一个时代文化的象征。例如晚清时期的《申报》（上海）、《时报》（上海），民国初年的《申报》、《时报》和《时事新报》（上海），而说起五四新文化运动，《新青年》（上海—北京，原名《青年杂志》）在其中所起的作用是关键性的。抗战初期，《救亡日报》（上海—广州—桂林）等对于团结抗战、凝聚人心起到了不可低估的作用。

具体到文学领域，每一时期亦有其代表性的文艺副刊和文学期刊。例如，五四时期的《晨报副镌》、《京报副刊》、《时事新报·学灯》和《民国日报·觉

---

① 李欧梵：《上海摩登——一种新都市文化在中国1930—1945》（北京：北京大学出版社，2004年），第56页。

② 戈公振：《中国报学史》（台北：台湾学生书局，1982年，第四版），第1页。

③ 戈公振：《中国报学史》（台北：台湾学生书局，1982年，第四版），第2页。

悟》并称为四大副刊，二十年代文学研究会和创造社的机关刊物《小说月报》与《创造》季刊等名重一时，三十年代以后的《申报·自由谈》、《大公报·文艺》等享有全国性声誉。而到了抗战以后，各大报刊随着人员和设施疏散到各地，名报名刊分布范围更广，包括香港等地都涌现出一批知名文艺报刊，如茅盾主编的《文艺阵地》、戴望舒主编的《星岛日报·星座》等，影响都是全国性的。正如《新青年》等不仅是重要的文学园地，也是重要的思想载体，这些文艺副刊及文艺期刊，不仅是作家们发表创作的主要园地，也是文人进行论争的重要场所，是思想交锋和促进民族意识传播的重要平台。

在这些平台上，活跃着无数作家的身影。我们很难确认，是先有民众民族意识的觉醒，后有知识分子的推波助澜，还是先有知识分子的灌输与提倡，后有民众民族意识的自觉。不过可以肯定的是，知识分子对于民族主义的传播起到了巨大作用，其中作家尤其如此。詹姆森（Fredric Jameson）甚至认为，"所有第三世界的本文均带有寓言性和特殊性：我们应该把这些本文当作民族寓言来阅读"，"甚至那些看起来好像是关于个人和利比多趋力的本文，总是以民族寓言的形式来投射一种政治：关于个人命运的故事包含着第三世界的大众文化和社会受到冲击的寓言。"[1] 如果我们承认这一说法有一定合理性，从这一角度能够解释某些现代中国文学的经典文本，那么就可以说，对民族意识的弘扬，作家是最重要的群体之一，而报刊则是最重要的平台。在内地是如此，在香港也是如此。

二、香港南来作家的"共同体"想像平台

1840 年鸦片战争以后，中国逐步沦为西方国家的殖民地和半殖民地，直至 1949 年前近一百年间这一状况仍无根本改变。正像其他亚非拉殖民地一样，作为一个现代化的后发国家，中国的民族主义产生于救亡图存、强国保种的危难历史情境，对外抵抗强敌，对内推翻腐败统治，也就是通常所说的反帝反封建，一直是中国近代民族主义的双重使命，而建立主权独立、领土完整、和平民主的现代民族国家则是其最高目标。以此为背景观照香港，作为中国长期被分割在海外的一块殖民地，其情形则有点特殊：一方面，英国殖民当局对香港的治理和建设颇受好评，香港比内地诸多城市更为先进，在城市建设等方面走在了前头（此即为香港具有的"殖民与先锋"的悖论），相比起内地尤其是乡村民众的困苦生活，香港民众似乎更少"反帝"的迫切欲求；另一方面，香港基本上未经五四

---

① 〔美〕弗雷德里克·詹姆森著，张京媛译：《处于跨国资本主义时代中的第三世界文学》，载张京媛主编：《新历史主义与文学批评》（北京：北京大学出版社，1993 年），第 234—235 页。

新文化运动的洗礼，没有经过对传统文化激烈批判的阶段，相反却常常成为某些遗老遗少的庇护所，因而总体而言，"反封建"的意识也不致过于强烈。这些就决定了从本土性自发的层面来看，香港同胞的民族意识不会太强。但事实上，香港在中国近现代史上的各个时期，民族主义非常发达。早在清末，孙中山等革命党人就在此从事革命宣传活动，1925 年开始爆发、持续一年多的省港大罢工酿成了一次反帝高潮，而抗日战争期间全港同胞给予内地军民的巨大物质和精神支持，更载入史册，为后来人所称道。仔细分析，在香港高涨的民族主义思潮，主要是由内地南来的革命党人和知识分子所输入的，在三四十年代，南来作家更成为输入的重要群体，而其依赖的平台，仍是报刊等现代传媒与现代学校等教育宣传机构。

如果我们稍微了解一些香港的报刊史，会发现此地的印刷资本主义和现代传媒发展很早，而且非常发达，无论是从技术层面还是影响层面，都远超内地大多数城市。现有研究表明，香港是中国现代传媒的重要发源地。1841—1850 年间，在香港先后创刊九种英文报刊，同期中国其他地区只有上海创办了一种。1860 年以前，香港出版的中英文报刊依然超过全国各地报刊总和。① 仅以中文报刊为例，1853 年 8 月 1 日，由懂得中文的英国传教士主办的《遐迩贯珍》月刊（1853—1856）面世，这被认为是香港最早的中文期刊。每月印行 3000 份，销往香港、澳门、广州、厦门、宁波、福州、上海等地。刊物所占篇幅最多的是反映时事政治的新闻报道和评论。② 至于报纸，有研究者断言：

近代中文报业，起源于香港。晚清咸同之世（公元一八五一年至一八七四年），外国传教士已开始在香港铸造活体中文铅字，有了中文铅字，近代中文报业和出版业，才得逐步发展起来。中文铅字初期亦有"香港字"之称。

全中国与全球，用活体铅字排印的第一家中文报，是咸丰十年（公元一八六〇年）在香港创刊的《中外新报》。中国地区第一家由国人独立经营的中文报，也是在香港出版。那是同治十三年（公元一八七四年）创刊的《循环日报》。当年

---

① 陈昌凤：《香港报业纵横》（北京：法律出版社，1997 年），第 3 页。

② 黄瑚：《〈遐迩贯珍〉介绍》，收入钟紫主编：《香港报业春秋》（广州：广东人民出版社，1991 年），第 5、8 页。

《循环日报》鼓吹新政，惊震国内朝野，实为文人论政的先声。①

《中外新报》（1858—1919）、《华字日报》（1872—1941）和《循环日报》（1874—1941）并列为二十世纪早期香港的"三大报"。其中，《中外新报》1911年前后因大力抨击广东军阀龙济光，风行一时，销数逾万。《循环日报》一直持续到1941年底日本侵占香港方才停刊，前后长达近七十年。王韬主持了该报初创的十年，成为中国第一位报刊政论家，也使得《循环日报》成为中国第一份政论性报纸，② 不仅在香港报业史，同时在整个中国新闻史上也占据重要地位。而这种文人论政的传统，为后来的许多报刊尤其是党派性报刊所继承。"报纸之主张革命者，以光绪二十五年在香港出版之《中国日报》为始。"③ 这是革命党人的第一张报纸，由孙中山派陈少白在香港筹办，机器设备购自日本，1900年1月25日创刊，以宣扬反清革命为宗旨。在创刊序言中解释了报纸名称的由来："报主人见众人之皆醉欲醒之，俾四万万众，无老幼、无男女，心怀中时刻不忘乎中国，群策群力，维持而振兴之，使茫然坠绪，得以复存，挺立五洲，不为万国所齿冷……因思风行朝野，感格人心，莫如报纸。故欲借此一报，大声疾呼，发聋振聩，俾中国之人尽知中国可兴，而闻鸡可舞，奋发有为也。遂以名其报。"④ 从这一序言中可以看出，该报的民族主义意识很强。该报持续到1913年8月，在革命派推翻满清王朝、建立中华民国的征途上留下了自己的足迹。而这种对"革命"的大力宣扬，在此后几十年内始终余音不绝；这种对时代与社会现实重大问题的热切关注，也成为香港许多报刊的一个鲜明特点。论者有言，"考中国近代史，每当其重大转变关头，香港中文报业，无不挺身自起，接受它的时代使命，不惜任何代价，为其言论与报道的职责而尽心尽力。国家民族越是危难当头，它越见坚韧不拔，任重道远。因此在香港，最成功而最有地位的中文

---

① 林友兰：《香港报业发展史》（台北：世界书局，1977年），第1页。关于《中外新报》的创刊日期，一般认为是在1858年，如戈公振提到，该报是在清咸丰八年（1858年）由香港的英文报纸《孖剌报》推出，"由伍廷芳提议，增出中文晚报，名曰《中外新报》；始为两日刊，旋改日刊，为我国日报最新之一种"。见戈公振：《中国报学史》（台北：台湾学生书局，1982年，第四版），第102页。

② 谢国明：《王韬与〈循环日报〉》，收入钟紫主编：《香港报业春秋》（广州：广东人民出版社，1991年），第21—22页。

③ 戈公振：《中国报学史》（台北：台湾学生书局，1982年，第四版），第206页。

④ 转引自钟紫：《〈中国日报〉——香港第一家革命党人的报纸》，收入钟紫主编：《香港报业春秋》（广州：广东人民出版社，1991年），第15页。

报，也就是最能真正贯彻履行其时代使命的中文报"。①

史家所谓的"时代使命"，在抗战时期，大多数香港报刊的认识和实践是相当明确和一致的，那就是大力宣扬抗战文化，批判汉奸卖国言论（当然，在何谓真心抗战，何谓汉奸投敌等问题上，左右各派的具体理解有不一致的地方），统一思想，为战胜强敌提供舆论支持。党派性报刊自然如此，就是那些以商业性或文学性为主的报刊，这一时期也念念不忘此"时代使命"。以下不妨略举数例。

1937 年 11 月 13 日，上海沦陷，仅仅创刊两年却在当地大受读者欢迎的四开小型报《立报》被迫停办，股东散伙，社长成舍我远走汉口，萨空了途经香港，救国会的张乃器等劝他在香港把《立报》再办起来。负责中国共产党香港办事处的廖承志、潘汉年得知，即以中共名义投资三千元港币，促成此事。国民党人陈诚等亦拥有股份。1938 年 4 月 1 日，港版《立报》创刊，由萨空了任总经理兼总编辑。该报对开四版，一版为要闻，二版上半为国内消息，下半为副刊《言林》，由茅盾主编，三版上半为本港消息，下半为副刊《花果山》，四版上半为国际新闻，下半为副刊《小茶馆》，后两个副刊都由萨空了兼任主编。创刊当日，各版的编者献言，很能说明报纸的取向与重点所在。一版的《本报发刊致词》中说："香港《立报》，在经济方面，虽然和上海《立报》，是两个不同的独立组织，精神方面，却完全一致。……我们主张：积极的，对外求中华民族的独立。对内求民主政治的实现。消极的，我们决不屈服，不苟全，遇到必要的时机，是不惜一切牺牲，以坚定我们的立场，也就是坚定我们中华民族的人格。"②此处将报纸的目标区分为"对外"和"对内"，似是各有所指。茅盾在《言林》的《献词》中将自己主编的这个副刊视为"文化战线"的一个组成部分，要发射出它的火力，并宣称"《言林》不拘于一种战术；阵地战、运动战、游击战，凡属拿手好戏，都请来表演"、"它有时也许是一支七弦琴，一支笛，奏出了大时代中华民族内心的蕴积；它有时也许是一架显微镜，检视着社会人生的毒疮脓汁"。③萨空了另在《小茶馆》的开篇写下了《新张的话》，告诉读者"这个茶馆决无'莫谈国事'的揭帖，反之且鼓励大家作上下古今谈"。④《小茶馆》每天刊登一至两封读者来信，同时发表编者以"了了"署名的一篇杂谈，为读者提供指导意见。如该年 4 月 19 日，读者浮生提出了"平凡的人现在应该如何生

---

① 林友兰：《香港报业发展史》（台北：世界书局，1977 年），第 2 页。

② 了了〔萨空了〕：《继续我们在沪的精神　为拥护民族福利而奋斗》，《立报》，1938 年 4 月 1 日。

③ 茅盾：《献词》，《立报·言林》，1938 年 4 月 1 日。

④ 了了〔萨空了〕：《新张的话》，《立报·小茶馆》，1938 年 4 月 1 日。

活"的问题，编者写了一篇答疑文章《现在还未能做到全民抗战》，文中提出："对于浮生君一类的人，我也希望不要以为我是'平凡人'而安于'平凡'，自绝于抗战。这是民族国家生死存亡的关头，国民中不当有一个人站在抗战圈外，知识分子更不应当。现在求工作并不单是为自己或一家的生活，而应有一个更高的目的，——对国族争生存尽一份力量。"①《立报》不仅在言论方面鼓吹抗战，宣传进步，同时由于它经常刊登关于中共的新闻，反映陕北抗日根据地的情况，引起了一些敏感的青年读者的注意，就跑来报社，表示要去陕北参加抗日的愿望，希望编辑给予帮助。经中共组织研究决定，由萨空了做初步考察工作，然后将这些年轻人介绍给廖承志，再由廖介绍到广州，从广州安排去延安。②不过这种情况没有持续太长时间，不久与国民党接近的成舍我来到香港，由于观念和立场不同，两人之间的矛盾不可调和，1938年9月，萨空了被迫离开报社，远赴新疆。③

1938年8月1日，由南洋华侨、虎标万金油老板胡文虎投资创办的《星岛日报》创刊，此后日益成为香港最重要的报纸之一。在创刊号上，胡文虎发表了《创办本报旨趣》一文，提出四点办报宗旨：一是协助政府从事于抗战救国之伟业；二是倡导新闻，兼为民众之喉舌；三是提倡学术，发扬科学之精神；四是改良风俗，善导社会之进步。如果联系1939年他在欢迎著名作家郁达夫参加《星槟日报》创刊庆典时说的一番话，当有助于更好地理解《星岛日报》的旨趣与面貌。在这次庆典上他自我表白："文虎办报，虽然含有商业性质，但是目的是维护华人权益地位，发扬中华文化精神。""就当前而言，抗敌救国，匹夫有责。因此，星系各报目前最高旨趣是为国家服务，为抗战努力。"④胡文虎有一句爱国名言："对于忠字，鄙人以为忠于国家为先。所以爱国观念不敢后人。"⑤他在报社管理和用人方面都有独到之处，例如为了更迅速地报道当时武汉会战的前线消息而将截稿时间由港报常见的当晚十二时左右延至午夜二至三时，引起其他大报纷纷效仿。他重金聘请国际问题专家金仲华为总编辑，著名记者杨潮（笔名羊

---

① 了了〔萨空了〕：《现在还不是全民抗战》，《立报·小茶馆》，1938年4月19日。
② 萨空了：《我与香港〈立报〉》，收入钟紫主编：《香港报业春秋》（广州：广东人民出版社，1991年），第70页。
③ 李谷城：《香港报业百年沧桑》（香港：明报出版社有限公司，2000年），第168页。
④ 张晓辉主编，张永春副主编：《百年香港大事快览》（成都：天地出版社，2007年），第141页。
⑤ 张晓辉主编，张永春副主编：《百年香港大事快览》（成都：天地出版社，2007年），第143页。

枣）为军事记者，而副刊《星座》的编辑则由著名诗人戴望舒担任，因而报纸的创刊被视为"是南北报人思想上，才智上和技术上互相交流的一个成果"。① 他的办报理念和宗旨在各个版面上得到了体现。在《星座》的《创刊小言》中，戴望舒如此写道："……若果不幸而还得在这阴霾气候中再挣扎下去，那么，编者唯一的渺小的希望，是《星座》能够为它的读者忠实地代替了天上的星星，与港岸周遭的灯光同尽一点照明之责。"② 因戴望舒的努力，《星座》的作者群体可谓群星璀璨，阵容之强在当时香港报刊界罕有其匹，大量的名家之作，包括来自广大国统区以及延安的作品，使得这一寄身于商办大报的文艺副刊成为抗战文艺的一个重要据点，确是对民众起了"照明之责"。

1938 年 8 月 13 日，也就是八·一三周年纪念的当日，在华北享有盛誉的《大公报》港版创刊。社长胡政之在创刊号上发表社评《本报发行香港版的声明》，里边说道："我们此举，纯因广东地位，异常重要，中国民族解放的艰难大业，今后需要南华同胞努力者，更非常迫切。所以我们更参加到粤港同业的队伍里面来，想特别对于港粤及两港各地的同胞，与南洋侨胞，服务效劳，做一点言论工作。"③ 该报正视抗战现实，密切关注战场动态，抨击日本和汪伪活动，"言论主张，隐为舆论之引导"。④ 甚至连一向坚持纯文艺倾向的副刊《文艺》也不断作出改变。《文艺》的编者萧乾在创刊号发表了一篇较长的复刊词，重点讨论《文艺》在抗战背景下的新的定位，以及编者对当前文艺作品应当写什么题材、如何去写的说明。编者提出，"在太平年月，几年来本刊曾坚持一个消极但是严肃的传统，我们从不登萎靡文章。时至今日，这原则自然已不够了。我们应做的是怎样把文字变成见识，信念，和力量——比呐喊更切实些的力量。"而对于稿件的要求，编者着重提到了三点："（一）多方面发展。战争也许是最尖锐的，但不是唯一的题材。中国是广大的，社会在抗战期间，其复杂性有增无减。……如果战争是挂在树梢的果实，它必须还有枝干——那是整个社会的机构。……在抗战时期的文艺的总和中，必须包括社会的一般动态。这中间，尽管有性质的差别，却没有价值的高低。"这说的是创作题材，在承认写战争的合法性的同时，强调多方面开掘的必要性。第二点要求是"实地的"，编者希望"在前方工作的朋友自然要努力写比《铁流》更雄伟的作品，且不必拘于任何过去

---

① 林友兰：《香港报业发展史》（台北：世界书局，1977 年），第 53 页。

② 戴望舒：《创刊小言》，《星岛日报》，1938 年 8 月 1 日。

③ 胡政之：《本报发行香港版的声明》，《大公报》，1938 年 8 月 13 日，第二版。

④ 华侨日报出版社编印：《香港年鉴》（1947）。转引自陈昌凤：《香港报业纵横》（北京：法律出版社，1997 年），第 18 页。

形式；至于不曾去前线的朋友们，还是在可靠的圈子里找题材妥当。将来，在整理战时文艺的收获时，如果发现作品零星琐碎，只要是'实地的'，那不可惜。相反地，如果发现很整齐，很一律，成为战地术语的搬运，那可真是一大痛心事了。"这里强调的是作者要写自己熟悉的题材，这比写作处处向抗战靠拢更重要。第三点要求是"反省的"，"在战争爆发之初，作家们唯恐同胞信念不坚，写了许多歌颂战争的文章，原极自然。但眼看这战争是一个悠长而且艰苦的，仅仅歌颂是不够了。"在持久抗战的阶段，"我们却不能尽求笔下淋漓痛快。祖国期待我们知识分子的不止是嘴！还得用眼睛，更得用思索！'反省'可以在两个意义下解释：第一，我们必须摆脱形式主义的木枷。写的尽管是一个观念，棱角，光影，人性的体验依然不可忽略。其次，为了支持这战争，确握最后的胜利，一个文艺者的任务应比'描写'再深一层。"① 总体来看，萧乾是有感于抗战初期某些文艺作品呈现出来的千篇一律、概念化和观念化的不足，在承认战时文艺可以表现战争的同时，希望在一定程度上坚持副刊作品的文学性。不过随着时事的迅速变化，他的这一理想愈来愈不能完全实现。从1939年春开始，《文艺》逐渐放弃纯文艺传统，改出综合版，凡是有利于抗战的，不管是敌情、兵器乃至防空知识，都予发表。如这年一月，《文艺》连续二十一天推出连载专刊《日本这一年》，集中反映日本1938年军事、政治、外交、财政经济、文化、社会等各方面情况，后来萧乾将这些文字连同新闻版有关内容，编辑成《清算日本》一书，以"大公报文艺编辑部"名义，于1939年3月结集出版。同时从本年开始，《文艺》对延安文学活动及其作品的介绍与评论日多，也刊登了许多来自延安的作品。《文艺》的这一番变化，被萧乾后来形容为是脱下了"学生服"，换上了"戎装"。② 1939年9月，萧乾远赴英伦，副刊由共产党员杨刚接编，这一"戎装"特色就更明显了。

以上略述《立报》、《星岛日报》、《大公报》这三份原以商业化大众化为目标的报纸，在三十年代末期都对抗战投以高度关注，大力宣扬民族解放运动，而它们各自的文艺性副刊，也遵循各报宗旨，大力宣扬抗战文化。本地原有的著名商业报纸，《星岛日报》之外，尚有《华侨日报》（1925年创刊）、《工商日报》（1925年创刊）和《成报》（1939年创刊）等，亦无不关注时事政治，尤其是重大事件，而这也符合各报的商业利益，因为这些是当时读者爱读的内容，有助于

---

① 萧乾（编者）：《这个刊物——代复刊词》，《大公报·文艺》，1938年8月13日。
② 萧乾：《我当过文学保姆——七年报纸文艺副刊编辑的甘与苦》，《新文学史料》1991年第3期，第30页。

增加报纸销量。① 至于一般代表某一特定政治势力的党派性（或称政治性）报纸，如汪派的《南华日报》（1930 年创刊）、救国会派的《生活日报》（1936 年创刊）②、第五路军的机关报《珠江日报》（1936 年创刊）、代表国民政府的《国民日报》（1939 年创刊），以及共产党在海外的机关报《华商报》（1941 年创刊）等，更无不以抗战（或和平）建国为中心，展开种种对中国现状的书写，与对未来中国的想像，自不待言。

在一个动荡时代，报刊所登载的内容，对读者心理影响之大，更胜于平常。徐迟当年留下的一段心情描绘，令我们庶几可以体会他在抗战时期是怎么与报纸"同呼吸"的：

就在街没有了阳光，早然的灯火照亮的时候，我或者挤一辆车回去，或者坐下在一个饭店中间，这时候报纸突然有了生命，铅字奔向我，我开始能够对世界的电讯明了了。

我会发生种种奇怪的感情，憎恶、慊倦、惊异、张惶、愤怒、昏迷，甚至叹息、悲哀、狂喜、满足——这些铅字从一个感情带我到第三个，举起我来，又掷下我，但不放松我片刻。

人类，人类，我曾这样呼喊；从大的又缩小到自我；为自己的民族担忧，或为自己的民族振奋；想到了家，想到了妻子孩童。充满了想像力，看到一切肉眼看不到的，看到一切我所从未看到的；得到了力。

我生活在暴风雨的静止的中心。

在这些日子，报纸制造着人们的感情。③

除了新闻类报刊上的时事电讯，就是那些以文艺为主体内容的各类期刊，亦多从理论与创作方面有意识地与时代的脉搏和一个民族的命运结合起来。1938年 4 月 16 日创刊的《文艺阵地》是香港文化史上第一本旗帜鲜明地宣扬抗战文化的刊物，从刊名即可看出，编者试图将文艺与战争结合起来，使之成为鼓动人心、辅助军事斗争的一个部门，而从事文艺者就如同战场上的士兵。主编茅盾在

---

① 1933 年，《工商日报》因独家刊登"闽变"消息，轰动一时，销量猛升，与它旗下的《工商晚报》、《天光报》销量总共达 15 万份，而当时全港人口仅为 80 万。参见陈昌凤：《香港报业纵横》（北京：法律出版社，1997 年），第 15 页。

② 该报在香港出版日期为 1936 年 6 月 7 日至 7 月 31 日，只有 55 天，发行量有 20000 多份。参见陈昌凤：《香港报业纵横》（北京：法律出版社，1997 年），第 17 页。

③ 徐迟：《絮语》，《星岛日报·星座》，1939 年 9 月 29 日。

创刊号上发表的《发刊词》和他为《立报·言林》所写的《献词》相似，除了提出刊物要"立一面大旗，大书'拥护抗战到底，巩固抗战的统一战线'"，还强调文艺的"战斗"和各式"兵器"的使用："我们现阶段的文艺运动，一方面须要在各地多多建立战斗的单位，另一方面也需要一个比较集中的研究理论，讨论问题，切磋，观摩，——而同时也是战斗的刊物。《文艺阵地》便是企图来适应这需要的。……这阵地上，将有各种各类的'文艺兵'，在献出他们的心血；这阵地上将有各式各样的兵器，——只要是为了抗战，兵器的新式或旧式是不应该成为问题的。我们且以为祖传的旧兵器亟应加以拂拭或修改，使能发挥新的威力。"[1] 在创刊号上还发表了周行的理论文章，题目就叫做《我们需要一个抗战文艺运动》，提出"要文艺服务于民族解放战争以争取最后的胜利"。[2] 和同时期多数文艺期刊不同，《文艺阵地》比较重视对文艺理论问题的探讨，以此引导作者，但这些问题不能是纯理论的，而必须和当下的现实相联系和呼应。

《文艺阵地》创刊号封面

---

① 茅盾：《发刊辞》，《文艺阵地》第一卷第一期（1938 年 4 月 16 日），第 1 页。
② 周行：《我们需要一个抗战文艺运动——一个紧急的动议》，《文艺阵地》第一卷第一期（1938 年 4 月 16 日），第 2 页。

三年以后，1941 年 6 月，另一份在封底自我广告为"全港唯一巨型文学杂志"的《时代文学》创刊。该刊以强大的撰稿阵容为傲，多登名家名作，理论文章很少，整个杂志"文学"性较强，不过也没有脱离"时代"因素，如第一期上刊登了主编端木蕻良的论文《民主和人权》、华石的《论中国文学运动的新现实和新任务》，第二期刊登了译作《创作和战争》、以群的报告文学《一个小兵的故事》、江的论文《漫谈伪满傀儡文艺》，以后的各期亦有相关论文和创作，不时呼应着那个特殊的"时代"。总之，翻阅当年香港的文学期刊，尤其是南来作家创办的期刊，不必看刊物名称与编委会阵容，单从内容本身，就很容易感觉出一股浓烈的时代气息，想像出一个个奋勇战斗的身影。

第三节 党派政治与传媒生产的体制化

一、共产党对传媒生产的组织领导

中国现代作家总体上对国家民族命运予以强烈关注，写下了一篇又一篇"民族寓言"，这固然和一个民族长期经受内忧外患令作家的良知与正义感被高度激发有关，和作家本人的坎坷遭遇（因为长期战争，许多作家被迫流亡，离乡背井，生活困顿，精神抑郁）有关，也和中国文人积极入世、干预现实的精神传统（"文章合为时而著，歌诗合为事而作"①）有关。同时还应看到，这也和现代政党政治对文艺活动的有力组织领导有关。各党派均视文艺宣传为重要工作，尽力争取作家的支持，通常的形式即是将作家组织进一个个文艺社团，令其在一个大的方向规定下为党派利益服务。文艺社团在中国古已有之，不过古代的各种文社、诗社一般是志同道合的文人之间的自愿组合，和政治势力不发生直接关系，而现代尤其是三十年代以后的文艺社团，背后基本都要接受某一政治势力的直接领导，成为一种半文艺半政治性的组织，社团成员的文艺创作，多被纳入一个大的政治"工程"，由是具有鲜明的意识形态属性。

政党政治是现代社会普遍采用的基本政治组织形式，在二十世纪的中国亦不例外。二十世纪的上半叶，尤其是二十至四十年代，共产党与国民党的争衡是社会政治生活中的重大主题。除了政治、军事上的较量，在意识形态领域的纷争也

---

① 白居易：《与元九书》，载顾学颉校点：《白居易集》（北京：中华书局，1979 年），第 962 页。

持续了相当长的时间。概括而言，共产党打赢了文化与意识形态领域的一场看不见硝烟的战争。国民党最终难逃失败的结局，固然与其政治经济方面的腐败有关，而对文艺生产的组织不力，对文化民主人士未能善加团结利用也有很大关系。

共产党对新闻出版的重视由来已久。早在 1905 年，列宁就在《党的组织和党的出版物》一文中，强调"对于社会主义无产阶级，写作事业不能是个人或集团的赚钱工具，而且根本不能是与无产阶级总的事业无关的个人事业。无党性的写作者滚开！超人的写作者滚开！写作事业应当成为整个无产阶级事业的一部分，成为由整个工人阶级的整个觉悟的先锋队所开动的一部巨大的社会民主主义机器的'齿轮和螺丝钉'。写作事业应当成为社会民主党有组织的、有计划的、统一的党的工作的一个组成部分"。接下来他提出了一些组织方面的要求："报纸应当成为各个党组织的机关报。写作者一定要参加到各个党组织中去。出版社和发行所、书店和阅览室、图书馆和各种书报营业所，都应当成为党的机构，向党报告工作情况。有组织的社会主义无产阶级，应当注视这一切工作，监督这一切工作"。列宁在这里主要是针对党员作者和党的出版物提出的要求，党将监督这一切，并"清洗那些宣传反党观点的党员"。① 中国的马克思列宁主义者们在此基础上更进一步，明确文艺的功利性，到了 1942 年的延安文艺座谈会上，更直截了当地提出文艺为政治服务，为工农兵服务，党的文艺工作要"服从阶级与党的政治要求，服从党在一定革命时期内所规定的革命任务"。② 事实上，这不仅是对共产党作家的要求，也是对一切追求进步作家的要求，所以才会开展大规模的"思想改造"运动，矛头所向几乎针对所有党内与党外出身资产阶级与小资产阶级的作家。

毛泽东将从事文学工作者的队伍比喻成一支不拿枪的队伍，对这支队伍的组织，早在三十年代初的上海左联时期，共产党就积累了丰富的经验。总体来看，要求文学生产具有明确、单一的意识形态规范或标准（如马恩文艺思想、"党性"、"社会主义现实主义"的创作方法等）以及严密的组织、有计划的行动等，就是共产党领导下文学生产体制化的基本特点。

这样的文学生产方式也被共产党在香港沿用。早在战前，中共即在香港成立了南方临时工作委员会，抗战爆发后，又成立了八路军驻港办事处和华南局香港

---

① 中共中央马克思恩格斯列宁斯大林著作编译局编：《列宁选集（第一卷）》（北京：人民出版社，1995 年，第 3 版），第 663、664、665 页。

② 毛泽东：《论文艺问题》（香港：新民主出版社，1948 年，再版），第 18 页。

分局，由廖承志领导，开办"粤华公司"和"陶记公司"，① 以贸易为掩护，工作重点是对文化界和民主人士进行统战，加强抗日宣传。杨刚、林焕平、夏衍等共产党员分别进入报刊等宣传机构，并当选为文协香港分会理事，成为三四十年代之交香港最重要文艺组织的领导者。1941 年初皖南事变后，来港的左翼文化人更多，共产党也更加强了对文化工作的领导，廖承志、夏衍、潘汉年等成立中共香港文化工作委员会五人小组，同时创办中共海外机关报《华商报》。

日本侵略者被赶跑后，共产党得以集中全力面对国民党这个"阶级敌人"，能够组织起更加强大的文艺宣传队伍，在港全面开展各类文艺活动。这里不妨对战后中共在香港的领导组织机构稍作介绍：1946 年前由中共广东区委负责在香港等地的工作，1946 年 6 月，中共在香港对广东党组织进行调整，建立直属中共中央南京局的半公开和秘密的两套机构：粤港工委与广东区委。全面内战爆发后，中共中央决定调整国统区党组织，1947 年 5 月，中共中央南京局香港分局正式成立，这是一个秘密机构，也是中共在香港的最高一级领导机构，由方方、尹林平任正、副书记。香港分局下设三个平行组织：香港工委（全称香港工作委员会，前身为粤港工委），半公开机构，领导香港等地的公开工作；香港城委，秘密机构，领导华南城市的地下工作；各地党委，秘密机构，领导各地农村的武装斗争。其中，香港工委由方方、章汉夫先后担任书记，夏衍、连贯、许涤新、乔冠华、潘汉年等为常委（夏衍曾继任书记）。工委成员几乎是清一色的文化人，被誉为"精英内阁"。工委下设统战工作委员会、财政经济委员会、文化工作委员会（简称文委）、报刊委员会（简称报委）、外事委员会等机构，其中，乔冠华任外事委员会书记，林默涵任报委书记兼重要刊物《群众》周刊负责人，夏衍任文委书记，冯乃超、邵荃麟、胡绳、周而复、章泯等任委员，其后，冯乃超接任文委书记，邵荃麟、周而复为副书记。② 这几个委员会中，主要负责文艺方面事务的是文委，而夏衍是其核心人物，被普遍视为党在香港文艺方面的负责人。

中共不但内部组织严密，而且积极与各民主党派及社会团体合作，建立广泛的统一战线，独立或联合创办了新闻、文艺、教育、出版等大量进步文艺阵地。仅以 1945 至 1949 年间为例，影响较大的即有：③

---

① 卢玮銮：《香港文纵》（香港：华汉文化事业公司，1987 年），第 42 页。

② 参见袁小伦：《战后初期中共与香港进步文化》（广州：广东教育出版社，1999 年），第 25—49 页；周而复：《往事回首录》，《新文学史料》1992 年第 1 期，第 38 页。

③ 素材主要来自袁小伦：《战后初期中共与香港进步文化》（广州：广东教育出版社，1999 年），第 50—106 页。个别地方经订正。

新闻传播：

《正报》。战后中共在港创办的第一家报纸，中共广东区委机关报。1945 年 11 月 13 日创刊，社长兼总编辑为杨奇，以广泛宣传党的政策主张为任务。1946 年 7 月 21 日后改为旬刊，由黄文俞任社长兼总编辑，主要刊登抨击国民党广东当局的报道文字，以及对解放区和解放战争的报道。1947 年 2 月重庆《新华日报》被迫停刊后，《正报》成为华南地区唯一发行的党报。1948 年 11 月 13 日停刊。

《华商报》。中共领导下的统一战线报纸。1941 年 4 月 8 日创刊，12 月 12 日停刊。1946 年 1 月 4 日复刊，出版至 1949 年 10 月 15 日。由萨空了任总经理，刘思慕、邵宗汉、杨奇先后任总编辑，廖沫沙、杜埃任副总编辑，吕剑、华嘉等先后任副刊编辑。复刊初期由饶彰风代表中共领导，1947 年 5 月香港分局正式成立后，归香港工委报委领导。1946 年夏国共内战全面爆发后，因遭国民党恐吓威胁，发行广告业务受到很大破坏，至 1947 年 9 月难以为继。香港分局提出"救报运动"倡议，得到李济深、蔡廷锴、冯玉祥等爱国民主人士与本地读者、团体及海外读者的积极响应，至年底得到捐款十三万六千元。报社利用捐款经营副业，改革版面，至 1949 年初终于扭转入不敷出的局面，实现收支平衡。停刊后清理账目，发现原有股东所占的 1040 股股本（全部注册资本为 3000 股，每股 100 元）全部亏蚀清光，其中包括连贯、杨奇和萨空了受中共委托投资的 600 股。

《中国文摘》双周刊（CHINA DIGEST）。中共对外宣传的英文刊物，1946 年 12 月 31 日创刊，由龚澎（化名钟威洛）主编。刊物得到各方大力支持，时事述评、幽默专栏、讽刺漫画等都出自名家或权威人士，诗歌译者也是第一流的，而港英当局的英籍警官比尔和他的夫人艾琳则整整三年担任杂志的义务改稿员。刊物是当时唯一能迅速向全世界传播中国全面实际情况的英文媒体，远销欧洲、北美和东南亚各国，其内容为海外报刊频繁引用。

国际新闻社香港分社。简称香港国新社，是中共领导下的民间通讯社，主要从事对外宣传。1937 年冬由上海迁港，太平洋战争爆发后内迁。1946 年 2 月于香港重建，陆诒奉章汉夫之命负责该社工作。努力向南洋、北美等地华侨报刊发展订户，新加坡南来文人胡愈之等编辑的报刊大量采用该社稿件。是中共在港文化阵地中对外宣传方面的佼佼者，甚至被誉为除新华社、中央社以外的中国第三通讯社。国新社同时注意对新闻工作者的培养，社员很多日后成为中共新闻宣传部门的骨干。

《光明报》。中国民主同盟机关刊物，1941 年创刊于香港，12 月 12 日停刊。1946 年 8 月复刊，为旬刊，出版 22 期后于 1947 年 7 月停刊。1948 年 3 月 1 日第二次复刊，改为半月刊。先后由萨空了、陆诒等负责。共产党在人力、物力上给予很大支持：动员香港国新社人员到《光明报》兼职；《华商报》人员帮忙校对；中共领导的有利印务公司承印，等等。为提高《光明报》知名度，《华商报》曾于显著位置替它宣传，称"《光明报》是综合性、学术性、新闻性的巨型杂志"。该报除及时宣传民盟政治主张，也发表非民盟成员文章。

《人民报》。中国农工民主党机关报，1946年3月1日创刊，亦得到中共多方大力协助，例如聘请到十名中共党员担任编辑、记者、校对和发行人员。周恩来和董必武分别为该报创刊亲笔题词"人民之友"、"人民之声"。由李伯球任社长，刘思慕任社论和专论主笔，楼栖等任编委。

《群众》周刊（香港版）。共产党机关刊物，原为《新华日报》的一份周刊，在上海出版，1947年1月30日香港版创刊。督印人章汉夫（化名章瀚），林默涵、廖沫沙、杜埃等负责日常业务。作者阵容强大。主要内容有：详细报道解放战争进程、中共中央政策，批判国民党统治，批判第三条道路的言论。1949年10月停刊。

《大众文艺丛刊》。香港工委文委直接领导的以理论为主的文艺杂志，1948年3月创刊，共出六辑，1949年3月停刊。由冯乃超、邵荃麟、胡绳等编辑，生活书店出版发行。该刊以指导者身份检讨当时国统区的文艺运动，批判萧乾、沈从文、朱光潜等的"反动文艺"和胡风等"主观论者"，介绍和诠释马恩、毛泽东文艺思想，在文艺界产生深远影响。

《大众文艺丛刊》第一至第五辑书影

《文汇报》（香港版）。1948 年 9 月 9 日创办，得到中共大力支持。夏衍一方面募集救济金帮助原编辑部人员渡过生活难关，另一方面指示该报要以中间偏左的姿态出现，既便于争取读者，也可以作为第二线，万一《华商报》被封，可以顶上去。该报创刊后多次面临经济难题，中共香港组织和潘汉年每次都给予帮助，介绍他人提供经济来源，常常每次达四五万元。

出版机构：

共产党非常重视成立出版、印刷、发行机构，负责党主办的报刊以及民主党派报刊的出版发行。例如《华商报》董事会统一领导下的有利印务公司和新民主出版社，前者负责印刷《华商报》、《正报》、《群众》周刊等，后者负责发行。新民主出版社大量选编了中共中央文献和马列著作，先后出版马恩列斯著作二十四种，毛泽东著作二十二种。值得一提的是，它还出版了《中国人民文艺丛书》、《青年知识手册》等，在香港和南洋产生广泛影响。另一家新中国出版社于 1946 年 9 月开业，主要出版政治书籍，也包括一些文艺书籍，如郭沫若的《苏联记行》以及“北方文丛”等。南国书店亦由中共直接领导，兼营出版和发行。书店以青年为主要服务对象，主要发行有关政治思想修养、革命理论的书籍和新文艺书籍，如“南国小文艺丛书”等。此外，该店内设进修图书馆，由陈残云负责，读者可以免费借阅。领取该馆借书证的人数经常保持在三百以上，通过借阅进步书刊，提高政治觉悟，不少人加入到革命行列中。

1948 年 10 月，在香港工委文委领导下，久负盛名的生活书店与读书出版社、新知书店走向合并，生活·读书·新知三联书店总管理处在港成立，胡绳、邵荃麟等在此过程中发挥了重要作用。

文艺社团：

战后香港活跃着不少革命文艺团体，音乐、美术、电影等各方面的都有，不少社团都接受共产党的领导，在 1947 年 5 月香港工委文委成立后则直属文委领导，例如中原剧艺社（1946.3—1949.5）、人间画会（1946 秋—1949）、香港中华音乐院和香港新音乐社（1947.3—1950）等都是如此。中国歌舞剧艺社（1946—1949.5）由中共粤港工委直接领导，在南洋巡回演出三年。虹虹歌咏团（1946.3—1950）内部，由中共组织其积极分子成立秘密读书会。“文通”和秋风歌咏团（1947 夏—1950）是文协香港分会属下社团。南国影业有限公司是根据 1948 年秋周恩来的指示，在香港工委文委指导下，由阳翰笙、蔡楚生、史东山等筹建，于年底正式成立。公司以拍摄粤语片为主，力图改变原有粤语片的粗制滥造，使其走向健康严肃的创作道路。

学校教育：

共产党一贯重视对青年的教育。尽管“十年树木，百年树人”，但中共还是利用在香港的机会，加入或领导创办了多所学校，包括中学（汉华中学、香岛中学）、职业专科学校（中国新闻学院、持恒函授学校、建中工商专科学校）和大学（达德学院）。其中，在某些学校实行民主教育，如香岛中学和达德学院，前者经济、行政公开，后者则由共产党与民主党派合办，以培养革命人才为宗旨，有"南方革命熔炉"之称。学院仅存在不到两年半时间（1947 年 10 月至 1949 年 2 月），共招收 740 多名学生，包括来自内地和东南亚的青年，由于师资雄厚（如文学方面有钟敬文、周钢鸣、黄药眠、司马文森、邹冠群等），很多课深受欢迎，学生收获很大，多数人返回内地参加革命工作，日后成为各行业重要骨干。

从上面的简述可以看出，战后中共对文艺及传媒生产的组织非常严密，涉及的领域非常广泛，成效非常突出。进一步分析，共产党参加的各类文艺社团和传媒机构，大致可以分为两种情况：一是由共产党组织成立，以共产党员为主体，作为党的事业单位而存在；一是由其他党派或团体、个人创办，共产党给予多方面支持，包括人力和物力支持。但不管是哪一种情况，共产党都要力争取得该组织的领导权，尤其是思想方面的领导权，因此，人的因素仍是决定性的。论物质基础，在很长时间内，共产党远不如国民党，但它的党员头脑却被某种思想——马列主义毛泽东思想——武装得非常牢固，因而在文化战场上，他们显得强大得多。以"民主"、"革命"为号召，以毛泽东思想为指导，将组织里各成员的思想统一起来，并与其具体工作相结合，这是共产党组织文艺生产的基本策略。而其所以屡屡奏效，在于它为成员和民众提供了一幅既具体又抽象、既清晰又充满理想的关于未来中国的图像。

诚然，共产党方面在进行文化建设的过程中，无论组织纪律性强化到什么程度，而组织毕竟也是由具体的人所组成，因此在实施的过程中人与人之间也无法完全避免矛盾和摩擦。在此仅举一例，看看这种矛盾的发生及其解决。1941 年夏天，胡风奉命撤到香港，受到党组织很好的照料。在此，他观察到从重庆来的以群、宋之的、盛家伦、葛一虹等人对党在文艺方面的负责人夏衍有所不满，因为以夏衍、杨刚等为中心出版了一本指导性的理论文集，却没有约这些人参加。夏衍支持于伶的《大明英烈传》，似乎曾对宋之的《雾重庆》的上演施加阻力，并和党在香港的领导人廖承志发生了矛盾。廖承志于是决定开一次文艺方面的扩大会，批评夏衍。以群等向胡风打气，让他讲话，并说茅盾也准备讲话。然而，"不可理解的是，大家在背后意见那么多，到会上却只说几句无关痛痒的表面的话"，茅盾的话"更是无关紧要"。胡风在会上提了一些意见，"夏衍毕竟是老练的，虽然感到意外，红了脸，但只是平静地为自己做些解释。黄药眠却被惹怒了，起来保卫他，反驳我。"结果胡风和黄药眠相互斥责。① 左翼文坛内部的矛盾，最终还是要由组织及其领袖做主解决。廖承志向周恩来汇报情况，说自己对夏衍不敢相信，周恩来回电勉励他"工作方法上处人态度和蔼"、"更慎重切实细密一些"。根据周恩来的指示，中共香港文化工作委员会随后成立，由廖承志、夏衍、潘汉年、胡绳、张友渔五人组成，不但淡化了矛盾，更加强了对香港文化工作的统一领导，令香港的抗战文化空前活跃起来。②

二、国民党等对传媒生产的组织

国民党作为当时的中国第一大政党，对意识形态方面的宣传和控制不可谓不重视，然而在和共产党争取青年和知识分子的角逐中，国民党不说是一败涂地，至少是收效甚微，常常被共产党占得先机和绝对优势。在对传媒生产和文艺社团的组织方面，国民党也是远落下风。南京国民政府长达二十余年的统治中，在文艺方面下过较大功夫的一次，是对民族主义文艺的弘扬，这一实践并未取得应有的效果，③ 此外的举措更是乏善可陈了。

在香港，抗战期间，重庆和南京的国民党势力均对文艺宣传有所安排。重庆方面由吴铁城主理港澳事务，在中环设立的"荣记行"表面是贸易公司，实际则是国民党港澳总支部办公室，更是一个宣传中枢。④ 1938 年 3 月 5 日，由立法委员简又文任社长、陆丹林任主编（前 9 期署名为：社长林语堂、简又文，编辑陶亢德、陆丹林）的《大风》旬刊（1940 年 1 月 5 日第 59 期后改为半月刊）创刊，该刊以文史方面内容为主，如长期连载简又文的《天平天国全史稿》、《中国国民党史大纲》、冯自由的《革命逸史》，及柳亚子的南明史研究大纲等，也发表少量文学创作，版式较为精美，连续出版至 1941 年冬第 102 期。刊物主要传达国民政府方面的声音，同时兼顾到其他坚持抗战立场的作者，如前三期分别发表过孙科、陈独秀和许地山关于抗战的文章。⑤ 创作方面，刊登过许地山、老舍、谢冰莹、施蛰存、沈从文、许钦文、徐迟、欧阳山、苏雪林、柳亚子等人的

① 胡风：《在香港——抗战回忆录之十二》，《新文学史料》1988 年第 1 期，第 26 页。

② 袁小伦：《抗战时期，从激化到淡化的香港文坛矛盾》，《纵横》2003 年第 3 期，第 37 页。

③ 参见倪伟：《"民族"想像与"国家"统制：1928—1948 年南京政府的文艺政策及文艺运动》（上海：上海教育出版社，2003 年）。

④ 卢玮銮：《香港文纵》（香港：华汉文化事业公司，1987 年），第 42 页。

⑤ 分见孙科：《中国对日抗战的立场》，《大风》第 2 期（1938 年 3 月 15 日），第 35—37 页；陈独秀：《抗战中应有的纲领》，《大风》第 2 期（1938 年 3 月 15 日），第 38 页；许地山：《英雄造时势与时势造英雄》，《大风》第 3 期（1938 年 3 月 25 日），第 67—69 页。

小说或散文等，而主要的作者群则属右翼学者和作家。报纸方面，1939 年 7 月，国民党海外部在港创办《国民日报》。这一报一刊，可谓国民政府在港的最重要宣传基地。南京方面，汪精卫政权早于 1930 年已命林柏生来港创办《南华日报》。但无论是报刊的数量、组织的严密、创作的成绩还是产生的影响方面，国民党的作为都远远不如共产党。

《大风》书影

　　在右翼学者的回忆里，《国民日报》是一家"堂堂正正代表国民政府说话的报纸"，地位非常崇高，因为"《国民日报》的创刊使香港言论界的混乱形势为之澄清。它仿佛是一块分金石，一个照妖镜，谁是真正拥护政府对日抗战，谁是以拥护政府为名而阴谋推翻政府为实？谁是爱国？谁是叛国？从此无所假借了"。① 这一"抗战救亡舆论的领导中心"，② 其主笔王新命同时要和共产党同路人的《华商报》、《光明报》等以及汪派《南华日报》论战，主题是要拥护还是推翻政府，要"和平"还是抗战。据王新命本人回忆，1941 年夏天他和《星岛日报》的总编辑金仲华论战，金的基本论点是，因为政府里有一些不遵从总理遗嘱的党棍，所以非设法推翻政府不可，非革命改造不可。而王新命则认为，党棍固然存在，但不必因他们而改造政府，只需将这种人抽出，政府就会归于坚强有力。论战的结果，是金仲华被《星岛日报》解除了总编辑职务。在王新命眼里，《华商报》是专门针对《国民日报》来写评论的，几乎是为《国民日报》而存在，因对手使用"散兵壕"，从不作"阵地战"，所以和该报作战极为吃力。与《国民日报》作战的报纸，称该报为"官报"，记者是"官记者"，他们攻击对方时，采取"吠影吠声"的做法，而"自由人士"因为不屑于这种做法，对其太轻视，结果在宣传方面输了仗。而且，很多国民党人，自李宗仁、孙科、孔祥熙父子至芝麻小官，都想收共产党人做干部，结果共产党像水银泻地一般无孔不入，国民党人士的庇护反而坚定了一些人向左转的决心。③ 此外，《国民日报》"在训练青年报人方面，还与左翼分子打了一场硬仗"。这指的是左翼报人组成的中国青年记者学会开办的中国新闻学院，原来完全由左翼控制，后来《国民日报》号召其他拥护政府的报人一同加入，夺回了部分控制权，"让入学的青年在正途与异端之间，能有一个适当的抉择"。④

后来者依据自身立场对历史所作的选择性描述，可能未必与当时的实际情形相符。如果我们把目光转到文学论争方面，由于一般无法再生硬地和拥护政府、反对抗战之类较抽象的概念联系起来，而必须较多地联系作品实际，因此可以稍微清楚地看清双方的胜负。左右翼文人在文艺方面有过较集中论争的，是"反新式风花雪月"论战。翻阅当年的论战文章，从作者阵容看，左翼方面人数远多于右翼，而讨论问题的用语和思维方式，则大同小异，双方都在谈论创作方法、创作倾向与作品的积极意义、消极意义等，不同的是对现象的认定，左翼作家认为这种"新式风花雪月"文章体现的是一种不健康的创作倾向，右翼作家则多认为这是一个创作方法和技巧的问题。而双方用来衡量文艺作品的标准，竟然都是

---

① 林友兰：《香港报业发展史》（台北：世界书局，1977 年），第 58 页。

② 林友兰：《香港报业发展史》（台北：世界书局，1977 年），第 59 页。

③ 参见王新命：《香港国民日报的战斗》，载王新命：《新闻圈里四十年（下）》（台北：海天出版社，1957 年），第 444—449 页。

④ 林友兰：《香港报业发展史》（台北：世界书局，1977 年），第 61 页。

"现实主义"。例如洁孺认为，杨刚提出的"挑战"是错误的，原因"是在于她不能彻底把握现实主义的特点，看错了问题的本质，把所谓'新式风花雪月'的问题，误解为创作倾向的问题"。[1] 所谓创作倾向、创作方法、本质、现象等都是左翼秉持的社会主义现实主义核心概念，右翼文化人以这一套话语和左翼论争，说明他们并没有自己独特的美学体系，结果当然会在论争中处于下风。到了1940 年 11 月下旬，双方主将参加了文协香港分会主办的座谈会，进行面对面的辩论，左翼作家占得上风，他们提出的观点基本成为结论。

香港光复后，国民党文化势力也全面进入香港，但收效远不如共产党及其同盟军民主党派。1946 年 7 月 28 日，天津《益世报》曾发表一篇文章，题为《香港文化的形形色色》，里边谈到当时香港的期刊出版与销售情况："在香港出版的刊物里面，几乎没有一本是拥护政府的。所有杂志都是反对政府批评政府的，不同的是态度与方式而已。如果说政府在香港的新闻界还有若干的防御力量的话，那么在杂志界简直就无一兵一卒，任它的敌人纵横驰骋了。你走进任何一家书店，要找一本拥护政府的刊物，实在难乎其难，连国内出的有名的《新路》都不大有人购买，其他也就可想而知了。"[2] 从作者的口吻看，应当出自国民政府的支持人手笔，其描述是可信的。

共产党、国民党、汪系以外，战前战后在香港还有一些党派也创办了自己的机关报，如福建军阀陈铭枢的《大众日报》（1934 年创刊）、第五路军的《珠江日报》，以及前述民盟等民主党派的《光明报》等。不过这些政党和军事势力相对较弱，对文艺的组织更远不能和国共两党相比，而且事实上民主党派后来都成为共产党的支持者和追随者了。

第四节　话语的引进和输出

借助体制化的传媒生产，各党派不仅积极宣扬自身的政治立场和各项政策，而且将各自的文艺方针和政策进行清楚的表白。一个值得注意的事实是，这一时期对文艺的宣传，具有鲜明的话语属性，也就是在宣传的过程中着眼于某种话语

---

[1]　洁孺：《错误的"挑战"——对新风花雪月问题的辩正》，《国民日报》，1940 年 11 月 9 日。

[2]　转引自于强：《〈小说〉月刊（1948—1949）研究》（上海：华东师范大学中文系硕士学位论文，2008 年），第 6 页。

的引进和解析。被引进的主要有两种话语，一是革命话语，一是民族主义话语。以下选取几个个案，分析共产党和左翼作家对革命话语的引进。

（一）《文艺青年》对"战斗精神"的提倡

《文艺青年》是二十世纪四十年代初由南来文艺青年在香港创办的一份小型文艺半月刊，主办者是文协香港分会所属的"文通"。"文通"成立于1939年8月，主要任务是团结和组织香港的文艺青年，开展青年文艺运动，配合抗战文艺运动的开展。1940年4月和7月，"文通"理事会两次改选，决定在文艺青年中广泛开展文艺创作活动。"文通"的机关刊物《文艺通讯》轮流在各报刊出，但因篇幅短小，每期仅有五千字左右，基本无法刊登"文通"会员的作品。于是，"文通"理事会的林莹聪、麦烽、杨奇、彭耀芬等人便设想出版一份真正为了文艺青年、属于文艺青年的刊物，在向中共香港市委文化委员会作了汇报之后，事情得以决定下来。最终，由杨奇等四人承担刊物的创办，具体分工是：陈汉华负责对外联系，杨奇、麦烽负责编辑出版工作，彭耀芬负责发行和财物工作。9月16日，创刊号面世，直至1941年2月推出第10、11期合刊后停刊，持续约半年时间。该刊具有较强的政治性，刊登的一些言论容易得罪国民党，1941年1月初皖南事变发生后，最后的合刊更刊登了一份《新四军解散事件讨论大纲》，更激怒了国民党特务。于是，国民党同港英政治部连手，以该刊未经登记属非法印刷为由，扬言要控告承印者大成印刷公司。在此情况下，编者作出了停刊决定。①

《文艺青年》正式出版之前，曾于《星岛日报》刊登稿约，其中说道："我们一群文艺的青年，为推展文艺运动，特推出一文艺性质之刊物，定名'文艺青年'，我们的目标：是站在不违背国家民族利益之下，服役文艺战线，从工作中学习，从学习中团结，进步！"② 在几天后推出的创刊号上，这一目标被细化为三点：一、"做成文艺战线的尖兵"；二、"做成文艺青年学习及战斗的园地"；三、"团结广大的文艺青年群"，"因为团结了，才能够战斗，而战斗才有力量；因为团结了，才能够学习，而学习才是集体。所以，读、作、编需要打成一片！"③ 在后来的办刊实践中，编者对"战斗"的推崇尤为重视。

该刊创刊号的封面上有一幅卢鸿基所绘的木刻插图，名为"他举起了投枪"。画面中央，一身长衫的鲁迅立在一个高台上，身体挺直微向后仰，高抬右臂，紧握着一支如椽大笔，准备像投枪一样掷向前方。在他身后，有两人跟随，

---

① 以上对《文艺青年》创刊经过的描述，主要采自杨奇、麦烽：《忆抗战期间〈文艺青年〉半月刊》，《新文学史料》1987年第2期，第208—212页。

② 《介绍〈文艺青年〉稿约》，《星岛日报·星座》，1940年9月12日。

③ 《我们的目标——代开头话》，《文艺青年》第1期（1940年9月16日），第2页。

其中一人还是少年。这幅木刻很准确地诠释了《文艺青年》的性质：以文艺为
"战斗"的武器，加入抗战现实生活。

　　鲁迅被当时的青年视为最值得学习的榜样，而他精神特质中最值得效仿的则
被概括为具有战斗精神。第3期编者组织了一个"鲁迅先生四年祭特辑"，发表
意见的作者很多不约而同地从这一角度展开论述。黄文俞提出"正视第一！"认
为"鲁迅先生毕生战斗，教会了我们以正视之道。那就是看透一切，发露本质，
拥护真理，力持正义"。① 尚英评价鲁迅为一位"文化战线上最勇敢最坚决的战
士"，断言"鲁迅就是斗争！"② 杨奇结合鲁迅的创作，认为鲁迅能够创造出阿 Q
这个典型，是由于"鲁迅先生能够揭开现象的表面，深入事物的本质，抓住了这
一时代的全部，充分地批判了中国的病态，血淋淋的挖出了中国的心脏"。③ 黄
海燕对鲁迅的一句话"忘记我，管自己生活"的解读是："生活即战斗"。④ 不只
是这一组文章，在刊物每期的评论文章里，几乎都可以找到类似的表述。例如尚
英还说过："新文艺是建设新中国的强有力的工具。我们要在斗争中建立起新的
中国，那么我们得同样要为着建立新中国的新文化而斗争。"⑤ 麦烽（有时用笔
名甘震）在"青年文谈"专栏中多次强调"战斗"。例如他在一篇文章中提出青
年应该"反咬"旧社会，乃至与其同归于尽："不能从正面去摧毁敌人，那混进
敌人的血液里，做一个死的因素，助长它的灭亡；虽然同时也灭亡了自己，但也
算不负一'死'！"⑥ 在另一篇文章中他告诫读者："在现实社会里，在阶级的限
制未取消以前，没有一样东西可以超阶级而存在的，'人种'、'人性'又何独不
然？所以，在现社会里，文艺的本质是阶级斗争的武器，也就是改造社会的一种
手段。"⑦ 他还反对某些"性灵作家"高抬"恋爱和死"这类"不朽的题材"，
认为作家应当是"笔的战士"，笔下应多写"斗争的事实"，"如果我们是带着战
斗的钢笔的，那又有哪一角的现实不是我们采撷题材的对象？"⑧

　　而对香港文艺青年们深具教育意义的另一件事，便是该刊组织了一场声势较

　　① 黄文俞：《正视第一》，《文艺青年》第 3 期（1940 年 10 月 16 日），第 4 页。

　　② 尚英：《斗争地纪念鲁迅》，《文艺青年》第 3 期（1940 年 10 月 16 日），第 6 页。

　　③ 杨奇：《阿 Q 在今天》，《文艺青年》第 3 期（1940 年 10 月 16 日），第 10 页。

　　④ 《鲁迅先生四年祭笔谈会》，《文艺青年》第 3 期（1940 年 10 月 16 日），第 17 页。

　　⑤ 尚英：《纪念辛亥革命》，《文艺青年》第 2 期（1940 年 10 月 1 日），第 2 页。

　　⑥ 麦烽：《闲话"青年"》，《文艺青年》第 6 期（1940 年 12 月 1 日），第 15 页。

　　⑦ 甘震：《情感·思想·与传染》，《文艺青年》第 7 期（1940 年 12 月 16 日），第 11
页。

　　⑧ 甘震：《客观·倾向与题材》，《文艺青年》第 10—11 期合刊（1941 年 2 月），第 20
页。

为浩大的"反新式风花雪月"论争。该论争由共产党员、《大公报·文艺》编辑杨刚在《文艺青年》第2期发表的一篇文章引发，在左翼、右翼及"汪派"文化人之间爆发了持久的论战，《文艺青年》是主战场之一。该刊第3期刊登了一个读者的意见，第4期组织了三篇论文和一篇讨论大纲组成的特辑，第5期在"滴论"栏目发表了两位读者的意见，第6期刊登了有七八十名文化人士出席的座谈会记录，第7期发表了陈杰的总结文章《论加强生活实践》，算是一个结束，前后历时两个半月。今天回看这场论争，无疑具有概念化的痕迹，而"生活"、"战斗"、"创作方法"、"创作倾向"等是几个核心概念。

杨刚的文章是有感而发。她所说的"新式风花雪月"主要是指当时文坛流行的一些怀乡散文，文章的内容及抒发的感情都让她不满：从内容看，这些作品局限于个人，与民族煎熬和社会苦难不大相称；从情感看，文中"只有恨，只有孤独和悲哀"，[①]"其中除了对祖国的呼唤在某方面能够引起相当的共鸣而比较有意义以外，别的都可以风花雪月式的自我娱乐概尽。风花雪月，怜我怜卿正是这类文章的酒底。不过改了个新的样子，故统名之曰新式风花雪月。"至于其原因，杨刚认为是由于"香港的文化生活还是一只幼芽"，教育畸形，就算有些新文艺书籍，一般也只限于五四时代前后的作品，而"困于个人情绪和感觉中，是五四时代的流风"，香港青年即受这种流风影响。如何摆脱，"把自己从那条陈旧的长满了荆棘的小路上拉出来"？答案是抗战。"抗战是富有魔力的两个字，同时也是赋有神力的创造的能手。人处在它的时代里，仅仅心里眼里手上全和它靠得紧紧的，就可以发现许多生命的奇迹。"[②] 杨刚认为深入生活正是香港文艺青年需要接受的一场挑战。

杨刚抛出这幅"手套"后，很快引起文坛连串反响。《文艺青年》也登出了一篇读者意见。读者马苹对上文提出异议，认为家散人亡、流荡香港的青年，是"不得不拿起剩下来的棉力思想，悲痛的心情用文字来发泄抒出潜伏在他们底心胸里苦况愁绪！"这就像"古人之诗、酒、琴、棋"，目的都是"以泄心头之恨"，因此"也许并不算是了不得的一回事呢"。[③] 对此认识，编者立即加以纠正，认为是"忽略了文艺本质的战斗性，不把文艺看成推动社会解放的工作的一翼，而把它看作消愁解闷的东西！这一个认识的不同，就成为'为社会'、'为

①　杨刚：《反新式风花雪月——对香港文艺青年的一个挑战》，《文艺青年》第2期（1940年10月1日），第4页。

②　杨刚：《反新式风花雪月——对香港文艺青年的一个挑战》，《文艺青年》第2期（1940年10月1日），第5页。

③　马苹：《敬向杨先生谈一谈》，《文艺青年》第3期（1940年10月16日），第19页。

人生'的文学论者所以和个人抒情主义者发生矛盾的地方。而由这一点看,我们也就明白杨刚先生的那篇论文的深意了。"① 到了下一期,编者更专门撰文,其中讨论到作品的抒情问题,认为作品可以抒情,"只要那情感是健康的,反个人的"。这种"反个人"的情感哪里来呢? 答案是投身抗战的激流,"投回祖国,面向斗争,或掮枪,或执笔,或荷锄,都是一条灵验的药方",最重要的便是"面向现实,溶入斗争",而一旦做到这点,到了"斗争就是你,你就是斗争的时候,这病根就像挥发油遇着了太阳,烟消云散的了!"②

刊物第 6 期刊发了松针执笔的《"反新式风花雪月"座谈会会记》,对杨刚、胡春冰、曾洁孺、乔木、黎觉奔、黄绳、冯亦代、叶灵凤等在会上的发言进行了如实摘记,没有明确偏向。但到了第 7 期,陈杰的总结性文章就旗帜鲜明地指出,胡春冰、曾洁孺、黎觉奔三位先生"共同犯着认识上的严重错误",认为他们仅看到正确掌握创作方法的意义,而问题的核心则在于正确掌握创作倾向,要"承认创作倾向与创作方法之辩证法的统一",而这只有通过加强生活实践才能达到。作者并且具体提出了十条加强实践的方法,其中第一条就是"要多读多看关于马列主义的学说理论"。③

这一场"反新式风花雪月"论战对文坛的影响从地域上看并不限于香港,从时间上看则一直延续到战后。六年后,还有作者在上海的杂志撰文,呼吁继续"扫荡"这一不良文风。④"新风花雪月"在一个较长时期内成为一个固定的批评用语,可见其影响是比较广泛而深远的。

(二)《北方文丛》对解放区文艺的引进

《北方文丛》由周而复主编,名义上由海洋书屋出版,实际上印刷、出版、发行等事务都由新中国出版社完全负责。"北方"指西北、华北和东北,是解放区的代称,这套丛书主要就是引进各解放区的文艺作品,也包括部分论文。该文丛共分三辑,每辑十本,从 1947 年下半年开始发行。⑤ 计划中的各辑书目分

---

① 《编者话》,《文艺青年》第 3 期(1940 年 10 月 16 日),第 21 页。

② 甘震:《谈"新式风花雪月"》,《文艺青年》第 4 期(1940 年 11 月 1 日),第 8—9 页。

③ 陈杰:《论加强生活实践——对一个争辩的结论的探讨》,《文艺青年》第 7 期(1940 年 12 月 16 日),第 3、4、5 页。

④ 李白凤:《扫荡文坛新风花雪月的趋向》,《文艺春秋》第 3 卷第 5 期(1946 年 11 月 15 日),第 15—17 页。

⑤ 周而复:《往事回首录·二、临时文化中心》,《新文学史料》,1992 年第 2 期,第 113—114 页。

别是：

第一辑：萧军《八月的乡村》（长篇）、马加《滹沱河流域》（长篇）、刘白羽《黎明的闪烁》（中篇）、邵子南《李勇大摆地雷阵》（短篇）、丁玲《边区人物风光》（报告）、荒煤《新的一代》（报告）、何其芳《回忆延安》（散文）、艾青《吴满有》（长诗）、周而复《子弟兵》（话剧）、周扬《表现新的群众的时代》（论文）。

第二辑：柯蓝《洋铁桶的故事》（长篇）、赵树理《李有才板话》（中篇）、东平《茅山下》（中篇）、周而复《高原短曲》（短篇）、韩起祥《刘巧团圆》（说书）、吴伯箫《潞安风物》（报告）、孙犁《荷花淀》（散文）、李季《王贵与李香香》（长诗）、任桂林《三打祝家庄》（平剧）、艾青《释新民主主义的文学》（论文）。

第三辑：赵树理《李家庄的变迁》（长篇）、柯蓝《红旗呼啦啦飘》（中篇）、周而复《翻身的年月》（中篇）、康濯《我的两家房东》（短篇）、柳青《牺牲者》（短篇）、陈祖武《四十八天》（报告）、孔厥《人民英雄刘志丹》（唱本）、贺敬之等《白毛女》（歌剧）、集体创作《逼上梁山》（平剧）、姚仲明、陈波儿《同志，你走错了路》（话剧）。①

《北方文丛》（部分）书影

（图片来自赵文敏编《周而复研究文集》，北京：文化艺术出版社，2002年）

① 这三辑文丛书目可见各书后所附图书预告。亦可参见张学新：《周而复与〈北方文丛〉》，《新文学史料》2008年第4期，第195页。

丛书涉及的文体非常广泛，包括长篇、中篇、短篇小说、报告文学、散文、诗歌、剧本和论文。作家阵容较为强大，赵树理、丁玲、萧军、刘白羽、孙犁、李季、艾青、贺敬之、周扬等均是当时解放区著名作家。尽管所收作品没有囊括当时解放区文艺所有代表作，但已在相当比例上将能够代表延安文艺座谈会后解放区创作水平的作品收入其中。读过此文丛的一位读者如此形容："北方，究竟是怎样的？黄土地的人民，到底是怎样生活和斗争的？中国的希望和人类的前途，全体现在这《北方文丛》里了。"① 从内容方面看，这些来自解放区的创作，或是描写各地乡村的武装斗争，或是歌颂延安风景与风尚，为普通读者打开了一扇新的窗口，提供了对解放区的想像资源。而对南来作家而言，这几十册作品的重要意义在于它们遵循了毛泽东所指出的文艺为工农兵服务这一革命文艺的新方向，体现了延安整风和作家思想改造的成果，为全国作家树立了榜样。因此，在进行文艺批评的过程中，《北方文丛》里的作品一般被论者作为正面对象，用来和其他一些在他们眼里存在缺点的作品相对照，以论证解放区文艺的优越性与作家投身工农大众的必要性，而潜台词则是论证毛泽东文艺思想乃至共产党革命意识形态的合法性。

《北方文丛》被学者誉为"解放战争时期，规模最大的丛书"和"中国现代文学最后一套大型丛书"。② 它对解放区文艺进行了初步的经典化尝试，丛书中的不少作品后来成为实践延安文艺新方向的经典之作。该丛书将解放区文艺引进到香港，依靠这里的发行网络传播到国统区和海外，极为成功地扩大了延安革命文艺的影响，对奠定它们在文学史上的地位作用甚大。也许更为重要的事情则发生在文本以外。这些饱含革命性的创作与理论，影响到许多海内外知识分子和文艺青年，甚至令他们改变了思想或人生道路。例如，远在北京的朱自清开始大量阅读解放区的作品，尤其喜欢赵树理的小说。一天，有学生到他家，其中的一个提到新近出版的《北方文丛》，征求他的意见。朱自清说："我看到的不多，但我觉得《李有才板话》很好。我要写一篇文章评论它。"后来，他果然写了一篇《论通俗化》加以评论。③ 另据当事人回忆，《北方文丛》"在港澳和南洋一带销

---

① 王一桃：《周而复在香港的年月》，《香港文学》总第 177 期（1999 年 9 月），第 45 页。

② 倪默炎：《周而复主编〈北方文丛〉》，收入赵文敏编：《周而复研究文集》（北京：文化艺术出版社，2002 年），第 938—941 页。

③ 陈孝全：《朱自清传》（北京：北京十月文艺出版社，1991 年），第 296 页。

路不错"，"反映强烈"，① 赢得了当地华侨的大量经济、道义支持，甚至引发部分华侨直接回国参加"革命"，如后来的香港作家王一桃当时在马来亚开办进步书店，他读到周而复所作《白求恩大夫》，受到"感召"，"远渡重洋驶向北国"。② 由此可见，现代传媒引发人的"共同体"想像，不只是表现在象征的层面上，这种"想像"有时能够形成现实。

（三）毛泽东文艺思想的传播和阐释

中共香港的文艺组织一贯重视对毛泽东文艺思想的引进和诠释。早在抗战时期，在这里发生过关于文艺"民族形式"的讨论，与延安、重庆等地的论争遥相呼应，而其根据，主要的便是毛泽东在其报告《论新阶段》中所提出的"中国作风和中国气派"。其后，香港的沦陷中断了这一讨论，1942 年 5 月毛泽东《在延安文艺座谈会上的讲话》（以下简称《讲话》）也未能及时传到香港。不过到了战后，共产党在香港的组织更为严密，文艺生产方面也有了新的进展，这一时期，对毛泽东著作的引进开始形成规模，这甚至是新民主出版社、新中国出版社等机构的主要任务之一，而对《讲话》的阐释，香港反而走在了其他许多地区的前面。

《讲话》产生于 1942 年 5 月的延安，当时中国处于抗战后期，国土被分割成为根据地、大后方和沦陷区三大块，《讲话》诞生后，只能在根据地自由传播，在大后方和沦陷区则通常只能采取伪装的方式，以节选的形式发表。抗战胜利后，全国又被分裂成解放区和国统区两大板块，由于国民党严格的书刊检查制度，《讲话》仍然很难在国统区传播。这时，已经光复的香港因港英当局实行中立政策和言论自由，就成了中共在非解放区的最佳宣传基地。其中于 1946 年 3 月正式开业的新民主出版社是"由中共中央南方局书记周恩来拨款并派员在香港筹建的几个宣传据点之一"，它的"头等重要的任务"就是"出版发行好《毛泽东选集》"。从 1946 年至 1950 年，新民主出版社以单篇本的方式出版了一套《毛泽东选集》，列入其中的单篇本共计十七种，包括《讲话》（出版时名为《论文艺问题》）、《新民主主义论》、《论联合政府》、《目前形势和我们的任务》、《中国革命和中国共产党》、《论人民民主专政》等。据当事人回忆，这套《毛泽东

---

① 周而复：《往事回首录·二、临时文化中心》，《新文学史料》1992 年第 2 期，第 114 页。

② 王一桃：《周而复在香港的年月》，《香港文学》总第 177 期（1999 年 9 月），第 45 页。

选集》"每种至少印行 6 万册，全套总印行数有 100 万册以上"。① 学者考订出，在中共建国前，这套书"除在香港发行外，还随《华商报》在南洋各地和海外发行。它既是第一部在海外发行的《毛选》，又是卷数最多的《毛选》。"② 也有学者提到，"一九四六年二月，香港的灯塔出版社以《文艺问题》为书名，出版了《讲话》……一九四七年，香港的新民主出版社又以《论文艺问题》出版了《讲话》"。③ 所谓"灯塔出版社"出版的《文艺问题》我一时未能查实，但可以肯定的是，至迟在 1947 年，由新民主出版社印行的《论文艺问题》，是《讲话》全文在非解放区第一次得到公开的出版发行，其发行范围，则遍及内地（包括解放区和国统区）和海外。

《讲话》在香港公开出版后，香港工委文委"决定各个党小组学习，讨论《讲话》精神，并且向文化界大为宣传介绍这个《讲话》，使党的文艺方针政策从香港向海外，特别是东南亚一带扩散开去。"④ 而宣传介绍的最好方式，便是将其运用于批评实践，在实践中学习、阐释和宣传。因此，文委于 1948 年 3 月创办了一份以文艺理论为主的刊物《大众文艺丛刊》，从纵览解放区与国统区文艺全局的高度对当时的文艺运动进行了检讨和批判，并选取不同地区的代表性个案进行批评，对如何将《讲话》等所蕴含的毛泽东文艺思想贯彻到文艺批评运用中去，较早地进行了一次大规模实践。同时期的《小说》月刊等予以积极配合。长期以来，《讲话》被视为中国文艺批评独一无二的"圣典"，这一地位的确立离不开批评家的长期阐发和标举，而香港南来作者群无疑是卓有成效的先驱者。同时，他们利用这些文艺期刊集中批判萧乾、沈从文、朱光潜等"反动作家"以及左翼文艺阵营内部的胡风、路翎等"资产阶级和小资产阶级作家"等，提升作家的革命性，实现对文艺界意识形态的大清理，为中国现代文学转向当代文学开山铺路。

---

① 吴仲、黄光：《香港新民主出版社分册出版一套〈毛泽东选集〉简介》，收入刘金田、吴晓梅：《〈毛泽东选集〉出版的前前后后（1944.7—1991.7）》（北京：中共党史出版社，1993 年），第 203—207 页。

② 魏玉山：《关于建国前版〈毛泽东选集〉的几个问题》，载中国近代现代出版史编纂组编：《新民主主义革命时期出版史学术讨论会文集》（北京：中国书籍出版社，1993 年），第 216 页。

③ 蔡清富：《〈在延安文艺座谈会上的讲话〉在国民党统治区的传播》，《中国现代文学研究丛刊》1980 年第一辑，第 310 页。

④ 周而复：《往事回首录》，《新文学史料》1992 年第 1 期，第 39 页。

下篇　话语实践

第四章　乡土与旅途

他走了一会，转回身去，看看远方，并且站着等了一会，好像远方会有什么东西自动向他飞来，又好像远方有谁在招呼着他。他几次三番地这样停下来，好像他侧着耳朵细听。但只有雀子的叫声从他头上飞过。其余没有别的了。

——萧红（1940，香港）①

他说越逃，灾难越发随在后头；若回转过去，站住了，什么都可以抵挡得住。他觉得从演习逃难到实行逃难的无价值，现在就要从预备救难进到临场救难的工作……

——许地山（1941，香港）②

第一节　萧红

1940 年 1 月 19 日，萧红和端木蕻良悄然离开陪都重庆，飞往九龙。行前，他们很少把消息告诉他人。关于两人来港的原因，存在多种说法，有说是为了摆脱感情纠纷，也有说是为了躲避重庆的轰炸，还有的说是为了有更好的生活。无论怎样，可以肯定的是，他们是出于个人原因来港，与政治组织和团体没有任何关系。而对萧红来说，从二十岁逃离大家庭起就一直在不停地流亡，因为感情或战争原因，主动或被动地流亡。从家乡黑龙江的一个小县城呼兰，到哈尔滨、北京、青岛、上海、东京、武汉、山西临汾、重庆，最后是香港。每一座城市，对

---

① 萧红：《后花园》，《大公报·文艺》，1940 年 4 月 22 日。
② 落华生〔许地山〕：《铁鱼底腮》，《大风》第 84 期（1941 年 2 月 20 日），第 2778 页。

她而言都仅仅是一个驿站，从逃出家以后，她一直没有找到一个可以安身立命的长居之地。她更不会想到，自己会滞留在这些驿站之中的一个——离故乡最远的香港，在此走完了人生最后一程，而且只有匆匆的两年。

对香港的选择，当然也不仅仅关乎生存的需要。两年以前，当她在武汉暂居的时候，就面临着多种选择：国统区或根据地，重庆、延安或西安。不仅是选择一个能够活下来的落脚地，而且也是选择一种精神生活。作为一个得到过鲁迅提携、被普遍视为左翼进步作家的年轻女子，萧红最终没有选择去延安，一般人认为她是不想在那里见到刚刚分手的前夫萧军。"但据高原的回忆，萧红的动机则更为复杂。高原从延安到武汉见到萧红，就批评她在处理婚姻的问题上不够慎重。萧红听了很反感，反驳说在延安学了几句教条就训人。舒群也执意说服她去延安，为此两人爆发了彻夜的争吵。由此可见，萧红的选择是深思熟虑的结果。"① 作为一个女性意识和个人意识很强的作家，显然，萧红不能接受自己的私生活被"组织"及其代表所干涉，也不能接受个人的写作自由被管制。当她和端木蕻良还在重庆的时候，端木受当时在香港的前复旦大学教务长、大时代书局总编辑孙寒冰的邀请，为其编辑大时代文艺丛书，而他的长篇小说《大江》已开始在《星岛日报·星座》连载，从经济方面考虑，两人在香港生活不是问题。撇开这个，可能在当时萧红的想像中，香港能给她提供一个安宁的写作环境。而事实上，她的一些想法后来实现了，但也遇到了出乎意料的问题。

萧红在香港没有固定的职业，或者说她是以写作为业。单以写作出版而言，她在香港的两年取得了大丰收。在此期间出版的作品有：《萧红散文》（重庆大时代书局，1940 年 6 月）、《回忆鲁迅先生》（重庆妇女生活社，1940 年 7 月）、《马伯乐》（重庆大时代书局，1941 年 1 月），而于报刊发表的比较重要的作品则包括：短篇小说《后花园》（《大公报》，1940 年 4 月 10—25 日）、《北中国》（《星岛日报·星座》，1941 年 4 月 13—29 日）、《小城三月》（《时代文学》第一卷第二号，1941 年 7 月 1 日），长篇小说《呼兰河传》（《星岛日报·星座》，1940 年 9 月 1 日—12 月 27 日）、《马伯乐·续稿》（《时代批评》，1941 年 2—11 月），以及部分书评、杂文等。其中，小说部分，确定写成于香港的有《马伯乐》及其续稿、《后花园》（1940 年 4 月完稿）、《北中国》（1941 年 3 月 26 日完稿）、《小城三月》（1941 年 6 月完稿），而《呼兰河传》则是在重庆开始写作，1940 年 12 月 20 日完稿于香港。② 总计来看，她在香港约一年半的时间内（最后

① 季红真：《叛逆者的不归之路》，《读书》1999 年第 9 期，第 30 页。
② 参见王述：《萧红著作编目》，载王述编：《萧红》（香港：生活·读书·新知三联书店香港分店；北京：人民文学出版社，1982 年），第 236—238 页。

半年因健康原因基本停止写作）写成的作品超过三十万字，占一生十年写作生涯创作总数的三分之一以上。从文学创作的角度看，远离炮火的香港给予了她丰厚的馈赠。

然而另一方面，在得到这些馈赠的同时，她也在经受着病痛的折磨、情感的背叛和希望的幻灭。在这个内地文化人大聚集的岛上，她却时时感受到"寂寞"。1940 年春夏之交，她在写给重庆好友的信中如此描述自己的心境："……我的心情永久是如此抑郁，这里的一切是多么恬静和幽美，有田，有漫山漫野的鲜花和婉转的鸟语，更有澎湃泛白的海潮，面对着澄碧的海水，常会使人神醉的，这一切不都正是我以往所梦想的佳境吗？然而呵，如今我却只感到寂寞！在这里我没有交往，因为没有推心置腹的朋友。因此，常常使我想到你。莉，我将可能在冬天回去。"① 这年的 6 月 24 日，她又在给另一位朋友的信中写道："我们虽然住在香港，香港是比重庆舒服得多，房子吃的都不坏，但是天天想着回重庆，住在外边，尤其是我，好像是离不开自己的故土的。香港的朋友不多，生活又贵。所好的是文章到底写出来了，只为了写文章还打算再住一个期间。"然后又谈到了自己的身体状况："我到来了香港，身体不大好，不知为什么，写几天文章，就要病几天。大概是自己体内的精神不对，或者是外边的气候不对。"② 可以说，刚到香港不久，萧红就产生了离开的念头，只因为要通过写作排遣内心深深的寂寞，才一再延期。1941 年 4 月，美国作家史沫特莱女士路过香港，小住一个月，替萧红分析日本南侵的前景，劝她到新加坡去。萧红更因此劝茅盾夫妇也去。茅盾不愿离开，并且想不到萧红想要离开的真正原因："……可是我不知道她之所以想离开香港因为她在香港生活是寂寞的，心境是寂寞的，她是希望由于离开香港而解脱那可怕寂寞。并且我也想不到她那时的心境会这样寂寞。那时正在皖南事变以后，国内文化人大批跑到香港，造成了香港文化界空前的活跃，在这样环境中，而萧红会感到寂寞是难以索解的。"③

在当时成为左翼文化中心的香港，被目为左翼作家的萧红何以如此寂寞？事实上，无论为人还是为文，萧红一直坚持一种边缘姿态，对于她的那些左翼"同道"的行事风格、精神追求和话语方式，她并没有多少深度认同。对于他们开展的那些"轰轰烈烈"的文化活动，她也参与不深。她和端木到港不久，文协香

---

① 萧红：《致白朗》，载张毓茂、阎志宏编：《萧红文集（第 3 卷）》（合肥：安徽文艺出版社，1997 年），第 329 页。

② 萧红：《致华岗》，载张毓茂、阎志宏编：《萧红文集（第 3 卷）》（合肥：安徽文艺出版社，1997 年），第 322，323 页。

③ 茅盾：《序》，载萧红：《呼兰河传》（上海·武昌：寰星书店，1947 年），第 5 页。

港分会为表欢迎，在大东酒店举行全体会员聚餐，"席间由萧红报告重庆文化食粮恐慌的情形，希望留港文化人能加紧供应工作。端木蕻良报告新都文坛一般情状，特别指出重庆文艺界之团结一致，刻苦忍耐精神。最后并谈及重庆生活程度的高涨，作家要求提高稿费运动，宪政运动在文艺界的反映情形等等"。① 此后半年，萧红有过一些公开活动，如4月以文协会员身份登记成为文协香港分会会员，8月3日在鲁迅先生六十诞辰纪念会上负责报告鲁迅生平事迹等。这以后她不再参加公开的大型文艺活动，而专心创作。在港期间，往来较多的，只有茅盾、柳亚子、周鲸文等少数被她目为长辈的文化人，而和大量年轻的文坛积极分子来往不多，缺少相互理解的朋友。

萧红在香港（约1940年）

（图片来自王述编《萧红》，三联书店香港分店、人民文学出版社，1982年）

① 《文艺协会昨晚聚餐》，《立报·言林》，1940年2月6日。

当代研究者对茅盾当年感到"难以索解"的问题作出了回答。季红真以为，茅盾在《呼兰河传》的序中对萧红寂寞心态的剖析，"典型地代表了当时主流意识形态话语对萧红的误解"。从个人生活上说，萧红那复杂的最终导致自己伤痕累累的爱恨情仇，当年很多人都不理解，不看好。"她与萧军分手，所有的朋友都站在萧军一边，而她与端木的结合，又几乎遭到所有朋友的反对。这也不能不使萧红感到孤独和寂寞"。① 更重要的是，从精神意识层面而言，萧红的思想"游离在主流的政治思潮与意识形态话语之外，并因此受到同时代人的质疑，乃至于批评和谴责。这不能不使她感到深刻的寂寞"。"她的寂寞感完全是由于思想先行者精神的孤独处境，因为超越了自己的时代，而不被她的同时代人所理解"。② 她与萧军分手后不愿去延安，更不愿去西安，"意味着她不肯进入任何一种主流的意识形态话语。她宁肯离群索居，过着孤独的生活，这反映了她的自由主义的政治立场。这种立场是不能为她的那些共产党员朋友所认同的，自然也会使她感到寂寞"。③

萧红在香港时期的创作，几乎全部出自这种寂寞的心境。这对她的作品影响很深，令其与当时文坛的主流创作拉开了很大的距离。

在《呼兰河传》、《后花园》、《小城三月》这几篇作品里，作者把目光投向数千里外的故乡，凝聚在这里的一草一木，以饱含深情的笔调，追忆早已逝去的童年时光。这些作品一般被称为"乡土小说"或"乡土抒情小说"，其在中国现代文学史上的源头，可以追溯到鲁迅的《故乡》、《社戏》等作品。此类小说一般具有几个明显的叙事特征：它们是来自乡村（或小城镇）的作家多年后身处都市时对故乡的追忆，叙事者和作品中的对象拉开了很大的时空距离；作品通常采用儿童视角；作品不以情节为重，而重视人物的主观心理；文字有很强的抒情性，有较多的对自然风景与民间风俗的描写等。从创作主体的心理机制看，一再流亡的萧红在寂寞中一而再再而三地回眸家乡，笔下出现的绝非一般的思乡之作，而在象征的层面凝聚着她对精神家园的追求。

《呼兰河传》这部散文化的抒情小说，曾被茅盾誉为"一篇叙事诗，一幅多彩的风土画，一串凄婉的歌谣"，④ 在文体上特点鲜明。它没有贯串全书的线索，没有前后完整的故事，也没有中心人物。全书共分七章，第一章是对呼兰河城的一个全景扫描，主要描绘了小城里的几条街道：十字街、东二道街、西二道街和

---

① 季红真：《萧红传》（北京：北京十月文艺出版社，2000 年），第 11 页。

② 季红真：《萧红传》（北京：北京十月文艺出版社，2000 年），第 9—10 页。

③ 季红真：《萧红传》（北京：北京十月文艺出版社，2000 年），第 10 页。

④ 茅盾：《序》，载萧红：《呼兰河传》（上海·武昌：寰星书店，1947 年），第 10 页。

一些胡同，以及街道上的商铺和活动的人，而以东二道街为重点。第二章描绘了呼兰河人一年四季中几种精神上的"盛举"：跳大神、放河灯、野台子戏和娘娘庙大会，可以说是这个小城民俗的集大成，但仍是泛泛而写，出场的人物几乎都没有名字。第三章开始把笔墨集中于"我"家的后花园，回忆"我"小时候在园中嬉戏，以及和祖父祖母共处的日子，对"我"和祖父感情的描写深切感人，可以和萧红的某些散文相互映证，这有助于对作品主题和抒情特征的理解。萧红曾在散文中深情回忆祖父，说自己"从祖父那里，知道了人生除掉了冰冷和憎恶而外，还有温暖和爱"，"所以我就向这'温暖'和'爱'的方面，怀着永久的憧憬和追求。"① 第三章正是对这种亲人之"温暖"和"爱"的刻画。第四章继续写"我"家的院子和院中的住户，出场人物主要有祖父、长工有二伯、老厨子等。第五章集中写老胡家的小团圆媳妇，自过门后就遭受婆婆虐待，生病后，又被迷信的婆婆病急乱投医，请来跳大神的，病后当众洗澡、跳神赶鬼，用热水烫了三次，最后竟被活活折磨而死。第六章转回来重点写有二伯，这个人物身上，既有滑稽有趣的一面，也有一些无伤大雅的陋习，像偷澡盆子、说谎话等等。第七章写磨馆冯歪嘴子的故事，虽然生活艰苦，但他非常坚忍乐观。最后，作品还有一个短短的"尾声"，简单地交代几个人物的结局，进一步抒发思乡之情。从以上简单的归纳，也可以看出这部小说在叙事视角上的特点：既是独特的，又是游移的。从全书来看，前两章选用的是第三人称的全知视角，对呼兰河作概括性的描述。后五章选用第一人称的人物视角，透过"我"的眼睛，写和"我"家有关系的一些人物，其中最后三章每一章都有一个中心人物。不过这个"我"值得进一步区分，大部分时候她是一个四五岁的小女孩，但有时候又变为一个成人，对家里乃至整个呼兰河城的人和事进行点评和议论。于是，作品中就出现了儿童视角和成人视角的交替现象，带来了复杂的叙事效果。②

对儿童视角的选择，令作品洋溢着纯真的童心，最大的好处则是令作品中呈现的世界更美好、更真实。记忆的选择性常常使记忆中的一切比实际发生过的更美好，而透过孩子那纯真的目光，过滤掉事物的一些世俗、卑劣、龌龊的成分，

---

① 萧红：《永久的憧憬和追求》，载张毓茂、阎志宏编：《萧红文集（第3卷）》（合肥：安徽文艺出版社，1997年），第188页。

② 这是现代抒情小说的特征之一。如陈惠英认为，抒情小说既"着重内省"，又以想像力为中介，将各种不相连的部分串连在一起，而抒情的"我""有时是叙述者，有时又化身成小说中的第一身，甚而是各种不同的角色，抒情小说呈现的是混杂拼凑式的样貌。"见陈惠英：《感性·自我·心象——中国现代抒情小说研究》（香港：商务印书馆（香港）有限公司，1996年），第32页。

更容易取得这种特殊的记忆效果。儿童对人事不存功利算计，表现之一，便是比成人更亲近自然。在小女孩的眼中，自家后花园里的花草虫鸟都有生命和灵性，充满了无穷的活力，它们共同迎来了热闹而自由的季节：

> 花开了，就像花睡醒了似的。鸟飞了，就像鸟上了天似的。虫子叫了，就像虫子在说话似的。一切都活了。都有无限的本领，要做什么，就做什么，要怎么样，就怎么样。都是自由的。倭瓜愿意爬上架就爬上架，愿意爬上房就爬上房。黄瓜愿意开一个黄花，就开一个黄花，愿意结一个黄瓜，就结一个黄瓜，若都不愿意，就是一个黄瓜也不结，一朵花也不开，也没有人问它。玉米愿意长多高就长多高，他若愿意长上天去，也没有人管。蝴蝶随意的飞，一会从墙头上飞来一对黄蝴蝶，一会从墙头上飞走了一个白蝴蝶。它们是从谁家来的，又飞到谁家去？太阳也不知道这个。①

在描写人物时也是如此。例如对有二伯的描写，这个人物身上有着不少小毛病，行为上出现了不少小劣迹，言行具有几分阿Q气。如果是成人，可能很容易就对这些看得一清二楚，这个人物难免会让人厌恶。但一个小女孩对这些却看不大明白，她常去问祖父，祖父或者笑而不言，或者答非所问，于是在她心中，有二伯并不是多么坏的一个人，她看到的更多的是他的可爱之处。

对儿童视角的选用，为作品中的世界涂上了一层柔和、明亮乃至鲜艳的色彩。不过在另一些时候，选择儿童视角，不是为了令世界更美好，而是为了揭示它更真实而残酷的一面。如果说，众多小说家之所以从事创作，对小说的艺术孜孜以求，最根本的目的都是在于更好地表达"真实"——而这却是非常困难的，那么，对特殊视角的选用有时会成为达成"真实"的有效途径。在某些时候，惟疯子（鲁迅《狂人日记》）、孩子（吴组缃《官官的补品》）能看清真实。小说对小团圆媳妇不幸遭遇的描写令人发指，她的婆婆一再地打骂她折磨她，却自以为出自好心，而拥挤的旁观者则看得津津有味，没有人发出一点质疑。小团圆媳妇被人撕光了衣服扔进满是滚烫的热水的大缸，围观的人中，别的光顾着看热闹，是"我"最先发现她不叫不动，倒在了缸里，众人这时才发觉，跑过去拯救。她被热水烫了三次，奄奄一息，后来有一个晚上连大辫子也掉下来了。于是她的婆婆就说这是自己掉下来的，就说她"一定是妖怪"，同院住的人也都这么说。这时，又是"我"偷偷地去问了小团圆媳妇，打破了众人的谎言，说出了

---

① 萧红：《呼兰河传·第三章》（上海·武昌：寰星书店，1947年），第80页。

事情的真相：那辫子"是用剪刀剪的"。① 在小团圆媳妇的故事中，"我"所扮演的角色，在一定程度上和安徒生《皇帝的新装》里那个说出事情莫须有真相的孩子相似。

然而，小说的后五章并没有一贯地保持儿童视角，书中的"我"常常不知不觉地具有了成人的心境和眼光。最典型的是第四章。第三章刚刚浓墨重彩地描绘过"我"家那生机勃勃的后花园，第四章把目光瞄向家中的院子，"我"的眼中却出现了荒凉的景象："刮风和下雨，这院子是很荒凉的了。就是晴天，多大的太阳照在上空，这院子也一样是荒凉的。"② 接下来的四节，第二和第五节的开头都是"我家是荒凉的"，第三和第四节的开头都是"我家的院子是很荒凉的"，而第五节的最后这样写道："每到秋天，在蒿草的当中，也往往开了蓼花，所以引来了不少的蜻蜓和蝴蝶在那荒凉的一片蒿草上闹着。这样一来，不但不觉得繁华，反而更显得荒凉寂寞。"③ 小说一再强调"荒凉"，固然和叙述空间的转换（由后花园转到院子）带给儿时的"我"不同的心理感觉有关，更主要的则是本章的描写浸透了成年后的"我"深沉的心理体验，是创作主体的一种情感投射。更直白地说，感觉荒凉寂寞的，是成年的"我"，无形中，叙事视角发生了挪移。尽管作品的主体采用儿童视角，但成年的"我"一再渗入儿时"我"的故事，而到了作品的"尾声"部分，则全盘变为成人视角，这些都表明了作品的追忆特征。循此角度，我们可以说《呼兰河传》是一部纯个人化的作品，它的内容和时代无关。时代对作者的影响，只是通过战争流离令其备感寂寞，让她形成了孤独的创作心境。

但这部小说又不仅仅是关乎萧红个人的童年记忆。和她以前的代表性作品《生死场》一样，萧红在《呼兰河传》里延续了自己对整个民族命运的思考，焦点之一，便是对国民性的解剖。在这方面，萧红无疑受到了鲁迅的影响。鲁迅在《我怎么做起小说来》一文中自述是抱着启蒙主义的立场，从事"为人生"并且要"改良这人生"的小说写作，"所以我的取材，多采自病态社会的不幸的人们中，意思是揭出病苦，引起疗救的注意"。④ 萧红作品的主题可能没有这么集中，但对国民性的剖析始终没有脱离她的关注。她笔下的人物有二伯等，有着阿Q精神的影子。她一再写到人群围观的场面，令人想到鲁迅笔下的"看客"。而她最为着力的，是对民众麻木精神状态的刻画。她笔下的民众，因循苟且，没有思考能力，也没有

① 萧红：《呼兰河传·第五章》（上海·武昌：寰星书店，1947年），第190页。
② 萧红：《呼兰河传·第四章》（上海·武昌：寰星书店，1947年），第114页。
③ 萧红：《呼兰河传·第四章》（上海·武昌：寰星书店，1947年），第137页。
④ 鲁迅：《鲁迅全集·4》（北京：人民文学出版社，2005年），第526页。

行动能力，就像牲口一般活着，任凭自然、习俗和命运的摆布，"春夏秋冬，一年四季来回循环的走，那是自古也就这样的了。风霜雨雪，受得住的就过去了，受不住的，就寻求着自然的结果。那自然的结果不大好，把一个人默默的一声不响的就拉着离开了这人间的世界了。""至于那还没有被拉去的，就风霜雨雪，仍旧在人间被吹打着。"① 小说第一章细致描写的那个东二道街的大泥坑，若以詹姆森的"民族寓言"理论来解读，完全可以视作传统中国的某种象征。这个大坑位于路中央，每逢下雨，就给当地人带来很大不便，甚至淹死了猪等动物，带来财产损失，然而人们却视若无睹，没有人积极抢修，相反，不少人甚至希望从中谋取"福利"：一是有热闹好看，二是能用低价购买淹死的猪肉——虽然那猪肉味道奇怪，不像是淹死的，更多的时候倒可能是瘟猪肉，有的人吃了会生病。围绕这个大泥坑，萧红将一个民族的惰性和功利性表现得入木三分。

《呼兰河传》另一个值得关注的地方，是对男权中心文化的批判和对女性命运的同情。作者花了整整一章书写小团圆媳妇的悲惨遭遇，貌似轻快的笔墨压抑着止不住的沉痛。而在书的其余部分，常有更直接的议论，作者以微带反讽的笔触拆解男权中心论。例如说到有的年轻女子为了反抗命运而跳井，但节妇坊上并无赞美之词，作者分析道："那是修节妇坊的人故意给删去的。因为修节妇坊的，多半是男人。他家里也有一个女人。他怕是写上了，将来他打他女人的时候，他的女人也去跳井。女人也跳下井，留下来一大群孩子可怎么办？于是一律不写。只写，温文尔雅，孝顺公婆……"② 又如呼兰河每年四月十八日娘娘庙大会，人们都要去拜两个庙，先拜老爷庙，再拜娘娘庙，因为"那些烧香的人，虽然说是求子求孙，是先该向娘娘来烧香的，但是人们都以为阴间也是一样的重男轻女，所以不敢倒反天干。"③ 老爷庙里的大泥像，都是威风凛凛，气概盖世的样子，眼睛冒火，能吓哭孩子，而娘娘庙里的泥像则近乎普通人。为什么有这样的区别呢？也是由于塑像的是男人，他塑起男人像来眼睛冒火，"那就是让你一见生畏，不但磕头，而且要心服……至于塑像的人塑起女子来为什么要那么温顺，那就告诉人，温顺的就是老实的，老实的就是好欺侮的，告诉人快来欺侮她们吧。" 如此一来，男人打老婆时便会说，"娘娘还得怕老爷打呢？何况你一个长舌妇！"作者对此讽刺道："可见男人打女人是天理应该，神鬼齐一。怪不得娘娘庙里的娘娘特别温顺，原来是常常挨打的缘故。可见温顺也不是怎么优良的天性，而是

---

① 萧红：《呼兰河传·第一章》（上海·武昌：寰星书店，1947 年），第 43—44 页。

② 萧红：《呼兰河传·第二章》（上海·武昌：寰星书店，1947 年），第 62—63 页。

③ 萧红：《呼兰河传·第二章》（上海·武昌：寰星书店，1947 年），第 70 页。

被打的结果。甚或是招打的原由。"① 这一类的议论主要集中于第二章，盖因此章采用的是全知视角，便于直接抒发。萧红通过自己的细致观察，同时也根据自己的亲身经验，发现男权文化对女性的压迫几乎无所不在，她要对此进行揭露和批判，因此作品有浓烈的女性主义色彩。

《后花园》是一篇写得非常优美的小说，讲述的却是一个很不完满的故事。由于小说的主人公是一个名叫冯二成子的三十八岁的磨倌，他住的磨房挨着一个热闹的后花园，因此容易让人想起《呼兰河传》的第七章所述冯歪嘴子的故事，进行"互文性"阅读，甚至以为前者是后者的改写和补充。不过，事实上二者大不相同，宜将其作为一个独立作品看待。② 小说讲述一个未老先衰、心如止水的磨倌，终日待在磨房，过着寂静呆板的生活，极少与外界往来，连邻居都不太认识。然而有一个大雨的晚上，隔壁赵老太太女儿的笑声却拨动了他的心房。第二天，雨过天晴，他在院子里碰见了她，"她那向日葵花似的大眼睛，似笑非笑的样子"令他"一想起来就无缘无故的心跳"。③ 此后他陷入了单相思，耳边总是流荡着一种听不见的笑声，但在面对赵家女儿时，又羞怯得没有任何表示。后来，赵家女儿出嫁了，冯二成子常常和赵老太太攀谈，将他当作一位近亲看待。但不久赵老太太也要搬走，到女儿家去，这样一来，他的情感联系被彻底切断了。就在送走赵老太太后返回的那天深夜，他走进了窗口亮着灯的缝衣裳的王寡妇家里，向她倾诉。之后离开，又回来，当夜两人便结了婚。婚后两三年，老王和孩子都死了，冯二成子仍在磨房里干活。

小说写了主人公心里的一段死水微澜，一段来不及也不可能开展的爱情，表达的是对生命自由的向往。热热闹闹的后花园和冷冷清清的磨房形成鲜明的对比，园中那些争奇斗艳的鲜花瓜果，反衬出冯二成子苍白无力的生命。叙述语言和主人公心理贴得很近，心理描写贴切入微，如小说这样形容他送走赵老太太后回家路上的心情："他越走他的脚越沉重，他的心越空虚"，"他越走越奇怪，本来是往回走，可是心越走越往远处飞。究竟飞到哪里去了，他自己也把捉不定。总之，他越往回走，他就越觉得空虚"。④ 这种空虚对于他来说其实是奢侈的，后来他和王寡妇的结合，大约更有坚实的基础吧。然而，曾经见过的向日葵花似

---

① 萧红：《呼兰河传·第二章》（上海：武昌：寰星书店，1947年），第72页。

② 二者的主要区别有：人物性格不同：冯二成子更为沉默自闭，更少与人往来；故事情节不同：冯二成子有过一段单恋，幻想破灭后才匆匆找了一个寡妇；叙事角度不同：《后花园》采用第三人称全知视角，《呼兰河传》第七章则采用第一人称儿童视角；等等。

③ 萧红：《后花园》，《大公报·文艺》，1940年4月17日。

④ 萧红：《后花园》，《大公报·文艺》，1940年4月20日。

的大眼睛，曾经听过的女孩的快活的笑，曾经有过的心底的悸动与相思……一切，都曾证明别样生命的瞬间存在。而这，对他来说也许就够了。

《小城三月》与《后花园》相似，写的也是一段深埋心底的爱情，有人且以它为萧红唯一的爱情小说。这是一个爱情悲剧，但写得哀而不伤。小说以童年的"我"为叙事者，采用儿童视角，叙述一个年轻女子的凄美情殇。翠姨是"我"一个没有血缘关系的姨妈，处在十八九岁的年纪，年轻，窈窕，温柔，娴静。她的家境一般，没有读过书，和相似出身的姑娘相比，有一份矜持和高傲，而在具有维新气氛的"我"的大家庭里，又感觉到隐隐的自卑和自怜。她听从家里的安排，和一位从未见过的矮小男子订了婚。然而，在"我"家做客生活的期间，她那被压抑的生命意识在一定程度上苏醒了，她暗地里喜欢上了"我"的一个在哈尔滨读书的新派堂哥。不过她是寡妇的孩子，受到一些人的歧视，加之自己已经订婚，因此只能把这份情感压在心底。订婚三年后，婆家张罗着要娶亲，翠姨听到这个消息就病了，她不想出嫁，想以读书来拖延婚期。但终于被心病击倒，在出嫁前怀着抑郁默默死去。死前"我"的堂哥曾去看望她，但"他不知翠姨为什么死，大家也都心中纳闷"。①

这个以爱情为表达重点的短篇，可能透露出萧红在生命的最后岁月对自身情感经历的某种回顾与反思。有论者以《小城三月》为萧红的绝唱和告别这个世界的最后遗言，认为翠姨的悲剧故事和现实中的萧红存在一种神秘的"对位"关系，包含着她的情感经验与难言之隐。具体来说，作品中"有难以抚慰的孤独和忧伤，有命运无法改变的遗憾和追悔"，但它的情感基调则是"对于匆匆流逝的生命的深深眷恋"。② 这种眷恋，使得萧红在讲述一个悲剧故事时却用了充满温情的笔调，在小说中将自己儿时的家庭生活进行了美化，包括在其他作品中她深感厌恶的继母等人，在这个小说里也具有了慈爱的光辉。因此，这是萧红的乡土、家园情结表现非常浓烈的一篇小说。

和以上两个短篇不同，《北中国》可以归入广义的抗战题材小说。但和一般主流抗战文艺作品不同，小说并没有正面描写参与抗战的人物和事件，而是着眼于年轻人离家参与抗战后，给家里人带来的情感牵挂和伤害。耿大先生的大少爷跑到上海去打日本，一去就是三年，究竟是当了兵还是沦落街头，并没有确信。留下父母在家里担心，母亲变得眼泪特别多，父亲则为了忘却这件事情，养成了一个习惯，"夜里不愿意睡觉，愿意坐着"，结果"他夜里坐了三年，竟把头发

---

① 萧红：《小城三月》，《时代文学》第一卷第二号（1941年7月1日），第83页。

② 王玉宝：《告别悲剧生命的情感辞典——〈小城三月〉与萧红的主体介入》，《名作欣赏》2008年第7期，第58页。

坐白了"。① 全家人心都散了，家里没有生气，一切都是往败坏的路上走，好像要家败人亡了似的。到了又一个冬天，一个年轻人来报告了大少爷当兵打仗死去的消息，耿大先生从此陷入有时昏迷有时清醒的状态。清醒的时候他就指挥人砍伐家里那片养了百来年的榆树，不想留给日本人，而昏迷的时候就要笔墨写信，在信封上写着"大中华民国抗日英雄 耿振华吾儿 收"，并且一来客就托对方带信。家里人怕他这种举动让日本人碰见了，于是把他幽禁起来，从最末的一间房子的后间，又移到一个小偏房，最后又换到花园角上的凉亭子里。结局是，他在凉亭里生炭火，被炭烟熏死了。

《北中国》从一个侧面表现出抗战带给中国人的深重苦难和心理创伤。它的构思和1939年萧红在重庆创作的《旷野的呼喊》一样，瞩目的都不是年轻人的奋勇杀敌或精神成长，而是老年人被卷入战争后面临的可怕命运。选择这样特殊的表现角度，和萧红对抗战文艺的个人理解有关。1938年1月中旬，萧红曾在汉口参加过一次七月社组织的对战时文艺活动问题的讨论，当时很多人提倡作家参军入伍，在战场上直接获取创作资源，认为留在后方就等于和生活隔离，萧红坚决反对，主张要对生活作更宽泛的理解，重要的不是写什么样的生活，而是作家能否抓住自己在生活中的独到发现。她说："我看，我们并没有和生活隔离。譬如躲警报，这也就是战时生活，不过我们抓不到罢了。即使我们上前线去被日本兵打死了，如果抓不住，也就写不出来。"她又说："譬如我们房东的姨娘，听见警报响就骇得打抖，担心她的儿子，这不就是战时生活的现象吗？"② 《北中国》等篇所"抓住"的，正是这样的生活现象。她是萧红所熟悉的，因此才有创作。萧红的作品个人性很强，但她终究没有"脱离"时代，没有"和生活隔离"。在一个民族受难的年代，她的大部分作品都是对一个民族精神现象的揭示，而少数篇目则直接以抗战为背景，呈现战场以外的普通民众在战争中受到的伤害和心理反应。这些作品没有简单地选择歌颂和暴露，而更关注战乱对个体造成的精神创伤。

循着以上对战争及"生活"的理解思路，萧红创作了长篇《马伯乐》。这部作品的性质有点特别，它直接点明了主要写的是一个小人物在抗战期间的逃亡经历，但仍无法被笼统地归入到抗战文艺的阵营。这是一部讽刺小说，抗战只是它的一个大背景，作家关注的，仍然是对国民性的揭示，以及对男性形象的解构。在某种程度上，这和钱锺书的《围城》有些类似。《围城》也以抗战为背景，而

---

① 萧红：《北中国》，《星岛日报·星座》，1941年4月23日。

② 《抗战以来的文艺活动动态和展望（座谈会记录）》，《七月》第7期（1938年1月16日），第195、197页。

着力于对人性的解剖，也算不上抗战小说。二者的另一个相似之处是，作品大体以空间为结构线索，随着主人公在各地不断流亡迁徙，一方面写到当地的人情世态，另一方面深入人物写出灵魂的不同侧面。如果说《呼兰河传》、《后花园》、《小城三月》等凝眸乡土，作品充满抒情气息，那么《马伯乐》则聚焦旅途，用的完全是另外一种讽刺笔调，二者带给人截然不同的阅读感受。

《马伯乐》（重庆大时代书局，1941 年）书影

在香港，身处寂寞的萧红何以会写出这样一个讽刺性的长篇？我想这既和她的文学素养有关，更与她个人的亲身经历脱不了干系。从文学传统和渊源看，往远了说，某类重视空间因素的游记体小说，似乎特别适合幽默、诙谐、讽刺的表现方式，例如《西游记》和《镜花缘》都有这方面因素；往近了说，鲁迅作品中的幽默和讽刺对萧红有着潜移默化的影响，在她以往的作品中这方面的灵感也零星闪现。更近一点，抗战时期，讽刺文学一时比较兴盛，张天翼 1938 年 4 月

发表于香港《文艺阵地》创刊号上的《华威先生》即是其中的名篇。战争固然一方面促进了民族意识的高涨与民族空前的大团结，但有心者同时看到，战乱也使一个民族的某些沉渣泛起，一些人身上具有的国民劣根性，比和平年代更为触目惊心地展露出来。这些都使得萧红想去尝试一番，她所要精心寻找的，只是一个合适的讽刺对象而已。最终，她在生活中发现了这样的对象。作品中马伯乐的流亡路线（青岛——上海——武汉——重庆）刚好和萧红自身经历吻合，而她选择一个文化人为作品主人公，估计是在现实生活中遇上了人物的"原型"，至少，马伯乐是由她从生活中看到的种种人身上提取、组合而来。

更具体一点看，萧红将作品讽刺的对象设置为一个中年的男性文化人，这一人物软弱、猥琐、口是心非，很可能出自萧红对身边人物的观感。当时与萧红来往较多的周鲸文日后回忆道："一年的时间，我们得到一种印象，端木对萧红不太关心。我们也有种解释：端木虽系男人，还像小孩子，没有大丈夫气。萧红虽系女人，性情坚强，倒有男人气质。"[1] 后来的研究者也注意到，"在和萧军分道扬镳之后，她开始对所谓男子汉气概不断地加以攻击和嘲讽"，"特别是和端木共同生活期间，她感到男人的品德、人格，并不比女人强，甚至更卑微、更胆小、更愚蠢，开始对男性采取讽刺、嘲笑的态度，写作风格变得越来越幽默、辛辣。"[2] 我们当然不必从作家的传记材料中去搜求作品中的角色和现实中的人物有怎么样的"对应"关系，但至少可以了解到萧红创作《马伯乐》的某种心理动因。萧红的许多小说都可以从女性主义的角度去条分缕析，《马伯乐》不但具有这样的因素，而且是萧红作品中对传统的"男子汉大丈夫"性格气概的一个彻底消解。[3] 马伯乐是一个性格比较复杂的人物，他在精神上是阿Q的后代，但相比阿Q的精神胜利法，他的性格基因具有更多的侧面。他自私自利、软弱无能、欺弱怕强、表里不一、极度吝啬、自卑自怜……我所感兴趣的不是作者揭示了他性格的哪些丰富侧面，而是萧红选择了怎样的观照角度和方式来对他实施讽刺的。可能有读者（主要是男性读者）会认为《马伯乐》所写的点点滴滴过于琐屑，在我看来，正是这种日常生活的琐细叙事达致了最佳讽刺效果。小说的第一章写卢沟桥事变后，马伯乐自以为日军很快就要打到青岛，于是一个人偷偷地跑到上海（逃跑是他的性格基因），为了省钱，租了一个很便宜的房间，没有窗

---

① 周鲸文：《忆萧红》，《文教资料》1994年第2期，第7页。

② 铁峰：《萧红文学之路》（哈尔滨：哈尔滨出版社，1991年），第225、226页。

③ 已有部分研究者从这一角度解析《马伯乐》，可参艾晓明：《女性的洞察——论萧红的〈马伯乐〉》（《中国现代文学研究丛刊》1997年第4期，第55—77页）、沈巧琼：《论〈马伯乐〉的女性视角》（《广东社会科学》2006年第5期，第170—175页）等文。

户，暗无天日。他在这个黑窟窿里的生活，是极其不卫生的，作品对此有不厌其烦的描写：

　　所以马伯乐烧饭的小白铁锅，永久不用洗，午饭吃完了，把锅盖一盖，到晚上做饭的时候，把锅子拿过来，用锅铲七喳克喳的刮了一阵，刮完了就倒上新米，又做饭去了，第二天晌午做饭时也是照样的刮。锅子外边，就更省事，他连刮也不刮，一任其自然，所以每次烧饭的白沫，越积越厚，致使锅子慢慢的大起来了。

　　马伯乐的筷子越用越细，他切菜用的那块板越用越薄，因为他都不去洗，而一律刮之的缘故。小铁锅也是越刮越薄，不过里边薄，外边厚，看不出来就是了。而真正无增无减的要算吃饭的饭碗。虽然也每天同样的刮，可到底没能看出什么或大或小的现象来，仍和买来的时候没有什么差别，还在保持原状。

　　其余的，不但吃饭的用具。就连枕头，被子，鞋袜，也都变了样。因为无管什么他都不用水洗，一律用刮的办法。久了，无管什么东西都要脏的，脏了他就拿过来刮，锅，碗，筷子是用刀刮。衣裳，帽子是用指甲刮，袜子也是用指甲刮。鞋是用小木片刮。天下了雨，进屋时他就拿小木片刮，就把鞋边上的泥刮干净了。天一晴，看着鞋子又不十分干净，于是用木片再刮一回。自然久不刷油，只是刮，黑皮鞋就有点像挂着白霜似的，一块一块的在鞋上起了云彩。这个马伯乐并不以为然，没有放在心上。他走在街上仍是堂堂正正的，大大方方的，并没有因此而生起一些羞怯的自觉。却往往看了那些皮鞋湛亮的，头发闪着油光的而油然的生出一种蔑视之心……①

　　马伯乐的生活过得如此困窘和肮脏，固然和他经济拮据为了省钱有关，然而主要还是由于他的懒惰和得过且过。因此小说作这样细致的描写时，语气中丝毫不是同情，而是讽刺。可能是觉得如此尚不足以形容，隔了几页，作者再次写到马伯乐的"一刮了之"的生活秘诀，这次，他不仅是对身外之物，连自己的身体也一概采用刮之一法了：

　　闲下来他就修理着自己，袜子，鞋或是西装。袜底穿硬了，他就用指甲刮着，用手揉着一直揉到发软的程度为止，西装裤子沾上了饭粒时，他也是用指甲去刮，只有鞋子不用指甲，而是用木片刮。其余多半都是用指甲的，吃饭的时

---

　　① 萧红：《马伯乐》（重庆：大时代书局，1941 年），第 87—88 页。

候，牙缝里边塞了点什么，他也非用指甲刮出来不可。眼睛迷了眼毛进去，他也非用指甲刮出来不可。鼻子不通气，他进指甲去刮了一阵就通气了。头皮发痒时，马伯乐就用十个指甲，伸到发根里抱着乱搔刮一阵。若是耳朵发痒了，大概可没办法了，指甲伸又伸不进去，在外边刮又没有用处。他一着急，也到底在耳朵外边刮了一阵。

马伯乐很久没有洗澡了，到洗澡堂子去洗澡不十分卫生。在家里洗，这房子又没有这设备。反正省钱第一，用毛巾擦一擦也就算了。何况马伯乐又最容易出汗。一天烧饭两次，出大汗两次。汗不就是水吗？用毛巾把汗一擦不就等于洗了澡吗？

"洗澡不也是用水吗？汗不就是水变的吗？"

马伯乐擦完了觉得很凉爽，很舒适，无异于每天洗两个澡的人。①

我们在别的一些现代作家的作品里，也可以看到对国人不讲卫生的陋习的针砭，但将其写到如此淋漓尽致的地步，在现代文学中可谓绝无仅有。张爱玲以琐碎的日常生活叙事著称，然而以上所引《马伯乐》片段，其琐细程度较张爱玲是有过之而无不及。

而且引人注意的是，这样不避繁琐地对人物猥琐行为的精细刻画，出现在一部以讽刺为基调的长篇小说中，其文学史意义就值得仔细考察了。香港学者陈洁仪认为，《马伯乐》的写作具有挑战"抗战文艺"写作模式的意图，它主动拒绝依循"抗战文艺"的创作公式，甚至更进一步，以戏拟的方法叛逆"抗战文艺"的写作成规。这主要通过对讽刺对象的设定和对"文化人"矫饰的描写来实现，从书中描写可知，马伯乐的原型很可能来自于"进步文人"队伍。这在当时是非常敏感的，也造成了这部小说长期内乏人问津，得到的评价也普遍不高。在叙事格局上，萧红采用日常生活叙事和琐事描写，以及对抗战术语的谐拟与拆解，来嘲弄当时以民族国家大义为中心的宏大叙事。② 内地学者艾晓明则由女性主义角度进入，殊途同归，判定萧红坚持女性写作者的身份，从未屈从任何潮流，是以她在香港时期完成的作品实现了"以独立的姿态对主流文学的反叛"。③

不只是《马伯乐》，从上文讨论可知，蛰居香港时期的萧红，一如既往地坚

① 萧红：《马伯乐》（重庆：大时代书局，1941 年），第 91—92 页。

② 陈洁仪：《论萧红〈马伯乐〉对"抗战文艺"的消解方式》，《中国现代文学研究丛刊》1999 年第 2 期，第 80—90 页。

③ 艾晓明：《女性的洞察——论萧红的〈马伯乐〉》，《中国现代文学研究丛刊》1997 年第 4 期，第 71 页。

持了个人、女性的写作立场，以个人人生经验和性别体验为基础，以日常生活叙事等为手段，继续从事抗战期间几乎已被绝大多数作家遗忘的国民性的批判工作（对萧红而言，其中包括了对男权中心文化的批判），贡献出了数篇迥异于抗战主流文艺的小说精品。她很少正面去表现一个时代，而是选取乡土和旅途为叙事空间，或抒情，珍藏记忆的美好；或讽刺，揭露人性的丑态，都是从侧面展现一个特定年代的众生相。这些极具个人风格的文字，在文学史上具有恒久的价值。

第二节 许地山

　　1935 年，新文化运动的健将之一、原燕京大学教授许地山经胡适推荐，应聘至香港大学中文学院。9 月 1 日，他正式就任中文学院主任教授，于港大工作长达六年，直至 1941 年 8 月 4 日因劳累过度引发心脏病，逝世于罗便臣道寓所。这六年间，他的生活相对宁静，而工作异常繁忙。每周除授课达二十小时之外，还非常积极地参与各类社会文化活动。因其学问精湛，职位甚高，名气又大，人又热心，因而交游甚广，活动繁多，"在港锋头甚劲，到处被邀……终日马不停蹄。"① 六年间，他参与的各类校内外公开活动，仅见诸各大报章公开报道的，就无月无之：为大学、中学学生、社会团体演讲，内容涉及民族、宗教、社会、教育、文化、婚姻等；参加许多学校的毕业、颁奖等各类典礼；担任学生论文、演讲、书法各类比赛评委；担任各类研究会、赈灾会委员或顾问；接受报章及电台访问；参加或主持内地文化人送往迎来活动；担任南来文人证婚人；带领师生前往内地考察；等等，不一而足。② 尤其是中日战争爆发以后，事情更多。据许地山之子周苓仲于他逝世当月回忆，"自抗

许地山像

（图片来自王赓武主编《香港史新编》，三联书店（香港）有限公司，1997 年）

---

　　① 黄振威：《从陈君葆日记谈许地山居港生活片段》，《香江文坛》总第 25 期（2004 年 1 月），第 28 页。

　　② 参见卢玮銮编：《许地山在香港的活动纪程》，《八方文艺丛刊》第 5 辑（1987 年 4 月），第 271—292 页。

战以来，难民到我们家门口，或是到大学的中文学院找爸爸帮助的，络绎不绝，爸爸总是尽力替他们设法，送钱，找事，或是送入救济所"。他每天的日程表为："早晨八点去大学，一点回家午膳，两点再去，直到六点或七点才回家。在学校除教课及办校务外，总看见他在读书，写卡片，预备写书的材料。所以他写小说一类的文章，是在清早四点到六点之间，写一个段落又回到床上去睡，七点再起来。"① 因劳累过度，终至英年早逝，引起社会各界广泛哀悼。他兢兢业业的辛勤劳动，为香港的文化事业留下了宝贵财富。如"柳亚子认为，香港的新文化可说是许先生一手开拓出来的。"② 具体而言，许地山对香港的贡献主要可分三个部分：一是教育方面，包括高等教育和中学语文教育。其中，他对港大中文系进行的课程改革（由读经为主改为文、史、哲、翻译四项课程）广受称道，尽管也遇到了改革的困境。③ 二是思想文化方面，在他的一系列文章及演讲中，都努力尝试于殖民地环境下输入许多新文化理念，如现代婚姻观念、中国拉丁化新文字、通识教育观念，以及中西文化的沟通等。三是文学方面，他于大学课堂提倡新兴白话文，同时担任文协香港分会和中国文化协进会等的领导职务，以个人创作及理论提倡影响当时的香港文坛。

和一般因个人生活原因来港以及被党派组织来港的南来文人不同，许地山长期于殖民地高等教育机构任职，尽管期间也曾因改革理想无法完全实现而萌生去意，不过相对而言，他比较重视香港本土现实，对此地有较多的融入（这一方面可能也是由于他通晓粤语）。翻查他此期发表出版的著作，除了对香港教育问题发言，他还对香港的历史文化进行过研究，写过《香港考古述略》、《香港与九龙租借地史地探略》等文章。固然这和他对中华民族历史文化的强烈关注、试图通过历史研究证明香港和大陆的历史联系有关，但也说明在他的文化想像中，香港和大陆仍是一体的，他并未因其是租借出去的时空而将其置于个人视野之外。此外，在政治立场上，他并不属于任何一党一派，这让他能够超越左右的意识形态对立，同时为双方所接纳，在工作中取得更大效用。他一方面担任左翼领导的文协香港分会的常务理事、总务负责人及研究部、艺术文学组主持人（因南来作家流动性很大，久居此地的两名理事许地山和戴望舒是该组织实际上的领导人），

① 苓仲：《我的童年·序言》，《新儿童》第1卷第6期（1941年8月），转引自周俟松、杜汝淼编：《许地山研究集》（南京：南京大学出版社，1989年），第54、55页。

② 黄庆云：《落华生悄悄播下的种子》，《香江文坛》总第25期（2004年1月），第14页。

③ 参见卢玮銮：《许地山与香港大学中文系的改革》，《香港文学》总第80期（1991年8月5日），第60—64页。

另一方面担任右翼文艺团体中国文化协进会的常务理事、常务委员会委员、学术研究委员会主任委员，与双方为友，从中斡旋，成为双方的中介和缓冲，"努力在统一战线的原则下，联系左、右派，平衡左、右派的利益，在团结中加强抗日斗争工作。"①

卢沟桥事变以后，许地山在港积极号召和参与抗日救亡活动。此后发表的文章，大部分洋溢着高涨的民族意识。每年的元旦和七月七日，他几乎都要在报刊撰文，讨论和抗战有关的事宜。据香港《大公报》1941年8月13日刊发的几则《许地山先生日记》，他平日对抗战期间的国内状况和日人活动非常关注，但他的思考方式是，不是去正面表达日军的暴行和对日本的民族仇恨，也很少涉及时政与军事，而是坚守文化岗位，从文化角度着眼，借讨论教育、学术、礼俗等方面问题，检讨中国的历史文化，在此基础上提出一个民族的时代使命，以及为了达成这个使命需要进行的精神重建工作。其中，他特别重视个人和民族的独立性，多次强调民众要去除奴性，国家要撤除对他国的依赖性。譬如在检讨香港的教育时，他说：

作者以为教育底目的在拔苦。拔苦底路向是启发昏蒙和摧灭奴性。一切罪恶与堕落都是由于无理解与不自尊而来。教育者底任务是给与学生理智上的光明与养成他底自尊自由底性格。但这两样，现代的教育家未曾做到，反而加以摧残，所以有用的人无从产生。如果有完备的学校教育和补充的社会教育，使人人能知本国文化底可爱可贵，那就不会产生自己是中国人而以不知中国史，不懂中国话为荣底"读番书"底子女们了。奴性与昏蒙不去，全个民族必然要在苦恼幽闷的沙漠中徒生徒死，愿负教育责任底人们站起来，做大众底明灯，引后辈到永乐的境界。②

在中华民国成立三十年之际，他撰文回顾三十年来礼仪的变迁，文中多次提醒应如何对待西方国家及其文化，对国民行为持批判态度。他注意到，"一个耶稣诞期，洋货店可以卖出很多洋礼物，十分之九是中国人买底，难道国人有十分之九是基督徒么？奴性的盲从，替人家凑热闹，说来很可怜的。"对于整个国家，他提请人注意，"民国算是入了壮年底阶段了。过去的二十九年，在政治上、外交上、经济上、乃至思想上，受人操纵底程度比民国未产生以前更深，现在若想

---

① 余思牧：《许地山对香港文学的贡献》，《香江文坛》总第27期（2004年3月），第49页。

② 许地山：《一年来的香港教育及其展望》，《大公报》，1939年1月1日。

自力更生底话，必得努力祛除从前种种的愚昧，改革从前种种的过失，力戒懒惰与依赖，发动自己的能力与思想，要这样，新的国运才能日臻于光明。我们不能时刻希求人家时刻的援助，要记得我们是入了壮年时期，是三十岁了。更要记得援助我们底就可以操纵我们呀！"① 类似的警惕在他作品中多次发出，又如他在1939 年国庆节前夕写道："我们不要打空洞的如意算盘，望国际情形好转，望人来扶助我们。我们先要扶助我们自己，深知道自己建立底国家应当自己来救护，别人是绝对靠不住的。别人为我们建立底国家，那建立者一样可以随时毁掉它。"② 1940 年七七事变纪念日他再次强调："我们底命运固然与欧美的民主国家有密切的连系，但我们底抗建还是我们自己的，稍存依赖底心，也许就会摔到万丈底黑崖底下。"③ 再三示意，语极殷切。

在这样的背景下讨论许地山香港时期的文学创作，无疑有助于我们对它的基本理解。因忙于教学、研究及文化活动，此期许地山的文学创作不多，但每一篇皆有其讨论之价值。

1938 年秋，为了帮助香港大学女生同学会赈灾筹款，许地山创作了独幕剧《女国士》，剧本并于 11 月 11、13、15、16 日分四次刊登于《大公报·文艺》。该剧取材于《唐书》薛仁贵的传记，而将重点放在薛妻柳迎春身上。剧本讲述的是，年轻的薛仁贵居于家乡绛州龙门镇大黄庄，整日好习武打猎，不事稼穑，田地里的农活由年迈的父亲打理。时值高丽入侵，皇帝御驾亲征，地方上正在招兵，薛仁贵想去投军。某日，同乡的一个小偷宝奴潜来偷鸡摘瓜，薛大伯为了追拿，跌倒摔死。仁贵以父亲新丧，准备断掉投军的念头。柳迎春以民族大义为重，愿意独立奉养婆婆，先后说服丈夫和宝奴都去投军。她对仁贵说："大哥不是个凡人，当然知道古来底大孝子是要立身建功，保卫邦家；若是早晚底请安，春秋底祭祀，不过是人子底末节，凡夫底常行罢了。如今边疆这么吃紧，寇贼这么猖狂，做子民底须当以身许国，扫除夷虏，才是正理。"④ 而面对怕死的宝奴，她提出在这样的年代，"好男当好兵，好铁打好钉"，并设身处地替宝奴分析道："若是你不改变你底行为，一直流氓当到底，那有什么好处？也许会引你到牢狱里过一辈子。若是你去投军，还有立功底希望。你不但自己受人恭敬，连国家也有光荣。要知道为人民底，捍御外侮是他最高的责任。奴虽然是个女子，若是用

---

① 许地山：《民国一世（三十年来我国礼俗变迁底简略的回观)》，《大公报》，1941 年 1 月 1 日。

② 许地山：《国庆节所立底愿望》，《大公报》，1939 年 10 月 9 日。

③ 许地山：《今天》，《大公报》，1940 年 7 月 7 日。

④ 落华生〔许地山〕：《女国士》，《大公报·文艺》，1938 年 11 月 13 日。

得着奴，奴也要去。何况你是个堂堂的男子汉？"宝奴也被说服了，愿意随着仁贵投军。薛仁贵对妻子大加赞叹："大嫂真是一个贤明的女国士！若是个个女子都像你一样，国家就没有被侵略底时候，天下也就太平了。"①

许地山的作品多以女性为主人公，塑造出许多美好的女性形象。异域风情、宗教色彩与女性关怀是他多数小说艺术上的基本特色。本剧从史书中发掘出柳迎春这一深明大义的女性形象，固然一方面是方便大学女生团体演剧的需要，另一方面也是他抗日救亡意识的突出反映。为此，他不惜借剧中主人公之口，直陈保家卫国之志。这样直接从事政治宣传的作品，在他此前的创作中是很少见的。

许地山的另一个两幕剧《凶手》也是取材于历史，表现女性的贤惠和智慧。而他1941年发表于《新儿童》半月刊的童话作品《桃金娘》（写于1930年）则表现一个孤女的勤劳和仁爱。研究者注意到这一点，推测他是"通过作品寄托他对女性的看法"，这些女性可能是他心目中最宝贵的"国粹"。②

小说方面，许地山在香港创作发表的只有两篇：1939年发表的《玉官》与1941年发表的《铁鱼底腮》。二者之中，《铁鱼底腮》很早就得到文学界的认可，而《玉官》亦在近年越来越得到高度评价。

《铁鱼底腮》是一个以抗战为背景的宣扬爱国主义的短篇。小说的主人公雷老先生曾是一个最早被官派到外国学制大炮的留学生，回国以后，因国内没有铸炮兵工厂，以至他学无所用，一辈子坎坷不得意。他当过英文、算学教员，管理过工厂达十几年，后来在广州附近一个割让岛上的外国海军船坞做过机器工人，学到不少军事方面的新知识，因受怀疑，怕泄露身份而辞职，从此靠远在马尼拉的守寡儿媳妇寄钱赡养。他的兴趣是在兵器学上，为了加强本国海军装备，自己研究发明了一种潜艇模型，这种潜艇比现有的有许多改进，包括一个人造铁腮和调节机，可令人在艇里呼吸自如，并在水底待上好几天。但他的这个发明国家不需要，同时也不能献给外国船坞，因为"我也没有把我自己画底图样献给他们底理由，自己民族底利益得放在头里"。③ 不久，侵略者的战车来到，雷老先生被迫逃难。他想去广西梧州，结果船被击沉，女仆丧身海中，她带着的潜艇模型也丧失了。他只好随一群难民在西市的一条街边打地铺。儿媳妇汇钱过来，让他去马尼拉，他不愿去，还是想到梧州做些实际工作，于是带着蓝图和

---

① 落华生〔许地山〕：《女国士》，《大公报·文艺》，1938年11月16日。

② 黄维樑：《继续塑造美好女性的形象——许地山在香港的创作》，《五邑大学学报（人文社会科学版）》2007年第3期，第48页。

③ 落华生〔许地山〕：《铁鱼底腮》，《大风》第84期（1941年2月20日），第2775页。

铁腮模型又一次上船，结果到埠下船时，失手把小木箱掉到海里去，他急起来，也跳下去了，和他的发明一道潜在了水底。

雷老先生以本民族利益为重，不愿将发明献与他国，实践了"科学无国界，科学家有国界"的正义和道德。这样的思想主题一直受到高度肯定。然而，小说的重点并不在于这位民间科学家对民族利益的捍卫，而是书写他报国无门的遗憾乃至悲愤，"与其说它是一曲爱国主义的颂歌，不如说它是一曲爱国主义的悲歌"。① 为了改进本国海军军事技术，他一心一意不计报酬，钻研新式武器，然而"从来他所画底图样，献给军事当局，就没有一样被采用过"。② 他怀抱着自己的发明，却不能献给中国的造船厂，因为"有些造船厂都是个同乡会所"，"我所知道的一所造船厂，凡要踏进那厂底大门底，非得同当权底有点直接或间接的血统或裙带关系不能得到相当的地位。纵然能进去，我提出来底计划，如能请得一笔试验费，也许到实际的工作上已胜下不多了。没有成绩不但是惹人笑话，也许还要派上个罪名。"而研究院的风气也很不好，"主持研究院底多半是年轻的八分学者，对于事物不肯虚心，很轻易地给下断语，而且他们好像还有'帮'底组织，像青红帮似地。不同帮底也别妄生玄想。"眼看自己年已七十三四，发明是没有实现的机会了，"我只希望我能活到国家感觉需要而信得过我底那一天来到。"③ 通过这样一位普通老人怀才不遇的遭遇，作者批评了当局的昏聩和社会的不良风气。而这是许地山香港时期众多杂文的共同特点。哪怕是在一些纪念文章或学术性较强的论文中，他也常常对抗战以来的某些丑恶现实发出针砭。

《女国士》和《铁鱼底腮》这样的作品，与许地山五四时期的作品大相径庭。它们褪去了传奇和浪漫色彩，主旨简明，文风朴实，时代性强，显然是地地道道的以大众为对象的"载道"之作。这样的转变，离不开抗战的现实。抗战令许地山不断思考知识分子与时代和民众的关系。在他那篇著名的长文《国粹与国学》中，他说："学术本无所谓新旧，只问其能否适应时代底需要。"又说："中国目前的问题，不怕新学术呼不出，也不怕没人去做专门名家之业，所怕底

---

① 袁良骏：《简述许地山先生写于香港的小说》，《河北学刊》1997 年第 6 期，第 63 页。

② 落华生〔许地山〕：《铁鱼底腮》，《大风》第 84 期（1941 年 2 月 20 日），第 2773 页。

③ 落华生〔许地山〕：《铁鱼底腮》，《大风》第 84 期（1941 年 2 月 20 日），第 2775 页。

是知识不普及。"① 这种实用主义的态度和文化普及的目标，也贯彻到他对文学的认识上。在给简又文编译的《硬汉》作序时，他曾将文学分为两类："怡情文学"与"养性文学"，并作如下解释："怡情文学是静止的，是在太平时代或在纷乱时代底超现实作品，文章底内容全基于想像……只求自己欣赏，他人理解与否，在所不问……养性文学就不然，它是活动的，是对于人间种种的不平所发出底轰天雷，作者着实地把人性在受窘压底状态底下怎样挣扎底情形写出来，为的是教读者能把更坚定的性格培养出来。……我们现时实在不是读怡情文学底时候，我们只能读那从这样时代产生出来底养性文学。养性文学底种类也可以分出好几样，其中一样是带汗臭底，一样是带弹腥底。因为这类作品都是切实地描写群众，表现得很朴实，容易了解，所以也可以叫做群众文学。"② 在另外一个地方，他又提出："……我们最要的作品，必须以能供给前方将士与劳作底群众为主。……我们不希望烂调的宣传文学，只希望作者能诚实地与热情地将他们感想与经验宣露出来，使读者发生对于国家民族底真性情，不为物欲强权所蒙蔽，所威胁。"③ 这样的提倡，已经和从事抗战文艺工作的左翼作家们的说法非常接近了。尽管他自己创作不多，但在有限的篇目中，可以看出他是实践了这些在一个新的时代对于文学的新认识的。

　　和《铁鱼底腮》相比，《玉官》是一个充满争议的作品。在一个相当长的时期内，这篇小说被文学史研究者所忽视，即使有所论及，一般也评价不高，而主要原因则有两方面，一是认为作品思想倾向有问题（包括政治立场不对，对共产党有歪曲描写，民族之恨的意识不强，对革命形势的描写模糊了前进与倒退的界限等），二是作品表现了浓厚的宗教意识，主人公虔信宗教。④ 这两个方面，实际上都针对的是作品的"思想性"。最先在文学史上对《玉官》进行较高评价的是夏志清，他称许地山和他同时的作家最不同的一点就是他关注到"宗教上的大问题"，"所关心的则是慈悲或爱这个基本的宗教经验……他给他的时代重建精神价值上所作的努力，真不啻是一种苦行僧的精神，光凭这点，他已经就值得我们尊敬，并且在文学史上，应占得一席之地了"，而确定他在文学史上的地位的

---

① 许地山：《国粹与国学》，载高巍选辑：《许地山文集（下）》（北京：新华出版社，1998 年），第 694、705 页。

② 许地山：《怡情文学与养性文学——序大华烈士编译〈硬汉〉小说集》，《大风》第 25 期（1939 年 1 月 5 日），第 771 页。

③ 许地山：《国庆节所立底愿望》，《大公报》，1939 年 10 月 9 日。

④ 参见张登林：《〈玉官〉：一部被"忽略"的文学经典》，《上海师范大学学报（哲学社会科学版）》2007 年第 3 期，第 67—68 页。

作品，以《玉官》最为重要，从"寻求一个完美的寓言来表达他对完善的生活之见解的努力"来看，它"确实是一篇小小的杰作"。① 这样的基本估价受到一位内地学者的批评，认为夏志清是由于受其"反共政治立场与基督教迷信的影响，严重歪曲了事实"。② 可以说，上述评价多少受到论者政治立场和意识形态的影响。直至二十世纪九十年代以后，学界才逐渐厘清这些不无偏颇的思想性论断，③ 重新检视作品的艺术价值，认为作品具有复杂多义性，艺术成就较高，应算许地山一生代表作之一，甚至可被列为文学"经典"之列。而它最大的贡献，是创造了玉官这一现代文学新的人物形象，反映了中国式基督徒的复杂心态，进而体现了作家对宗教的开放性理解。

《玉官》长达四万字左右，是许地山小说中篇幅最长的作品。小说的背景由十九世纪末延伸至二十世纪三十年代，主人公玉官是一个孀居的寡妇，丈夫在甲午海战中牺牲，留下她带着个两岁的儿子过活。为了生活，她接受街坊"吃教婆"杏官的撺掇，也入了基督教，加入传教的行列。从此，她的生活发生了很大的改变，小说主要就是描写她入教后几十年内的坎坷生活与心态变化，并带出社会变迁的现实。玉官成为"圣经女人"后，个人心理上经受了中西文化的剧烈冲突，她几十年里一直随身带着几件老古董：一本白话《圣经》、一本《天路历程》和一本看不懂的《易经》，这是对她矛盾心理的准确形容。一方面她对基督教逐渐从不信转为虔信，另一方面又时不时受到中国传统礼仪文化的影响。而在和外界的关系上，入教除了给她带来衣食无忧，还令她享受种种好处，如一般的个人和地方政府再也不敢随便欺负她，她的儿子也由教会派出国留学，回国后做了官，令她地位陡升，等等。不过，此时她已将传教当作事业，于个人名誉并不

---

① 夏志清著，刘绍铭等译：《中国现代小说史》（香港：中文大学出版社，2001 年），第 72、74、75 页。

② 徐明旭：《"偏爱"，还是偏见？——评夏志清著〈中国现代小说史〉有关许地山章节》，《中国现代文学研究丛刊》1984 年第 3 期，第 327 页。

③ 对作品思想性方面新的解释一般是这样的：因为作者抱着超越党派的立场，将"土共"与国军等量齐观，并非有意歪曲共产党，因此只是一个小的瑕疵；作品的主人公玉官并非只是一个单纯的基督徒，作者亦儒、亦佛、亦道、亦耶，他在主人身上表现出中西文化的碰撞与融合，寄寓了宗教沟通的文化构想等。参见袁良骏：《简述许地山先生写于香港的小说》，《河北学刊》1997 年第 6 期，第 61—64 页；姜波：《中西文化的碰撞与融汇——许地山小说〈玉官〉重评》，《学术论坛》2001 年第 5 期，第 98—101 页；张登林：《〈玉官〉：一部被"忽略"的文学经典》，《上海师范大学学报（哲学社会科学版）》2007 年第 3 期，第 67—73 页；巫小黎：《〈玉官〉与许地山"宗教沟通"的文化构想》，《文学评论》2008 年第 3 期，第 111—115 页。

介意，在她为教会服务满四十年后，教会给她发起举行一个纪念会，有人提议要给她立碑或牌坊，而她"这时是无心无意地，反劝大家不要为她破费精神和金钱。她说，她底工作是应当做底，从前的她底错误就是在贪求报酬，而所得底只是失望和苦恼。她现在才知道不求报酬底工作，才是有价值的，大众若是得着利益就是他〔她〕底荣耀了。"①

许地山将《玉官》的主人公设置为一个颇为另类的中国女基督徒，和他的多数小说一样，这篇作品也反映了他对宗教问题的思考。许地山很早就对宗教感兴趣，青年时成为一个基督徒，此后在求学和治学过程中，亦以宗教史和比较宗教学为重点。在他看来，"宗教是社会的产物，由多人多时所形成，并非由个人所创造。宗教的需要，是普遍的"。② 他曾批评香港的教育，认为此地"五方杂处，礼俗不齐，意志既不能统一，教育于是大半落在投机者，无主义者，两可论者，钓誉者底手里"，③ 可见他认为一个人是需要有"主义"和信仰的。不同的只是有的人信仰某一政党所崇奉的意识形态，而他信仰宗教而已。但和一般的教徒不同，他并不拘守某一教派的所有教义，而是有思考，有批判，力图以时代需要为准，取各教之长，服务社会。许多论者从他的早期小说中看出有"消极""出世"精神，事实上他本人在生活中是具有相当"积极"进取精神的。他后期作品人物的特点之一，也是务实辛勤、脚踏实地，面对生活采取平实和坚忍态度。正如他在一篇文学评论中这样写道："无病的呻吟固然不对，有病的呻吟也是一样地不应当。永不呻吟底才是最有勇气底。……永不呻吟底当是极能忍耐最善于视察事态底人。"④

论者常将许地山前后期作品风格的变化概括为从浪漫传奇到客观写实。《玉官》的"现实性"是非常强的，反映了几十年内丰富的社会内容，如基督教扩张过程中引发的矛盾和冲突，又如玉官和儿子儿媳两代人生活方式的龃龉等。而联系到作品对中西文化、宗教方面的思考，可以说，小说既是写实性的，又是寓言性的。

将上面讨论的三篇作品放在一起考察，还可以发现一个有趣的事实：它们都写了对国土的想像。《女国士》写一个年轻女子劝丈夫从军抗敌，保卫家国，《铁鱼底腮》写一个老科学家在自己国家的土地上流亡，想要撤退到大后方从事救亡工作，而《玉官》则写一位中国籍基督徒在本国乡土上传播一种外来宗教。

① 许地山：《玉官》，《大风》第 36 期（1939 年 5 月 5 日），第 1145 页。

② 许地山：《我们要什么样的宗教？》，《晨报副镌》，1923 年 4 月 14 日。

③ 许地山：《一年来的香港教育及其展望》，《大公报》，1939 年 1 月 1 日。

④ 许地山：《论"反新式风花雪月"》，《大公报》，1940 年 11 月 14 日。

尽管旨趣不一，然而对国土的共同关注，体现了许地山对国家民族现实命运与前途的思考。

第三节　"过客"们

一、反殖民论述

研究香港文学史的学者大都注意到，1950 年代以前的南来作家，几乎全部具有浓烈的"中原心态"和"过客意识"。"他们只是在香港暂居，把香港作为宣传文学的地方，而他们的心和眼都是向着中国大陆。"① 正如当年夏衍等将自己的住所命名为"北望楼"，而周而复的一本杂文集即定名为《北望楼杂文》。一心"北望"的作家们，自然"没有注意到本地意识的重要性"，② 在他们笔下，对香港现实的呈现往往付之阙如，即有，一般也都是以一种游客的心态，带着观光和猎奇的眼光来扫描一番，而评价往往是负面的。造成这种现象的主客观原因是多方面的：南来作家不管是个人来此"讨生活"，还是由组织派来从事宣传工作，背景都是由于战争，一俟内地局势好转，自然归心似箭回归大陆了，"挥一挥衣袖，不带走一片云彩"；他们在香港过的是侨寓生活，在出租屋乃至旅店度日，不会以此为家，就算是事业方面，要将香港建成为文化中心，同时也明确意识到这个中心只是"临时"的；他们从上海、广州、武汉、重庆等各地前来，背景不一，许多人对香港的殖民地文化很不适应，有很大的隔阂和异己感，一般短期内不愿或不能主动融入自己所生活的社群；除了广东籍的等少数作家，多数人不通粤语，在和本地人的日常生活、文化交流上存在巨大障碍……如果我们细读他们留下的有限的关于香港的文字，还可以发现更多的问题，例如对香港被殖民的屈辱感、对现代都市的批判，③ 等等。贯串其中的一条主线，则是反殖民论述。

---

① 卢玮銮语，见本报记者：《回顾过去 展望未来——记〈香港文学三十年〉座谈会》，《新晚报·星海》，1980 年 10 月 21 日。

② 刘以鬯：《50 年代初期的香港文学》，载刘以鬯：《见虾集》（沈阳：辽宁教育出版社，1997 年），第 19 页。

③ 三四十年代许多左翼诗人如陈残云、沙鸥、黄雨的作品，都表达了对香港这个都市负面的观感。参见陈智德：《论香港新诗 1925—1949》（香港：岭南大学哲学博士学位论文，2004 年），第 61—67、95—105 页。

对于现代文学史上的南来作家而言，反殖民论述已经形成了一种连续的传统。1925 年，从来未曾踏足香港的著名诗人闻一多，在他的组诗《七子之歌》中，选择中国的七块殖民地进行歌咏，其中的两首，即以香港、九龙为题，将其视为祖国的一对儿女，呼唤回归。1927 年 2 月，鲁迅应邀到香港做了两场演讲：《无声的中国》与《老调子已经唱完》，在后者中，鲁迅把整个的中国传统文化视为"老调子"，除了回顾历史上中国的老调子把一个个朝代一一唱完，还重点讨论了中西关系，即"文化并不在我们之下的"外国人"别有用意"地赞美中国文化，其目的是在利用中国人自己的老调子唱完自己。倘若长此以往，全国就会变得像上海一样："最有权势的是一群外国人，接近他们的是一圈中国的商人和所谓读书的人，圈子外面是许多中国的苦人，就是下等奴才。"① 鲁迅匆匆返回广州后，当时没有写下对香港的观感，大约半年后，他在《语丝》周刊发表了一篇《略谈香港》，结合自身的经历（演讲的组织颇受干涉、讲稿不能顺利刊登）与当地新闻报道，认为"香港总是一个畏途"，② 华人地位低下，常遇不便。同年九月底，鲁迅第三次过港，在船上先后受到三位"英属同胞"的无礼搜查，为此他又专门写了一篇《再谈香港》，这次的批评直接有力得多。文章写道，在经历了一番翻箱倒柜的搜查后，船上的茶房反将事情归咎于鲁迅自己：

"你生得太瘦了，他疑心你是贩鸦片的。"他说。

我实在有些愕然，真是人寿有限，"世故"无穷。我一向以为和人们抢饭碗要碰钉子，不要饭碗是无妨的。去年在厦门，才知道吃饭固难，不吃亦殊为"学者"所不悦，得了不守本分的批评。胡须的形状，有国粹和欧式之别，不易处置，我是早经明白的。今年到广州，才又知道虽颜色也难以自由，有人在日报上警告我，叫我的胡子不要变灰色，又不要变红色。至于为人不可太瘦，则到香港才省悟，先前是梦里也未曾想到的。

的确，监督着同胞"查关"的一个西洋人，实在吃得很肥胖。

香港虽只一岛，却活画着中国许多地方现在和将来的小照：中央几位洋主子，手下是若干颂德的"高等华人"和一伙作伥的奴气同胞。此外即全是默默吃苦的"土人"，能耐的死在洋场上，耐不住的逃入深山中，苗瑶是我们的前辈。③

---

① 鲁迅：《鲁迅全集·7》（北京：人民文学出版社，2005 年），第 325 页。

② 鲁迅：《鲁迅全集·3》（北京：人民文学出版社，2005 年），第 447 页。

③ 鲁迅：《鲁迅全集·3》（北京：人民文学出版社，2005 年），第 565 页。

最后一段话可以和上面的演讲词对读。鲁迅熟悉当时的上海租界，对其种族与阶层结构非常不满，他对殖民地香港的观察，也是从这一角度进行的。他非常敏感于主子与奴才这样的二元结构关系，尤其痛恨那些为虎作伥的奴才同胞，在文中非常鲜明地表现出他的反殖民意识。类似的论述在后来南来作家笔下不断激起回响。

1938 年 11 月，楼适夷从武汉经广州来到香港，协助茅盾编辑《文艺阵地》，在香港住了没几天，在这陌生的环境里他感到"忧郁"起来——

习惯了祖国血肉和炮火的艰难的旅途，偶然看一看香港，或者也不坏；然而一到注定了要留下来，想着必须和这班消磨着，霉烂着的人们生活在一起，人便会忧郁起来。

掺杂在杂沓的人群中，看着电车和巴士在身边疾驶而过；高坐在电车的楼座里，看看那纷攘的街头，这儿虽有一点近代文化都市的风味。但是抬起头来，看见对座的一些领呔打扮笔挺的先生，捧着一张印刷恶劣的小报，恬然无耻的读着淫秽的连载小说，心头便感得荒凉。

…………

骨牌的声音掩灭了机关枪的怒鸣，鸦片的烟雾笼住了炮火，消耗者的安乐窝呀，也响起防空演习的警报。

如果对跳舞厅的腰肢和好莱坞的大腿并不深深地感得兴味，香港便使人寂寞了。但是香港也并不都是梳光头发和涂红嘴唇的男女，在深夜的骑楼下，寒风吹彻的破席中，正抖瑟着更多的兄弟呢？

跟许多荒凉的内地一样，在炮火的震荡中，荒凉的都市也会滋长出生命来的呀，如果踏入了开拓者的脚迹。

朋友们，叫喊着寂寞，只会使人更加寂寞：让我们和寂寞斗争吧，战壕是到处可以挖掘的！首先，让我们来挖掘开，这把人和人对相隔绝了的坚墙！①

带着内地经验刚来香港的作家，被他看到的现实所刺激，因而发出"忧郁"和"寂寞"的感叹。文中主要批判的是一班香港市民对于抗战的不关心，仍沉浸于个人享乐式的生活：读淫秽小说，打骨牌，吸鸦片，跳舞，看电影；拿这些和内地的炮火一比，便觉得很不协调。文章最后号召南来文化人充当"开拓者"，通过自己的行动，改变此地人们的精神风貌。战争时期，全民表现不一，

---

① 楼适夷：《香港的忧郁》，《星岛日报·星座》，1938 年 11 月 17 日。

某些特权和富裕阶层仍过着"腐化"、"霉烂"的生活，在当时内地亦所在多有，例如也有很多作品批评重庆等地的类似情景。不过楼适夷将这篇短文题为《香港的忧郁》，将目睹到的一些人群的现状和整个城市联系起来，以偏概全，这是很多对香港观察不深的杂感文章通常存在的一个不足。

徐迟对当年在香港的生活有很详细的回忆，其中谈到他和人交往的状况，并有分析，很值得我们参考。他说："如今回想起来，还很有点奇怪的，是我竟然没有再去寻找本地的诗人和作家。就是三年前我曾经结识过的侣伦和杜格灵（陈廷），我也没有再去专诚拜访，甚至是糟糕得很，我好像已把他们忘了似的。当然也并不是忘了，而是因为我们是成群结队而来的，在外来的自己人中间兜得转了，又不认得地方，没得时间精力就没去找他们，把老朋友冷淡了。真不像话！那时鸥外鸥在香港，也见了面，但往来也不多。不会广东话却也是一个原因，乃更因此而广东话始终也没有学会。"① 他的"日子过得并不好，香港的生活还不能适应。很少娱乐活动，很少交际，也没有学会广东话，和本地人更少往来。"② 以此他总结道："我在香港的所见所闻是非常狭隘的，甚至连广东话也没有学会几句。简直可以说，我还根本没有接触到生活，更不要说什么底层人民的生活了。可以说是'往来无白丁，谈笑有鸿儒'，是严重地脱离生活的。"③ 不过，这些都是现象，包括他多次提到不会粤语的问题，但有没有更深层的原因，令这些外来者如此"脱离生活"？或许，原因之一在于他们对殖民者的复杂心态。"在香港的时候，我很弄不懂该怎么看英国人？他是侵略者，强占了我们的地方一百多年，是可恶之至的。我们吃了大亏，他们强横霸道，他们惨无人道，占了好大的便宜呵。我们不能不说这一点的。我们的血液成了他们的琼浆。我们的荒岛化为他们的皇冠上的钻石。""但同时，他们也带来了西方文明，东方和西方，在香港初次结合了起来。……英国人思想很不好，但本事却很显著的高明，他们的成绩斐然。"④ 这种双重的认识，也反映在当时许多纪游文章中，这类文章往往以多半篇幅盛赞香港市容市貌的干净整洁与富丽堂皇，肯定殖民当局的高效管理，临结尾却笔锋一转，批判殖民统治，痛心于香港的割让，两部分很不协调。

1939 年 4 月，徐迟接连发表了两篇散文，一篇畅想昆明的春天，一篇描摹他在香港遭到的不公正待遇，两者刚好形成对照，从中可以看出他对两地的不同态度。

---

① 徐迟：《江南小镇》（北京：作家出版社，1993 年），第 227 页。
② 徐迟：《江南小镇》（北京：作家出版社，1993 年），第 235 页。
③ 徐迟：《江南小镇》（北京：作家出版社，1993 年），第 258 页。
④ 徐迟：《香港纪行》，《文汇报·文艺》，1995 年 11 月 19 日。

　　第一篇名为《花铺子》，写有从昆明来的人告诉"我"，有人在昆明开设了一个花铺子，卖整个城市最好的鲜花，生意很好，而且兼卖有价值的旧书。这个消息引动了"我"内心的情感波澜，于是展开了一连串的想像："我不能想像正在建设中的内地的春天，景像将是如何的可爱。那一定是'希望'本身在春天里，又在一个处女地上……""在这个春天，而又在内地，我们能见到的必定是愉快和进步。……从前，所谓愉快，在这个古国家里是一种正在腐烂的愉快；一个春天也是一个腐烂的春天；一朵花也是有一个腐烂的根的。而这个春天的到来，内地开遍了新的花，不再是荒芜了没有人注意，而是给人加意栽培，日益绚丽的花。"单看这样华美的文辞，后来的读者或会想当然地以为早在 1939 年的春天，中国的抗战已迎来了一个全新的面貌。而作者还不满足于此，他继续憧憬："只要过了这个春天，中国已经会了不得了。每一种花在这个春天里都会开放，科学，地方，政治，实业，壮丁训练。我有些害怕这个春天，他给我们的创造的力量也许是太多了。"① 这样美好的想像，和对它的如诗如画的描写，几年以后，事过境迁，或者会被批评为"小资产阶级"的浪漫的幻想，然而，它充分反映了作者对故土的一片深情和对祖国的衷心祝愿。

　　三天后，徐迟发表了另一篇写香港的散文《微笑》，感情基调全然不同。文章写"我"有一次到总邮政局唐信部取挂号信的经历。唐信部内极其简陋，里边的二三十个邮差非常悠闲，闲谈，吸烟，打盹，静坐，"没有人在做事"。"我"在柜台外等候了一刻钟，和每个经过的邮差说话，但所有人都似理非理。"我"不敢发脾气，于是只好微笑。作者这样形容这微笑："我的微笑也许是勉强的，却也是自然的。我不敢得罪他们，我要取我的信，我要取悦他们：邮差。我的微笑在我的脸上开花，我勉强我自己的皮肤叫他们给我出色地微笑。"终于，这种取悦人的笑收到了效果，有一个邮差"没精打采的然而再不好意思不跑来"办事，把信给"我"。在这过程中，"我"也明白了为什么邮差不将挂号信送来，却要"我"亲自来取，原来这封信来自"我"乡下的外祖母，由一个替人批命的老头子代写，信封土里土气，"在殖民地上，这样的信是会收到这种带一点侮辱性的待遇的。"因为就在第二天，另一封用蓝墨水和自来水笔写在西式信封上的挂号信就被邮差直接送到家里来了。文章接下来是长篇的议论：

　　我渐渐意识到自从来到香港，我常常放出和颜悦色的脸来对人微笑。我感觉到这些特殊的微笑现在已在我的脸上生了根。说也可怜，灌溉这根的，是一些逃

----

　　① 徐迟：《花铺子》，《星岛日报·星座》，1939 年 4 月 18 日。

难来港后处处的生活困难和不如意和烦恼，然而微笑在我们的脸上开满了花，广东人将渐渐地喜欢这种微笑而同时接受我们外江佬的友谊的。

不意识到也罢，意识到了之后，我突然观察我们在香港的外江佬的脸上，都深刻地刻印着这种微笑……

…………

外江佬，微笑吧。

说这种微笑能使中国凝成一片，使中国有一只新的脸，是不过分的，那末，微笑吧，此中可以给正在建造中的国家，一个莫大的推动力。"莫大的"，这一个成语有人反对吗？①

作者捕捉到生活中的一个细节，从一个微笑的表情入手，由此生发，批评殖民地下的等级观念。文中描述这种微笑可以使中国南北东西的人生活融洽，不相歧视，和睦相处，得到友谊，目的并不在提倡人与人之间礼貌待人、友好待人，因为，结尾的问话，显然含有讽刺意味。

徐迟的这两篇作品，一写想像中的昆明，无比美好，一写现实中的香港，令人厌恶，感情倾向明显不同。很难想像将两文中的城市互换，作品是否还能产生？综观南来作家笔下的香港，多数情况下，呈现的是一种负面形象，这一点在和他们那些乡土抒情作品相比较时尤为明显。在战争的特殊背景下，在他们对一个国家和民族的充满激情和深情的想像中，暂时没有香港的位置。

二、被询唤的"现实"

不过，要说南来作家对香港毫不关注也是不准确的，包括在文学创作方面，也不能说南来作家带来的全部只是内地文学的植入，与香港"本土文学"的发展无关，或者只是起阻碍作用。尽管视香港为临时的中转站，但在某些情况下，出于各种主客观原因（以香港为宣传基地，自然也需要向香港同胞输入民族意识，以支持抗战），南来作家和本地人士也有一些互动。这里以《文艺青年》为例，谈谈这种互动的特点和局限。之所以选择这一杂志，是因为"它是香港年轻人参与极深的一份刊物"，作者"是以香港年轻一辈为主"，"作品本地色彩很浓厚"，刊物"是相当本地化的"。② 这在战前南来作家创办的文艺期刊中可谓绝无仅有，为考察南来作家与香港文学的关系提供了一个很好的个案。

① 徐迟：《微笑》，《星岛日报·星座》，1939年4月21日。
② 郑树森语。《早期香港新文学资料三人谈》，载郑树森、黄继持、卢玮銮编：《早期香港新文学资料选》（香港：天地图书有限公司，1998年），第15页。

前文（详见第三章）已经介绍过刊物的创办背景及其对战斗精神的提倡，以下再分析它如何循循善诱，教导香港的文艺青年生产出符合标准的具有战斗精神的文学产品。刊物的目标之一是要"做成文艺战线的尖兵"，这一比喻性的说法，从形式上去理解，是要求刊登的文艺作品短小精悍（"尖"）。由于刊物每期容量有限，加之主要的作者和读者对象都是年轻的文学爱好者，因此编者从创刊伊始便将其区别于当时的《星岛日报·星座》、《大公报·文艺》（二者常连载长篇幅作品）、《文艺阵地》等文艺报刊，大力征求篇幅短小的创作和评论。"我们不懂得烧'卡龙'，驶坦克，手中有的只是刺刀匕首；所以我们甘愿在配合整个战线的进退下，做一名尖兵，在'艰苦阶段'里，灵活轻便的尖兵是更'方便'的，而且也适合于青年人！"① 其后在刊物历次征稿启事中，编者除了强调来稿要与现实生活有关之外，就是对稿件篇幅进行明确限制。例如在第4期发动"学校生活写生竞赛"和"工厂文艺通讯竞赛"，要求之一是"字数以一千至二千五百为限"。② 在第8期的征稿信中，编者提出"尤其欢迎四五百字之'滴论'，及二千字以下之'人物小品'，'工厂通讯'，'学校生活'，及'街头速写'"。③ 一般而言，对文章字数进行明确限制的多是报纸副刊的专栏，《文艺青年》编者的版面意识有类于此。和篇幅问题相关的是文体意识。编者经常表达对来稿文体的要求，建议作者多写短评、杂文、通讯等，而明确提出"诗，最好少寄一点。我们渴望的，是地方性的，生活上的和学习上的文章"。④ 对作者文体选择上的引导可以通过多种方式，例如，刊物设有"文青小辞典"栏目，每期选择两三个文艺概念加以解说，第2期选择了"报告文学"和"速写"，在解释了这两种文体的基本特征后，并将其流行的原因和现实结合起来，指出报告文学在"抗战以后，更配合着抗战的急激的变动的需要，而发展起来，在文艺上占了重要的地位"，而速写"对于紧张，复杂的生活，是一种很适当的文艺形式，所以文坛上也很风行"。⑤ 第4期发动文艺竞赛，包括"学校生活写生竞赛"和"工厂文艺通讯竞赛"，也是因为编者认为"通讯和速写，在文艺领域里是暴露现实最轻便最突击的工具，因此，无疑问的这一发动是应该得到普遍的响应的"。⑥ 可见，编者对篇幅和文体方面的考虑，主要是着眼于在现实中发挥"战斗"作用。经

---

① 《我们的目标——代开头话》，《文艺青年》第1期（1940年9月16日），第2页。

② 《学校·工厂·竞赛！》，《文艺青年》第4期（1940年11月1日），第20页。

③ 《欢迎投稿》，《文艺青年》第8期（1941年1月），第29页。

④ 《献》，《文艺青年》第2期（1940年10月1日），第22页。

⑤ 《文青小辞典》，《文艺青年》第2期（1940年10月1日），第17页。

⑥ 《学校·工厂·竞赛！》，《文艺青年》第4期（1940年11月1日），第20页。

过多重引导，一般文学爱好者投稿之际自然就会有的放矢得多了。

在内容方面，《文艺青年》对作品的选择，最重要的是看其题材，要求作品反映现实生活。这从其推出的文艺竞赛要求取材自学校和工厂生活便可明白看出，因为这两个领域正是文艺青年最熟悉的。竞赛持续了两个多月，收到一百多篇来稿，最后编者从中选出十六篇获奖作品，刊登于第 8（十篇）、第 9（六篇）两期。这十六篇作品，与别的作品一样，多数都是描写阶级"战斗"或与其有关的：作品中通常存在两个阶级的对立与矛盾，上层阶级（校长、工头、工厂老板等）对下层阶级（学生和普通工人）进行剥削和镇压，后者有的反抗，有的隐忍，结果几乎一样，不是被逼至死，就是陷入生活的困境无从解脱。和许多五十年代后的作品不同，这里很少可以让人看到光明的结尾——或许这样更有助于引发读者的反抗意识吧。也许暴露现实的愿望过于强烈，编者选择的某些作品，故事及其表达方式都很雷同，例如，写工人因劳致疾，老板见死不救，将其开除，或者工头克扣工钱、收取份钱的，都不止一篇。在修辞方面，很多作品也相当一致，例如把工人比喻成牛马。作品具有习作性质，艺术水平普遍不高，而在意识方面表现出某种同一性，都是对殖民地香港现实的揭露和批判。编者在题材和主题等方面对这类作品的肯定，决定了在很大程度上，年轻作者们下笔时精心选择的，都是某种被引导和询唤出来的"现实"。这才造成了刊物"作品本地色彩很浓厚"，同时"它是从左翼的文艺观来处理香港的素材"这样的现象。① 也就是说，作品的素材取自香港，作者的立场和意识却和大陆左翼作家相近，可见编者的引导富有成效。

《文艺青年》的另一个目标是"团结广大的文艺青年群"，为了实现这一目标，刊物采取了多种途径：一是通过教育和引导，改造青年的意识，使其逐渐靠近抗战队伍。早在创刊号上，林焕平就指出"文艺除了具备着理知外，还具备着人类天性的感情。这一种要素，使一般人，特别是富于热情的青年，喜爱文艺。所以文艺成了教育青年的最主要武器之一。"也因此"青年文艺运动不仅是文艺新军的培养问题，而且也是青年教育的问题。"② 一个期刊怎样教育它的读者和作者，从上文所述可见一斑。二是设置各种小栏目，供初学写作的文艺青年练笔，培养他们对文艺的爱好，加强编者和作者的互动。为了让更多读者参与，自第 4 期推出文艺竞赛，规定"取录不限篇数，凡入选的都在本刊出特辑发表"，

---

① 　郑树森语。《早期香港新文学资料三人谈》，载郑树森、黄继持、卢玮銮编：《早期香港新文学资料选》（香港：天地图书有限公司，1998 年），第 15 页。

② 　林焕平：《青年文艺运动诸问题》，《文艺青年》第 1 期（1940 年 9 月 16 日），第 4—5 页。

而"落选的作品，本社负责批评退还"。① 第 5 期开始设置"试靶场"栏目，栏目说明称："这块小小的园地，是用来献给初拿起文艺的笔枪，在工厂，在学校，在商店的青年朋友的，希望要学习写作的朋友努力栽培这块园地。不登的文章，我们负责批评退还……"② 第 8 期的征稿启事也再次点明"不用之稿，负责退还，并愿贡献意见"。③ 这就令投稿者感受到编辑的热诚和帮助之意。从第 10 期开始又设"读者谈座"栏目，进一步供读者发表意见。这些栏目的开设，在一定程度上弥补了刊物所选文学作品题材、文体过于集中的不足，扩大了作者队伍。三是通过征订、征友等举措，组织了一批核心读者群。在创刊号上就登出《征求纪念订户一万户！》的启事，宣布纪念订户可享受种种优待。第 3 期刊登"征求同志"的启事，称要通过办刊，"把欲效力于青年文艺运动的朋友团结起来，把文艺青年的群力，组成巨大的浪潮，向黑暗残暴势力扫荡！《文艺青年》自出版以来，已深得各青年同志的爱戴和拥护，现为贯彻我们的目标，故发起征求同志！使我们在信件上传达的热情凝结为士敏土。"④ 后来还发起过"文艺青年征友通讯运动"，目的是让读者寻找到志同道合的朋友来在读书与生活中进行精神交流，办法是由《文艺青年》的订户作为征友者，在杂志上介绍自己，由其他读者作为应征者，选择友人，告知编辑部，附上邮票和信封，由编辑部代投第一封信给征友者，其后双方直接通讯。⑤ 这些都旨在加强编者、作者和读者的精神交流，使其形成某种归属感，直至最终成为"战斗"的一群。

《文艺青年》并非一个纯粹的文学杂志，也不以培养作家为目标，它的着眼点在于以编者为导向，以读者为重心，设身处地为读者服务，培育青年文艺运动。以它为个案，可以从一个侧面考察南来作家和香港文学发展的关系问题。目前主要有两种看法，部分香港本土学者认为南来作家对香港文学主要起一种压抑作用，令香港文学的发展出现中断和"真空"，而内地学者则多不同意这种看法，认为南来作家主导香港文坛期间，带动了本地作家创作水平的提高。其实，考虑到香港作家"代"的组成，上述两种说法各有其合理之处，同时也都不够全面。南来作家的到来，使得二三十年代已经走上文坛乃至成名的香港作家如侣伦、黄天石等受到了压抑、失去了成长的空间是事实，但南来作家对香港青年文学爱好者的大力扶持和培养也不应忽视，《文艺青年》就是一个例证。南来作家

---

① 《学校·工厂·竞赛！》，《文艺青年》第 4 期（1940 年 11 月 1 日），第 20 页。
② 《文艺青年》第 5 期（1940 年 11 月 16 日），第 20 页。
③ 《欢迎投稿》，《文艺青年》第 8 期（1941 年 1 月），第 29 页。
④ 《本社征求同志》，《文艺青年》第 3 期（1940 年 10 月 16 日），第 24 页。
⑤ 《文艺青年》第 9 期（1941 年 1 月 16 日），第 22 页。

放弃了对侣伦等一代香港成年作家的"统战"联合，今天看来是个失误；他们把希望和部分精力贯注在青少年身上，则取得了一定成绩。无奈战时的文化环境，使得他们对香港文学青年的教育引导主要着眼于思想意识方面，而在写作艺术方面重视不够，加以时间短暂，这一进程因太平洋战争的爆发而中断，因此未能结下更丰硕的果实，实为遗憾。尽管如此，它对个别本土作家的成长仍具推动作用。例如在刊物发表了多篇作品的黄浪波（1921—），世居香港，后来成长为一名散文家，至今仍在写作。他在第 10—11 期合刊发表的《一个手车夫的故事》，写法上明显有模仿五四文学的痕迹，但表达比较自然。如果说《文艺青年》曾培养出香港作家，他是应该放在首位的。

《文艺青年》所针对的"香港文艺青年"，其实可以细分为两个组成部分：流亡到香港的，以及在香港土生土长的。但从作品看来，除了个别的在文字方面有所暗示可以分辨，多数作者我们很难指认其身份了，因为他们写的东西实在太像了。可以说，身为过客的南来作家们的反殖民意识，已经传布到本土和流亡青年群中并被其接受。

本章讨论南来作家民族国家想像和土地的关系，如果把香港也包括在内，大致可分三种类型：一类有如萧红，在香港只感觉寂寞，因而掉转眼光，回望故乡，或借童话式的乡土抒情获得心理慰藉，或描绘流亡旅途，表达对国民性与男性中心文化的批判。一类有如许地山，对现实中的香港也有种种不满，但意识中将其视为中国一部分，于是考察其历史文化以作证明，创作方面，则还是取材于内地。一类有如楼适夷、徐迟等，他们曾写到香港的某一方面的现状，但多持批判态度，含有不屑和讽刺的意味。总之，南来作家尽管是来香港避难，但在他们的作品中，正面的香港形象是很少出现的。包括被教育引导的香港青年，他们的笔下也只有经过选择的问题重重的现实。

第五章　创伤记忆与革命叙事

"大苏，我们都是好人，是不是？我们自从有气力替人做工以来，不管是农忙时做帮工，不管是到墟里去挑担，我们都从未得罪人，'跪倒喂猪姆'，为了一家大小要吃要穿，我们没做一件坏事，今年二十二岁人了，至少做了二十年牛马，给人践踏，给人糟蹋，还要陪笑脸，还要做好人。哼，我丢佢祖宗十八代，我们也是人啊！"

——华嘉（1948，香港）①

呵！你这个团长！你来得正好！说时迟，那时快，一阵密集的轻机枪喷射出去，跟着几个手榴弹爆炸之后，丁大哥的大队人马上就冲过去。一冲锋，鳄鱼头的队伍就散了。他们鸡飞狗走，四方八面狼狈逃遁。一部分士兵，连枪支鞋子都丢弃了。

——黄谷柳（1948，香港）②

第一节　革命定律与革命叙事美学

一、革命叙事形态

在中国当代文学史上，讲述"革命历史"题材和农村题材的两类小说所取得的成就最大。究其原因，可能一方面是由于作者对笔下的题材比较熟悉，另一方面也和现代文学史上作家们在这两方面的写作实践积累有关。早在二十年代中

---

① 华嘉：《老坑松和先生秉》，《文艺生活》总第40期（1948年7月7日），第192页。

② 谷柳：《虾球传第三部：山长水远》（香港：新民主出版社，1949年5月，第三版），第174—175页。

期，"革命文学"就已勃兴，而"乡土小说"更是现代文学史上最先取得成绩的少数几类小说之一。当然，当代文学史上的"革命历史小说"有其特定含义，和此前的"革命文学"不能混同。它的一个被广泛引用的定义是："这些作品在既定意识形态的规限内讲述既定的历史题材，以达成既定的意识形态目的：它们承担了将刚刚过去的'革命历史'经典化的功能，讲述革命的起源神话、英雄传奇和终极承诺，以此维系当代国人的大希望与大恐惧，证明当代现实的合理性，通过全国范围内的讲述与阅读实践，建构国人在这革命所建立的新秩序中的主体意识。"① 或者更简明一点，"也就是说，讲述的是中共发动、领导的'革命'的起源，和这一'革命'经历曲折过程之后最终走向胜利的故事。"② 这里所说的"革命"，具体是指从中国共产党"领导"角度所指称的"三次国内革命战争"，包括 1924—1927 年的第一次国内革命战争（即"大革命"或"北伐战争"）、1927—1937 年的第二次国内革命战争（即"十年内战"或"土地革命战争"）、1945—1949 年的第三次国内革命战争（即"解放战争"），以及中华民族的抗日战争。从创作实际看，描写第三次国内革命战争即 1945—1949 年国共内战的作品，无论是数量还是质量上都是首屈一指的。因此本章主要以这方面的作品为对象（兼及部分以抗日战争为背景的小说），分析在革命叙事的草创时期，这类小说的一些基本叙事特点。为便于论述，选择的作品主要包括南来作家所创作的，也不排除由南来作家所引进、发表在这一时期香港的文艺刊物上的解放区作家作品，因为后者正是前者的模范和"样板"。由于这些小说有的是回忆已成往事的"革命"历程，有的则近乎记录正在发生的"革命"现实，并不能一概以后设观点称为"革命历史小说"，因而本书统称为"革命叙事"。

对国共内战时期的革命叙事，以两个阶级的斗争为主要内容。当这一斗争发生在战场上，便是"人民军队"和国民党军队的对决，而当它发生在农村，便是农民和地主的"你死我活"的斗争。后一类小说更占多数。

马烽《一个雷雨的夜里》讲述的是高家堡的地主恶霸红火柱不甘心失败，图谋暗害农会秘书赵拴拴未遂被擒的故事。在一个雷雨天的夜里，红火柱伙同外村一个小个子，绑架了赵拴拴的婆姨田巧心，交给她一包毒药，恐吓她把赵拴拴毒死，否则就要丧命。田巧心回家后，想通过离婚或搬家的方式使丈夫免遭于难，最终还是忍不住讲述了实情。赵拴拴回忆一年来的事情，把目标锁定为红火柱，估计自己是在去年领头开斗争会时得罪了他，引起报复。今年以来，村里发

---

① 黄子平：《革命·历史·小说》（香港：牛津大学出版社，1996 年），第 2 页。
② 洪子诚：《中国当代文学史》（北京：北京大学出版社，2007 年，第 2 版），第 94 页。

生了一连串怪事：有人造谣说旧军要来，八路军要走；赵拴拴的麦子让人夜里用火烧了；民兵小队长牛二蛮家里的牛也被人捅死了……赵拴拴和牛二蛮召集民兵去红火柱家侦查，搜出毒药等物，红火柱见事情败露，试图先下手为强，但敌不过人多，终于被擒，被押送到区上去了。作品里出现了一个从区上来的萧同志，按政策办事，每当村民们要对地主实施暴力时，总被他劝住。例如在斗争会上，红火柱说自己"愿意在新政权底下作个好人"，这时"人群已经吵成了一疙瘩，大家想起他平时的罪恶，气得眼都红了，大声的喊：'不听漂亮话！我们要命不要钱！'一拥就扑到台上，要拉下来往死打"，① 然后，老萧同志就拦住了众人，说只要红火柱改过自新，改造思想，应该宽大。牛二蛮在确认凶手前说："咱知道是谁？反正抓住狗日的非剁成肉泥不行！"② 后来抓住了红火柱，赵拴拴向大伙说明后，"人们听了，火的一齐大骂，拥上前乱打。"③ 这时农会秘书赵拴拴已提高了认识水平，拦住了大家，要把红火柱作为要紧的犯人送到政府去。

赵树理的《福贵》讲的是一个年轻人为了母亲的丧事，向财主王老万借了一口棺材和布匹杂物，从此欠下了高利贷。为了还钱，他到王老万家住了半个长工，但干了四五年，钱却越欠越多，只好将家里的四亩地缴给了王老万，后来又变成了死契。在这过程中，福贵染上了赌博，为了活命，又干起了偷鸡摸狗的勾当，直至在村里的名声"比狗屎还臭"。④ 有一次，福贵在城里给人当出殡的吹鼓手，被王老万看见了，为了维护村里人的门面，召集人准备把福贵除掉。福贵得到风声，在外躲了七八年没有音信，原来他跑到了抗日根据地，被改造成一个自力更生的新人了。直到日军投降，八路军来到村里一个多月，他才敢回来搬家。区干部打算叫他找一找穷根子，准备拨几亩地给他种，结果福贵跳起来道："那些都是小事！我不要求别的，只要求跟我老万家长对着大众表诉表诉，出出这一肚子忘八气！"于是区干部和农会主席组织了一个会，会上福贵讲了自己变坏的来龙去脉，要求老万"向大家解释解释，看我究竟算一种什么人？看这个坏

---

① 马烽：《一个雷雨的夜里》，《人民与文艺》（《大众文艺丛刊》第二辑，1948 年 5 月），第 73 页。

② 马烽：《一个雷雨的夜里》，《人民与文艺》（《大众文艺丛刊》第二辑，1948 年 5 月），第 74 页。

③ 马烽：《一个雷雨的夜里》，《人民与文艺》（《大众文艺丛刊》第二辑，1948 年 5 月），第 47 页。

④ 赵树理：《福贵》，《论文艺统一战线》（《大众文艺丛刊》第三辑，1948 年 7 月），第 66 页。

蛋责任应该谁负？"① 作品通过讲述一个青年农民如何因不合理的社会经济制度（高利贷盘剥）而一步步陷入生活绝境，并走向精神破产，道德败坏，后因根据地教育而走向新生的故事，批判了"旧社会"，歌颂了"新社会"，肯定了共产党农村统治的正确性与合法性。从这个角度看，福贵是作家塑造出来的一个典型人物。他在经济上"翻身"后，念念不忘要向王老万讨一个说法，以洗刷自己的污名，也就是要通过一个诉苦的仪式实现"翻心"。在这类作品里，描写农民的"翻身"与"翻心"二者缺一不可，后者更关涉到农村"斗争"的合法性，同样，也包括对这一斗争的叙述的合法性。

洪林的《瞎老妈》写的是一个农村妇女受地主欺压的悲惨故事。瞎老妈原来叫孙大嫂，壮实能干，和孙大哥过着自给自足的日子。但是民国十八年的春天流行灾荒，两人被迫到青州去要饭，从此孙家走了下坡路。这一年，孙大嫂生了个孩子，小名就叫"青州"。四年后的一天，孙大嫂去山上刨草捡树枝，被财主何五爷的手下打伤，污蔑她偷了何五爷的树枝，经大家说和，才算罚了十五块钱了事。孙家没钱，只好算是向何五爷借了高利贷，从此难以翻身了。欠债的数目越来越大，何五爷要强占孙家的四亩地，孙大哥不愿意。夜里，孙大嫂冲出门想去何五爷的围子里求情，被团丁赶出来，坐在围墙下哭了一夜，孙大哥找不到她，就用镰刀自杀了，死前伸出五个指头，意思是让家里人替他向何五爷报仇。孙大嫂家没了地，只好自己在家干活，又求人把八岁的青州送到何五爷家放牛。青州长到十四岁时，有一次和何五爷的儿子小顺吵架，把他打了，然后就跑了。孙大嫂哭了几个月，眼睛完全瞎了。直至日军投降，八路军接收了敌占区，成立了农救会，穷人得翻身。在斗争何五爷的讲理会上，瞎老妈讲到后来，大声嘶喊，昏了过去。第二年夏天，当了八路军的青州回到家来，看见妈瞎了而难过，瞎老妈却说："不，孩子，妈妈看得见的，妈妈看得见的！现在的天晴了，天亮了，妈妈不是看得清清楚楚吗？"②

总结以上三篇来自解放区作家描写农民"翻身"的作品，可以看出一些基本特点：首先，作者写作时，所描写地区的农民斗争已经取得胜利，政权已经转移到共产党方面，作者所处的这一现实位置，使得其叙事具有明确的目标，因故事的结局已经预定，重要的便是展开过程了。三篇作品不约而同地采用倒叙和追叙的手法，无疑与此有关。其次，作品有的重在写事，有的重在写人，主人公或是翻身掌权的农民（赵拴拴），或是一般饱受欺压的普通百姓（福贵、瞎老妈），

---

① 赵树理：《福贵》，《论文艺统一战线》（《大众文艺丛刊》第三辑，1948 年 7 月），第 16 页。

② 洪林：《瞎老妈》，《论批评》（《大众文艺丛刊》第四辑，1948 年 9 月），第 97 页。

他们能够取得斗争的胜利，归根结底都是由于共产党军队的支持，因而，作品中出现的区干部、农会领导等虽然只是次要人物，却对故事的结局起着决定性作用。此外，作品中都写到"讲理会"或"斗争会"，由于有相关政策约束，农民们发泄愤怒的途径主要不是通过暴力在身体上消灭地主，而是通过集会诉苦和批判的方式，展现斗争的合理性。因而，作品所写的内容，在很大程度上具有社会学意义上的"历史真实性"，读来有如报告文学。

南来作家的革命叙事则与此有明显差异。不妨以华嘉的《老坑松和先生秉》为例。"老坑松"和"先生秉"是一对父子地主，张村的首富，平日欺压百姓，无恶不作。有一天傍晚，牛根、福全、孖指金几个青年农民赶墟回来，在老坑松家里的举人坟旁边，听到老坑松在糟蹋一个女人。几个人回家后，牛根偶然在出门时碰见一个走路跌跌撞撞的女人，原来是守寡十五年的四婶受了老坑松的欺负。几个月后，四婶的儿子大苏发现母亲怀孕，气得要"一定跟他搏命，杀死那死绝种再说"。[①] 孖指金有点怕惹事，牛根向大苏揭开了真相，村里都轰动了。老坑松心虚，去城里把儿子叫回来，两人定了一条毒计，请了一席酒，把一些父老和乡长请来，恶人先告状，众人商量要开会让四婶认罪，然后用猪笼浸到河里去。乡长怕开会时壮丁闹事，先生秉又出计谋，让乡长以征兵的名义，将大苏等先抓起来。牛根、大苏等识破了先生秉的诡计，孖指金出了个点子，让其他人都暂时避到附近去，自己留下来通风报信，大伙决定这一次老坑松逼人太甚的话就和他拼了。老坑松等人将留下来的孖指金抓走，召集村人在祠堂开会，有先生秉请来的十个县警压阵，在审问四嫂的过程中，将孖指金指认为奸夫。孖指金当堂喊出真相，被先生秉拿枪拍晕，四婶要扑向老坑松，乱成一团的时候，牛根、大苏等持枪赶到，枪毙了老坑松和先生秉，乡长躲到了桌底，其他人都走光了。

这篇小说写农民们组织起来武装抗暴，很有几分传奇性。它和上面几篇的区别是显而易见的：在华嘉的笔下，农民的斗争是自发的，作品里没有出现共产党的影子，他们的行动是以暴抗暴，为民除害，农民和地主不共戴天，无理可讲。但作品许多地方都显得不太真实。例如老坑松选择一个守寡十多年的四婶实施强暴，以此作为事件的导火索，又如在祠堂开会的过程中，牛根等人那么容易就冲进来了，先生秉请来的十位县警一点没有发挥作用。还有，牛根等铲除老坑松父子后，已经触犯法律，接下来会怎样呢？作品里虽然没有交代，读者却会觉得这是一个问题。而之所以存在这些漏洞，原因在于作者对国统区农村和农民的斗争生活不够熟悉，也想像不出共产党具体是怎么样在这里开展工作的，于是干脆不写"党

---

① 华嘉：《老坑松和先生秉》，《文艺生活》总第 40 期（1948 年 7 月 7 日），第 191 页。

的领导"，编造了一个比较牵强的农民锄凶的故事。作品写作的时候，南来作家正在进行"方言文学"与文艺大众化的工作，以及自我的思想改造，确定了文学要以工农兵为主要表现对象，因而一些作者顾不得自己生活方面的欠缺，来进行描写"阶级斗争"的尝试。他们常常批评一些小资产阶级作家的作品所表达的阶级仇恨不够强烈，因而自己在创作的过程中对此非常警惕，而要将这种仇恨的感情推向极端，最简便的办法当然是在作品中通过人物之口对地主一遍遍咒骂，通过人物之手直接消灭地主的肉身。

再来看一篇无名作者的短篇小说，和南来的"革命作家"相比又是另一种风貌。《一个最后的男人》写的是在一个只有十来户人家的泥洞村，村人都姓李，由于壮丁们都被拉走，村里只剩下四个成年男人和一些妇孺。有一年，因为雨水不好，庄稼只有五六成收成，王大户派管事的来收租，管事的传话今年的田租照旧，并谎报说有十成收成。几个男人——李癸年、长顺、长发和喜子——交不起租，决定去县城当面向王大户求情。王管事按"二五减租"算租子，结果比上一年还多。几个人也弄不明白，白跑了一趟，回家后把所有收成缴了还不够，管事的催缴欠租，几个人只好再跟他进城。这时，长发已经不见了。到了县城，王大户没见着，反被送进衙门，长顺还挨了几板子，然后被关进牢房。这时，王大户令各人立借约，然后把他们放了。回村后，发现村里两个十三四岁的孩子也被拉走了。年轻女人为了活下去，有的去省城打佣工，留下来的则寻些树根野草之类的充饥。喜子病后吃了野草，鼓起肚子死去。到了寒冷的冬天，因为有流民聚集在山里打劫，县里成立了保安队，由王大户的儿子任中队长，其中一个保安小队驻扎在泥洞村，令癸年和长顺每晚去南山口望哨。一天晚上，两人放哨时被人劫到一个山洞里，原来是附近活不下去的农民所为。两人被放出来后，长顺建议不要报告保安小队，但癸年看不惯"血盆里抓饭吃"，"活了六七十岁就最恨不守本分"，[①] 执意报告。长顺怕牵扯上自己，拔镰刀将癸年砍死，保安队的人听见动静，开枪射死长顺，于是泥洞村的最后一个男人也死去了。

这篇出自不知名作者的小说，主题不像上面的作品那样明晰，毋宁说具有某种含混性。小说的前半部主要写王大户为富不仁，对农民毫不同情，反而因收成不好趁机勒索敲诈、放贷获利。几个中老年农民的形象则比较软弱，最多只能暗地里在口头上骂上几句，面对王大户甚至管事的都不敢稍有不逊。但最令人震惊的，还是小说结尾的突转，癸年竟然死在同伴后辈长顺的手下！癸年自己是个守本分的人，看不惯别的农民靠打劫为生，长顺就算有不同意见，按常理他完全可

---

①　岑砧：《一个最后的男人》，《文艺生活》总第 45 期（1949 年 2 月 15 日），第 51 页。

以假意违背自己的想法，听从癸年的，而不至于为了保存自己而杀死长辈。然而长顺就是这么自私。保安小队还没有向他两下手，自己人却先自相残杀了。从这个角度看，小说又似乎在反映农民的不觉悟。但事实上，作者也许并不着意要表达何种主题，而只是以客观的态度展现生活的"原生态"。这样的作品，在当时的左翼批评家眼中，很可能会成为批评的对象。冯乃超曾经批评当时的一些作家说，"他们多半只着重在描写农民的盲目性和落后性的一面，大体上用'动物的人'代替了'社会的人'。这种对农民的看法的根源，主要的是作家对农村的民主革命的理解不足，对农村的封建秩序的憎恶心不够强烈。"① 邵荃麟则要求"新社会的文艺，不仅是反映今天的现实，而且还要去描写明天的现实，这就是所谓现实主义中的浪漫主义的因素"。② 《一个最后的男人》无疑没有写出农民身上具有的"民主革命"因素，也没有一丝的浪漫主义色彩，自然不合当时批评家的口味。然而，一般的读者未必会像批评家一样努力在作品中寻找"理想"的明天。有一位文生社的社员朱叶在来信中说，读了这篇小说"深受感动，这是最近这些时来，我所读一些小说中，最使我激动的了"。③ 感动的原因，大约是作品很强的生活质感带来的真实感吧。普通读者和批评家这种对作品评价的分歧，主要的并不在于双方的审美水平高低有别，而是文学评价标准意识形态化的程度有异。因为一个明显的事实是，翻阅这一时期的文艺刊物，许多来自民间的非职业作家的作品，有相当比例都是反映这种看不到希望的现实，即只写出了悲惨的现实而未能指明希望的所在，作品就戛然而止了。当然，这些作品一般是相当粗疏的。

二、血债血还

不过，无论是解放区还是南来作家的作品，也无论是知名作家还是无名作者的作品，普遍来看也都可以找到一些共同的表意重点，譬如对暴力的书写，以及对苦难的渲染。

"革命"的本质是阶级间的暴力斗争，因此革命叙事无法回避对暴力的处理。暴力本身或许是恶的，但在叙事上也可以处理成善的，那就是通过将暴力根据施与者和接受者的不同加以区分，一类为"革命"的暴力，一类为"反革命"的暴力，前者具有正义性，后者才是邪恶的。经过这样的区分，作品就可以对两类

---

① 冯乃超：《评〈我的两家房东〉》，《人民与文艺》（《大众文艺丛刊》第二辑，1948年5月），第41页。

② 邵荃麟：《新形势下文艺运动上的几个问题》，《新形势与文艺》（《大众文艺丛刊》第六辑，1949年3月），第10页。

③ 《从群众中来》，《文艺生活》总第46期（1949年3月15日），第48页。

暴力都大写特写了，而且对前者可以采取歌颂的态度，对后者采取诅咒的态度。具体到革命小说，描写的暴力大体而言无非是两种情形：一是地主及其帮凶对农民的暴力，一是农民（有时由共产党领导）对地主的暴力。由于前者被派定为千百年来广泛存在的事实，地主作为一个群体对农民群体欠下了无数血债，因此后者是由前者所引发，是一个阶级向另一个阶级的复仇，这种复仇具有正当性和正义性。几乎所有革命叙事，其最基本的叙事逻辑便是"杀人偿命"、"血债血还"，① 这也是暴力革命的基本定律，"颠扑不破"的历史"真理"。从这个角度看，作品描写的，便是暴力在两个阶级间的转移，暴力的施与者与接受者的换位，因此不少作品的关键词乃至题目便是"复仇"。

汉娜·阿伦特在《论革命》一书中，详细探讨了法国大革命和美国革命的差异。在她看来，法国大革命成就了现代世界历史，而罗伯斯庇尔是马克思的革命导师，列宁又步了马克思的后尘。法国大革命的特点之一，是"必然性和暴力结合在一起，暴力因必然性之故而正其名并受到称颂"。② 中国共产党领导的革命无疑属于同一逻辑，即认为由旧民主主义革命、新民主主义革命到社会主义革命，各个阶段的革命由低到高发展是人类社会发展的必然规律，而阶级斗争则是推动人类历史发展的动力，理应受到肯定。革命叙事接受了这一马克思主义的历史观，赤裸裸地描写甚至歌颂暴力：

> 疤头三把枝尖尾刀向草里攒眼前一晃说："子弹留起来，有用场。送他见阎罗王，刀子带路——看刀！"
> …………
> 疤头三随手一刀，在草里攒左耳上割下一颗耳珠子："留个记认，叫你永远记得！"然后把他反缚在一株松树上，双庆两人便朝山下走了。③

这是写农会的两个干部给一个农民兄弟报仇，在路上埋伏擒获了乡长，割了乡长的一只耳朵。字里行间似乎是不带感情的白描。而到了另一位作者写对地主

---

① 除了"血债"，革命小说还常常写到另一种债，即经济债，它通常由地主向农民放高利贷而造成。由于高利贷被认为是地主盘剥农民的不合理经济制度，因此需要打破，农民借的债不仅不需要偿还，更进一步要剥夺地主的剥削所得。于是，革命叙事对这两种"债"的认识和处理便可以概括为："杀人要偿命，欠贷不还钱。"

② 〔美〕汉娜·阿伦特著，陈周旺译：《论革命》（南京：译林出版社，2007年），第99页。

③ 楼栖：《枫林坝》，《文艺生活》总第50期（1949年7月15日），第35页。

的斗争会的场景时，笔端对群众的暴力便流露出不无欣赏之意了：

> 东头喊："不说！不说，打！"
> 麻子脱下鞋来，叭叭，就是两下子。
> 东头喊："不沾！打的太轻！"
> "我，我，我说！嫌，嫌我的地太多！"
> 东头又喊："不彻底！还得打！"
> 这当儿，忽然走过来一个小民兵，手里掂着一根烧红的大火箸，喊着说："来！他不说，叫我给他烫两个耳朵眼儿，叫他成个假妮子！不就给他穿个鼻驹子，咱玩一玩狗熊！"
> 这下可把鲁三爷吓草鸡毛啦！嘴哆嗦着，一连串的："说，说，说！"就完完全全一字一板的坦白说出来了。①

这里，暴力已具有了游戏的性质，但因被认定为是正当的，所以作者对暴力残忍性的一面是毋需在意的。这，也是革命叙事暴力美学的特点之一。

最能直接展现暴力的现实效果和美学效果的，是鲜血。鲜血是革命小说中反复出现的重要意象。毫不夸张地说，它为革命小说提供了重要的叙事动力。因为鲜血的存在，"血债血还"的逻辑一再或隐或显地呈现于文本，推动故事的发展，甚至有助于小说的结构组织。于是我们看到，与革命叙事有关，不只是小说，散文、诗歌，乃至文艺批评论文中都常出现血的意象：

> 快天明的时候，迷迷糊糊的，看见男人来了，满脸血，满身血，张着大嘴吐着血沫，像是有什么话说不出来，忽然举起一只大手，张开五只手指头，一下子推到瞎老妈的脸上。瞎老妈吓得一身汗，她默默的说："好，你的意思我明白，我今天就给你报仇！"②
> 父亲派人到三十里外的三江门找到一个医生来。据医生说：我只是需要丰富的营养，安静的休息。因为我曾经流了那许多可怕的血！当敌人攻占上村时，我们半夜里淋着大雨，走了三十多里路，在过度的疲劳和惊恐中，一个小小的未成熟我的生命离开我而去，那样迅速而痛苦！③

---

① 田生：《亩半园子》，《新形势与文艺》（《大众文艺丛刊》第六辑，1949年3月），第99页。

② 洪林：《瞎老妈》，《论批评》（《大众文艺丛刊》第四辑，1948年9月），第96页。

③ 维音：《在暗淡中》，《文艺生活》总第44期（1948年12月25日），第9页。

民兵二混子拉大牛跪了起来，灯光里面，看得见陈大牛脸上青一块、紫一块、鼻子眼睛都肿了。血从一边眉毛里流下来。①

关于血的联想，甚至被用来形容一个人的外貌：

多谢一路斜斜的阳光，更清楚地照出了他的原形，脸色死白，两眼血红，好像刚吃下人，冒在嘴边的鲜血一样，满脸是可怕毛孔，每一个毛孔，起码可以插进四根猪鬃，可怕!②

在一位诗人的笔下，参加学生运动的学生被镇压，他们所流的血成为现实中最好的教材：

然而那白衣上渲染的猩红的血，
教育了老教授和我们，
在我们，
与刽子手之间，
永远以血相见。③

另一位诗人同样在一首表现学生运动的诗中，因目睹鲜血而警醒，将它和争取自由联系起来："被迫害者的/血/赐给我们/自由"，"谁比血/更能解释/自由的意义？"而要获得自由，只有通过暴力，血债血还，因为"自由与刀/是不可分离的"，"被杀者也能杀人"。④

在一位批评家眼里，连创作方法都可以和血发生联系："革命的现实主义是要求我们能够把握历史的动向，具有批判历史的强大力量，和指出历史的明确方向，因此，它首先不能不是把创作实践和革命实践统一起来，它不能不是具有明确的阶级性和政治倾向，具有积极，肯定的因素，而正因此，它才是最自由的，

---

① 孔厥、袁静：《血尸案》，《文艺生活》总第47期（1949年4月15日），第14页。
② 葛琴：《从刀锋的缺口下来》，《新形势与文艺》（《大众文艺丛刊》第六辑，1949年3月），第116页。
③ 邹荻帆：《中国学生颂歌》，《论主观问题》（《大众文艺丛刊》第五辑，1948年12月），第122页。
④ 马丁：《反迫害进行曲》，《论文艺统一战线》（《大众文艺丛刊》第三辑，1948年7月），第59、63页。

血分最多的现实主义。"① 另一位大作家则在 1949 年新年将至的时候"决心拼〔摒〕除一切的矜骄，虔诚地学习、服务、贡献出自己最后的一珠血，以迎接人民的新春"。②

可以说，关于鲜血的想像和书写，已经成为当时作家们头脑中思维的焦点之一。甚至很多篇目或书籍都以此为题，如许戈阳写有长诗《血仇》，夏衍等出版了合集《血书》，聂绀弩亦出版了《血书》。③ 与之相关的一些与身体、感官有关的词汇和意象，如肉、疮疤、尸体、腐臭、杀人等，也为他们所乐意使用。譬如钟敬文写道："肉贴生活，肉贴感情，肉贴热烘烘的思想，这是一切文学创作语言努力的目标"，④ 周立波则如此批评萧军等人："他们的文章的字里行间常常发出一种令人欲吐的僵尸的恶臭。"⑤ 黄宁婴有一首诗的题目就叫《他们又在杀人了》，并在诗中将"他们"改成"它们"："它们比豺狼还要凶残；／它们跟魔鬼一样没有心肝。"⑥ 这一时期的文学创作与批评，不经意间会散发出一股浓烈的血腥气。

三、苦难与启蒙

在革命小说里，与对暴力的叙述紧密相关的，是对苦难与创伤的叙述，因为前者往往会造成后者。这种苦难与创伤有的来自现实，也有的来自对记忆的挖掘，但在叙事意图方面则是一致的，都是为了提供"革命"的起因、动力和合法性。和小说中的暴力具有双向性不同，作家们一旦写到苦难和创伤，无一例外，都写的是地主等统治阶级带给农民等被统治阶级的。在这些小说中，苦难的形态多种多样，最常见的有遭受毒打、强暴、抓丁、坐监、亲人或"阶级弟兄"的丧命、巧取豪夺等，而创伤则既有身体上的，也有心理上的。值得注意的是，对苦难和创伤的叙述，部分来自直接描写，也有很多是通过作品中人物的讲述，

---

① 本刊同仁、邵荃麟执笔：《对于当前文艺运动的意见》，《文艺的新方向》（《大众文艺丛刊》第一辑，1948 年 3 月），第 14 页。

② 郭沫若：《岁末杂感》，《文艺生活》总第 44 期（1948 年 12 月 25 日），第 3 页。

③ 参见戈阳：《血仇》（香港：新诗歌社，1948 年 8 月）；夏衍等：《血书》（香港：野草社，1948 年 7 月）；聂绀弩：《血书》（上海：群益出版社，1949 年 8 月）。

④ 静闻：《方言文学的创作》，《论文艺统一战线》（《大众文艺丛刊》第三辑，1948 年 7 月），第 23 页。

⑤ 周立波：《萧军思想的分析》，《新形势与文艺》（《大众文艺丛刊》第六辑，1949 年 3 月），第 70 页。

⑥ 黄宁婴：《他们又在杀人了》，《生产四季花》（《中国诗坛丛刊》第三辑，1949 年 5 月），第 12 页。

甚至是一遍遍不厌其烦的诉说。这个诉说者，通常被派定为阶级觉悟较高、革命坚决性较强的人，因而他的诉说就起着帮助同伴认清地主罪恶、鼓舞革命斗志的作用。如在《老坑松与先生秉》一篇中，这一角色功能主要是由牛根来承担的。在四婶被老坑松强暴怀孕后，牛根决定将凶手告诉大苏，年纪大上十来岁的孖指金刚开始有点胆怯，经牛根将他受过的欺压一桩桩一件件回忆一遍，孖指金的仇恨之火也被点燃了：

牛根忽然这样问起来，正挑起大苏心头的火种，他又一五一十的把刚才的话说了一遍，问牛根有什么办法。牛根一开口就说：

"杀他！"

"不要随便讲话。"孖指金抢着制止他讲话。

牛根却不知怎的，忽然又变得这样心平气和的对孖指金说：

"孖指金，我们都是贫苦人，没有两句的。你是好人，大家都知道。可是，你的几亩田，现在到那里去了？你的田是怎样丢掉的？是你甘心情愿的？还是别人硬抢了去的？你在田契上盖手指模的时候，你为什么哭？后来你又为什么拿了斧头走到街上来狂叫？你的斧头斩坏了人家了一根毛没有？为什么人家要提你去坐监？你坐了一年监是为什么？你！你！你啊！……"

牛根越讲越愤激，到后来好像烧爆仗一样，乒乓乒乓的把个孖指金，烧得脸也红了，颈筋也露出来了，拳头也握紧了，……血海深仇在他的心上爆炸了，他倒反而一句话也说不出来。①

接着，牛根又转头对大苏说了一通。针对比较软弱的"好人"孖指金，牛根代他忆苦，以"你"相唤，而他对大苏说的那些，也将自己包括在内，以"我们"相称。这一番情绪激昂的诉说，将几位听众的情绪也带动起来了，在他们走向暴力反抗的道路上，作用不可低估。

在很多小说中写到的诉苦会、讲理会、斗争会，主要内容也都是诉苦，通过对地主恶行的控诉，在宣泄怒气的同时，一遍遍证明斗争的合法性。这种诉苦，对于已经觉悟的农民来说，可以将他们的阶级仇恨一遍遍激发，始终维持一定的强度，而对于那些不够觉悟或者生性比较软弱的人来说，则具有教育和启蒙的意义。这也就是所谓的"翻心"，是斗争途中不可缺少的工作。有时是先"翻心"

---

① 华嘉：《老坑松和先生秉》，《文艺生活》总第40期（1948年7月7日），第191—192页。

后"翻身"，先觉悟后斗争，也有时是先"翻身"后"翻心"，共产党已经取得了当地政权，但仍要通过各种集会，忆苦思甜，补上启蒙这一课。如果说革命叙事的最终目的是为革命的合法性进行辩护，这种辩护是和启蒙同时进行的。

至于为什么以诉苦的方式进行启蒙，这决定于启蒙的具体对象。对文化程度低下而生活经验丰富的农民来说，通过灌输一些抽象的概念，讲述一些系统的理论，肯定不能取得好的效果。例如鲁迅等虽抱持启蒙主义，本来是以农民为启蒙对象，但事实上的结果却是拿农民做例子，启了小资产阶级的蒙。而通过直截了当地展示农民自身所受的种种痛苦，揭开疮疤，目睹伤口，这种形象化的教育效果最好，能够最简便地帮助他们指认出敌人，树立斗争的对象，提高"革命"的斗志。对于诉苦和启蒙的这种内在关系，当年有一位论者曾约略提到：

今天我们正期望广大的青年朋友，把在现实生活里所感受到的痛苦和苦闷尽情地倾诉出来，尤其是许多职业青年朋友后生学徒，让他们谈身世，吐苦水，怨生活；开头即使还带着浓厚的抒情伤感消沉的情绪也不要紧，因为苦痛的呻吟或绝望的哭泣，总比那得过且过的无声沉默来得更富有现实感。事实上能感觉到生活的苦闷或感伤，已经是不满于现实，开始走向个人的觉醒的第一步……①

这里虽然说的是文学青年的写作问题，但借用它来说明革命叙事中农民的诉苦和觉醒的关系，也是吻合的。

不妨再举一个真实的反例。楼适夷的《童灿》发表时注明是一篇报告文学，讲的是日本投降后，一个伪税警五团的上尉大队长被我军俘获，受到优待，但并不死心，趁机逃走，后第二次被俘，才改变思想，加入解放军。当他第一次被俘后，"我"曾试图对他进行启蒙，文中有一段人物对蒋介石的议论：

说起了中央，我马上给他谈蒋介石，问他对蒋介石有什么意见，他肃然的说委员长当然是我们中国伟大的领袖，我们当和平军，也是受得他的密令。我就反问他蒋介石叫你们当和平军，叫你们帮日本人打中国老百姓，这就是他的伟大么？

他呆了一呆就说：那也是不得已呀，国土沦陷了，中国人自己来维持，总比日本人管好些。我说：所以你们替日本人维持了后方，让日本人可以上前方打中

———————
① 周达：《诉苦是觉醒的开始》，《文艺生活》总第38期（1948年3月25日），第64页。

国是不是呢？

　　他又呆了一呆，又辩解着说：不过，我到底也没有给老百姓做什么坏事呀！我说，你们没做坏事么，你今天装了那么多粮食出去，这不是从老百姓身上刮下来的么？今天日本人已经投降了，我们军队来接收，你们不是还在抵抗么？

　　…………

　　他也听了一听，说，我们是等中央来接收的，你们也没有接到委员长的命令呀。我说，中国不是中国老百姓的难道是蒋介石一个人的，只有他可以作主么？他说，一个国家总得有个头，他是我们的头！我说，假使这个头他只知道压迫老百姓，我们老百姓是不是还要认他作头呢？

　　我和他这样的扯了大半天，实在觉得有点无聊……①

　　面对这个农民出身的士兵，"我"跟他讲一些国家民族的大义、统治者和老百姓的关系之类，虽然并不深奥，但却无法将他说服。由此可知对农民启蒙之难。而不少革命小说显然深知这一点，通过诉苦的方式解决启蒙的难题，不仅在文本内令这一问题迎刃而解，提供了革命叙事的逻辑性，同时在文本外，对一般读者而言实际上也提供了一次对中国"民主革命"的通俗化启蒙。

第二节　革命叙事的政治化与通俗化

一、革命叙事的政治化

　　除了对农村"阶级斗争"的直接描绘，革命小说的另一支是对现代都市各类人物活动的刻画。这一类的小说一般都涉及到政党政治，而且，从抗战到内战，这类作品总体上看"革命性"越来越强，政治化的程度越来越高——主要的表现是作品中对国民党统治的讽刺和批判越来越多，越来越明确和直露。这在茅盾等人的作品中都有明显的反映。

　　茅盾虽然 1927 年才发表第一篇小说《幻灭》，但由于五四时期他即是著名的文学理论家和批评家，是文学研究会的十二个发起者之一和革新后的《小说月报》的主编，因此被视为新文学史上资格最老的作家之一。茅盾一生在香港生活过三个较长的时段，分别是 1938 年 2 月至 12 月、1941 年 3 月至 1942 年 1 月、

---

　　①　楼适夷：《童灿》，《文艺生活》总第 37 期（1948 年 2 月），第 36—37 页。

1947 年 11 月至 1948 年 12 月底，期间创作发表过三个长篇，几个短篇，以及近二百篇散文、杂文、论文、译作等，总量约为一百万字，是南来作家中最多产的少数几位之一。这些创作被认为是茅盾创作高峰期的重要组成部分。此外，茅盾在港期间以文坛领袖的身份积极参与各种文化活动，先后主编过《立报·言林》、《文艺阵地》、《笔谈》、《文汇报·文艺周刊》、《小说》月刊等多种报刊，影响很大，《文艺阵地》等更是具有全国性声誉。由于他的高知名度、丰富的创作与积极的编辑、理论活动，让他成为南来作家群的核心人物之一，对香港文坛有着多方面影响。

茅盾在香港创作的三个长篇，平均分布于他在香港居住的三个时期。《你往哪里跑》是应萨空了的邀请而写，连载于 1938 年 4 月 1 日至 10 月 31 日的《立报·言林》。《腐蚀》应邹韬奋之请创作，连载于 1941 年 5 月 17 日至 9 月 27 日《大众生活》新一号至新二十号。《锻炼》应《文汇报》之邀而写，连载于 1948 年 9 月 9 日至 12 月 29 日《文汇报》。三者都是临时应约，边写边发表。其中，《你往哪里跑》出版单行本时更名为《第一阶段的故事》，《锻炼》是茅盾的最后一部长篇，构思来自作者抗战后期于重庆《文艺先锋》发表的中篇《走上岗位》，此番重写，有着较多改变。①

《第一阶段的故事》和《锻炼》都是设想中的长篇系列中的一部，可视为未完稿。二者的相同点之一，是小说的取材，都以上海"八一三"事变至沦陷时期的社会生活为背景，"广阔地反映了抗日战争初期各阶层人民生活和思想的剧烈变化与复杂动向：全民族抗日情绪的普遍高涨；工人阶级和人民群众的自觉反抗力量；民族资本家的犹豫、动摇，最后在人民（尤其是工人）斗争的推动下加入爱国抗日的行列；国民党政府的不抵抗态度及幕后投敌卖国的勾当。"② 但二者的不同也是显而易见的。由于创作时间相差了十年，时代背景很不一样，因而作品的内容重点和主题存在很大距离。《第一阶段的故事》创作于抗战初期，试图对刚刚过去不久的上海抗战作全景式的正面描写，有的部分近似于对战局变化的新闻报道，作者的主要意图在于推动全民抗战（同一时期，茅盾还利用《文艺阵地》等大力宣扬抗战文化）。虽然其中也有一些对国民党军队指挥弊端的描写，不过所占比例较小，也没有上升到对整个国民党政权的否定。这是由于抗战初期中国共产党的主要任务在于建立广泛的抗日民族统一战线，对国民党虽

---

① 参见孙中田：《从〈走上岗位〉到〈锻炼〉》，《中国现代文学研究丛刊》1981 年第 4 期，第 75—88 页。

② 吴福辉：《第十章 茅盾》，载钱理群、温儒敏、吴福辉：《中国现代文学三十年（修订本）》（北京：北京大学出版社，1998 年），第 227 页。

有批评，但暂时停止了敌对行动，目的在于一致对外。茅盾的小说善于抓住不同时代的特征，包括政党和阶级关系的变化，因而作品所写的，可以和时事等互相印证。相反，《锻炼》创作于国共内战后期，当时共产党军队正在对国民党军队进行战略进攻及战略决战，准备最终解放全中国，而国民党统治区则危机重重，民主运动风起云涌。按作者原来的构思，要写五部连贯的小说，《锻炼》是第一部，后面几部的内容包括保卫大武汉、汪精卫落水、皖南事变、太平洋战争的爆发、国民党特务活动的加强、国统区民主运动的高涨、抗战"惨胜"与闻一多、李公朴被暗杀等等，合起来，"企图把从抗战开始至'惨胜'前后的八年中的重大政治、经济、民主与反民主、特务活动与反特斗争等等，作个全面的描写。"①可见，从总体构思上，茅盾试图对八年抗战做全景描写，而重点则放在对国民党政权反民主、假抗日等的暴露上。如书中借人物洁修之口说道：

　　"是的，给各位跑腿！现在是每一个人都不应当躲懒的时候。各位是苦中有苦，忙上加忙，各位是埋头苦干的。可是，我们忙了，也引起了人家的忙。他们忙着捣乱，忙着破坏！同是中国人，自己的力量这样对销，成什么话！我们使了十分力量只当五分用，其余的五分用作什么了呢，想来够心痛。朋友们，我这话对不对呢？……我们要对付敌人，也还要对付这些民族的罪人！……"②

　　这里"民族的罪人"显然是有所指的。与之类似，写于1941年的《腐蚀》主旨也是对国民党统治的批判。作者以该年初发生的皖南事变为背景，选择国民党酷劣的特务统治为突破口，运用日记体裁，以一个失足女特务赵惠明的日记为内容，通过她的眼光从内部进行揭露。有人认为，这部"政治性斗争性异常鲜明的小说"，矛头直指国民党中统特务机关，小说中的何参议、陈秘书是暗指国民党中的两个亲日派首领，一个是身任参谋总长的的何应钦，另一个是曾任国民党中央党部秘书长的CC派特务头子陈立夫，两人都是"第二次反共高潮的积极策划者和执行者"。③这一派的特务，以反共为目的，而和日伪特务则勾搭在一起，为了个人私利不惜出卖国家利益。《十一月六日》的日记写到，几派特务把盏言欢，相互交换情报，做买卖：

---

① 茅盾：《锻炼·小序》，载《茅盾全集（第七卷）》（北京：人民文学出版社，1984年），第342—343页。
　　② 茅盾：《茅盾全集（第七卷）》（北京：人民文学出版社，1984年），第193页。
　　③ 张立国：《〈腐蚀〉的时代性与战斗性》，《东北师大学报（哲学社会科学版）》1982年第4期，第43、42页。

……这耳房的后身有一对窗，都糊了浅蓝色的洋纱，我刚挨近窗边，就有浓郁的阿片烟香，扑鼻而来。

分明是何参议的声音："——松生，你那一路的朋友，像那位城北公，化钱就有点冤。昨天我和陈胖子谈过，他也跟我一样意见。据他说，G 的那一份材料，至多值两万，然而你们那位城北公却给了三万五呢！嘿！松生，咱们是十年旧雨，你的事就是我的事，而况照最近趋势看来，快则半年，分久必合，咱们又可以泛舟秦淮，痛饮一番！……哈哈哈！"①

这两段话中出现的人物，"我"是赵惠明，G 是她的顶头上司，何参议、陈胖子也都是重庆的国民党特务，松生、城北公则是汪伪政权的特务。当时，国民党一分为二，蒋介石和汪精卫分别在重庆和南京建立政府，何参议所说的"快则半年，分久必合"正指的是这两个政权要积极反共，而与日本讲和，进行合并。

茅盾的创作以善于把握重大题材著称。他能在皖南事变刚发生几个月后就写出《腐蚀》这样一部有较明显隐射意图的政治小说，固然和他作为小说家的胆识和勇气有关，同时更和当时茅盾身处香港这一"自由的天堂"有关。是香港的庇护，让他能在《腐蚀》与《锻炼》中对国民党统治进行直接的暴露和鞭挞，而这是两部小说"革命性"的主要体现方面。

综观茅盾写于香港的三部长篇，都是以抗日战争为大的时代背景，"以社会斗争为故事的轴心，必然显示出题材的强烈政治性。"② 如果说《第一阶段的故事》主要是洋溢着同仇敌忾的民族主义情绪，《腐蚀》和《锻炼》显然已将重点转移到对国民党"反革命"、"反民族"的批判上，作品中回荡着革命话语的旋律。三者中，相对完整的《腐蚀》是唯一一部有着中心人物的，艺术成就也最高，对人物心理的刻画真实细腻。小说的复杂性在于，作者对赵惠明抱有同情，虽然写出她的爱慕虚荣、不明大义和自私自利，写了她灵魂的被腐蚀，但也给良知未泯的她留下了幡然醒悟的余地，并应读者来信的要求最后给了她"一条自新之路"，③ 安排她设计帮助一个女大学生 N 逃到乡下去。因而小说是"从阶级性

---

① 茅盾：《腐蚀》（上海：华夏书店，1949 年，第八版），第 96 页。

② 吴福辉：《第十章 茅盾》，载钱理群、温儒敏、吴福辉：《中国现代文学三十年（修订本）》（北京：北京大学出版社，1998 年），第 228 页。

③ 茅盾：《腐蚀·后记》，载《茅盾全集（第五卷）》（北京：人民文学出版社，1984 年），第 298 页。

与人性统一的观点"来创作的，① 比一般的革命小说要多一个维度。

夏衍是当年共产党在香港的最高文艺领导人之一，1941 年秋天，他应邹韬奋之邀，创作了一生唯一的一部长篇小说《春寒》，紧接着茅盾的《腐蚀》连载于《大众生活》。小说以抗战期间武汉失守、广州沦陷为背景，选择一个上海的知识青年女性吴佩兰为主人公，描写她在恶劣的政治环境和不幸的情感经历中，走上了投身人民抗战的路途。在这过程中，她也有过犹疑和动摇，例如在日军将至的时候，她曾想过脱离演剧队，去汉口找她昔日的恋人 T 寻求依靠，但经过思想斗争否定了这一想法。作者这样描写她的心理活动：

T，难道这样的没有见面机会了么？而芳，却在他的身边。是的，距离可以远隔，历史是不能追回，心的联系是不会崩解的。好像从暗中透出来的一闪光亮，另一个意念从她心里抬起头来，"你怨谁呀？怨他们不招呼你，不关切你，不保护你？你这样弱？你只能在别人同情与怜悯中才能存在吗？你不能像一个普通青年人一样，挤在大伙儿里面，用你自己的才能，努力，去争取工作，保卫自己吗？……"两颊有点发热，心跳得利害，"是的，只有这样，才能和 T 他们靠紧，靠紧到不被人群挤开去的。"②

于是，她留下来坚持抗日救亡的演剧工作，在广州沦陷后又前往粤北山区，继续发动农民抗日。在大撤退的过程中，她目睹了抗日民族统一战线内部的斗争和分化，国民党顽固派发动了反共高潮，演剧队的一些积极分子遭到逮捕甚至枪杀，她也被软禁起来。后来，她在爱国军人钟刚副旅长的帮助下逃了出来，到了香港，准备到北中国更广阔的抗日战场继续磨练自己。

小说名为《春寒》，这一政治寒流主要并非来自日军的侵略，而是来自国民党在抗战过程中的政治背叛。小说写作于皖南事变发生后不久，虽然没有以这一事变为表现对象，但在构思上明显受到政治局势变化的影响。就像《腐蚀》写到皖南事变后周恩来在《新华日报》的题词以及当日该报的畅销，《春寒》则描写了毛泽东《论持久战》对众多知识分子巨大的指导作用，这些都是小说政治化的因素。或许是中国的抗战现实太复杂，以致许多以抗战为背景的小说，主要反映的既非战场上的敌我对垒，也非前方人员的抗日救亡或后方百姓的艰辛生活，而是重在揭露国民党对先进分子抗日的阻挠与镇压。原因在于这既是作者熟

---

① 陈开鸣：《一部独特的知识妇女主题作品》，《琼州大学学报（社会科学版）》，1997 年第 4 期，第 67 页。

② 夏衍：《春寒》（香港：人间书屋，1947 年），第 63 页。

悉的题材（没有根据地生活经验的左翼作家一般不熟悉共产党军队具体是怎么抗日的，只能根据一些新闻和报告文学来间接了解），更重要的则是符合共产党的宣传策略。

《春寒》（香港人间书屋，1947年）书影

对国民党统治的揭露有时通过描写士兵的厌战情绪来表达，这尤其体现在那些以国共内战为背景的作品中。陈残云的短篇名作《小团圆》即选取了这一角度。小说写独生子黑骨球是一个赌仔，抗战初兴，结婚不到半年的他，被乡长撺去当兵。经历无数次战斗，他前后带了六次花，升到了上士班长，日本投降后，随队伍回到广州。但到家乡一看，家毁人亡，母亲已死，老婆则不知去向。"他失望与痛感之余，也就抱着惘然的心境，回到已经厌倦了的部队里来。"部队准备开赴东北，经九龙候船北上，"为的是什么？他是茫茫然的，据官长们说是去打共产党。打，对于他这一条烂命，他是不害怕的。可是，他不明白，共产党是日本人还是中国人，是日本人就得打呀，他想。而后来，大胆发告诉他，共产党

也是打日本鬼的中国人，他就有些不自在。"① 他在九龙过了些无聊的日子，期间乘着酒兴摸了一个老妓女，想到了自己的小冤家。一个傍晚，他偶然碰到同村的有才四婶，告诉说他的冤家还活着。后来夫妻团圆，他却发现她为生活所迫，做了妓女。他既气恼又惭愧：

> 一个热闷的长夜，几种复杂的思想在黑骨球脑里旋转，他珍贵自己的英雄行为，却又有着不能克制的生活欲念。而结果，还是英雄梦破灭了，他厌倦了军队，厌倦了打仗，重新决定了他的生活方法……②

当天亮后女人问他是要打仗还是要夫妻情分时，他似骂似说的道出了自己的意欲。他请有才四婶让给他一个床位，以便他和同伴大胆发先躲起来，等部队开拔后，再出来留在香港干力气活谋生。小说巧妙地借一个夫妻团圆的故事，表达了普通士兵渴望安定生活、反对内战的主题。但这种反战思想，主要不是基于对战争本身残酷性的认识，而是要符合共产党"中国人不打中国人"的政策宣传，反对的是国民党发动的"反人民战争"。对于共产党领导的"人民解放战争"，作者们是加以歌颂的。

二、革命叙事的通俗化

除了政治化，革命叙事的另一个努力方向是通俗化。早在 1938 年茅盾写作《你往哪里跑》的时候，就有意识地以此为目标。当时，萨空了鼓励茅盾写一个"通俗形式"的长篇，于是，茅盾首次以报纸连载的方式写了下来，坚持了八个月。他对"通俗"的理解是"既能顾及读者水平而又能提高读者"，具体写作则坚持"形式上可以尽量从俗，内容上切不能让步"，因而"这部小说却不能不写抗战，又不能不是远在上海的战争"。③ 不过，茅盾坦白承认，"写到一半时，我已经完全明白，我是写失败了。失败在内容，也在形式。"④ 这以后，茅盾就没有继续在通俗化方面探索下去了，到了 1941 年写《腐蚀》的时候，尽管仍是在杂志连载，但无论内容还是形式都回到了他所熟悉的五四文学的样貌。

四十年代后期，随着毛泽东《在延安文艺座谈会上的讲话》以及解放区文

---

①　陈残云：《小团圆》，载陈残云文集编委会编：《陈残云文集（一）》（天津：百花文艺出版社，1994 年），第 139 页。

②　陈残云：《小团圆》，载陈残云文集编委会编：《陈残云文集（一）》（天津：百花文艺出版社，1994 年），第 149 页。

③　茅盾：《第一阶段的故事·后记》（〔重庆〕：亚洲图书社，〔1945 年?〕），第 362 页。

④　茅盾：《第一阶段的故事·后记》（〔重庆〕：亚洲图书社，〔1945 年?〕），第 363 页。

学的引进，加以"方言文学"的推动，在南来作家间形成了一轮文艺大众化的热潮。一些来自解放区的作品，被冠以"通俗小说"的名目引进（如孔厥、袁静的《血尸案》被作为"中篇通俗小说"，刊于《文艺生活》总第47期，1949年4月15日出版），部分南来作家，如华嘉、司马文森、陈残云等，亦纷纷提笔写作方言小说或通俗小说。然而，南来作家这方面的创作，几乎没有一篇被公认为成功。唯一的例外也许只有黄谷柳的《虾球传》。

黄谷柳（1908—1977）一生经历坎坷。他生于越南海防市，长于云南河口，青年时期曾于香港谋生，后在国民党军中任职，因不愿参加内战，1946年3月拖家带口来到香港。此后，他面临的最大问题是如何生存。全家六口人租住在九龙联合道一间小房子，是由一个长方形的大房间用木板隔成的几小间中的一间。"他和隔着一层木板的邻居，不但说话声音大些，可以互相听见，就是夜里翻身重一点，恐怕也是彼此可以互相听见的。"① 为了生活，他那唯一的自来水笔都先后当了六七次。因为家里只有四平米，只能摆下一张床，连桌子和椅子都没有，黄谷柳写作时，只好跑到过道一端墙壁的"神位"下，摆下一张小板凳，把稿纸放在一个肥皂箱上，就这样开始了《虾球传》的创作。直到《虾球传》第一部《春风秋雨》问世，卖掉版权，拿到稿费，才买了桌子椅子等生活必需品。② 二十年后黄谷柳回忆道："在香港，我由于家庭生活负担过重，写作过劳，极少参加社会活动。四六年和四七年上半年，为找生活门路和投稿门路，有过一些活动。从四七年十月十日③起，应夏衍之约在《华商报》上发表连载小说《虾球传》之后，便很少出来活动了。"他不但在中共机关报上发表作品，本人也积极靠拢组织，1948年申请入党，1949年2月得到批准，介绍人是夏衍和周而复。④ 可以说，夏衍的赏识和《虾球传》的风行改变了他的后半生。

《虾球传》由三个系列长篇组成，包括《春风秋雨》、《白云珠海》和《山长水远》，写的是一个香港的流浪儿虾球，如何因生存困境误入歧途，经受种种磨炼，最后投身游击队，成长为一名革命"新人"。小说在《华商报》连载了一年多后，分别出版了单行本。这部小说一面世，立即大受欢迎，无论是普通的香港市民，还是南来的知识分子，都对它爱不释手。许多青少年学生为之组成读书小组，进步文艺界为之专门举行文艺座谈会，小说很快被改编为电影，并被翻译成

---

① 钟敬文：《回忆谷柳》，《新文学史料》1979年第三辑，第142页。

② 黄燕娟：《忆爸爸——黄谷柳同志》，《新文学史料》1979年第二辑，第176、178页。

③ 此处黄谷柳回忆有误，《虾球传》第一部《春风秋雨》在《华商报》连载开始的日子是1947年11月14日。

④ 黄谷柳：《自传》，《新文学史料》1979年第二辑，第195页。

日文，风行一时。翻阅 1948 年、1949 年由南来作家出版的文艺书籍和杂志，许多都在书后为《虾球传》大打广告，统一的宣传语是"轰动南中国的文艺巨著"。要论销量和影响，在南来作家创作的小说中，《虾球传》无疑是首屈一指的。它攫住了读者的心。连多年从事象征小说、心理小说研究的萧乾，也被它的魔力所吸引，他如此形容自己对它的着迷：

　　在书桌上，在过海的船面上，在枕畔，过去十天，我的手没有离开过这已印成三个单行本的《虾球传》，而当我的手不捧着《虾球传》时，我的心还是徘徊在这个流浪儿的身边。满港九的街头，我看到他：淘气的使我想到他；穷的、偷的，使我想到他；坐在街头拿虱子，脸上可是一片严肃向上气的乞儿，更使我想到他；红勘、旺角、铜锣湾，那些地名好像都因为"虾球"的踪迹而变得有了意义。我时刻牵挂着他的遭际，羡慕着他转危为安的本事，也敬仰着这个在生活教育中成熟着的人格。①

　　《虾球传》受到许多批评家的称颂，他们将其视为文艺大众化真正取得成功的重要收获，为华南革命文艺的通俗化提供了一个填补空白的样板。肯定它的人，一般都是先注意到它的读者面的广泛，成功地从"黄色文艺堡垒"争回了读者，然后再从内容和形式方面分析其艺术特色。如有论者概括，"《春风秋雨》写的是香港小市民喜见乐闻的地方景物，《白云珠海》写的是广东小市民喜见乐闻的地方景物，从内容说，既可广泛地适应小市民的需要，但又脱出了今天充斥华南文化市场的黄色文学的窠臼。从形式及语言说，它有着不少章回小说的长处，很少章回小说的缺点，语言的生动，到处有着华南小市民的口语。这两本书能从普及的基础上提高，因此就能从华南黄色文化市场争回不少读者，这意义我想是非常重大的。"② 另一位论者亦有相似意见："论内容，它是现实里一幅最广阔的真实的图画。通过了主人公虾球，我们看到了一连串的人物的复杂性，他们都是我们眼前活生生的人物。从人物本身的思想情感，愿望和他们本身的社会生活中，使我们触到此时此地一种特有的气氛。""论形式，这部小说的手法是渗透了旧形式而又是充满了新的创造性的。全部结构，虽不同于章回小说，但每段有每段的相当独立性，使读者不会感到枯燥乏味。作者善于运用从人民口语中提炼的确切表现语法，善于塑像造型，整个故事进行节奏的起伏，一波一浪，至相

---

①　萧乾：《〈虾球传〉的启示》，《大公报》，1949 年 2 月 21 日。
②　陈闲：《关于〈虾球传〉速写》，《文艺生活》总第 41 期（1948 年 9 月 15 日），第 261 页。

激荡，照应得非常严谨。"① 概括而言，小说吸引读者的因素主要有以下几个：取材既具有香港、广东特色，为一般市民读者所熟悉，同时又具有某种猎奇性（虾球参与走私、偷窃、在乡下夺枪、游击队的战斗、疍家女的水上生活、赌场……）；人物刻画以行动为主，形象生动；情节紧凑，故事性强；时代气息浓厚；语言浅白易懂，以标准普通话为主，杂以少量经过提炼的粤语方言，不露痕迹；等等。这些特点被用来阐释作品具有的"大众性"，有人试图以此将它置入实践了毛泽东《讲话》精神的作品之列，认为解决了普及与提高这一难题。

不过，评论界对于《虾球传》并非一致肯定，而是存在论争。部分对马克思主义、毛泽东文艺思想有着深刻掌握的论者，对《虾球传》的思想性以及作者的阶级立场和观点、思想感情提出了相当尖锐的批评。如周钢鸣认为，《虾球传》的第一、二部所表现的"中心思想"是一种"生存斗争的思想"，含有消极的"宿命论观点"，对于这种思想，作者是"同情多，而批判少"，"缺少控诉黑暗的感情的流露"。② 于逢则从"创作道路"的高度，认为对于虾球这一主人公而言，"他的斗志与道路缺乏现实的基础与必然发展的规律"，故事的发展，情节的离奇曲折纯属偶然，而和人物性格发展无关，虾球"之所以终于走上革命道路，本来很偶然，而且也牵强"。小说的创作未能从对人物的阶级属性的把握出发，远离了真正的现实主义，"假如说，我们从虾球这个主人公的身上看到的，是阶级的人消解于抽象的人之中；那么，我们在作品中看到的，则是阶级道德消解于所谓人类爱之中，阶级斗争消解于原始生存竞争之中，历史的真实面目消解于故事的曲折离奇之中，必然的发展轨迹消解于偶然的变幻开阖之中。这是从创作方法上的机械论所引导出来的群众立场、阶级立场的消失之结果。"③

---

① 芦荻：《杂论"虾球"》，《华侨日报·文艺周刊》，1948 年 3 月 28 日。
② 周钢鸣：《评〈虾球传〉第一二部》，《论批评》（《大众文艺丛刊》第四辑，1948 年 9 月），第 56、58 页。
③ 于逢：《论〈虾球传〉的创作道路》，《小说》月刊第二卷第六期（1949 年 6 月 1 日），第 88、90、92 页。

《虾球传》（香港新民主出版社，1948—1949 年）书影

多位批评者提到《虾球传》的故事情节曲折离奇却不符合"生活斗争"的逻辑，人物性格的发展亦与此无关，这其实还是从新文学现实主义的标准来看的。一般的读者，习惯了看章回小说、神怪武侠的读者，不会从这么专业的角度去考察作品的生活逻辑和寻找作品的表意漏洞。相反，他们可能恰恰是被作品的这种强烈的"传奇性"所吸引。① 倘若真按批评家所言去创作，作品的"革命性"固然能得到加强，而读者却未必增多了。事实上，《虾球传》在连载过程中，后两部尤其是第三部《山长水远》已经吸收了左翼批评家的不少建议，然而，从第一部到第三部，对读者的吸引力却逐步下降。因而，这可能是一个难以解决的悖论。

虽然《虾球传》主体部分并非描写革命，到了第三部《山长水远》游击队的活动才成为主要内容，不过它仍可以被看作一部革命小说。这不仅是因为在第一、二部已多次暗示虾球将加入革命队伍，这是人物成长的方向，而且也由于它在一些关键方面符合革命叙事的某些成规，例如对创伤和暴力的描写。虾球的种种挣扎，都来自于他的创伤记忆，包括最开始阶段的饥饿记忆，以及同伴牛仔被鳄鱼头射杀后产生的心理伤痛。后者，更直接令他从此和鳄鱼头分道扬镳，势不两立。而在对待暴力的态度上，由于《虾球传》的通俗性比一般革命小说更强，因而对暴力更缺乏严肃的省察。这可以从《山长水远》的结尾看得很明白。小

---

① 五十年代以后，以《林海雪原》为代表的一批"革命英雄传奇"拥有大量读者，但一般也被认为不够"真实"，艺术性不高，在文学史上地位也不高。《林海雪原》等与《虾球传》在描绘地域特色、营造传奇情节等许多方面有类似处。

说的最后一节题为《战斗的欢乐》，写游击队在丁大哥等的指挥下进攻鳄鱼头手下困守的几个连队。战斗中游击队小有伤亡，而敌人伤亡惨重。游击队的几个首领个个奋勇争先，以战斗为乐，"老薛的佯攻队伍，打上了瘾，很快就把西岸的排哨攻垮了"，而"老赵一班人守住河头，旁观靖村方面的战斗，心中痒得难耐。只因任务在身，不能走开"。[1] 丁大哥更妙，敌人来到游击队面前却不知对方是些什么人，以为是鳄鱼头手下的一个连，以致"丁大哥一堆人几乎要笑出来"。[2] 在作者笔下，游击队和敌人作战非常轻松，甚至带有几分游戏意味。战斗结束后，首长下令休息两个钟头，虾球等一帮小鬼立即无影无踪，跑到河里用手榴弹炸鱼去了。作品如此描写他们在水里嬉戏的情景：

　　大大小小的鱼从水里翻浮上来，一个个小鬼赶忙脱了衣服，跳下河去。虾球上边的河水较深，他炸到的竟有四五斤重的大鱼，他脱衣服跳下河去，抱住一条给震晕了的大鱼，跟着这条鱼浮到下面来，一时不知道怎样处置它。河水中的孩子们捕捉他们的战利品，叫着嚷着，笑着，心中充满了难以形容的快乐。每一个人捉到一条大鱼时，就高声欢呼，表示他的胜利。河水的确比岸上的空气温暖，虾球没有说错。大家在暖水中翻腾浮游，没有一个人还记得刚才的战争。[3]

　　岸上的丁大哥、老胡和三姐也被这一情景所感染。"丁大哥开始觉得他的皮肤在发痒，他的童心好像回到他身上来了。他心中有一股强烈的，要扑下水去的欲望。这三个人一句话也不说。他们望着这群孩子的嬉戏，渐渐地分了他们的快乐，渐渐地忘记了他们自己的存在。"终于，丁、胡脱衣下水，加入到捉鱼的阵营，而三姐也脱鞋入水，"当她的脚浸在水中时，她的逝去的童年复活了。"[4]

　　这几段对战斗的"快乐"的描写，殊堪玩味。血腥的短兵相接刚刚结束，百十条人命（鳄鱼头的半个连以及几名游击队员在战斗中丧生）遽然离世，在

　　① 谷柳：《虾球传第三部：山长水远》（香港：新民主出版社，1949 年 5 月，第三版），第 174 页。

　　② 谷柳：《虾球传第三部：山长水远》（香港：新民主出版社，1949 年 5 月，第三版），第 174—175 页。

　　③ 谷柳：《虾球传第三部：山长水远》（香港：新民主出版社，1949 年 5 月，第三版），第 180 页。

　　④ 谷柳：《虾球传第三部：山长水远》（香港：新民主出版社，1949 年 5 月，第三版），第 180、181 页。

这时候，虾球们只感到胜利的欢乐，而在他们下河捉鱼时，这种欢乐也被替换为另外一种，"没有一个人还记得刚才的战争"。如果说，虾球等由于年纪尚小，对战争理解不深，对战斗带来的伤亡只有瞬间的情绪反应，尚属情有可原，那么，丁大哥、老胡、三姐他们竟然也因目睹虾球们的快乐而进入忘我状态，仿佛回到童年，对刚才的战斗置之度外，就令人难以理解了。因为，战斗中死去的，不仅有鳄鱼头的部下，也有几名他们的战友。仅仅因为胜利了，就这么快遗忘了他们？或者，他们的牺牲是应有的代价？表面来看，虾球等人对战争的遗忘，可以视为对战争残酷性的拒绝，他们不愿意保留对创伤的记忆。然而更符合作品实际的理解恐怕是，作者对战争暴力在潜意识中是无视的，对于死者缺乏应有的关怀，甚至在不经意间对暴力表现出欣赏的态度。战争的结果是残忍的，然而在作者笔下，这种血腥的气息，只要跳到水里一洗，便荡然无存，两个钟头以后，又可以轻松地准备下一场战斗了。或许，这是比残忍的暴力更为残忍的一面。①

　　一般的通俗小说，尤其是武侠小说，潜意识中都对暴力着迷，不经意间流露出嗜血的冲动。作者和读者都于描写"杀人中得到某种快感和乐趣"，而"民众之爱读武侠小说，满足其潜在的嗜血欲望"正是"一个不容忽视的因素"。② 在通俗化方面取得成功的《虾球传》，在这方面似乎也得了通俗小说的真传。

---

　　① 五十年代以后，作者出版修订过的《虾球传》合订本时，将小说结束在战斗休止的一刻，而将下河炸鱼这一大篇超过一千五百字的描写全部删除。作者这样处理，未必是由于他对战争暴力的认识有了改变，而可能是担心读者指责这一段描写的场景不符合军队纪律并且浪费了弹药。

　　② 陈平原：《千古文人侠客梦（插图珍藏本）》（北京：新世界出版社，2002 年），第130、131 页。

第六章　民族形式·方言文学·大众化

　　文艺是离不开大众的，文艺在大众的手则活，离大众的手则死。大众永远是创造者，文人永远是模拟者。

——李南桌（香港，1938）①

　　文艺的民族形式创造，不是仅仅复归民族的固有形式。固然的，它须保持并发扬本民族的诸特性，但它也须以现实主义的见地去批判，蜕变和更进一步的去提炼崭新的形式。这所谓崭新的健全的形式，是依据原有的基础和特点配合时代的内容更高发展了的东西。

——杜埃（香港，1939）②

第一节　文艺"民族形式"讨论

一、"旧形式"的利用

　　关于文学"民族形式"问题的讨论，是抗战时期全国范围内影响最大的一次文艺论争。对此，黄继持曾有过简要的总结：

　　在抗日战争前期，中国文艺界展开了民族形式问题的讨论。历时之长，地区之多，范围之广，足使这场讨论成为现代文艺思想发展史上的大事。讨论地点主要为延安、香港、桂林、重庆；他如上海、成都、昆明、晋察冀边区也有回应。

---

　　①　李南桌：《关于"文艺大众化"》，《文艺阵地》第一卷第三期（1938年5月16日），第74页。

　　②　杜埃：《民族形式创造诸问题》，《大公报·文艺》，1939年12月12日。

历时三年有多，从一九三九年初到一九四二年中，而以一九四○年争论最为热烈。参加讨论有文艺界各方人士，他们大都接受"民族形式"这个词语，但诠释则不尽一致。在"民族形式"总的概念之下，包罗了广泛而复杂的问题。三十年代"文艺大众化"之倡导与"旧形式的利用"之讨论，抗战以来"通俗文艺"之蓬勃与"旧瓶装新酒"之争议，西北剧协文协关于"话剧民族化"、"文艺中国化"之提出：都是这场"民族形式"讨论的前导。关涉问题复杂，头绪繁多，其中包括对五四以来新文学性质之理解，对中国民间文艺乃至传统文艺价值之评估，对"欧化"与"民族化"问题的讨论，对"现实主义"的不同见解。还有一些重要的论点，如文艺与政治、形式与内容、普及与提高等等；而归结到"新阶段"的文艺实践方向问题。①

　　这里是就全国的总体情况而言，本书无力一一剖析。若具体到主要讨论地点之一的香港，则讨论的进程与重点未必与此一致：香港的讨论大致以1939年夏天为界，此前的一年半左右主要在讨论"旧形式"的利用与文艺大众化问题，这是"民族形式""讨论的前导"，然而却是整个讨论过程的重心所在；此后的半年左右正式进入"民族形式"创造问题的讨论，在前一阶段讨论的基础上有所提高与延伸，而以1939年冬《大公报·文艺》所刊出的专栏为重点。先后参与讨论的重要批评家有杜埃、黄绳、黄文俞、齐同、茅盾、林焕平、黄药眠等。进入1940年后，重庆等地的讨论方兴未艾，进入最热烈的阶段，而在香港则已基本偃旗息鼓了。下文以香港为对象，略以时间及议题为序，盘点这场讨论在香港进行的内容及特点，必要情况下，简单分析它在全国讨论中所占地位。

　　对"旧形式"的利用与文艺大众化的课题，都非从香港开始讨论的议题。前者是由"通俗读物编刊社"（创办于北平，抗战时期迁往重庆）的向林冰、顾颉刚等人，主张"旧瓶装新酒"，以"旧形式"载新内容，后者更是三十年代以来文艺界反复讨论的话题。不过到了抗战时期，为了加强宣传，争取更多读者和民众以利抗战，二者显得尤为紧迫，因此在各地又掀起了新一轮的集中讨论。在香港，早在1938年春，杜埃已开始在报上呼吁加强对"旧形式"运用问题的实践："对于一般已识字的落伍的小市民，我们就不能不要在现阶段加紧运用旧形式，通过旧形式去争取这类读者到新文化的领域里来，巩固新文化的发展基础。"② 在此文中，他关注的对象明确为"小市民"，有可能是有感于香港现实而

---

　　① 黄继持：《现代中国文艺的民族形式问题——抗日战争时期华南与重庆的讨论述评》，载黄继持：《文学的传统与现代》（香港：华汉文化事业公司，1988年），第131页。

　　② 杜埃：《旧形式运用问题的实践》，《大众日报·大众呼声》，1938年3月20日。

发。紧接着茅盾主编的《文艺阵地》创刊，在一个半月内的时间里连续发表多篇相关文章，成为初期讨论的重要"阵地"。该刊创刊号除了茅盾所写的《发刊辞》，打头阵的第一篇文章就是周行关于开展一个抗战文艺运动的动议，作者认为，开展抗战文艺运动必须要有一个工作纲领，此纲领所包含的要点之一即是"大众的抗战文艺的创造"，因为，"在抽象的理论上，非大众的抗战文艺是不能存在的。抗战的文艺同时必然是大众的文艺。……许多基本的问题如主题与方法的问题，旧形式的利用与新形式的创造的问题，技术问题，特别是大众化问题等等，必须一一加以究明，并在创作活动上作具体的实践。"[1] 这里将"旧形式的利用"与"大众化"问题并列，还没有详细地阐明二者的关系。

　　紧接着杜埃撰文，批评对于"旧形式"运用的两种错误见解，"一种是说旧形式根本不能适合新内容。一种是说旧形式能够完全容纳新内容。"杜埃认为，两种见解都不完全正确，前者"理解得太机械，而否定了内容与形式的辩证法的联系及其灵活的运用。我们认为在一定的条件之下，旧形式仍然可以某种限度的地〔按：原文如此〕适合着新内容；尤其是在比较落后的社会条件之下……"而后者"根源于哲学上的错误，只看见两者的统一性，而且无条件地夸大了这种统一性，但是忽视了两者间的矛盾，更不从这两者的对立与统一的法则上去把握新形式的发展和创造。"与这两者不同，正确的做法只能是"逐渐扬弃旧形式而建立新内容"。[2]类似的观点后来不断出现，对于内容与形式的"辩证法"，一般的左翼批评家都能灵活运用。同一期的刊物还节选转载了来自西北的一篇文章，强调对于旧瓶要"批判地接受"，"在原则上我们是主张能够创造出一些新的东西出来，不能尽迎合一般文化落后的，爱好低级趣味的群众，但这不是一下便可成功的，这要逐渐把大众的艺术水平慢慢提高以后，新的东西才能被他们接受。因此在抗日的现阶段，我的希望，还是先洗一洗旧瓶，把新酒灌进去吧，不要泼在地上太可惜了！"[3] 这已经涉及到普及和提高的先后关系，认为"旧瓶"的利用只是某一个阶段为了灌进"新酒"而采取的策略性手段。不过这种权宜性的想法被后来许多论者所纠正。

---

　　① 周行：《我们需要开展一个抗战文艺运动——一个紧急的动议》，《文艺阵地》第一卷第一期（1938年4月16日），第2页。

　　② 杜埃：《旧形式运用问题》，《文艺阵地》第一卷第二期（1938年5月1日），第43页。

　　③ 《旧形式利用之实验——节录自"西北战地服务团公演特刊"》，《文艺阵地》第一卷第二期（1938年5月1日），第44页。

备受茅盾肯定的青年批评家李南桌，强调"大众化"和抗战的紧密联系："文艺大众化"是"抗战"的许多含义中的一个，是它的一面，"因为'抗战'给'大众化'预备下了最有利的条件：反过来，'抗战'又需要'大众化'的支持才能迅速完成它的任务。"他提出要让文艺和大众结合，可以利用到两个"宝藏"："民间文艺"和"通俗文艺"。① 而"若想完成现阶段的'大众化'必须要继承过去的遗产，利用活着的民间作品，用他们的语言来写作，——不过有一点是不可不强调的，就是要谨防其中有害的毒素。利用旧形式是可以的，却千万不要反为旧形式所利用。"另外一点就是"还必须要能深刻的把握着随时发生的问题作为主题，加以艺术上的处理。"也就是既要推陈出新，又能与时俱进，如此一来，"'大众化'不是文艺的降低；正正相反，是文艺的提高，不是贬值，实在是加价。'文艺大众化'是更进一步，更深入一层的现实主义。"②

在上述讨论的基础上，接下来的一期，主编茅盾同时发表了三篇短评，就"大众化"和利用"旧形式"的问题进行总结，并提出一些新的观点。在其中一篇短评中，针对某些论者认为"旧形式"早已被新文学所抛弃，茅盾指出："二十年来旧形式只被新文学作者所否定，还没有被新文学所否定，更其没有被大众所否定。这是我们新文学作者的耻辱，应该有勇气来承认的。"他特别重视"利用"一词，认为和"运用"等不同，"既说是'利用'，当然不是无条件的接受。此时切要之务，应该是研究旧形式究竟可以被利用到如何程度，应该是研究并实验如何翻旧出新……"③ 在另一篇短评中，他一方面肯定"旧瓶装新酒"的必要，并形象地解释道："人民大众朴拙得有点可笑，他们看惯了酒是装在瓦瓶里的，你给他们玻璃瓶，虽则装的是同一种的酒，他们可就会疑心是毒东西，但是你若用他们看惯的瓦瓶，那么即使所装者已是另一种酒，但他们饮之不疑。"另一方面再次对"利用"一词进行限定，认为它有两个意义："翻旧出新"和"牵新合旧"，二者"汇流的结果，将是民族的新的文艺形式，这才是'利用旧形式'的最高的目标。"④

---

① 李南桌：《关于"文艺大众化"》，《文艺阵地》第一卷第三期（1938 年 5 月 16 日），第 74 页。

② 李南桌：《关于"文艺大众化"》，《文艺阵地》第一卷第三期（1938 年 5 月 16 日），第 76 页。

③ 茅盾：《大众化与利用旧形式》，《文艺阵地》第一卷第四期（1938 年 6 月 1 日），第 121 页。

④ 仲方〔茅盾〕：《利用旧形式的两个意义》，《文艺阵地》第一卷第四期（1938 年 6 月 1 日），第 122 页。

随着《文艺阵地》上的讨论告一段落，同样是茅盾主编的《立报·言林》和戴望舒主编的《星岛日报·星座》成为讨论的园地，并且使讨论第一次、也是唯一一次具有了较强的论争性质。先是陈残云在《立报》发文，认同穆木天的说法，即"利用旧形式""这一课题只能当做一度桥梁，一渡过这桥梁，它底存在就失掉了作用；因为它的存在是有限量的，要是我们误解这课题含有永久意义，这无疑是错误的。"他从辩证法入手，表示"旧的形式，该给新的内容突破。内容和形式是互相发展的，动的内容，须配合着动形式"。① 接着，从昆明途经香港往上海省亲的施蛰存，在香港逗留期间，应戴望舒之邀，就此问题撰文发表个人意见。他开宗明义，认为作家利用"旧形式"是为了"爱国抗敌"、"尽其宣传之责"，接着笔锋一转——

文学到底应该不应该大众化，能不能大众化，这些问题让我们暂时保留起来，因为"大众"这一个名词似乎还没有明确的限界。但若果真要做文学大众化的运动，我以为只有两种办法：（一）是提高"大众"的文学趣味，（二）是从新文学本身中去寻求可能接近"大众"的方法。这两种办法，都是要"大众"抛弃了旧文学而接受新文学。或者说得更明确一点，是要"大众"抛弃了旧形式的俗文学而接受一种新形式的俗文学。新酒虽然可以装在旧瓶子里，但若是酒好，则定做一种新瓶子来装似乎更妥当些。

我们谈了近二十年的新文学，随时有人喊出大众化的口号，但始终没有找到一条正确的途径。以至于在这戎马倥偬的抗战时期，不得不对旧式的俗文学表示了投降。这实在是新文学的没落，而不是它的进步。我希望目下在从事写作这些抗战大鼓，抗战小调的新文学同志各人都能意识到他是在为抗战而牺牲，并不是在为文学而奋斗。②

如此旗帜鲜明地反对新文学利用"旧形式"，在当时实属罕见，是地地道道的少数派行为。此文写于1939年8月2日，尚未发表，8月4日，茅盾送给施蛰存几本《文艺阵地》和《抗战文艺》等刊物。施蛰存阅后，才发现这一问题已有许多讨论，而鹿地亘的部分观点和自己接近，于是8月5日他再次撰文，继续谈利用"旧形式"的问题。他同意鹿地亘的提法，认为这只不过是"政治的应急手段"（作家批评家们不肯承认这点，令人"齿冷"），之所以要利用，"实在

① 陈残云：《动的内容与动的形式》，《立报》，1938年8月3日。
② 施蛰存：《新文学与旧形式》，《星岛日报·星座》，1938年8月9日。

并不是旧形式本身有获得大众的魅力，而是由于新文学者没有给大众一个更好的形式。"批评家们对新文学失望，是由于要求太多，超出了文学的范畴。事实上，在他看来，"新文学终于只是文学，虽然能帮一点教育的忙，但它代替不了教科书；虽然能帮一点政治的忙，但它亦当不来政治的信条，向新文学去要求它可能以外的效能，当它证明了它的无力的时候，拥护者当然感到了失望。文学应该大众化，但这也是有条件的。一方面是要能够为大众接受的文学，但同时，另一方面亦得是能够接受文学的大众。"最后，他提议，"至于当前，我以为新文学的作家们还是应该各人走各人的路。一部分的作家们可以用他的特长去记录及表现我们这大时代的民族精神，不必一定要故意地求大众化，虽然他的作品未尝不能尽量地供一般人阅读。技巧稚浅一点的作家们，现在不妨为抗战而牺牲，编一点利用旧形式的通俗文艺读物以为抗战宣传服务。但在抗战终于获得了最后胜利以后，这些作家们最大的任务还是在赶紧建设一种新文学的通俗文学，以代替那些封建文学的渣滓。"①

施蛰存的两文写完一星期后发表于《星岛日报·星座》，刚好又过了一个星期，林焕平的长文《论新文学与旧形式》分次连续四日于《立报·言林》刊出。该文较为系统的论述，主要便是针对施蛰存的文章而来。林焕平在文中先将利用"旧形式"问题总结为三种意见："第一是主张毫无问题地利用旧形式"；"第二是主张有所取舍地利用旧形式"；"第三是认为利用旧形式即是新文学向旧文学投降"。② 他认为最多的人赞成第二种意见，而施蛰存则是"完全反对利用旧形式"和"否定新文学论者"的代表，他要做的正是对之加以批评。林焕平认为，五四以来的新文学虽然存在不足，但是不容否定，因为，第一，"大众未能接受新文学，不单纯是新文学的罪过，不单纯是新文学作家走错了路，这不仅是文学上的问题，实际上，是整个的文化问题、社会问题。在文化问题、社会问题没有得到一个具体的解决之前，而说大众未能接受新文学，完全是新文学作家应负的责任，是过分的。"第二，"在宣传民众，组织民众的难苦工作中，凡是最有效的工具，我们就必须多用它。否则，那是民族的损失。如果有人不顾这种民族的损失而主张不用那种效果较大的工具，则他的发言态度，是很值得我们怀疑的。"③ 第三，从国际情形看，"日本的大众文学"，"它的形式已逐渐接近新文学。从这种事实，证明某种可以利用的旧形式，在新的作家用新的内容去配合它时，它会逐渐走向质的变化，进而发展的道路。因此，利用旧形式，未可遽尔肯

---

① 施蛰存：《再谈新文学与旧形式》，《星岛日报·星座》，1938 年 8 月 12 日。
② 林焕平：《抗战文艺评论集》（香港：民革出版社，1939 年），第 21 页。
③ 林焕平：《抗战文艺评论集》（香港：民革出版社，1939 年），第 24 页。

定为新文学的投降，的没落。"第四，中国五四运动以后尤其是九一八以后的新文化、新文学斗争"是整个民族解放斗争的一环，是民族解放斗争的推动力量的一环"，① 在救亡工作中收到了实际效果，诱导了广大的学生知识分子群众走上抗战的第一线，因此不能认为抗战以后新文学完全失了效用。他还表示，施蛰存让大众抛弃旧文学而接受新文学"只是一种希望，一种理想，不是一种实践的办法"。真正文学"大众化的正道"还是在抗战建国的过程中，使新文学本身接近大众，利用各种新旧工具，提高大众的文学趣味。②

林焕平、施蛰存二人的论点针锋相对，是名副其实的论争。不过林文刊出后，施蛰存已离开香港，没有再作回应。今天回过头看，两人的观点虽然有较大差异，但主要是观察问题的立场和角度不同造成的，因而中间存在一些错位。林焕平当年虽只有二十七岁，却是一位已有七年党龄的共产党员，有过大量文艺方面的著译作品，理论水平较高，文章的论证比较严密。更重要的是，在他看来，将文学作为宣传和组织民众的工具，作为整个民族解放斗争的一环，不但是自然而然的，同时也是它在当时的价值所在。相反，施蛰存坚持自己新文学"本位"的立场，虽然并不反对作家们以一支笔参与到抗战中来，但显然更重视他们在文学上所取得的成就，认为这才是应当努力的重点。也就是说，他是将"文学"与"抗战"的关系有意识地进行某种程度的剥离。至于那些"旧形式的俗文学"，在他眼中一般不过是些"渣滓"而已。就算要新文学接近大众，那也应当要靠大众自我"提高"，而不是新文学主动"降低"去"普及"到大众中去。所以，说他是否定新文学，那只是相对新文学形式上不够通俗化而言的，若是相对于旧文学，他无疑是大力肯定新文学了。

施蛰存这种在文学上的自由主义态度由来已久，至少在他和杜衡、戴望舒等人于上海编辑《现代》杂志期间已经明确。他晚年回忆说："我们自己觉得我们是左派，但是左翼作家不承认我们。我们几个人，是把政治和文学分开的。文学上我们是自由主义。所以杜衡后来和左翼作家吵架，就是自由主义文学论。我们标举的是，政治上左翼，文艺上自由主义。"他还提到："《现代》杂志的立场，就是文艺上自由主义，但并不拒绝左翼作家和作品。当然，我们不接受国民党作家。我们几个人在当时上海文艺界的地位，是很微妙的。因此，共产主义作家对我们也没办法批判。但是，我们的创作方法，是他们不能接受的。"③ 而在共产

---

① 林焕平：《抗战文艺评论集》（香港：民革出版社，1939年），第25页。

② 林焕平：《抗战文艺评论集》（香港：民革出版社，1939年），第27页。

③ 施蛰存：《为中国文坛擦亮"现代"的火花——答新加坡作家刘慧娟问》，载施蛰存：《沙上的脚迹》（沈阳：辽宁教育出版社，1995年），第181页。

党和左翼作家看来，自从全国文协提出"文章下乡，文章入伍"以来，文学和政治是越来越不能分开了，抗战时期的文艺绝对不能"和抗战无关"。他们虽然不好从政治上批评施蛰存一路人，但借文艺来批评则是很容易的事。林焕平的文章发表后，香港文坛上再也没有出现公开宣称"完全反对利用旧形式"的言论了。

　　林焕平对施蛰存的批评不过是这场大讨论中的一个小插曲，很快，其他论者继续在以往讨论的基础上，进一步完善意见，提出具体建议。齐同再次强调，"'文艺大众化'若被解做暂时降低趣味的文艺运动，那便要错得不可收拾了"，"所谓'大众化'和'通俗运动'并不是迁就而是提高，而且这提高不仅是在于外形，也是在于内质。"① 他并且对"旧形式"作出了详细说明："这里所谓'旧形式'，其实是民间的形式，'旧形式'这字眼并不是表示完全陈旧，却是新文学家用来别于欧化形式的。""最亲切的'形式'应该是最民间的，所以我觉得'乡土剧'，'影戏'，'评书'，'大鼓'，'山歌'，'小调'，以及'小人书'（一种带说明的连环图画），'年画'之类，都是很可'利用'的'旧形式'。"② 黄绳对"形式"的理解与此不同："形式，除了那个'框子'，便是词汇，语调，韵律，语句的组织，结构布局的演变"。③ 由于他对香港本地情况了解较多，发现"敌人汉奸加紧收买落后文人为他们服役"，而新文学创作力量不够，因而提出要利用"旧形式"，就要重视对"旧人"的争取，这"成了非常迫切的任务"。他对作品如何利用"旧形式"有着自己的具体设想，认为这类作品"要完尽任务，应以能给民众辗转口述为第一义"。"第一需要有人物，有英雄，有我们的时代英雄。"此外，"需要略为强调的是故事的趣味性。……我们的作品，不妨有某种程度内的取巧和夸饰，需要有丰富的曲折的情节和穿插。"④

　　抗战期间，一些著名作家纷纷放弃既有的写作方式，从事文艺大众化和利用"旧形式"的具体工作。由于香港的讨论渐具声势，和内地互相呼应，部分内地作家也将他们实践的经验总结写成文章在香港报刊发表。从中可以看出，虽然有

---

① 齐同：《文艺大众化提纲》，《文艺阵地》第二卷第三期（1938 年 11 月 16 日），第477 页。

② 齐同：《文艺大众化提纲》，《文艺阵地》第二卷第三期（1938 年 11 月 16 日），第478 页。

③ 黄绳：《关于文艺大众化的二三意见》，《文艺阵地》第二卷第十一期（1939 年 3 月16 日），第 739 页。

④ 黄绳：《关于文艺大众化的二三意见》，《文艺阵地》第二卷第十一期（1939 年 3 月16 日），第 740 页。

着类似的实践，但每个人对手头工作的具体认识是不同的。穆木天和赵景深都写大鼓词，但前者将这样的工作视为一个过渡，提出"'中国化'和'欧化'，在中国的民族革命的文艺建设上，是成为了同样地必要的东西，而且是互相辅助的东西。"可能当时"欧化"面临的舆论压力更大，他有意为之正名："但是，中国，不客气地说，究竟是一个文化落后的国家。它必须接受文化先进国的文艺的提携，必须接受世界各国进步的文艺遗产，我们的革命文艺，才能有丰富的营养，才能蓬勃地发展起来。如果哪一个主张'中国化'的人，反对'欧化'的话，就是等于一个游学过欧美的人，回到国内来，还主张缠足，甚至生吃活人肉。'欧化'，并不会亡国，而正以建国的。"① 而赵景深虽然也同意要新旧兼收并蓄，但显然更努力于对"老百姓"口吻的靠近和对"文学家"观念的克服："新旧都有缺点，都须注意纠正，新的要克服欧化倾向，旧的要克服文言成分，应该每一句都像老百姓自己的口吻，那才能算是真正的成功，似乎这一点，新旧双方都不能十分圆满地做到，原因大约还是文士观念作祟，舍不得脱下长衫，总以为我自己是所谓文学家，我所写的是倾向于有艺术价值的创作，今后我们要克服这个错误的观念，我们要把我们所写的东西当作纯粹的工具或宣传品。我愿我自己将来也能努力克服我这'自拉自唱自己听'的错误。"②

在文学史家的眼光里，通过这次讨论，"对于旧形式的利用和五四新文艺的评价，大多数人取得了比较一致的看法"。③ 从上文引述的各家言论看来，大多数人的看法确实比较一致，但也有个别论者独树一帜，重要的不是他们的具体观点和多数人之间的分歧，而应看到各自发言时所持的不同立场和价值观。

二、"民族形式"的创造

1939年夏天，香港的部分论者，已经开始在讨论中使用"民族形式"一词。这显然是受到延安讨论的影响，不过已比延安晚了半年左右。

"民族形式"成为一个特定的文艺理论概念，应当溯源到毛泽东的一个报告。1938年10月12日至14日，毛泽东在中共扩大的六中全会上做了《论新阶段》的报告，其中第七章《中国共产党在民族战争中的地位》第十三节题为《学习》，借用苏联理论界的"民族形式"一词，谈马克思主义中国化的问题：

---

① 穆木天：《欧化与中国化》，《大公报·文艺》，1939年6月2日。

② 赵景深：《通俗文艺的讨论》，《国民日报·新垒》，1939年10月17日。

③ 梁永安、王雨吟：《关于"民族形式"问题的讨论》，载王铁仙、王文英主编：《二十世纪中国社会科学·文学学卷》（上海：上海人民出版社，2005年），第365页。

共产党员是国际主义的马克思主义者，但是马克斯〔思〕主义必须通过民族形式才能实现。没有抽象的马克思主义，只有具体的马克思主义。所谓具体的马克思主义，就是通过民族形式的马克思主义，就是把马克思主义应用到中国具体环境的具体斗争中去，而不是抽象地应用它。……洋八股必须废止，空洞抽象的调头必须少唱，教条主义必须休息，而代替之以新鲜活泼的、为中国老百姓所喜闻乐意〔见〕的中国作风与中国气派。把国际主义的内容与民族形式分离起来，是一点也不懂国际主义的人们的干法。我们则要把二者紧密地结合起来。①

这段论述本来是从政治角度着眼，但却与当时各地广泛讨论的文艺"大众化"和利用"旧形式"问题不无相通之处，而这种将普遍原理与具体实践结合起来的思维方式，也易于为党内从事意识形态工作的理论家（包括文学批评家）所掌握。因此，其中的"民族形式"一词很快便被嫁接到文艺问题的讨论上。1938 年 11 月 25 日，《论新阶段》首发于延安的《解放》杂志，从 1939 年春天开始，在延安的《新中华报》、《文艺战线》、《文艺突击》等报刊上便陆续刊出关于"民族形式"的讨论，以及与之相关的"中国气派"、"旧形式"运用等问题的讨论。② 最先参与的讨论者中，有几位以哲学名家，文章的理论思辨色彩较强，这也影响到后来其他地区的讨论。

在香港，"民族形式"一词首次出现是在 1939 年 7 月 24 日，《立报》刊出"通俗文学座谈会"部分发言记录，其中黄文俞提到"香港的通俗文艺不能只有地方形式，也须有全国性民族形式的东西"。不过，此后的两三个月间，这一名词并未流行开来。可能有部分人已经接触到延安的讨论文章，不过没有引起重视，这从杨刚主持的《大公报·文艺》于 1939 年 10 月 19 日举行的一次座谈会可见端倪。该次茶叙座谈是为纪念鲁迅逝世三周年而举办，题目是"民族文艺的内容与技术问题"，出席者有许地山、杨刚、黄文俞、刘思慕、林焕平、宗珏、黄鼎等二十一人。会上杨刚先做报告，解释何谓"民族文艺"的内容与技术问题，其中提到："它的技术问题，就包括民族形式的使用和创造，以及如何使形

---

①　毛泽东：《论新阶段》（香港：新民主出版社，1948 年），第 89—90 页。

②　1939 年 6 月底以前发表的相关文章有柯仲平：《谈"中国气派"》，刊《新中华报》，1939 年 2 月 7 日；陈伯达：《关于文艺的民族形式问题杂记》，以及艾思奇：《旧形式运用的基本原则》，刊《文艺战线》第 3 期（1939 年 4 月 16 日）；萧三：《论诗歌的民族形式》，以及罗思：《论美术上的民族形式与抗日内容》，刊《文艺突击》新 1 卷第 2 期（1939 年 6 月 25 日）；等等。

式与内容恰恰配合各点。"可见，在她心目中，"民族形式"是从属于"民族文艺"的，主要是后者技术方面的问题。与会者谈到新旧形式的利用问题，但除了黄文俞直接使用"民族形式"一词，宗珏提出"当前的民族文艺之最恰当解释是：抗战的内容，民族的形式"之外，一般未将"民族形式"视为一个重要的专有名词。只是在会议的结尾，杨刚提出三点结论，第三点是"利用各种旧形式和外来形式，创造新的民族形式"。①

这一时期，大概只有黄文俞在比较深入地思考"民族形式"的问题，但也未能做出较明确的解释，有时也和对"民族文艺"的思考相错综。例如，在一篇纪念鲁迅的文章中，他认为"民族文艺"的提出，就相当于学术方面的"中国化"这一口号的提出，然而，"还在民族文艺被提出以前，他已经是建立民族文艺的第一位作家了。"他论证鲁迅是民族文艺作家，主要论据是鲁迅笔下呈现的是"当时民族生活的图画"，"民族生活的深透观察，加之以世界文学的素养，就创造了鲁迅先生的中国作风，……鲁迅先生的创作在内容和形式都成了民族的。""他从民众中间出来，土生土养，满身沾着泥土。他吸取了西方因素，却保存了民族特色。"② 在另一篇专谈"民族形式"的文章中，他承认"'民族形式'的理论，只能止于原则的指示，经过热烈广泛的讨论研究，还要经过各种各样的尝试实践，才能完满地指出'民族形式'的真正涵义，和这种形式所必需的因素。"③

1939 年 11 月 1 日，《大公报·文艺》刊出征文启事，仍以民族文艺为题，因为"从十·十九座谈会后，各方面来了意见；认为民族文艺问题在当前极其重要，复杂，也极含混，需要多讨论"，具体议题则定为两个：其一，"文艺之民族形式的创造问题"；其二，"新文艺外来影响的估价和清算"。编者呼吁："师友作家读者们，请您为前途说话！"④ 征文虽仍以民族文艺为总题，不过"民族形式"的创造成为第一大议题，显示了它的重要性，第二个议题显然和它密切相关。这次征文的成果，以"创造文艺民族形式的讨论"为总题开设专栏，集中发表于 12 月 10 日、11 日、12 日、13 日、15 日的《文艺》副刊，一共编发了八篇论文。值得注意的是，编者设计的第二个讨论话题并未刊登专题论文，这可能是无人应征，或是稿件质量不够，也可能是由于相关意见已经合并到对于"民族形式"的考察。

---

① 《〈文艺〉鲁迅纪念座谈会记录》，《大公报·文艺》，1939 年 10 月 25 日。
② 黄文俞：《鲁迅先生与民族文艺》，《大公报·文艺》，1939 年 10 月 20 日。
③ 黄文俞：《文艺上的"新形式"》，《立报·言林》，1939 年 11 月 13 日。
④ 《展开民族文艺问题的讨论》，《大公报·文艺》，1939 年 11 月 1 日。

这八篇文章，有四篇直接纳入"民族形式"为标题。可以肯定的是，部分论者正是在征文期间看到了来自延安的相关杂志，有的还在文章中多次直接引用（如宗珏）。可能是前一阶段关于"旧形式"的利用讨论比较充分，予人深刻印象，有的论者在文中，在"民族形式"一词前还要加上个"新"字，隐隐与"旧形式"相区别，另外，对于前者，强调的是"创造"，对于后者，强调的则是"利用"。至于文章涉及的范畴，则比前一阶段广泛得多，多数论者都不再将"民族形式"仅仅视为一个"形式"问题，而将其和整个民族、某些地区的人民生活习俗、地方风土、方言土语、历史传统等相结合，内容涉及到国际主义和民族主义、民族性和地方性等议题，对有关"民族形式"的各方面作了一次比较全面的分析。

黄文俞的《"旧瓶装新酒"》一文，先肯定"旧瓶装新酒"在某一阶段实行的必要性，然后论证"民族形式"的提出是其在更高阶段上的发展。作者先解释"'旧瓶装新酒'的创作方法，是运用民间文艺旧形式来表达新的思想，新的知识，作为大众的文化启蒙的工具，改造一般民众的意识形态，在现阶段的任务则更负起了动员民众的宣传教育的任务。"但这一创作方法本身也有不足，因为它的特定对象为一般民众，不适应于学生和知识分子，因而"存在着旧形式和新形式间的矛盾"。而"民族形式口号的提出"，就能够"砍开这个文艺基本问题上的结节"，因为"它所意味的是一种交互提炼融合"。具体说来，"它和'旧瓶装新酒'的创作方法是统一而又反对，是相反又是相成。"这主要体现在两个方面。第一，二者都肯定要批判地接受旧形式，不过，"旧瓶装新酒"的创作方法，"是单纯的向旧形式复归，从服于旧形式……对于新形式，则只能把它放在一边，不敢稍一触动。"而"民族形式的创造"则同时"要和新形式做紧密的接连，而汲取它的进步的因素，单是抛弃它的欧化的，脱离大众的表现方法和语法构造。"第二，二者都以文艺大众化为前提，可是"旧瓶装新酒"的创作方法"只能以一般民众为对象，作为启蒙大众的工具之一"，而"民族形式"的"目的是推进文艺向较高阶段的跃进，发展；它的对象是全民族的，包含一切社会层，高级知识者群也在其内"。为了这一目的，"民族形式的作品，虽必然要具有'中国作风与中国气派'，但它不一定全为大众所能立即接近。"[①] 这其实是给了那些暂时无法通俗化、大众化的作品以一席之地。黄文俞的基本观点其实在前一阶段的讨论中已大都成为共识，但他因应时事的需要，借助"民族形式"这一新名词重作梳理，客观上对当时的文艺实践还是有利的。

---

① 黄文俞：《"旧瓶装新酒"》，《大公报·文艺》，1939 年 12 月 11 日。

杜埃的《民族形式创造诸问题》一文分为"中国文学的发展路向"、"民族生活的传统"、"国际主义和民族主义"、"文艺民族形式的'创造'"四个部分，其中第四部分又涉及七个问题，包括如何利用地方性形式的问题。作者指出，"要在这些各各不同的地方形式中，找出它们之间的共通性，全国性，这才是一个完整的民族形式。"他以婚礼、秧歌等形式为例说明，肯定"民族形式的创造，是找寻各地方特色的东西，在这些各个特色之间抽出其最足以代表的特征，有着全民族共通性的东西，加以艺术的概括和综合，提炼和净化。"文章的末尾，作者点出中国的文艺"除了在小说方面有了些成就，还拿得出一点真正中国人的东西以外"，其他方面"指得出以中国性为特征的成就""很少很少"，但相信"趁着这抗战期间，民族感高度发扬，执笔者群赶下乡的时候，我们有理由希望中华文艺从此奠下它真正民族的基础"。① 宗珏的文章在"地方性"的认识上和杜埃产生呼应："最有地方性的东西，在民族生活的深广的意义上说，也就是有民族性。因为一个大民族的形成，大抵是从许多地方性的特点上融合沟通起来的。"②

为期五天的专栏，除了南来的评论者们，还编发了一篇来自延安的文章，强调"民族形式"不只是个理论问题，更是个实践问题。"虽然我们知道这问题一面是要提炼旧形式，改造新形式，但另一面它在实行上就得要我们下乡，下村，下镇，不但去看看那里的旧形式是些什么，并且要看看那些创造旧形式的人怎样过日子，怎样生气怎样笑。并且学得自己怎样去接近他们。""所以民族形式问题不只在提出，而是要广泛的做，同时须切实的完成……"③ 文章接下来介绍了延安鲁迅艺术学院在这方面的实践经验。

《大公报·文艺》集中刊出这批论文，形成了香港讨论"民族形式"问题的一个小高潮，然而同时也几乎宣告了讨论的结束。在专栏刊出的最后一天，编者发布了《结束讨论启事》，声明说："关于文艺形式，承各方惠稿甚多，读者尤多关切。只以敝刊篇幅仄小不能广容，只有暂作结束，尚祈作者读者鉴原为幸!"④ 刚刚形成讨论的热潮，就突然中止了，这一现象似不无蹊跷。不过此后，相关的讨论果然暂停下来，虽然还有零星篇章继续在《立报》、《华商报》等发表，但已不成规模，而且不再有集中的论题。与之相对应的是，1940 年春，重庆等地的讨论刚刚展开。因而，香港的讨论就成了延安以外的第一站，在后来的重庆、桂林等地的讨论中，可以听到它的回声。

---

① 杜埃：《民族形式创造诸问题》，《大公报·文艺》，1939 年 12 月 12 日。

② 宗珏：《文艺之民族形式问题的展开》，《大公报·文艺》，1939 年 12 月 13 日。

③ 妥适：《文艺下乡与民族形式》，《大公报·文艺》，1939 年 12 月 13 日。

④ 《结束讨论启事》，《大公报·文艺》，1939 年 12 月 15 日。

第二节　"方言文学"运动

一、背景与主张

战后香港的文学论争，和"民族形式"讨论遥相呼应的是"方言文学"论争。由于这场论争不限于理论思辨，同时包括文学创作，以及由相关组织机构开展的各类活动，因此一般被称为"方言文学运动"。

论者一般将运动开始的时间推回到1947年，事实上，这场运动中被普遍讨论的采用方言土语、民间形式等话题，在"民族形式"讨论过程中早已成为重点话题之一。例如，齐同就曾提出："想着让大众的语言文字统一，必须先从方言上着手，渐渐地才能化零为整，统一起来。"[1] 他还说："在提高大众文化水平或利用旧形式的时候，是要把方言看做第一重要的。""乡土剧和街头剧，最要紧的还是利用方言。在大都市里用国语是应该的，但在偏僻的地方，用起国语来，便会使群众发生'洋戏'之感了。"[2] 黄药眠讨论中国化和大众化问题，也认为"必须从方言土语中去吸取新的字汇"，而解决普通话和方言之间的矛盾问题的办法，"就是以目前所流行的普通话为骨干，而不断的补充以各地的方言，使到他一天天的丰富起来。"他甚至设想，"此外我们也不妨以纯粹的土语来写成文学，专供本地的人阅读，这些本地文学的提倡，一定可以发现许多土生的天才。这些作品，我想在将来的文艺运动上，是必然的要起决定的作用的。"[3] 这一看法，已经和后来"方言文学"论争过程中的主流观点并无二致了。黄绳则专门讨论过"民族形式"和语言的关系问题，认为为了丰富文学语言，除了吸收和溶化五四以来的文艺语言以及欧洲日本的语汇和语式外，对于民间文艺的语言和旧形式，也要"加以批判的接受，承继，和发展。""最重要的问题，还在采用大众的语言。""我们主张向大众学习语言，主张批判地运用方言土语，使作品获得一种地方色彩，使民族特色从地方色彩里表现出来。自然，我们不主张滥用方言土话，不承认会有所谓'土话文艺'。土话大部分是落后的，芜杂的，

---

[1]　齐同：《文艺大众化提纲》，《文艺阵地》第二卷第三期（1938年11月16日），第481页。

[2]　齐同：《大众文谈》，《大公报·文艺》，1939年5月19日。

[3]　黄药眠：《中国化和大众化》，《大公报·文艺》，1939年12月10日。

不讲求语法的。经过选择，洗炼，重新创造，它在文艺上才有意义。"① 八九年后，黄绳又积极加入"方言文学"的讨论，虽然观点有所改变，但也说明他对此问题的关注是持续有年的，而这两次讨论在某种程度上可以视为一脉相承，正如黄继持所推测的："战后华南的大众文艺与方言文学再度蓬勃，与这场在香港沦陷前的讨论〔按：指"民族形式"讨论〕，应有一定的历史关系。"② 二者的主要不同在于，在"民族形式"讨论中，众多论者同时论及语言和文字问题，除了主张采用方言土语，还强调要改革汉字，推行文字拉丁化运动。如黄绳建议，"为了文艺大众化，需要提倡识字运动，进一步说，是需要提倡拼音文字运动。"③ 李南桌也断言："'文艺大众化'同'文字拉丁化'是不可分的。以一音一形一义自豪的这些小方块碰着当前这最广大的局面，是显得多么窘，多么局促呀！"④ 齐同甚至做好了面对困难的准备，认为推行拉丁化的"新罗马字""碰壁也许是难免的！但不碰，难免也是壁，因为成千累万的方块字早已挡住我们的去路了。"⑤ 而在香港大力改革语文教育的许地山，也多次撰文提倡将汉字改为拼音化，因为"拼音字是最进步的文字"，而汉字"却是最不进步的"，⑥ 中国要跟上世界的进步，就先必废除表意字不可。可见当时废除汉字的呼声很高，而在"方言文学"讨论阶段，这一议题一般被悬置起来，即使偶有人提及，也都是一种留待将来再行解决的态度。

关于"方言文学"运动兴起的背景，茅盾当年曾经总结是由于受到了三个"有力的刺激"：

> "方言文学"问题不先不后恰在此时此地由一二人的偶然提到，就发展为热烈的辩论，终于达到圆满的"总结"〔按：指冯乃超、邵荃麟执笔的《方言问题论争总结》〕，都不是没有前因后果的。解放区文学作品的陆续出版是一个有力

① 黄绳：《民族形式和语言问题》，《大公报·文艺》，1939 年 12 月 15 日。

② 黄继持：《现代中国文艺的民族形式问题——抗日战争时期华南与重庆的讨论述评》，载黄继持：《文学的传统与现代》（香港：华汉文化事业公司，1988 年），第 141 页。

③ 黄绳：《关于文艺大众化的二三意见》，《文艺阵地》第二卷第十一期（1939 年 3 月 16 日），第 740 页。

④ 李南桌：《关于"文艺大众化"》，《文艺阵地》第一卷第三期（1938 年 5 月 16 日），第 76 页。

⑤ 齐同：《文艺大众化提纲》，《文艺阵地》第二卷第三期（1938 年 11 月 16 日），第 481 页。

⑥ 许地山：《中国文字底将来》，《许地山语文论文集》（香港：新文字学会，1941 年），第 47 页。

的刺激。解放区的作品无论就内容或就形式而言，都可以说是向大众化的路上跨进了大大的一步；而形式上的诸特征，例如民间形式的运用及尽量采用农民的口语（当地的方言）等等，对于此次方言文学讨论的发展，无疑问地起了极大的作用。第二个有力的刺激是从当地来的。孺子牛先生在《人家听不懂，这样办！》一文中有这样的一段话："这是香港出版界的事实，一般作家的作品（解放区作品在外），二三千本要销一年半载才销得完，而香港的市民作家的'书仔'，如《牛精良》就不止一万份。"……"总结"的第一句就说："方言文学的提出，首先是为了文艺普及的需要，这点大家都是承认的"。即此可见整个讨论的趋向。但是，第三，最强有力的刺激，还是时局的开展。人民胜利进军的步伐声愈来愈近了，作家们的责任感空前地加强了，如何有效地配合人民的胜利进军而发挥文艺的威力，今天凡是站在人民这边的作家们正是人同此心，心同此志。然而在此特定的地区，摆在作家们面前的第一个现实问题竟是作品的语言和人民的口语其间的距离有如英语之于法语。如果要使作品能为人民所接受，最低限度得用他们的口语——方言。①

　　茅盾的总结是比较全面的，不过为了更准确地理解，需要和毛泽东文艺思想在香港的传播及影响结合起来考虑。毛泽东《在延安文艺座谈会上的讲话》等著作，因产生于香港沦陷时期，未能在香港同步传播。香港"光复"后，借助中共的宣传组织力量，于1947年前后在香港集中刊行。《讲话》将文艺队伍比作党的另一支军队，要配合拿枪的军队，为此强调普及、大众化、为工农兵写作，与此相关的则是要求作家积极改造思想意识，深入群众，向群众学习。可见，文艺的普及和大众化问题，在这时已经具有了鲜明的政治性。也正是从这一年开始，在香港的文艺工作者开始了自我改造的历程。因此，茅盾提到的三个刺激，事实上背后无不具有政治意味的严重性：第一个刺激来自解放区文艺作品在香港的风行，这直接证明了实行毛泽东文艺路线的解放区文艺不仅"革命性"强，而且有利于普及，因而在这些方面已经"落后"的南来作家只有奋起直追，而学习、追赶的途径和突破口，很快就被确定为方言土语的运用。第二个刺激来自香港市民作家作品的畅销，而这些畅销作者在政治上和南来的左翼作家并非同路人，因此南来作家面临和他们争夺读者的任务。要体现左翼作家作品在掌握群众、获得"人民"支持方面的优越性，当然需要将作品普及到香港大众中去，在和市民作家的比拼中占得上风。第三个刺激更是由来已久，长久以来，作家

① 茅盾：《杂谈方言文学》，《群众》总第53期（1948年1月29日），第16页。

们一直公认，文艺运动总是大大落后于社会现实的发展，而到了四十年代后期，"革命形势"日新月异，双方的距离越来越大，更令作家有落伍的紧迫感，以至有人呼吁"不能仅仅惊异于伟大新形势的发展，我们必须追形势，追上去！"① 这几种因素结合起来，使得"方言文学"一旦被一二人"偶然提到"，众人很快省悟到其中具有的丰富内涵，因而纷纷起而辩论，并发展为一场运动。

论争的源头在华嘉（1915—1996）担任文艺版编辑的《正报》，而华嘉更是参与和引导论争的第一员大将。1947 年 10 月 11 日，林洛在《正报》第 57 期发表了一篇《普及工作的几点意见》，最后一段谈及"地方化"问题，明确反对"方言文学"。蓝玲随之响应，华嘉则针锋相对，主张纯方言写作。双方论争了三个月，至 1948 年 1 月 1 日，《正报》第 69、70 期合刊发表冯乃超、荃麟执笔的《方言问题论争总结》，对论争中涉及到的各个关键问题进行了梳理和解答。这以后，相关讨论并未停止，事实上一直持续到 1949 年。与此同时，一批来自广东和福建等省方言区的作家（同时也是论争的参与者），纷纷尝试方言写作，用广州话、客家话、潮州话来写诗歌、小说、杂文、短论、歌词，或传统的民间形式的文艺如说书、龙舟等。在这过程中，文协香港分会成立了专门的"广东方言文艺研究组"（1948 年夏天改为"方言文学研究会"，由在达德学院任教的钟敬文任会长）来推动方言文学的创作、研究、出版等工作，影响所及，连达德学院的学生亦成立了各类方言文学研究会。报刊方面，1949 年 3 月 9 日开始，《大公报》开辟《方言文学》双周刊，《华商报·茶亭》亦于 3 月 13 日及 6 月 3 日出了两期"方言文学专号"。② 一时，"方言文学运动"颇有如火如荼之势，隐然成为当时全国范围内最具规模及影响的文学运动。

"方言文学"初期论争的核心问题是：需不需要方言文学？为了什么目的、什么对象，在哪一种意义上需要方言文学？其他问题都由此派生出来。反对方言写作的林洛说："我们发现一种偏向，把方言当作时髦的货色，不经选择便搬来应用，因此搬了许多可口而坏胃的东西，许多内容有毒而不经淘汰的东西。而且，写出许多广东方言来，和现在应用的文字完全脱离，连读了几十年书的人，

---

① 杜埃：《追形势》，载中华全国文艺协会香港分会编印：《文艺卅年》（1949 年），第 84 页。

② 有关"方言文学"运动概况，参见黄继持：《战后香港"方言文学"运动的一些问题》，载黄继持：《文学的传统与现代》（香港：华汉文化事业公司，1988 年），第 158—160 页；黄仲鸣：《政治挂帅——香港方言文学运动的发起和落幕》，《作家》第十一期（2001 年 8 月），第 106—109 页。

也摸索不通，仅能认字的人就更不必说了。"① 蓝玲也有类似的意见，"这些方言的特殊字眼，我们读了十来年书的人，还不认识，拿去给一般老百姓读，不是更费工夫吗？"他担心，"如果我们完全用方言写作，那结果就只有走群众的尾巴，弄得不好，甚至向黄色文字投降。"于是，他对方言写作提出了"具体的办法，就是展开通俗写作，用浅近的文字夹杂着提炼过的方言去写"。② 应该说，他们两位都是从对创作实践的批评出发，认为用方言写作更不容易普及，而没有意识到在当时的情势下，所谓"普及"主要成了一种政治需要。对此，华嘉的批评文章一开头就引用周扬《马克思主义与文艺》一文中所提出的"改造自己的意识"，以及毛泽东《讲话》对"大众化"的论述："什么叫做大众化呢？就是我们的文艺工作者自己的思想情绪应与工农兵大众的思想情绪打成一片。而要打成一片，应从学习群众的言语开始，如果连群众的言语都不懂，还讲什么文艺创造呢？"然后针对林洛、蓝玲文章所提出的部分方言字难认的问题，回答道："方言文艺作品，原是为了那些没有'读了十来年书的人'，甚至根本没有读过书的工农大众而写的。而且不纯然是写了来给人民大众看，尤其着重写出来之后读给人民大众听，或唱给人民大众听的……"针对蓝玲以浅近文字夹杂方言去写的主张，华嘉同样引用周扬的说法，认为不仅是对话要采用民间口语，在做叙述描写时也该运用群众语言，也就是整个作品完全用方言来写。最后，华嘉如此概述对方言写作的认识："方言文艺作品是为当时当地的工农大众写的普及工作，应该澈头澈尾的以从群众的语言提炼出来的精粹方言，表现当时当地的工农大众，生活及其斗争，为他们所喜闻乐见，向当时当地的工农大众普及，从而提高他们的文化水平。同时，方言文艺作品不能满足于写在纸上或印在刊物上，一定要以广大的工农大众为对象，拿到他们中间去朗诵和表演，拿到他们中间去考验，根据工农大众的意见去求得进步，和求得完美。"③ 如果联系到华嘉其他的几篇论文，可以看出，他在讨论方言文学时，始终紧紧抓住《讲话》的精神以及其中体现出来的阶级性因素和革命性要求，以此来衡量方言文学创作的各个方面——服务对象：广东的工农大众，或主要是农民阶级；作品形式：完全采用方言，如果用杂糅文体写作，就是否定方言文艺，写出来的东西仍然是一种"知识分子的特殊

---

① 林洛：《普及工作的几点意见》，《正报》周刊第 57 期（1947 年 10 月 11 日），第 8 页。

② 转引自华嘉：《论普及的方言文艺二三问题》，载华嘉：《论方言文艺》（香港：人间书屋，1949 年 7 月），第 5、9 页。

③ 华嘉：《论普及的方言文艺二三问题》，载华嘉：《论方言文艺》（香港：人间书屋，1949 年 7 月），第 3、5、10 页。

文体";① 写作态度："首先要改造自己的思想意识，把自己的思想情绪和工农大众的思想情绪打成一片，熟悉工农大众的生活，熟悉工农大众的语言，以工农大众自己的语言和表现方法来表现工农大众的生活和斗争。"而要把小资产阶级思想彻底改造，彻底解决创作上的苦闷和矛盾，"只有到农村去到工厂去，……把自己变成工农大众的一分子，到那时候自然而然的解决了不熟不懂的问题，完全崭新的辉煌的方言文艺作品就必然产生了，而到那时候工农大众自己的辉煌的作家也同时可以产生了。"②

华嘉的讨论可能有过于政治化、口号化的地方，不过他的基本观点——尤其是为了普及而写、为了工农而写、完全用方言写作——为后来许多论者所认同，成为论争中的主流观点，只是其他论者一般更注重从语言文学本身讨论问题，不像他那么重视方言文学的阶级性，再三强调思想改造，强调要抛弃"灵魂深处的小资产阶级王国"。

冯乃超和邵荃麟的总结文章讨论了两三个月来论争中出现的一些关键问题，其中有几个牵涉到方言和普通话、方言文学和白话文的关系。论者以为，发展方言文学不会破坏言语的统一，因为"所谓统一的言语应该是从各地不统一的言语基础上统一起来的，而不是凭空创造一种言语来征服地方言语的。……所以要统一，首先要把不统一的提出来，然后才能慢慢统一起来……这和要求发扬文化的国际性，必然先强调文化的民族性一样道理"。至于五四以后的"那种做作的欧化的、和人民的言语脱节的、大众所不易了解的白话文，这种白话文并不等于普通话，这就非破坏不可"。此外，他们还解答说，对于一般能懂普通话的读者，用普通话夹一些方言写也是需要的，不过以工农群众为对象来说，"仍以方言文学为主"。而且，"运用地方言语当然应有选择和提炼，并不是无条件的搬用"。③这一总结性文章出来后，很快得到两位重量级作家郭沫若和茅盾的明确支持。郭沫若表示自己对"方言文学""举起双手来赞成无条件的支持"，④ 茅盾则强调必须在"大众化"的命题下去处理方言问题，他认为五四以来的白话文学"不妨视为'北中国的方言文学'"，指出"在目前，文学大众化的道路（就大众化问

---

① 华嘉：《旧的终结·新的开始》，载华嘉：《论方言文艺》（香港：人间书屋，1949 年7 月），第 13 页。

② 华嘉：《旧的终结·新的开始》，载华嘉：《论方言文艺》（香港：人间书屋，1949 年7 月），第 12—13、19 页。

③ 冯乃超、邵荃麟执笔：《方言问题论争总结》，《正报》周刊第 69、70 期合刊（1948 年 1 月 1 日），第 31—32、32、33 页。

④ 郭沫若：《当前的文艺诸问题》，《文艺生活》总第 37 期（1948 年 2 月），第 2 页。

题之形式方面而言）恐怕也只有通过方言这一条路；北方和南方的作家都应当尽量使他们的作品中的语言和当地人民的口语接近，在这里，问题的本质，实在是大众化。大众化从没有人反对，而对方言文学则竟有人怀疑，这岂不是知有二五而不知有一十么？"①

　　也有人比较细致地阐述方言的文学效果，以作为推动运动的根据。钟敬文的长篇论文从历史上的方言文学谈起，再联系现实看方言文学对眼前政治要求的适应，接下来专门论述从艺术表现效果来看方言文学的优越性。他从两个方面展开论述，一方面，"文学是语言的艺术。作家用以创作的语言，必须跟他有着深切的关系。他不仅要明了它的意义，它的结构。他并且要能够微妙地感觉它，灵活地驱使它。这样才会造成那种艺术的奇迹。……我们懂得最深微，用起来最灵便的，往往是那些从小学来的乡土的语言，和自己的生活经验有无限关联的语言，即学者们所谓'母舌'（Mother tongue）。这种语言，一般地说，是丰富的，有活气的，有情韵的。它是带着生活的体温的语言。它是更适宜于创造艺术的语言。……语言的熟习程度，大大地决定了那表现的结果。"② 而另一方面则是——

　　作品所用的语言，和所表现的事物或心理等（即作品的内容）有不可分离的关系。用村妇乡农的语言去描写贵族、买办或智识分子的生活、行动和心情，固然不很容易肖妙。反之，用智识分子或达官贵人的"雅言"去描写农民的状貌、性情，去抒述他们的忧愁和希望，更不容易做到极恰切的地步。……今天为民众写作的文学，它的表现对象，固然不一定只限于民众本身。可是，主要的必然是他们。表现民众的劳动、受难、斗争的场景，表现他们的苦恼、愤怒、决心、同情……等心理，这些都是今天文学的主要任务。要达成这种任务，用那些跟民众生活远离的知识分子欧化的语言，固然缺乏亲切，就是用普通的国语去表现，多少也会不够味道。在这里，跟当地民众的生活和感情组结着的语言（方言），就特别显出它的重要性了。……各地民众的方言，正是表现他们的生活、战斗和思想、感情的最有效力的手段。③

　　也就是说，无论是就方言写作者对语言的熟悉而言，还是就主要写作内容而言，都要求使用方言。因此，他得出结论说，无论是由于政治的理由还是艺术本身的理由，都需要用方言去写。

---

① 茅盾：《杂谈方言文学》，《群众》总第 53 期（1948 年 1 月 29 日），第 17 页。
② 静闻：《方言文学试论》，《文艺生活》总第 38 期（1948 年 3 月 25 日），第 59 页。
③ 静闻：《方言文学试论》，《文艺生活》总第 38 期（1948 年 3 月 25 日），第 59—60 页。

时在达德学院任教的叶圣陶，则从写口语的角度赞成粤语文学的写作。他以普通话作比方，将普通话也看作一种口语和方言，认为从事文艺创作的话，就需要向各色人等学习（不限于工农大众），将口语学得非常到家才行，因为"文艺是非一句一句全打在人的心坎上不可的，是绝对要求形式跟内容一致的"。他纠正了一种流行的看法："有人说普通话贫乏，要什么没有什么，仿佛不大够用似的。我想，这是学习普通话没有到家的人说的，只有一副骨架儿，当然觉得贫乏。为要补救这个贫乏，就来了不三不四的白话文。我想，像老舍跟曹禺，他们决不会嫌普通话贫乏的。"①

当然，既称为论争，自然会有些不同观点。例如有的论者就认为应当取消"方言文学"这一称谓，因为既称"方言"，自有相对的一种"正言"在，然而"白话文"和"国语"都不过是北方方言，并不足以成为"正言"，因而自认为"方言"就不对了。总之，广州话和别的地方话一样，或者都是"方言"，或者都是"白话"，或者都是"国语"，不能以某一地方为本位，生出"方"与"外"来。作者提议，在真正的融合所有各地语言的"国语"正在发展的过程中，"要求不要自轻，——自称为'方言文艺'，不要自偏——以为方言文艺是地方化的东西，这些观念，赶快抛弃"。② 不过这样的声音，注定是得不到什么回应的。

二、实践及影响

"方言文学"是一个充满实践性的课题，伴随着理论方面的论争，部分作者（主要是广东籍的作者）还提起笔来，采用新旧形式，尝试各种文体的写作。华嘉、楼栖、丹木、薛汕、李门、符公望、黄雨、芦荻、黄谷柳、陈残云、司马文森等纷纷加入这一阵营，结集出版的作品主要有楼栖的客家方言长诗《鸳鸯子》、丹木的潮州话叙事诗《暹罗救济米》、薛汕的潮州话中篇小说《和尚舍》，以及华嘉《论方言文艺》中的广州话创作部分。各人都感觉采用纯方言写作的困难，但仍努力去做，鼓吹最力的华嘉更是尝试用方言写作各类文体，例如，他有一篇短论《写乜嘢好呢?》专谈服务于既定的读者对象，可以用广州话来写各类文章：

首先我地应该想清楚，用广州话写，系写俾的唔懂国语嘅人睇，尤其系写俾的唔系几识得今日个的白话文个的人睇；响香港，更实际嘅，应该系写俾的中意

---

① 叶圣陶：《谈谈写口语》，载中华全国文艺协会香港分会方言文学研究会编：《方言文学（第一辑）》（香港：新民主出版社，1949年），第87页。

② 严肃之：《取消"方言文艺"的称谓》，《华侨日报·文史》，1948年5月22日。

睇用广州话夹住文言白话写嘅小报嘅人睇。我地如果系为呢的人写，唔管你乡下佬，或者系城市嘅工人，抑或系从乡下出来变左城市贫民嘅人，咁我地就应该乜嘢都可以用广州话嚟就唔会想到只系写龙舟木鱼，正用广州话写咯。譬如讲，我地可以用广州话写讲时事嘅文章，甚至讲道理嘅文章；亦可以用广州话写故事，写小说，写戏剧，写诗歌。乜都得。①

他自己身体力行，用粤语写作了不少短论、杂文、歌词、诗歌、小说和广播剧。例如他有一首歌词《人民救星毛泽东》：

太阳红，红冬冬，
人民救星毛泽东，
你来左，耕田佬，
家家户户有米春。

太阳红，红冬冬，
人民救星毛泽东，
你来左，乡下婆，
个个簪花又戴红。

太阳红，红冬冬，
人民救星毛泽东，
你来左，打工仔，
唔使再食西北风。

太阳红，红冬冬，
人民救星毛泽东，
你来左，好工农，
个个都系国家主人公。②

---

① 华嘉：《写乜嘢好呢？》，载华嘉：《论方言文艺》（香港：人间书屋，1949 年 7 月），第 62 页。

② 华嘉：《人民救星毛泽东》，载华嘉：《论方言文艺》（香港：人间书屋，1949 年 7 月），第 93—94 页。

　　这样的歌词非常简单，通篇不过出现了两三个粤语词汇，而其主题内容则和解放区文艺非常相似。不过，篇幅较长的作品，因为采用新字记音等问题，就连一般的方言区读者都读不顺畅，而内容方面也令评论者失望。这些创作方面的同仁们，新的作品出来后，往往读了都不满意，因而或自我检讨，或坦率批评，不过在创作方面始终没有拿出杰作来。

　　例如，薛汕的《和尚舍》发表后，丹木撰写批评文章，在艺术方面基本持否定意见。在他看来，"整个故事和人物的叙述和刻划上，还是很浮面"，"正因为作者写惯了白话文，对于潮州大众语言的不纯熟，在全文的叙述和描写上，词汇表现得非常贫乏，而且也写得有点生硬，令人有点读不下去……这是什么缘故呢？很显然的：是作者硬把语体文法译成潮州方言，这是一个最大的毛病。"不止如此，"在《和尚舍》的许多对话中，还是存在着许多白话文的翻译，未能很恰切地把握住大众的语腔，这一点，也就是因为作者平时太少接触潮州的大众生活的缘故。"① 司马文森也坦承，"我在看《和尚舍》的时候，我感到了失望。作者对人物的处理，对结构的处理，还是欧化小说的那一套。"他回忆自己两年前写的《阻街的人》，"用白话作说明，对白用广东方言，结果惨败。惨败原因之一，是我对广东语言的缺乏认识，在运用上过于酸硬，有时甚至于像翻译小说一样从这一种语言译成另一种语言。"② 楼栖对《鸳鸯子》的自我批评同样指向语言，他说作品一改再改仍然失败，在语言方面是由于"我虽然生长在农村，但我现在却分明是一个知识分子。要用农村的语言来写诗，只好向记忆里去搜寻"。③薛汕总结对方言的运用存在两种偏向：一是为求尽用方言，而将一些"落后"的方言也用了进去，"流于低级趣味"；二是"不敢放胆运用方言"，"退守了"，以致在方言中仍有"庙堂"的色彩存在。④ 华嘉则觉得"方言文学"运动"前期的作品""还是概念了一点，而且颇有内容贫乏千篇一律之感，同时也不符合广东农村的现实"。他也结合自己的创作实践加以反省，结论是"觉得有这样的一个痛苦存在：第一是自己离开农村太久，很多实际情况都不熟不懂，颇有'闭

---

　　① 丹木：《读〈和尚舍〉》，《大公报》，1949年3月7日。
　　② 司马文森：《谈方言小说》，《星岛日报》，1949年3月28日。
　　③ 楼栖：《我怎样写〈鸳鸯子〉的》，载中华全国文艺协会香港分会方言文学研究会编：《方言文学（第一辑）》（香港：新民主出版社，1949年），第94页。
　　④ 薛汕：《谈运用方言的两种偏向》，《大公报·文艺》，1949年7月11日。

门造车'的客里空①倾向；第二，这些作品的'流年不利'，目前还不能到农民读者手里，得不到他们的批评和意见，而在香港也无面世的机会，发表不出也演唱不出，要求得读者的批评也不易，自己也无法改正错误。前一个是生活实践的问题，后一个是读者对象的问题，这两个问题都需要解决。"对此，华嘉提供的药方是，最好的办法当然是到农村去，不过在去农村之前，也有补救的办法，例如在香港找一些来自农村的人去"听他们的谈话"，另外还可以对"一切进步的报章杂志上刊载的农村通讯"加以收集研究，在这样的过程中尽量多人合作，发挥集体的力量。②

出身农村，但离开经年，已经知识分子化的作者们，对大众的语言不熟悉，对农村的现实和农民的生活内容不甚了解，这是方言文学创作的两大致命伤。在这两方面问题难以解决的前提下，作者们为了文艺普及和大众化的目标，还是硬着头皮，坚持面向农村的基本方向，向隅虚构，去描写想像中的农民的生活和战斗，就不能不说带点悲壮的意味了。纯方言写作没有产生公认的佳作，后世论者对此有不同的解释。有人以为，"这次方言文学运动，看来不从香港文学本位考虑问题，而以华南文学为本位。……这便形成了好些内在的矛盾。文艺工作者与其工作对象不能像北方那样有直接的接触与交流；而意想中的接受者（华南工农群众）与实际的接受者（香港读者，包括一些工友）也有一定距离。"③说得直白一点，意思就是这些作品并没有到达工农大众手中，现实中的主要读者还是香港的市民群体，他们总体上并不喜欢看这些写农村农民的故事。还有人发现，"事实证明，方言创作所取得的成绩，比蓝玲主张用的'糅杂语言'来创作，相差甚远。"例如同一个作者黄谷柳，他以清一色广州话写的《寡妇夜话》早已湮没无闻，而以"糅杂语言"写出的《虾球传》出版后一纸风行，令他声名大振，在文学史上留名。然而，"整个方言文学所取得成果，只有一部《虾球传》可堪咀嚼，令广东读者容易接受；但它还算是'方言文学'吗？"提出方言写作的作者们认为当时畅销的市民作家杰克等人创作的是落后的方言小说，殊不知他们其实是"糅杂派"，并非纯方言派，《牛精良》的文体是三及第。"陈残云这类大家

---

① 客里空：指新闻报道写作中的一种弄虚作假、向壁虚构的倾向。"客里空"是前苏联作家考涅楚克话剧《前线》中一个人物，身为记者，他能足不出户，把不存在的事情编成新闻，并且活龙活现。后成为写假报道的记者及假新闻的代名词。

② 华嘉：《方言文艺创作实践的几个问题》，载华嘉：《论方言文艺》（香港：人间书屋，1949年7月），第34—35页。

③ 黄继持：《战后香港"方言文学"运动的一些问题》，载黄继持：《文学的传统与现代》（香港：华汉文化事业公司，1988年），第161页。

所写的方言文学，粗俗不堪，翻开任何一部三及第的作品，都比它雅驯得多。"①
从这样的结果看来，尽管受到本地作家和解放区作家刺激后雄心勃勃，然而"方言文学"的实践者们在创作方面无疑打了败仗。

关于方言写作的问题此后几十年在香港仍不断有人提起，至今未得圆满解决。纯方言的作品，尤其是篇幅较长的，似还未产生成功的案例。这究竟是由于文体问题，语言文字问题，作品内容问题，还是作家对生活的感知和认识问题，抑或由读者的接受心理所造成？如果说六十年前的南来作家是由于对语言和描写对象的生活不熟悉而影响了作品的艺术价值，今日有代表性的香港作家为何少有从事方言写作并取得成功者？这些仍是值得研究者尤其是香港的研究者认真考察的问题。

最后不妨关注一下"方言文学"运动的影响及结局。运动展开不久，参与者和支持者曾抱以极大期望，并似乎看到这期望正在成为现实。1948年初，茅盾曾称赞道："这一次的讨论可谓畅所欲言，围绕着'方言文学'的若干问题都曾经过反复辩论，而且终于把这些问题弄清楚了。在去年的几次文艺论争中，（那是发生在国内的），这最后的一次成绩最好；……自从十多年前第一次提出了'大众语'这问题以后，和'大众语'血肉相关的'方言问题'虽然时时被提及，可惜只是'提及'而已，讨论之广泛，热烈，和深入，都赶不上这一回。因而也就不曾产生圆满的'总结'，像这一次似的。时代确是进步了……"② 钟敬文则在运动刚刚开展半年之际就试图为它在五四新文学史乃至整个世界文学史上谋得一个崇高位置。他说："这种情形，使我们好像回到民国六七年新文学运动发生时候所看到的热闹景象。十余年前，瞿秋白先生所倡议的'新的文学革命'，这回是被实现了——虽然内容和他理想的并不完全一样。"他相信"方言文学"的主张和广泛的实践"是我们新文艺史上的一件大事，也是中国人民文化演进上的一件大事。""从人民的观点看起来，它比起过去世界文学上的几次新语文运动，（例如文艺复兴期意大利等的语文运动，或浪漫主义时期欧洲各国的语文运动，乃至日本维新时期和我国五四前后的白话文运动等，）是具有更重大的意义的。"③ 如今有了后见之明，我们当然会非常惊讶，当时的论者何以如此乐观——是受到整个"革命形势"的巨大鼓舞所致？客观地看，整个"方言文学"运动中，论争的部分取得了一些理论成果，包括方言写作与大众化的关

① 黄仲鸣：《政治挂帅——香港方言文学运动的发起和落幕》，《作家》第十一期（2001年8月），第112、114、115页。

② 茅盾：《杂谈方言文学》，《群众》总第53期（1948年1月29日），第16页。

③ 静闻：《方言文学试论》，《文艺生活》总第38期（1948年3月25日），第56、58页。

系、与普通话发展及统一的关系，以及方言对增强艺术表现效果的功用，等等。但因为创作方面没有贡献出令人信服的成果，因而这些理论成就也是打了折扣的。创作方面，除了部分方言诗歌和音乐结合，在群众中流行开来，促成了群众性的新音乐运动，① 一般地说，各类方言作品除了相对白话文披上了一件新的形式上的外衣，并未提供多少有价值的艺术经验，也没有被工农大众所"喜闻乐见"。

就在"方言文学"运动将要掀起新的一个小高潮时，由于国共内战形势的急剧变化，南来作家多数纷纷北上进入解放区，这一运动无形中也就停了下来，而且出人意料，参与者后来大都对此保持缄默。郑树森认为，这是由于五十年代初，中共对广东的地方主义加以批判和打压，"如果提倡方言文学，肯定地方的色彩，便明显与政策相违。"1949 年 7 月，"中华全国文学艺术工作者代表大会"在京召开，茅盾负责报告整个国统区革命文艺的发展，然而在他的报告中对于距离很近的声势浩大的"方言文学"运动只有简单的一两句话。据说曾有人专门起草了一节关于"方言文学"运动的报告，但未被采用。卢玮銮据此分析，"在统一的大前提下，不能再强调地域性文艺，我相信这批南方文化人所推动的方言文学，与五十年代初期的政策不尽相符。"②

除了政治形势的变化，还可以从现代语言与民族主义发展的关系上去看这一问题。在建立现代民族国家的过程中，方言和普通话的矛盾始终存在，虽然在"方言文学"论争中，诸多论者都将二者描述为相辅相成、互相丰富的关系，但实际情形则复杂得多。概括而言，"就其与现代民族主义的关系而言，'普通话'是进行社会动员、形成民族认同的重要资源之一。""普通话"亦称"国语"，一方面针对文言，另一方面则以方言为潜在对立面，"'国语'运动在语言上为现代统一国家提供依据和认同的资源，而方言及其与地方认同的内在关系，则有可能是进行国家动员的障碍。"③ 国共内战时期，提倡"方言文学"运动可以有利于局部地区的地方动员、阶级动员（是以运动的参与者强调他们所说的"方言"属于工农大众阶级），其时因共产党属于在野党，地方动员有利于打破国民党的全国统治，阶级动员更是直接针对国民党政权，因而这一文学运动和共产党的政治取向很相吻合。但当大局已定，共产党夺取政权，成为全国性的统治当局，这

---

① 华嘉：《向前跨进一步》，载华嘉：《论方言文艺》（香港：人间书屋，1949 年 7 月），第 24—25 页。

② 《国共内战时期（一九四五—一九四九）香港文学资料三人谈》，载郑树森、黄继持、卢玮銮编：《国共内战时期香港文学资料选》（香港：天地图书有限公司，1999 年），第 15 页。

③ 汪晖：《地方形式、方言土语与抗日战争时期"民族形式"的论争》，载汪晖：《现代中国思想的兴起》（北京：生活·读书·新知三联书店，2004 年），第 1514、1515 页。

时的当务之急是建立广泛的民族认同，无论是政治、军事、文化等各方面，"统一"成为重要的价值取向，这时再大力提倡"方言文学"，就背离了这一取向，因此需要对其进行冷处理，也就是顺理成章的事了。何况早在 1949 年 3 月的中共七届二中全会上，已作出全国的工作重心由乡村转为城市的决定，也就是由武装革命转为城市建设。"革命"不再是头等大事，对"革命群众"的教育和启蒙也就没有以往迫切了。因此，从"方言文学"运动这一事件，可以看到革命话语和民族主义话语的相互纠缠与巧妙位移。

第三节　"大众化"的迷思

　　战前战后，南来作家于香港展开过多次文学论争，本书选取"民族形式"讨论和"方言文学"论争为对象，一方面是由于二者均以文艺"大众化"为目标，为讨论的起点与归宿，而这个文艺"大众化"又是为了启蒙和发动群众，加入当时的"革命队伍"，打击敌人：侵华日军或国民党；另一方面则因为两次讨论或论争具有先后承续性。"民族形式"讨论取得了一定的理论成果，创作方面，则在香港很少实践，"方言文学"运动包括较多的创作实践，但未达预期目标，这令我们有必要思考文艺"大众化"的内涵及其实现途径，以及笼罩于其上的层层迷雾，并考虑香港作为推行文艺"大众化"运动所在地的得失。

林洛《大众文艺新论》（香港力耕出版社，1948 年）书影

自从五四新文学运动以来，文艺"大众化"的问题被认为一直没有得到妥善解决。对于五四新文学的批评，一般是说它只是在城市知识分子和学生群中流行，没有深入到其他人群，而主要原因在于其欧化句式。包括后来的革命文学，"革命＋恋爱"的创作模式，受到的也是类似的批评。在"大众化"方面得到肯定的，基本上只有四十年代以后的延安解放区文艺。也就是整个中国现代文学尽管多次发起过"大众化"运动，此目的却只在极小范围内实现了。更多数情况下，不过是停留在理论倡导上，而在这方面也存在许多模糊难解的地方。

首先是"大众"一词的含义一直处于变动之中。五四时代，陈独秀、周作人等人提倡"人的文学"、"平民文学"，他们心目中的"大众"是指一般平民。后来左翼文学一直宣传的"大众"，则越来越和某些特定的中下阶级联系在一起，到了延安整风以后则更是被明确为工农兵和小资产阶级，从而在概念上由这四个阶级组成的"大众"代替了"人民"。可见，从五四至四十年代，"大众"的概念由普通国民逐渐向某些阶级的民众转变。"大众"的所指发生了变化，"大众化"的对象和方式自然也要随之改变。

其次，文学"大众化"的含义和标准，也处于变动不居之中，从内容到形式，不一而足。当茅盾指出"新文学之未能大众化，是一个事实"[①]的时候，他可能是指由于新文学形式的欧化，无法深入各阶层民众，读者范围不够广泛。可是，这样理解"大众化"，那么中国的传统章回小说和清末民初的鸳鸯蝴蝶派的作品早已实现"大众化"了，在香港，被南来作家贬为"黄色文艺"的通俗小说在"大众化"方面也是成绩斐然，新文学岂不是在"大众化"的方面还不如自己坚决反对的敌人？当向林冰等"旧瓶装新酒"论者认定五四新文化在内容上是"大众化"的，而形式则为"不通俗化"，旧文化在内容上是"不大众化"，形式则是"通俗化"的时候，[②]"大众化"和"通俗化"有了具体分工：前者是指内容方面具有"革命性"，适应"新民主主义革命"的要求，后者则专指形式方面易为普通百姓所接受。这样，"大众化"就具有了意识形态属性。而当"方言文学"运动的参与者一再强调方言写作不仅是个形式问题，也包括内容方面的要求的时候，他们对"大众化"的期望更高了：不仅内容上要是"革命"的，形式上也应当是易于在工农群众中普及的。要制作出这样内容形式兼美的文学作品，其难度可想而知。何况，就算有这样的作品，对于工农大众中的文盲半文盲——"方言文学"的主要服务对象——来说，也不可能一篇一篇拿去读给他

---

① 茅盾：《再谈"方言文学"》，《文艺的新方向》（《大众文艺丛刊》第一辑，1948年3月1日），第36页。

② 黄文俞：《"旧瓶装新酒"》，《大公报·文艺》，1939年12月11日。

们听，或在他们面前表演，在这方面，华嘉的设想实在是太具有知识分子的理想色彩了。

再次，就算作家们明白他们支持的"大众"和"大众化"的所指，他们作品的意想读者也不一定能和实际读者相重合。鲁迅等五四作家试图启蒙民众，然而现实生活中的祥林嫂、阿Q们既看不到，也不可能看懂这些以他们为主人公的作品。所以结果是，启蒙文学家的作品在知识分子和学生群体中流传，然而很难到达启蒙的对象，启蒙的任务由谁来完成、如何完成？五四知识分子这种高高在上的启蒙姿态，在抗战后的部分作家身上有了很大改变，因为客观现实的需要，众多作家不得不离开城市，进入民间，和下层民众直接接触，确实在一定程度上能够"打成一片"，但多数作家还是生活在大后方城市，对工农大众的生活是陌生和隔绝的。在这方面，香港尤其具有劣势。南来作家们不仅远离了内地的民间，甚至远离了战争这一当时最具时代性的现实，让他们来创造写工农兵、为工农兵而写的文学作品，难度尤大于内地作家。倘若他们发现此路难行后，能够对香港本地现实多一些关注，以学习调查的精神深入此地生活，也许可以"失之东隅，收之桑榆"，在创作上有所成就，然而他们偏偏又因某种狭隘的"大众"观念，将香港市民排除在视野之外，至少认为对他们的了解不如对工农兵的深入了解来得迫切。主观上既没有接近的迫切性，客观上也难有写香港而写得好的作品出现，乃至有人替这些南来作家着急起来，甚而献计献策，给从北方来的小说作家提出了写作建议："在华南写小说，不论文言白话，只要大众化，有场面，事实广而曲折，对上中下人都能有所描写，尤其，注意一点总标题，要醒目，能引人入胜，那自然博得读者去看！"① 不过教也是白教，因为许多作家岂止是写不好，他们根本就没有想过要表现香港。

在《大公报·文艺》举行的那次关于民族文艺的座谈会上，出席的黄鼎曾经提到："我以为现在谈的都是些很大很远的题目。我们眼前是在香港，顶好就地说法，想想怎样把民族文艺用在香港，香港有许多杂报，小报，读者多到数不清。他们都利用旧章回小说的形式吸收市民。最好研究研究他们这种技术。"当时在座的只有许地山附和，认为"这个事情可以调查一下"。座谈会主席杨刚则认为，"问题一边是原则，一边是具体。香港又是具体问题中的地方问题，恐怕今天短时间以内谈不到把它怎样解决，但它将成为我们座谈会发展下去时的重要问题之一"，建议在座的先将讨论题目做一个结论。② 不过，这一"重要问题"

---

① 王幽谷：《怎样在华南写小说？》，《国民日报·新垒》，1939 年 8 月 18 日。
② 《〈文艺〉鲁迅纪念座谈会记录》，《大公报·文艺》，1939 年 10 月 25 日。

后来似乎并不被重视。在讨论"民族形式"的创造时期，香港问题因其"地方性"不被重视，到了实践"方言文学"的时期，香港的民众又因其阶级性被忽视，就这样，虽然内地作家几度大规模南来，却对本地现实一再错过。无论是生活，还是创作，这种忽视都会给这些"过客"带来一些缺憾或损失吧。至于本土性较强的香港文学自身的发展，从此后半个多世纪的创作实际来看，也几乎看不到受过这两次文学论争的任何影响。

第七章　现代诗人的"自我"

如果我死在这里，
朋友啊，不要悲伤，
我会永远地生存
在你们的心上。

——戴望舒（1942，香港）①

让血像水花的飞溅，
我们的活泼像鱼，
我们向光荣的日子游泳过去，
我们是在光荣的历史里游泳。

我们有个恋爱，我们是死的恋人，
我们和死有了一个婚姻，
她已有一个孕育，
这便是新的中国。

——徐迟（1939，香港）②

第一节　戴望舒

作为中国现代最优秀的诗人之一、现代诗派"诗坛的首领"，戴望舒在三十年

---

① 林泉居士〔戴望舒〕：《题壁》，《新生日报·新语》，1946 年 1 月 5 日。
② 徐迟：《献诗》，《大公报·文艺》，1939 年 2 月 28 日。

代后期至四十年代末，主要的时光都在港岛度过。寄居香港的日子里，他忙忙碌碌，做的事情很多，留下的诗却很少：前后长达八九年的时间，他在这大约只写了二十四首诗，平均每年才写三首左右，其中有十六首收入诗集《灾难的岁月》。① 不过，这为数不多的二十余首诗，却代表了他创作上的一个新的阶段，超过半数日后被学界推为他一生的名作，是诗人个人才情与大时代交汇而成的结晶。

戴望舒携妻女于 1938 年 5 月从上海来港，并未准备长住，计划把家庭安顿好后，自己到抗敌大后方去。不过经《大风》旬刊编辑陆丹林推荐担任《星岛日报·星座》编辑，令他改变了行程。在此前后，他的民族情感应和时代的需要而被激发，非复昔日"雨巷诗人"。他在《星座》创刊号上发表短文，面对港岛那"沉闷的阴霾的气候"，盼望它"早日终了"，并说："晴朗固好，风暴也不坏，总觉得比目下痛快些。"② 表达了自己不愿庸庸碌碌、希望有所作为（哪怕这会引来"风暴"）的心情。此后，他积极从事编辑和宣传工作，先后编过多份刊物和文艺副刊，《星座》更以其强大的作者阵容名动一时。他还是文协香港分会最核心的两三位负责人之一，担负了大量实际工作，包括先后负责西洋文学研究部、宣传部和编辑委员会的事务。据徐迟后来回忆，"这段时间里〔按：1939年后〕，文协领导主要差不多落到了戴望舒肩头。茅盾远行了，名义上许地山当家。手中高举精神火炬的是乔木。抛头露面的是戴望舒。"而《星座》"是一个全国性的，权威的文学副刊。大家都自然而然的围绕着他。"③ 由于南来作家流动性很大，文协香港分会的理事中，只有他和许地山多年长居香港，因而成为当时香港文坛最为活跃的少数成员之一。他的工作总体而言是愉快和富有成效的，同时创造热情也十分高涨，诗歌、翻译、俗文学研究，多头并进，进入一生最多产的一个时期。而在经济方面，因多方开源，收入不菲，生活较为优渥。例如在香港沦陷时期，他和杨静结婚后，除了写作、编副刊，还在《星岛日报》老板胡文虎家里做补习老师，每月收入五百港币，家中有轿车给妻子开。④

不过，在一个动荡的年代，正直的诗人不可能事事如意。抗战时期，戴望舒遇到的麻烦和挫折主要来自三个方面。一个是当时殖民当局的检查制度，因为树大招风，以致"似乎《星座》是当时检查的惟一的目标"，因此"不得不牺牲了

---

① 参见王文彬，金石主编：《戴望舒全集·诗歌卷·传略》（北京：中国青年出版社，1999 年），第 9 页。

② 戴望舒：《创刊小言》，《星岛日报·星座》，1938 年 8 月 1 日。

③ 徐迟：《江南小镇》（北京：作家出版社，1993 年），第 250 页。

④ 王文彬：《雨巷中走出的诗人：戴望舒传论》（北京：商务印书馆，2006 年），第 268页。

不少很出色的稿子"，而他"三年的日常工作便是和检查官的'冷战'"。① 第二个是在香港沦陷后，因为种种原因（中共香港组织转移文化人工作中的疏忽；戴望舒自己舍不得一屋子多年收集起来的好书，同时盼望离开自己回到上海的妻子穆丽娟能够回心转意重回香港，因而留港等待事态的发展），② 戴望舒于1942年3月被日本人逮捕入狱，饱受酷刑，5月经叶灵凤设法保释出狱后，哮喘病更加重了，并给后来的健康留下了后遗症。第三是个人家庭和情感生活方面，他因痛恨穆丽娟之兄穆时英成为汉奸（未必属实），又因态度生硬粗暴，加剧了和妻子的感情裂隙，由时有争吵，到日益疏远，陷入冷战，两人甚至长达一个月不说一句话，结果穆丽娟1941年初返回上海，一去不回。为了挽救这段婚姻，戴望舒也做出了种种努力，但终于没有成功。③ 以上三个方面经受的痛苦，都对他此期部分诗作的风格转向沉郁和悲愤产生了影响。

1949年1月，戴望舒与第二任妻子杨静及孩子在香港
（图片来自王文彬、金石主编《戴望舒全集·散文卷》，北京：中国青年出版社，1999年）

戴望舒初到香港后，沉潜于工作，似乎忘记了自己诗人的身份，长达半年多的时间没有发表一首诗。直到1939年元旦，才在《星座》上发表了短诗《元日祝福》：

新的年岁带给我们新的希望。

---

① 戴望舒：《十年前的星岛和星座》，《星岛日报》，1948年8月1日。
② 参见王文彬：《雨巷中走出的诗人：戴望舒传论》（北京：商务印书馆，2006年），第262—263页。
③ 参见王文彬：《雨巷中走出的诗人：戴望舒传论》（北京：商务印书馆，2006年），第249—259页。

祝福！我们的土地，

血染的土地，焦裂的土地，

更坚强的生命将从而滋长。

新的年岁带给我们新的力量。

祝福！我们的人民，

坚苦的人民，英勇的人民，

我为你的自由歌唱。①

此诗发表时，诗题和作者署名都用的是戴望舒的手书，除了表明某种历史真实性，似乎有意和标题点明的特殊时间——元旦——作出呼应。元旦是新的一年的第一天，诗人选择在这个日子送上给祖国人民的祝福，无疑更加深了这种祝福的真诚和郑重之意。作为《星座》的编者，戴望舒自然可以完全自主地安排自己作品的发表日期，他最终选择元旦这一天，显然是经过深思熟虑的。而在停下写诗的笔这么长时间以后，重新提笔写下的第一首诗竟是这样出人意料，无论是内容还是风格和以前都大不一样，完全可以视为他创作途中一个新的起点。

此诗语言浅白，诗意显豁，但仍不乏可以深入挖掘之处。

首先，诗人紧扣题目，在两节诗的开头都强调了"新的年岁"，这一新的时间会带给"我们"新的"希望"和"力量"。当时，全民抗战已进入异常艰苦的相持阶段，整个1938年，中国大片国土沦丧，兵民伤亡惨重，诗人渴望在新的一年这一页可以翻过去，形势能够好转。这种美好的心愿，既和我国传统的祝福习俗有关，同时也隐含着时间现代性的影子——依照现代性的直线思维方式，新的时间（"未来"）本身就可以包含某种美好生活的承诺。

其次，诗人"祝福"的对象有二：一是土地，一是人民。"土地"的意象在此前的戴诗中很少出现，即便偶然写到，也指的是具体的某一片地方。例外在《我的素描》（1930年作）这首诗中，出现了"国土"一词，"辽远的国土的怀念者，／我，我是寂寞的生物"。② 不过，对此处的"国土"，诗人强调的是它和"我"的空间距离。而在《元日祝福》中，"土地"的意象内涵丰富得多，对"土地"有着四个定语的修饰，分为三个层次。第一个层次是"我们的"土地，明确土地的归属。在世界被明确分为"我们"和侵略者双方的历史条件下，坚

① 戴望舒：《元日祝福》，《星岛日报·星座》，1939年1月1日。

② 王文彬，金石主编：《戴望舒全集·诗歌卷》（北京：中国青年出版社，1999年），第77页。

持这一归属不无重要。当时神州大地有的陆沉，有的被国民党统治着，有的被共产党割据，诗人没有对其进行区分，而统一用"我们的"来形容，说明在土地的诸多属性中，归属问题是第一位的。第二个层次是"血染的"、"焦裂的"土地，描述的是土地的现状，将其与一个特定的战争年代联系在一起。关于土地有许多形容，尤其是在中国这样一个长期以农业耕种和畜牧业为主要生产方式的国度，"丰饶"、"肥沃"等常常出现在文人笔下。戴望舒舍弃了土地意象的诸多面向，仅以"血染"、"焦裂"来形容，既是写实，也有象征，一个时代的腥风血雨扑面而来。第三个层次是孕育着"更坚强的生命"的土地。尽管眼下它正承受着蹂躏，干渴、焦枯，有着斑斑血迹，但它并没有失去孕育生命的能量，相反，经历了千锤百炼，从这片土地上滋长的新的生命将更加坚强，更加不易战胜。这其中有一种伟力，于是，诗的第二节便过渡到对"力量"及怀有这"力量"的"人民"的祝福。"人民"一词，在戴望舒的诗中是首次出现。和首节一样，这里"人民"的形象也具有三个层面的内涵。第一个层面是"我们的"人民，强调人民的归属性，"我们"和"人民"是同为一体的。第二个层面是"坚苦的"、"英勇的"人民，从抗战现实中抽取出人民的美好品质加以赞美。第三个层面是争取"自由"的人民，"我"的"歌唱"是对一个民族美好未来的憧憬。于是我们可以看出《元日祝福》这首诗的创作思路，诗人敏感到一个新的日子到来了，他深情地选取两个最广大的对象——"土地"与"人民"——献上自己的祝福，在描述这两个抒情对象时，他先是强调对象的归属性，继之描绘其时代性，最后以主观的笔墨讴歌其未来性——"生命"与"自由"。整首诗既沉郁顿挫，又洋溢着坚毅有为的乐观精神，和他早期忧郁缠绵的诗风截然不同。诗中多次出现"我们"，表明诗人非常自觉地意识到个体"我"的归属，"我"是"我们"中同质的一分子，因此，"我"对土地和人民的祝福，也可以看成千千万万个普通中国人的祝福。"从这个意义上说，《元日祝福》喊出的是整个民族的心声，是千千万万人民的群的呼告，而绝不仅是诗人个人的心灵隐曲。以群的呼告取代个人心灵隐曲的表现，某种意义上说乃是时代的要求，现实的要求。诗人戴望舒应和了这些要求。"①

我在阅读中国现代诗歌的过程中，发现一个有趣的现象：自新诗诞生的那一

---

① 引自朱寿桐的赏析，载孙玉石主编：《戴望舒名作欣赏》（北京：中国和平出版社，1993年），第300页。

天起，对"自我"① 的表现便成为诗人尤其是以抒情见长的诗人们瞩目的中心主题，其重点在于追问：我是谁？我与世界的关系怎样？我将何所为？为了回答这些问题，诗人们接受了西方浪漫主义以来诗风的影响，开始在写作中大量地使用"我"这一第一人称代词，通过"我"直抒胸臆，"我是……"成为新诗人们热衷的固定抒情句式，清晰地定义"我"以及"我"与世界的关系。譬如我们耳熟能详的下列诗句："我是一条天狗呀！"、"我是一条小河"、"我的寂寞是一条蛇"、"我是天空里的一片云"、"假如我是一只鸟，／我也应该用嘶哑的喉咙歌唱……"② 诗人们将所思所感凝聚于"我"，一个个鲜明的抒情主人公形象在诗中被塑造出来。相形之下，戴望舒诗歌对这一句式更是情有独钟，"我是……"的陈述反复出现（这也使得他尽管先后受到象征派、现代派、超现实主义等的影响，但作品中明白晓畅的其实占了主流）。不妨枚举数例："我是个疲倦的人儿，我等待着安息。"（《Spleen》）"我真是一个怀乡病者"。（《对于天的怀乡病》）"我是寂寞的生物"、"我是青春和衰老的集合体"。（《我的素描》）"我常是暗黑的街头的踯躅者"，"我是一个寂寞的夜行人，／而且又是一个可怜的单恋者。"（《单恋者》）"老实说，我是一个年轻的老人了：／对于秋草秋风是太年轻了，／而对于春月春花却又太老。"（《过时》）③ 综合来看，在 1937 年之前的诗作中，戴望舒诗中不断出现的这个抒情主人公"我"，完全是一副顾影自怜、软弱被动、未老先衰、缺乏生机与活力的文弱书生形象，几乎外界的一切事物都会令他感伤忧郁，而他却无以自处，只好退回到暗夜、虚空和梦境中。甚至可以说，这些诗体现出戴望舒有着"女性化的情感方式"，④ 把诗里的抒情主体形象看作一名独守空闺的旧式少女亦无多大不可。

这样的一个"我"，将向何处去？有着怎样的存在价值？这就要从"我"和其他人的关系中去探求了。正好，戴望舒的诗作对人称代词使用非常频繁，而且

① 本章所分析的诗人的"自我"，分别或同时具有以下三方面的含义：心理学或精神分析学上所称形成主体意识的"自我"；作为诗歌抒情主体的"自我"；在现实生活、包括政治权力格局中占据特定位置的"自我"。只不过对于不同诗人而言，"自我"的含义偏向于不同的侧面。

② 以上诗句分别出自：郭沫若《天狗》，冯至《我是一条小河》、《蛇》，徐志摩《偶然》，艾青《我爱这土地》。

③ 分见王文彬，金石主编：《戴望舒全集：诗歌卷》（北京：中国青年出版社，1999年），第 37、62、77、79—80、99 页。

④ 胡光付：《戴望舒早期诗歌的情感自喻》，《徐州师范大学学报（哲学社会科学版)》2000 年第 2 期，第 127 页。

多以组合的方式出现。他一生全部 100 首诗（不含译诗），① 有 92 首使用了人称代词，其中，出现第一人称（我、我们）的有 81 首，出现第二人称（你、你们）的有 53 首，出现第三人称（他、她、它、他们、她们、它们）的有 58 首；有且仅有第一、第二人称合用的有 25 首，有且仅有第一、第三人称合用的有 22 首，有且仅有第二、第三人称合用的有 2 首，第一、第二、第三人称共享的有 25 首。在人称的组合运用中，戴望舒最习惯的搭配是"我"、"你"并用（21 首），其次是"我"、"它"并用（7 首），"我"、"你"、"它"并用（6 首），以及"我"、"她"并用（4 首）。正如马克思的经典名言所说："人的本质并不是单个人所固有的抽象物。在其现实性上，它是一切社会关系的总和。"②那么，抒情诗中"我"的本质与内涵，除了"我"自陈如何如何，更主要的是体现在"我"和包括"你"、"他"在内的外部世界的结构性关系网络当中。

这种关系的实质是怎样的呢？先来看"我"和"他"（"她"）这组比较远的关系。大量例子表明，由于"我"过于软弱和被动，在面对理想中的"她"时，常常毫无作为。以戴望舒的名作《雨巷》为例。诗的首节是："撑着油纸伞，独自/彷徨在悠长，悠长/又寂寥的雨巷，/我希望逢着/一个丁香一样地/结着愁怨的姑娘。"③ 前三句讲述的是一个简单的事实，第四句则明白告诉读者，以下各节所写只是"我希望"中出现的情景而已。接下来，诗的第二节和第三节着重写想像中的这个姑娘的形象，第四至第六节则想像"她"和"我"由邂逅到分离的情景，其中第四、第五节分别有"像梦一般地"、"像梦中飘过"这样的形容。事实上，这就是"我"的一场白日梦，只不过因其出自"我"清醒的"希望"，所以才加上了一个"像"字。也正因为这一邂逅只在想像中发生，并非事实，所以末节才重复这一"希望"，只是把"逢着"改为"飘过"而已。问题是，为何本诗写"我"的"希望"（白日梦），占据画面中心的却是"她"的形象，"我"在想像中和"她"邂逅时，为何无动于衷，一任其远离？在这场梦一般的邂逅中，"我"眼看着"她"由远而近，直至相遇，再至分离，擦肩而

---

① 近三十年来戴望舒的诗集出版甚多，一些全集之类的版本，一般收诗九十余首。已知对戴望舒诗作收录最为全面的是王文彬、金石主编的《戴望舒全集：诗歌卷》（北京：中国青年出版社，1999 年），其中共收戴望舒创作诗一百首（以《抗日民谣》为总题的四首计为一首）。

② 马克思：《关于费尔巴哈的提纲》，《马克思恩格斯选集（第一卷）》（北京：人民出版社，1995 年 6 月，第二版），第 56 页。

③ 王文彬、金石主编：《戴望舒全集：诗歌卷》（北京：中国青年出版社，1999 年），第 41 页。

过，竟然毫无举措，仿若一个局外人！这只能归之于"我"的怯弱。对此，可以拿另一首《Spleen》互相映证："我如今已厌看蔷薇色，／一任她娇红披满枝。"何故？且看下文："去吧，欺人的美梦，欺人的幻象，／天上的花枝，世人安能痴想！"① 原来是"蔷薇"高不可攀，"我"求而不得，产生了自卑与憎厌对方的双重心理。

将对方视为"天上的花枝"，将自己摆放在一个非常卑下被动的位置，二者之间的交流并不对等，这在戴望舒众多抒写"我"对"你"的爱慕的情诗中尤为常见。譬如《生涯》的第一节："泪珠儿已抛残，／只剩了悲思。／无情的百合啊，／你明丽的花枝。／你太娟好，太轻盈，／使我难吻你娇唇。"② 此处以百合喻女性，"你"具有两个特点，一是"无情"，二是过于"明丽"、"娟好"、"轻盈"。前者使"我"的感情投入得不到回应而成为单向度的放送，后者则令"我"自惭形秽，怯于主动向"你"靠近。③ "我"和"你"的这种相对位置和情感交流模式，在其他几首诗中得到了反复的表达。一方面明知求而不得是难以避免的结局，一方面又忍不住苦苦相求，痴痴等待。在这过程中，"我"的所有希望都寄托于"你"，"你"完全主宰了"我"的喜怒哀乐，决定了"我"的生命在世间的价值。这从《可知》的后两节可以看出：

　　可是只要你能爱我深，

　　只要你深情不改，

　　这今日的悲哀，

　　会变作来朝的欢快，

　　　　啊，我底欢爱！

　　否则悲苦难排解，

　　幽暗重重向我来，

---

① 王文彬、金石主编：《戴望舒全集：诗歌卷》（北京：中国青年出版社，1999年），第37页。

② 王文彬、金石主编：《戴望舒全集：诗歌卷》（北京：中国青年出版社，1999年），第21页。

③ 从心理分析的角度，可以从文本以外找到这种处理模式的部分原因：戴望舒小时候得过天花，痊愈后留下了一脸雀斑，因而很多朋友暗中叫他"麻子"，这令他从小生性敏感而自卑。有学者对诗人创作的心理轨迹有过出色的分析，参见姜云飞：《戴望舒论》（天津：天津人民出版社，2001年）之《引论》部分。

> 我将含怨沉沉睡，
>
> 睡在那碧草青苔，
>
> 　　啊，我底欢爱！①

以"否则"为转折，前后两种情形恰成对照，当"你"深情爱"我"时，"我"感觉的只有欢快，倘若"你"不再爱"我"，便只剩下了"悲苦"和"幽暗"，还有"我"心中的"怨"——这股怨气，在戴望舒的好多首诗中弥漫。"含怨"在心，"我"将何为？在戴诗中，每逢这时，"我"既不是向"你"申辩，作进一步的要求，也不是将目标转移，寻求新的希望，而是将自我封闭起来，"沉沉睡"去，逃向梦中得到安慰。如《生涯》中的"只有那甜甜的梦儿/慰我在深宵：/我希望长睡沉沉，/长在那梦里温存"。② 这种沉睡、安息也可以视为一种死亡或献身的转喻。③

由于戴诗中"我"和"你"的非常不对等的关系，使得"我"所抒发的情感要求，皆像是弱者仰视强者的低沉呼唤。有人将戴望舒情诗中的基本抒情模式概括为"旷男诉爱"，是"在哀怨中期待对方的爱，是一种祈求式的爱的呼唤"。④这种对爱的祈求通常不会成功，等待着"我"的很可能是被拒绝或遗弃。

以上不惜笔墨，分析戴望舒早期诗中的"我"，既是为了发现某种"症候"，也是为了给分析他的后期诗歌提供一个背景和参照。所谓"症候"，是指这个"我"过于柔弱、自卑，和交往的对象处于一个不平等的位置，心里怀有的常常是忧郁、寂寞、哀怨等不良情绪，看不到美好的前景，只好一个劲地退缩；渴求在他者身上找到归宿，得到的却是伤害。这样一个"我"，生命看上去很难绽放，精神很难找到一个合适的出口。不过这种情形最终得到了很大的改变——因为抗战的发生。抗战令这个"小我"找到了新的皈依对象——"人民"，"我"因成为"人民"中的一员，无形中获得了力量和坚定乐观的品质。

---

① 王文彬、金石主编：《戴望舒全集：诗歌卷》（北京：中国青年出版社，1999 年），第 26—27 页。

② 王文彬、金石主编：《戴望舒全集：诗歌卷》（北京：中国青年出版社，1999 年），第 21 页。

③ 现实生活中，戴望舒曾为了获取或挽救两名女性（施绛年与穆丽娟）的感情，自杀过两次。参见王文彬：《雨巷中走出的诗人：戴望舒传论》（北京：商务印书馆，2006 年），第 253 页。

④ 赵卫东：《爱、夜、灯：戴望舒诗歌的情感与意象》，《南京航空航天大学学报（社会科学版）》2003 年第 2 期，第 35 页。

　　以是，可以把《元日祝福》视为戴诗的一个里程碑。诗中的"我们"是戴望舒作品中"大我"的首度呈现。"我们"是谁？由于"土地"和"人民"都属于"我们"，通过简单的语词替换可知，"我们"可以指"中国"，更准确地是指"中华民族"。"你"则指"人民"。在"我们"、"我"和"你"三者中，表示集体性的概念"我们"和"你"更为重要，表示个体的"我"作为"我们"中的一分子，已经融入到群体的"大我"之中，为抗战中的"你"——"人民"而歌唱。

　　"我们"（中华民族）比"我"更重要，"我们"的命运更值得关注，这样的思路在戴望舒后来多篇诗作中得到重复。有一个细节可以证明此点。戴望舒在将自己的诗歌收入诗集时，很多诗句都会有所改动。这首《元日祝福》在1948年出版的《灾难的岁月》这个集子中，最后一句改成了"苦难会带来自由解放"。[①] 从诗意上说，仍然是强调未来的"自由"，二者相差不大，但从表意手段上看，却大不一样，修改后的整首诗，"我"和"你"都没了，剩下的只有"我们"，这首改定版的《元日祝福》因之成为戴望舒92首运用过人称代词的诗篇里，唯一一首只出现"我们"（中华民族）的诗。这一细小的改动，体现了《元日祝福》发表以后诗作者民族主义意识和爱国热情的进一步高涨。

　　《元日祝福》宣告了戴望舒诗歌创作一个新阶段的到来，他诗中的"我"终于有了一个安身立命的好去处。当然，对诗人创作的分期都是相对的，诗人的作品不可能在一夜之间换上一副"全新"的面貌。1940年以后，戴望舒所写的十多首诗，有一些还在继续探索原来的那个珍视个人心灵隐曲的"小我"在新的时空背景下的存在状态，例如《白蝴蝶》中对"寂寞"的体验，《致萤火》中对死亡的想像，《过旧居》、《示长女》中对往昔幸福岁月的追忆，《赠内》中对宁静生活的流连，《萧红墓畔口占》中在长夜漫漫中的等待，《偶成》中对希望之花重开的憧憬等。但也有几首是对民族、祖国之爱的直接抒发。（1942年春滞留香港的戴望舒被日军逮捕入狱，饱受酷刑，是这些诗作产生的重要写作背景）在这几首影响颇大的诗中，"小我"和"大我"同时出现，对于考察二者的关系提供了方便。

　　先看《题壁》——

　　如果我死在这里，

---

　　① 现在通行的本子都选用这一改定后的版本。其中，王文彬、金石主编的《戴望舒全集：诗歌卷》（北京：中国青年出版社，1999年）对每首诗的改动情况都有注释，但这一首却没有做出说明，而是直接选用了改定版，标注的却是在报章发表的原始出处。录之存疑。

朋友啊，不要悲伤，

我会永远地生存

在你们的心上。

你们之中的一个死了，

在日本的牢狱里，

他怀着的仇恨，

你们应该永远的记忆。

把他的身躯放在山峰，

晒着太阳，临着飘风：

在暗黑潮湿的土牢，

这是他唯一的美梦。①

此诗流露出鲜明的献身意识，和戴望舒早期诗歌中的为个人情爱献身不同，这是为了一个民族的解放事业而献身，而这正是"我"生命的最大价值、"唯一的美梦"。诗中的"你们"指的是"朋友"，也可以扩大开来指当时坚持抗日的人们。"我"是"你们之中的一个"，在面对共同的敌人时，这一身份归属意识最为重要，至于"我"的其他侧面，也仅写出了对日本占领军的仇恨和对抗战胜利的冥想，而于个人日常生活只字不提。"我"是自愿为了一个民族而献身的，但其实也有一些顾虑，因此才会想像死后的情景，希望战争胜利，希望在"你们"的心里永存不朽，似乎要通过这些来确认自我牺牲的价值。在这里，"大我"成为"小我"的价值依归。至于从第二节开始，以"他"代替了"我"成为观照对象，是便于更为冷静地思索生命的价值和意义。②

中国古代爱国诗篇中，抒发献身精神的不少。不过古诗中抒情主体献身的对象，一般是君主或封建王朝。就算是"为国捐躯"，这个"国"也指的是一家一姓统治的朝代。《题壁》所表现的献身意识与此有了很大差异，抒情主体效忠的对象变为现代民族国家及其人民（"你们"），"我"和这一新的对象有一种明确

---

① 林泉居士〔戴望舒〕：《题壁》，《新生日报·新语》，1946年1月5日。

② 对此也有不同理解。陈智德对此诗的解读是，第二节以后出现的这个"他"并不是"我"的另一指代，而指的是与"我"处于同一时空的一个狱友。因此，诗的第一节是写抒情主体"我"的想像，后面重在表现牺牲者"他"的形象。参见陈智德：《论香港新诗1925—1949》（香港：岭南大学哲学博士学位论文，2004年），第110—111页。

的归属关系。这是在新的时代条件下出现的新的爱国诗。

在《等待》（后改题《等待（二）》）中，对于"我"和"你们"的关系有更复杂的表现——

你们走了，留下我在这里等，
看血污的铺石上徘徊着鬼影，
饥饿的眼睛凝望着铁栅，
勇敢的胸膛迎着白刃，
耻辱黏住每一颗赤心，
在那里，炽烈地燃烧着悲愤。

把我遗忘在这里，让我见见
屈辱的极度，沉痛的界限，
做个证人，做你们的耳，你们的眼，
尤其做你们的心，受苦难，磨炼，
仿佛是大地的一块，让铁蹄蹂践，
仿佛是你们的一滴血，遗在你们后面。

…………

有多少人就从此没有回来，
然而活着的却耐心地等待。

让我在这等待，
耐心地等你们回来，
告诉你们我曾经生活，
或留碧冢在风中诉说。①

和《题壁》一样，本诗中"我"渴望向自己的呼告对象"你们"融入，而且程度更深。"我"希望成为"你们"之中的一员，"做个证人"，以自己在敌人

---

①　戴望舒：《诗二章·等待》，《文艺春秋》第 3 卷第 6 期（1946 年 12 月 15 日），第 36 页。

监狱中受到的痛苦体验为代价，指认敌军的罪行，加强祖国人民抗日的合法性。"我"甚至希望作"你们"的耳、目和心，乃至"你们的一滴血"，建立血肉般不可分割的联系。为此，尽管身居险境，饱受磨难，生死叵测，"我"仍耐心而坚忍地等待着，在这等待中，哪怕遭遇不测，只留下一座碧冢，"我"也能够宣称自己"曾经生活"，体现了生命的价值。

不过，这样一首直接抒发诗人坚贞的民族气节的名诗，内部也存在着一些不那么和谐的音符。"我"是那么坚定地追随着"你们"，要和"你们"融为一体，而"你们"却"把我遗忘在这里"，自己走了，导致"我"在日本占领地的监狱里受尽了苦刑和磨炼，饱尝到耻辱和悲愤。而且，"我"所受的这一切"你们"并不必然完全理解。全诗多处面对"你们"直抒胸臆，以及第四节对牢狱中酷刑的形象化描写，都表明此诗的写作，有着强烈的自明心志、自我剖白的动机。上文提到过戴望舒早期诗歌写作的症候，在他的大量情诗中我们多次读到"你"对"我"的遗弃，现在又看到了"你们"对"我"的遗弃——戴诗中这个被动、孱弱的"我"，无论试图皈依爱情还是人民，从对方求得理解、关爱和融合，结果都实在很难把握住自己的命运。固然，"我"不会因此改变对"你们"的认同，坚持着"耐心地等你们回来"，然而，"我"对群体的认同究竟能否实现，"你们"是否能够回来，回来后会否相信"我"的自白，实在是个未知数。

《题壁》、《等待》以及《我用残损的手掌》等诗，都写于抗战时期，蕴含抗战的主题，可以归入广义的抗战诗。[①] 和其他诗人的作品不同的是，戴望舒此期的诗作特别热衷于表现个体自我和一个集体、民族"大我"的关系。这其实和他的生平经历有关。在许多人的印象中，戴望舒的形象是一个"雨巷诗人"、现代派诗人，他后期的诗作似乎令他的惯有形象发生了陡转。但实际上，戴望舒早在大学时期即热衷"革命"，1927 年更因参加共青团和进行革命宣传工作遭到通缉。后来他远离了革命组织，以诗艺探索等为毕生事业，但思想上的基因一直还在。他较早地翻译过有关无产阶级艺术的书籍，翻译过各国革命诗人的作品，对抗战文化的积极参与更应和了他的某种心理需求。他在思想和艺术方面的追求，可以其在上海时的现代派同道施蛰存后来的概括来说明，就是"政治上左翼，文艺上自由主义"。这种情形，至少在抗战期间，戴望舒把二者结合得较为完美，他找到了自己灵魂的栖息地。一方面，在努力报国和民族大义等方面，他是没有什么可惭愧和遗憾的；另一方面，他这一时期的诗歌创作，也达到了个人诗艺的

---

① 参见陈智德：《论香港新诗 1925—1949》（香港：岭南大学哲学博士学位论文，2004 年），第 110 页。

高峰。而这，在某种程度上是由于抗战的成全。

　　令人不无感触的是，戴望舒的诗和他的现实生活具有强烈的互文性，某种程度上，诗歌正是诗人命运的预言。香港沦陷后，戴望舒被中共党组织和文协的同事们所遗忘，1945 年 8 月，滞留香港饱受屈辱的他等到了抗战的胜利，正欲重整旗鼓，恢复文协香港分会，然而曾落入敌手的他却不被原先同一阵营中的人们所理解，反而被部分返港的南来文人公开检举附敌，以致他精神受到很大打击，被迫写出《我的辩白》，向组织辩护。虽然不久疑云消散，茅盾等人都相信他的清白，但他在香港已难以容身。① 此后虽然还断续在香港居住过一年多，但他在香港文坛不再具有领袖一般的地位，他在这个岛屿上也没有再写过任何一首诗。我们也就无从追索，他诗歌中的那个辗转流离的"自我"，这时飘散到哪里去了。1949 年 3 月，他最终决定投身"革命"，加入"人民"的队伍。他毅然离港北上，心中又一次满怀希望。他经历了"新中国"的诞生，遗憾的是几个月后便因病离开了人世。

第二节　徐迟

　　1938 年 5 月，戴望舒怀着对前途的未知踏上了前往香港的旅途，同船的还有徐迟一家三口。出生于 1914 年 10 月的徐迟比戴望舒小了近十岁，当时还不满二十四岁，已经结婚，并有了一个女儿。他也是现代诗派的成员之一，被称为"现代派的小伙计"，两年前出版了个人第一部诗集《二十岁人》，在诗坛崭露头角。尽管如此，相比于亦师亦友的戴望舒，② 他对在香港的生活更加忐忑，没有把握。好在抵港后，他很快找到了几份工作，先是为《星报》和《立报》翻译外电，后任职于国民政府在香港开办的陶记公司。此后的三年半多时间里，除了1940 年 2 月曾去桂林一个月，1940 年 10 月至 1941 年 5 月在重庆生活，其余时间基本居于港岛。除了本职工作，他也积极参与文艺界活动，包括 1939 年与戴望舒、叶君健、冯亦代等主编英文版《中国作家》，1940 年任文协香港分会理事，1939—1941 年担任文协香港分会所属"文通"导师等，并在各大报刊发表过大

---

① 参见王文彬：《论戴望舒晚年的创作思想》，《中国现代文学研究丛刊》2001 年第 2 期，第 127—144 页。

② 徐迟晚年回忆，1936 年在上海时，戴望舒"有两个小喽罗：路易士和我"。见徐迟：《我悼念的人》，载徐迟：《网思想的小鱼》（武汉：湖北人民出版社，1997 年），第 56 页。

量作品，体裁广泛，包括诗作、译诗、散文、小说及评论。他的日子似乎过得紧张而充实，但在平静的外表下，却经历过一场精神上的危机及其客服。半个多世纪以后，他谈到这一段经历，仍形容自己是"经过精神的'再生'，炮火的洗礼"。①

我们不妨追踪时间的脚步，主要从徐迟当年的诗歌写作与对诗歌的论述中，理解他的这一场"精神再生"。

来到香港四个月后，徐迟在戴望舒主编的副刊上，发表了第一首诗，名为《战场的邀请》——

> 你到战场上去，
> 让战争勾摄你，
> 像它是一个摄你的游戏。
>
> 几十辆勾摄你的机器，
> 熊腰虎背的大军用车，
> 唱着歌，在天空下滚滚行进。
>
> 你应该知道这幅画，
> 天空下，几十辆大军用车，
> 天空，这是很重要的。
> 因为你知道了天空比地球更大，
> 这就是你保卫祖国，
> 为世界和平而战斗的理由。②

这首诗鼓励人到战场上去，为和平而战斗。诗中的呼吁对象"你"是泛称，可以指想要成为士兵或战地服务人员的任一人，而不太可能指向作者自己。诗的构思来源是一幅画——天空下几十辆军车在行进的画面，这幅画可能是实有的，也可能是诗人想像中的。不管怎样，这个场面浓缩了诗人此期对战争的某一侧面的想像。他将战争比喻成勾摄人的"游戏"，而这种勾摄的道具是几十辆列队的

---

① 徐迟：《我对香港有感情》，《大公报·文艺》，1995 年 10 月 8 日。
② 徐迟：《战场的邀请》，《星岛日报·星座》，1938 年 9 月 16 日。

军车，① 至于战斗的理由，则归之于天空——"比地球更大"的"天空"。整首诗构思比较简单，描写比较浮泛，不过也体现了徐迟诗歌的一般特点：比如对具象的描写和抽象的思考相结合，以及对时代性特征的重视等。

1939 年元旦，戴望舒发出了对一个民族的"元日祝福"，2 月的最后一天，徐迟则发表了他对"新的中国"的《献诗》。和《元日祝福》的直抒胸臆和高度概括不同，《献诗》用了不少篇幅细致描写战场的画面：入夜时分，战士们跋涉过树林、湖沼，赶往最前线。他们的"光亮的枪膛"拂过了树叶和水波，"繁星和子弹"交相辉映。在战斗的前夜，"我们的秀丽的村镇城市，/小脉河流，在我们中间入睡。"我们要守卫着"肉体，灵魂和意志"，当黎明到来，在"一个新的日子"，我们要向敌军冲刺。在这些虚实相映的描写过后，诗的最后两节是对明天激烈战斗场面的比喻性的描绘："让血像水花的飞溅，/我们的活泼像鱼，/我们向光荣的日子游泳过去，/我们是在光荣的历史里游泳。//我们有个恋爱，我们是死的恋人，/我们和死有了一个婚姻，/她已有一个孕育，/这便是新的中国。"此诗写战场行军、战斗准备与对战斗场面的想像，表现军队视死如归的大无畏气概，与对祖国土地的一片深情，本来是炮火味极浓的题材，但却写得异常优美。这和作者选用的意象与表现方式有关。诗的前半部呈现的画面安详静谧，虽然军队在急急前进，但夜色下的树林、湖沼、水波、云海、微雾、繁星等意象，无一不美丽而朦胧，它们冲淡了行军过程中的紧张感与疲惫感。中间也穿插有议论，如诗的第三节："怎样会不美丽，在战场上，/侵略者和一个被侵略的土地，/怎不在相形之下丑美悬殊呢？"② 但这里强调的是"美丽"，并未破坏整首诗的和谐。诗末对战斗场面的描写很有动感，也写到了血，但由于整个用的是比喻，将鲜血比喻成水花，战士的冲杀比喻成游泳的鱼，仍然是为了维持诗意的美感。最后写到了死，却把战士比喻成"死的恋人"，战士与死的"婚姻"孕育了"新的中国"。尽管代价惨重，但全无悲观忧郁的气息。通观全诗，它和当时流行的抗战诗有着非常大的距离，从中可以看出徐迟那现代派的唯美主义的底色。

以上两首诗都是"无我"的。一个多月以后，徐迟发表了另一首诗《轰炸》。诗的前四节写日军的飞机四处轰炸中国的土地，从秦淮、西湖、长城直到巫峡，用的也是比喻的笔墨，将其形容为"巡礼"、"游了山"、"玩了水"、"游

---

① 军车（包括火车）在徐迟此期的作品中经常出现，对他构思作品有较大重要性，其他作品如诗歌《出发》（《星岛日报·星座》，1939 年 5 月 2 日）、散文《运输》（《星岛日报·星座》，1939 年 8 月 24 日）、《关于车的奇怪事》（《星岛日报·星座》，1940 年 6 月 30 日）等。

② 徐迟：《献诗》，《大公报·文艺》，1939 年 2 月 28 日。

览"、"举行一个狂欢的宴会"。在此基础上，第五、六节来了个小结，仍然用的是比喻："它们的食谱是中国人酒单子是血，／它们是醉饱的赌徒疯狂地下赌注，／它们尽情地歌舞了。能尽情地歌舞／／如果这是个不设防城市，／若然又是个无云无雨的日子，／明月夜满月夜兴致更浓，留下一个杯盘狼藉的筵席，／留下月光大火飘然引去。"面对中国人民任人蹂躏无力反抗的现实，诗人陷入了沉思——

> 我常爱在城市轰炸中作炸弹之沉思，
> 我数它们到六十到四百如长街迈步，
> 数着门牌的号数要找一个朋友的住家，
> 而等我从防空壕出来长街门牌从此都没有了
>
> 孩子的尸体常常这样平静，
> 女人的被炸的尸体却这样寒凉，
> 而男子汉的尸体恶凶愤怒爱国的，
> 我们的断残的肢体沉思了，
> 开始形成了我们的民族哲学的体系。①

　　诗的最后两节，"我"和"我们"先后出现。"我"以一个沉思者的面目出现，在防空壕里，数着敌机投下的炸弹的数目，数着街上门牌的号数，但等"我"走出来后，发现门牌都被炸没了，有的只是孩子、女人和男子汉的尸体。接下来的一句，承接上文，"断残的肢体"应当是指死者的，是"他们"的，但作者用了"我们"一词，无形中完成了置换，表明"我"意识到和"他们"之间毫无距离，感同身受，死者的肢体仿佛是长到了"我"的身上。全诗构思完整，表达冷静，平静中蕴蓄着情感的激流。虽然，最后一句"我们的民族哲学的体系"所指为何，在诗的内部缺乏足够的明示或暗示。

　　1939年的徐迟，创作力旺盛。正好一个月后，他又捧出了一首名为《出发》的新诗——

> 在后面的是历史，延长的
> 城市和稼穑血肉做成的，

---

① 徐迟：《轰炸》，《星岛日报·星座》，1939年4月2日。

在最高速度里我们上火线去，

再做原始人。历史在后面成长，
每秒钟从我们的车轮里生出许多；
更近更近我们的文化的脆弱部分。

是一条商业的血管会流溢金钱，
农夫和旅行者，情书，
现在是战争的血管运输军队。

我们经过一些破车的结构；
我们经过一个车站只认出轮廓；
向炸弹挺胸的肋骨，绝版的乡村。

是血管，火车头拖着血的列车，
关于它的英雄故事将来要说的；
而当我们跨进这个世界，

什么也不剩只有战场的修辞，
白骨造成的世界我们造成的，而
我们的妻，孩子在后方的城里开花。①

可以把这首诗和《战场的邀请》对读，甚至把它看作后者的续篇：一个是鼓励人们走上战场，一个是描写火车运输军队开赴前线的情景。从诗的艺术表现看，本诗比七八个月前的《战场的邀请》显然要圆熟深邃得多。诗的前两节描写人与历史的互动：历史由血肉做成，"我们"——军人——参与和创造了历史，这种历史"成长"的速度极快，在"我们"身后绵延得越来越长。这实际是形容抗日战争的紧迫感。接下来描写士兵们在车上往外看到的景象。诗人把火车比喻成战争的血管，强调它在运输军队过程中的重要作用。士兵们透过车窗，看到了外边废弃的车辆、被炸毁的车站和被洗劫过的乡村。面对此情此景，"我们"义愤填膺，同仇敌忾，在这个世界上眼里只有战争，"什么也不剩只有战场

① 徐迟：《出发》，《星岛日报·星座》，1939年5月2日。

的修辞"。"我们"宁愿与敌人同归于尽，造成一个白骨的世界，因为"我们"的妻儿正在后方被害。诗的题目是"出发"，读者可以感觉到，在这出发的一瞬，士兵们意志坚定，求战心切，情绪达到了沸点，这将是一支勇猛之师。全诗抽象与具象交织，通过一个非常恰切的比喻，写出了战争令人恐怖又令人振奋的本质特点。

除了不断地发表诗歌，徐迟还不断地刊登诗论，尤其是在1939年的夏天，他接连就战争背景下诗歌的一些重要问题进行论述。这其中，影响最大的是那篇《抒情的放逐》。这篇论文从西方诗人讨论近代诗的特征说起，认为艾略脱（现通译艾略特）的诗开始放逐了抒情，而这是近代诗表现方法的新的一条出路。接着联系实际，讨论在战争年代诗歌为什么要放逐抒情：

> ……千百年来，我们从未缺乏过风雅和抒情，从未有人敢诋辱风雅，敢对抒情主义有所不敬。可是在这战时，你也反对感伤的生命了。即使亡命天涯，亲人罹难，家产悉数毁于炮火了，人们的反应也是忿恨或其他的感情，而决不是感伤，因为若然你是感伤，便尚存的一口气也快要没有了。也许在流亡道上，前所未见的山水风景使你叫绝，可是这次战争的范围与程度之广大而猛烈，再三再四地逼死了我们的抒情的兴致。你总觉得山水虽如此富于抒情意味，然而这一切是毫没有道理的。所以轰炸已炸死了许多人，又炸死了抒情，而炸不死的诗，她负的责任是要描写我们的炸不死的精神，你想想这诗该是怎样的诗呢。①

作者反对在战时所写的诗歌和抒情联姻，立论的依据有二：一是战争给人带来的感情是愤恨等，而不是感伤，因此不能表现感伤的情绪；二是战争摧毁了人们对世界的正常审美心理，理性被破坏，让人体会到某种荒诞——"一切是毫没有道理的"。在这种情形下，作者提出诗歌要放逐抒情，特指的是放弃抒发感伤之情，他没有说出的潜台词是，因为感伤有损士气，不利于抗战。在作者看来，诗歌选择什么样的表现内容和表现方式，必须服从时代的需要。因此，抒情本身虽是好的，而放逐抒情更是当时必须的。"我们自然依旧肯相信，抒情是很美好的，但是在我们召回这放逐在外的公爵之前，这世界这时代还必需有一个改造。而放逐这个公爵，更是改造这世界这时代所必需的条件。我也知道，这世界这时代这中日战争中我们还有许多人是仍然在享赏并卖弄抒情主义，那末我们说，这些人是我们这国家所不需要的。至于对于这时代应有最敏锐的感应的诗人，如果

---

① 徐迟：《抒情的放逐》，《星岛日报·星座》，1939年5月13日。

现在还抱住了抒情小唱而不肯放手，这个诗人又是近代诗的罪人。在最近所读到的抗战诗歌中，也发现不少是抒情的，或感伤的，使我们很怀疑他们的价值。"最后更明确说，"在中国，正在开始的，是建设的，而抒情反是破坏的。"①

沿着类似的主题，半个多月后，徐迟又发表了一篇《诗的道德》，号召中国诗人们放弃五四以来的个人主义传统，多去表现战争给时代造成的影响，这样的诗才是道德的。作者这样形容当时的时代："亚洲的日子天天都是血迹"，"在这个时代，我们又该提起诗的道德的问题来了。"接下来检讨诗歌界的创作，认为"在这时代之前，我们正在一个给'个人'以自由的时代"，具体来说，"自五四以来，我们的文学都是背着这次的战争走的，到这个战争到来，就发现我们自己所走的路，走得这样远。当初走这个远路的时候，一路也受了不少指摘，渐渐我们已得到了信仰，我们的文学开放了各式各样的花朵，我们的诗从郭沫若，到徐志摩，到戴望舒，到新的诗人，可是战争一起来，他们差不多哑喑了。到他们再要歌唱时，他们必需要有另一个喉咙，另一个乐器，另一个技巧，因为诗的道德上的价值，已经改变过了。"文中指出的这一现象，即诗人因应时代而改变创作道路，在戴望舒身上有鲜明体现。徐迟举的例子则是路易士及袁水拍。两人都是他的好友，但分别走了两条道路。他认为路易士的一首写寂寞的诗"用了一些美丽的字眼，可是我不得不说他没有道德上的价值"，而袁水拍的一首描写母亲悲哀地埋葬孩子的诗则"具有了一首诗应有的道德上的价值"。② 显然，判断的标准主要还是诗歌表现的题材与抒发的情感内容，而非诗的表现艺术。

此外，关于诗歌的时代效用、诗歌的形式等问题，徐迟也都发表过意见。如他认为"新的诗传统将是一种为正义的斗争的抒咏，则诗应不应该用为宣传的工具，已可不必讨论，则既然诗已经上口，她比她在铅字的时代更接近了民众，作为宣传的工具也更犀利。"③ 又如他提倡："在诗剧的理论上，不仅是可能而已，它还是最理想的一种艺术表现媒介。中国正在一个动荡的时代中，这是最宜于伟大作品的产生的，一些伟大作品的形式是什么，则我推荐诗剧。"④ 他还借对欧美作家作品的评介，讨论"文艺者的政治性"。⑤ 结合他的诗作和诗论，客观来说，他是当年香港南来诗人中，对两方面都有较多介入，而且取得了不俗成绩的为数不多的几个之一。单看这些诗论文本，他留给我们的印象是意气风发，思维

① 徐迟：《抒情的放逐》，《星岛日报·星座》，1939 年 5 月 13 日。

② 徐迟：《诗的道德》，《星岛日报·星座》，1939 年 6 月 1 日。

③ 徐迟：《从缄默到诗朗诵》，《星岛日报·星座》，1939 年 7 月 11 日。

④ 徐迟：《谈诗剧》，《星岛日报·星座》，1939 年 8 月 5 日。

⑤ 徐迟：《文艺者的政治性》，《星岛日报·星座》，1939 年 9 月 8 日。

清晰，表述明确，立场坚定，从中看不到任何精神上的苦闷与困惑。然而他的传记作品却经常提到自己此时经历了精神的"再生"。其中内容和过程究竟怎样，自会引起后来人的兴趣。

据徐迟自述，1939 年 9 月初，他的妻子携女儿返回上海，留下他孤身一人，迁入林泉居戴望舒家居住。就在这时，他发生了一场精神危机。他在此接触到戴望舒等文艺界人士、香港大学的教员等知识界人士，看到他们一个个或忙或闲，或工作或享受，无论是哪种状态，似乎都明白自己需要什么，在做什么。而他自己却很迷惘，感觉外界的一切和自己不相干，找不到自己生活的意义。他十分关心抗战，每天读报时，报上的各种消息让他的感情变化多端，百转千回；晚间去郊外看星星，也会想到战争，于是在他眼里，火星是"火红的，残酷的，腥气的，象征战争的星"，木星则是"凛然的，代表正义的"。① 他的心似乎应和着时代的脉搏而跳动，但仍常常若有所失，一个人发呆，感觉自己在追求什么，却又无法说清楚。这种情形被戴望舒当时的妻子穆丽娟看在眼里，以为他一定是有了一个女人。"我解释了大半天，让她明白，我追求的不是一个情人，而是一种精神，一种意识，一种心灵的自由境界，一种欢乐和幸福的归宿。"②

一个如此在作品中对时代念念不忘的诗人，还要追求一种怎样的境界和归宿？他的心灵还有怎样的缺失？或许我们从他的诗歌作品中可以看出少许端倪。从前面讨论的诗作看来，和戴望舒对"自我"念兹在兹、对"自我"和他者的关系深表关注不同，徐迟的作品更重视对时代本身的或客观或想像性的描绘，战争、轰炸、炸弹、战场、前线、军车等词汇和意象反复出现，而较少出现对"自我"的描述和剖析。即便作品中出现"我"，也多是一个简单的人称代词，对"我"的内在世界并无审视，而对"我们"的称呼和表现则是理所当然。例如，《出发》一诗，出现了八个"我们"，却没有一个"我"。以此，虽然徐迟的部分诗作水平不低，表达方面很有个性，但他诗中的"自我"却是模糊不清的。或者说，他并没有借诗歌好好反思过"自我"问题，包括其身份及在人群、世界中的位置。他诗中的抒情主体形象不够鲜明，"我"好似一个为大众摇旗呐喊的角色，但本身并没有加入人群上到"前线"，参与历史的直接创造。初时徐迟大概并没有意识到这一问题，不管是文本内的还是文本外的，然而诗人毕竟是敏感的，一旦醒觉，便为这个"自我"的角色定位和安置而惊慌失措了，于是就带来了所谓的精神危机。

---

① 徐迟：《絮语》，《星岛日报·星座》，1939 年 9 月 29 日。
② 徐迟：《江南小镇》（北京：作家出版社，1993 年），第 273 页。

关于这一危机的解除不必作过于详细的叙述，因为这是我们耳熟能详的"党挽救了个人主义的知识分子"这一故事的版本之一。概括来说，当时徐迟遇到了几个精神导师：《时事晚报》的国际述评专家乔冠华、共产党员郁风等，以及同伴中较早皈依共产主义的袁水拍等人。袁水拍经常试图引导徐迟接近马克思主义，但因方式不当，两人经常发生争执。某日晚上，大姐一般的郁风以她独有的风度和方式，令徐迟茅塞顿开。1940 年 1 月 11 日，他读完叶灵凤推荐的恩格斯的《社会主义从幻想到科学的发展》与《论费尔巴哈》，从此将这一天视为"我的觉醒之日，我的第二次诞生。从此我岁岁年年，都把这一天当作我的生辰……暗暗地庆祝着自己的新生。"在郁风和乔冠华等人的关心指点下，他灵魂深处发生了"自我革命"，① 思想发生突变。这年二月，他前往桂林进行战地采访，亲身接触了一些战场景象和指战员。返回香港后，他被接纳到一个马克思主义读书会，主讲老师是乔冠华，参加者当时有冯亦代、袁水拍等十二人，每星期五晚上在冯亦代家客厅举行。② 就这样，徐迟一步步走近了党和人民。他的思想和创作都发生了变化，这以后还写过不少诗，但在我看来，他 1940 年、1941 年两年的诗作，要从中挑选出能够和上文所讨论的几首相提并论的，已经非常困难了。

徐迟暂时给他的"自我"找好了一个容身之处，不过终其一生，他对"自我"归宿的追求都无法停止。③

第三节　革命诗人的颂歌

如果说，抗战时期的香港诗坛，由于有着戴望舒这样等级的大诗人不断发声而声闻于外，那么，战后香港诗坛，虽然不再有大家坐阵，但其声响更大，因为四十年代中后期因内地局势的恶化，南下香港的诗人更多，在某个时期香港甚至

---

① 徐迟：《江南小镇》（北京：作家出版社，1993 年），第 297—299 页。
② 徐迟：《江南小镇》（北京：作家出版社，1993 年），第 333 页。
③ 徐迟晚年常对自己 1930 年代末以后的诗作不甚满意，他曾回忆："到《最强音》〔按：写于 1939 年〕，诗风来了个突变，变得非常'刚强'而且'健康'了。然而诗意随之减削，以至消失。"他还说："我有我的幻想，也有我的幻灭，以及我的再幻想，以及我的再幻灭。"见徐迟：《〈二十岁人〉新序》，载《徐迟文集（一）》（武汉：长江文艺出版社，1993 年），第 4、5 页。此外，1996 年 12 月 12 日，在武汉住院的徐迟跳楼身亡，尽管外界议论不一，但若联系到他一生对"自我"的沉思，也许可给后来人一点启示。

成为中国诗歌写作和诗歌运动的中心。而这一写作群体的核心，是左翼"革命诗人"，他们的作品，许多可以称之为"战斗"的诗歌。①

对于这样的诗作，我们仍然可以沿用上文的思路加以解读。譬如，中国诗坛社的主将、《中国诗坛丛刊》的编辑黄宁婴有一首《泪的故事》，写的是近年他的三次落泪经历。其中，诗的第二节写"我"不满意自己的工作成绩，想到内地人民正和迫害者搏斗，又想到美国南北战争时期惠特曼和林肯积极做着实际事务，因而流下了激动又惭愧的泪水——

> 两年来，我和我的祖国
> 隔了一个海。
> 我写出来的一行行诗句
> 填不满自己生活的空虚，
> 算不清独裁政府的暴戾，
> 我的声音多么小啊，
> 我的气力往往等于白费！
> 而海的那边——
> 祖国不屈的人民
> 正和迫害者作生死的搏战，
> 祖国英勇的解放战士
> 正在大力推翻反动的政权，
> 这对于我，
> 是多么激动的场面啊！
> ……………
> 我深心打了一个战，像触了电，
> 我惭愧而又感奋，
> 让泪水淌下脸面，
> 像两道小河划过了平原。②

---

① 这一方面是诗人们受客观形势的影响，另一方面也是理论界大力提倡的结果，如楼适夷曾撰文《诗与战斗》（刊于《中国诗坛丛刊》第一辑《最前哨》，1948 年 3 月），从军队里的机器诗与枪杆诗谈起，大力倡导诗歌和战斗联姻，互相推动。

② 黄宁婴：《泪的故事》，《论主观问题》（《大众文艺丛刊》第五辑，1948 年 12 月），第 124—125 页。

诗中,"我"觉得写诗是一种个人行为,依靠写作无法填补生活的空虚,一个人的声音非常微小,让人产生一种无力感。而一旦想到"人民",想到"解放战士",他们的"大力"令我激动,给我极大鼓舞。"人民"和"战士"是诗人力量的源泉。自然,要获得这一力量,"我"必须从情感和思想上靠近乃至加入到他们中间去,这样个人的工作才会被赋予意义和价值。

也可以尝试换一个角度,获得对作品更丰富的理解。郑树森曾总结出战后香港"新诗的特色是时事化、政治化和倾向化。时事化是以当时特定的新闻事件为写作题材……政治化是诗中表达对中国的未来、共产党的执政有一般性的憧憬和寄望……倾向化指向左翼及左翼文艺路线的靠拢……"① 其中,关于政治化特色他举的例子是黄药眠的《迎接渡江的旗子》。不过,左翼诗人的创作,这三种特色往往融合在一起,即以黄药眠此诗而言亦是如此。诗作倒数第二节写道:"啊,扬子江,我们的母亲,/请你也哗笑起来吧,/这一次,让几千年的忧郁,/让几万万人的苦难,/都在这炮火中洗涤干净。"② 此诗选择解放军渡江作战为题材,有对中国未来的憧憬(人民在炮火中得到解放),同时符合一般左翼诗歌的表意模式,时事化、政治化、倾向化有机地结合在一起。

又如邹荻帆的《致家乡》,写于诗人听到自己家乡被解放的消息以后。诗歌临近结尾的部分写道——

> 人民的队伍永远是胜利的!
> 请相信这句话,
> 我的兄弟姊妹啊。
> 现在
> 我的家乡
> 你将是地上的乐园,
> 我的兄弟姊妹们将在你温暖的园里
> 工作、歌唱、休息
> 粗糙的大手抚育着崭新的民主政治。

---

① 《国共内战时期(一九四五——一九四九)香港本地与南来文人作品三人谈》,载郑树森、黄继持、卢玮銮编:《国共内战时期香港本地与南来文人作品选(上册)》(香港:天地图书有限公司,1999年),第19页。

② 黄药眠:《迎接渡江的旗子》,《生产四季花》(《中国诗坛丛刊》第三辑,1949年5月),第1页。

　　家乡的兄弟姊妹们

　　现在你们是幸福的，

　　因为你们得到了最早的解放，

　　你们受到了最初的阳光，

　　请记住啊

　　在中国，在这世界上依然有着奴隶们

　　等待着你们伸出温暖的手掌。①

　　诗句里对幸福未来的憧憬非常自信。"我"和家乡"兄弟姊妹"的关系，既亲密无间，又有着一定距离。在欢呼家乡的解放时，二者属于同一个群体，而在解释这件事包括解释"幸福"的缘由时，"我"又成了家乡同胞的启蒙者，"请相信"、"请记住"，可以是许诺，也可以是提醒，从中可见"我"处于启蒙的优越地位。这和黄宁婴诗中那个惭愧的"我"有着较大的差异。

　　四十年代后期，随着共产党在内战中日益取得优势，一种崭新的诗歌体式——颂歌——越来越流行。今日已很难考证这样的"颂歌"起自何时何地，至少，徐迟居于重庆时期，早在1943年就写过《人民颂》，1945年又写过《毛泽东颂》。② 香港海洋书屋1948年发行的《毛泽东颂》，同名诗歌则出自解放区的鲁藜笔下。有一部分这类作品还被谱曲，成为名副其实的赞颂之"歌"。这些作品的歌颂对象，常见的有祖国、人民、领袖或某一特定群体，在表达上也常有相似特点：如多用比喻、夸张、排比句式，好用美丽字眼和最高级形容词，诗人对歌颂对象常取仰视姿态，写作过程中常具代言心态，情感奔放洋溢，气势恢弘，诗的结尾常是对美好未来的向往和预约，或是对读者的倡议，等等。南来诗人也留下了一些这样的颂歌，如邹荻帆的《中国学生颂歌》，结末宣称："你们已经替反对派/撞响丧钟了，/你们所呼唤的/已疾奔着来了，/灿烂的明天/永远是你们底！"③ 以下重点分析两篇作品。

　　先看周钢鸣的《将革命进行到底》，诗的主体内容是对毛泽东的歌颂——

---

　　① 邹荻帆：《致家乡》，《论批评》（《大众文艺丛刊》第四辑，1948年9月），第110页。

　　② 参见徐迟：《徐迟文集（一）》（武汉：长江文艺出版社，1993年），第142、143页。

　　③ 邹荻帆：《中国学生颂歌》，《论主观问题》（《大众文艺丛刊》第五辑，1948年12月），第123页。

毛主席,

朱总司令,

像太阳一般, 走在几十万人的队伍前头,

不, 他不仅是走在解放军,

和人民队伍的前头;

而是走在新的中国,

　　　新的人民,

　　　新的历史的前头!

他走到中国的每一个角落,

他走进每个人民的希望和梦想里,

他是空气和阳光,

成了每个人和全民族

孕育新生命不可缺少的呼吸。

只有在他的光辉照耀下,

才能将革命进行到底!①

在诗人眼中, 毛泽东是历史的创造者, 他像上帝和先知一般给全民族带来福音, 没有一个人可以离开他的"光辉照耀"。而在某些诗人作品中至高无上的"人民", 则是毛泽东这一历史创造者的追随者——

我们,

我们四万万七千万人民,

武装起来吧!

"用血的教训来武装头脑";

组织起来吧,

用毛泽东的思想组织队伍;

迎接光辉的大胜利吧!

迎接中国的大解放吧!

我们,

我们四万万七千万人民,

---

① 周钢鸣:《将革命进行到底》,《生产四季花》(《中国诗坛丛刊》第三辑, 1949 年 5 月), 第 3—4 页。

自己就是上帝呀！
在毛泽东的光辉照耀下，
要创造出一个：
人民共有，
人民共享，
人民共治，
——自由、独立、平等、
和平、民主、幸福的新天国呀！①

被毛泽东思想武装过后，"人民"也成了"上帝"，成为历史的创造者了。或者可以说，如果毛泽东是"上帝"，"人民"就是"上帝之子"，而诗中并未出现、实则加入"人民"欢呼队伍的"我"则是"人民之子"。于是，诗人追随人民、人民追随毛泽东的逻辑关系就建立起来了，并在后来的中国文学中一再呈现。

接下来要谈到聂绀弩及他的《一九四九年在中国》。聂绀弩生性洒脱，不惯受拘束，后被周恩来形容成一个"大自由主义者"。② 他1948年后到香港，度过了最惬意的一段时光：正式恢复了党组织生活，每月由党发给一百元生活费，同时为《文汇报》写社论，为《大公报》每日写一短文，为复刊的《野草》投稿。"他的收入大概是自他出外谋生以来最高的。生活有余裕，周围是朋友和亲近的同志，他们常常在一起聚会，计划回国后各自都要干些什么。"③ 对于未来的中国，他显然有着很强的主人翁意识。伴随着大量创作，他从这时开始学习马列著作。在这样的生活和思想背景下，他写出了《一九四九年在中国》这样一首超过六百行的长诗，或称组诗。诗的基本结构如下：全诗分为《一九四九年在中国》、《我们》、《日出》、《答谢》四首相对独立的诗。其中，《我们》分为两个部分，题为《四万万七千万》、《三百万和三百五十万》，前者指全体中国人，后者指三百万布尔什维克和三百五十万人民解放军。《答谢》分为三个部分，题为《给克列姆的红旗》、《给先烈》和《给毛泽东》。合起来看，这一组诗包含对新时代、人民、军队和领袖等的歌颂，内容非常丰富。全诗完成于1949年2月，此后几个月，诗人对它加以修订、增补，至9月定稿，改题《山呼——为中华人

① 周钢鸣：《将革命进行到底》，《生产四季花》（《中国诗坛丛刊》第三辑，1949年5月），第5页。

② 周健强：《聂绀弩传》（成都：四川人民出版社，1987年），第2页。

③ 周健强：《聂绀弩传》（成都：四川人民出版社，1987年），第197—198页。

民共和国诞生而歌》，内容重新编排为四章，分别为《日出》、《元旦》、《我们》、《答谢》。聂绀弩当时以杂文名家，也写小说，五十年代后其旧体诗闻名远近，他一生发表的新诗不过十五六首，这首《山呼》却在很多评论者眼中具有特别意义。① 以下的讨论以该诗最初发表的面貌为准。

聂绀弩诗文集《元旦》（香港求实出版社，1949 年）书影

这一组诗给人的最大印象是感情热烈到了极点，与此相适应，全诗极尽夸张形容之能事，节奏短促，大量短句的排比是形式上的最大特点，读之似令人感觉作者用尽全力在呼喊和咆哮。诗人开篇即如此断言——

一九四九年，
在中国，
自有史以来，
自人类用两只脚走路以来，

---

① 某种程度上，《山呼》与胡风写于 1949—1950 年间的交响乐式的政治抒情长诗《时间开始了》有许多相似之处，后者在文学史上被广泛称引，但《山呼》产生于"新中国"成立之前，历史意义同样不容忽视。

没有可以比并的年辰！①

接下来的几节将一九四九年比喻成一架山、一把火和一面旗，从不同角度证明它在人类历史上具有划时代的意义。其中一段写道——

一九四九年是一把火，
给人民光明，
给人民温暖，
替人民延长白天，
　　赶走冬天，
　　提早春天！②

《我们》的第一部分，对苏醒的中国人民具有的无穷力量给予最热烈的礼赞——

沉睡的狮子醒了！
抖了抖身子，
赶走了惺忪的睡意；
耸立在危崖，
面临着万顷波涛，
面临着血红的朝日，
吸满一口大气，
向遥天，
发一声吼！
朝日失色了，
波涛无声了，
山谷和鸣了，
百兽震恐了，
草木摇落了，

---

① 聂绀弩：《一九四九年在中国》，《新形势与文艺》（《大众文艺丛刊》第六辑，1949年3月），第121页。

② 聂绀弩：《一九四九年在中国》，《新形势与文艺》（《大众文艺丛刊》第六辑，1949年3月），第122页。

天地颤动了，
这就是我们！
我们是四万万七千万！
瞎子眼亮了，
聋子会听了，
哑吧说话了，
瘫子走路了，
傻子聪明了，
枯骨长肉了，
死人复活了，
鸡鸭能飞了，
牛羊能跑了，
犬马长角了，
猪变成野猪了，
猫变成老虎了！
我们是四万万七千万！①

大量的排比，通过一连串的灵异事迹的想像，表明一个新生的民族具有几乎无所不能的伟力。尽管从逻辑上看，这些灵异现象，有的未必能和其他的并列：如果说枯骨长肉、死人复活、鸡鸭能飞之类表现的是民族旺盛的生命力与自由，那么犬马长角之类表达的又是什么？当然，急欲痛痛快快宣泄情感的诗人也许已来不及考虑这些细节。

《答谢》的第三部分，对毛泽东的歌颂维持了同样的情感强度和表现力度——

毛泽东，
我们的旗帜，
东方的列宁，史太林，
读书人的孔子，
农民的及时雨，

① 聂绀弩：《一九四九年在中国》，《新形势与文艺》（《大众文艺丛刊》第六辑，1949年3月），第123页。

老太婆的观世音，

孤儿的慈母，

绝嗣者的爱儿，

罪犯的赦书，

逃亡者的通行证，

教徒们的释迦牟尼，

  耶稣，

  谟罕默德，

地主，

买办，

四大家族，

洋大人的活无常，

旧世界的掘墓人和送葬人，

新世界的创造者，领路人！

四万万七千万双眼睛望着你，

四万万七千万双耳朵听着你，

四万万七千万双手拥护你，

四万万七千万颗心爱你，

四万万七千万个生命交给你！

听啰！

他们向世界高呼：

"伟大者毛泽东！"

他们向过去高呼：

"胜利者毛泽东！"

他们向未来高呼：

"开辟者毛泽东！"

一切光荣怎样属于人民，

一切光荣更怎样属于你！

告诉我：

怎样的言词，

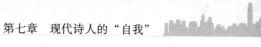

才是最能赞美毛泽东的！①

    和上文一样，这里对毛泽东的比喻，有的也不伦不类，如将其比喻成"观世音"、"通行证"、"绝嗣者的爱儿"、"活无常"等，几年以后回头看肯定存在政治不正确或形容不恰当的毛病，但诗人提笔的当儿完全出自一片赤诚之心。和前引周钢鸣的诗一样，本诗中毛泽东和人民的关系也是领路人和追随者，四万万七千万人民得到的全部光荣，还不及毛泽东一个人。诗人对毛泽东作了如此至高无上的描写，结尾却还在请求读者告诉他最能赞美毛泽东的言词。若干年后，毛泽东被视为神，身兼伟大的领袖、导师、舵手、统帅于一身，表达上更为精练，但要说到地位的崇高，聂绀弩诗中的形容已经是最高级了。

    学界在讨论中国现当代文学的政治抒情诗时，一般都以胡风、贺敬之、郭小川等诗人为对象，而在谈论对毛泽东的歌颂时，则多以胡风的《时间开始了》为例。论者以为，颂歌体的政治抒情诗，一般都具有如下缺点：语言不精练、诗体程序化、"无节制的主观感情宣泄以及对领袖人物的狂热崇拜倾向"等。② 产生"解放"前夕的《一九四九年在中国》其实是这类诗作的前身，理应得到更多关注，而此诗无疑也具有这些缺点。其中，与对领袖人物的狂热崇拜相对应的是，诗人"自我"的萎缩与隐而不彰。如果说在抗战时期，戴望舒诗中的"自我"过于柔弱，徐迟诗中的"自我"曾因未与人民结合而感到惊惶，那么，到了国共内战后期，革命诗人满腔热情地歌颂革命领袖时，他们的诗里，作为个体的"自我"早已无影无踪了。

---

　① 聂绀弩：《一九四九年在中国》，《新形势与文艺》（《大众文艺丛刊》第六辑，1949年3月），第131页。

　② 陈思和：《第一章 迎接新的时代到来》，载陈思和主编：《中国当代文学史教程》（上海：复旦大学出版社，1999年），第25页。

第八章 "文艺的新方向"与"新中国"的诞生

坚决进行自身意识的改造，加强群众的观点，发扬自我批评的精神，放弃智识分子的优越感，克服宗派主义的倾向。

——邵荃麟（1948，香港）①

新民主主义的新中国将是一个独立，自主，和平的大国，将是一个平等，自由，繁荣康乐的大家庭。在世界上，中国人将不再受人轻侮排挤。人人有发展的机会，人人有将其能力服务于祖国的机会。

——茅盾（1949，香港）②

第一节 "讲话"与作家的自我改造

1947 年至 1949 年间，伴随着"方言文学"的讨论与实践，南来作家从事的另一项"运动"是集中学习毛泽东著作，进行自我的思想改造，并反映到文学批评实践中，通过针对不同派别和对象的批评活动，在文艺界初步实现了一次意识形态的清理工作，为迎接"新中国"的到来在"新文化"建设方面进行了一次预演。

"思想改造"作为一个专用名词，一般是和中共建国初期在全国范围内大力

---

① 本刊同仁、邵荃麟执笔：《对于当前文艺运动的意见》，《文艺的新方向》（《大众文艺丛刊》第一辑，1948 年 3 月），第 13 页。

② 茅盾：《迎接新年，迎接新中国》，《华商报》，1949 年 1 月 1 日，第十版。

推行的"知识分子思想改造运动"① 联系在一起的,而其发端则可以追溯到1942年延安整风运动前后。延安整风内容丰富,包括"反对主观主义以整顿学风,反对宗派主义以整顿党风,反对党八股以整顿文风",② 而改组党的中央权力机构是整风的重要目的之一。"而为要从组织上整顿,首先需要在思想上整顿,需要展开一个无产阶级对非无产阶级的思想斗争。"③ 思想斗争的矛头,首先指向的是根据地的干部和知识分子。毛泽东认为对知识分子的思想迫切需要来一个改造,这和他对"知识分子"和"知识"的一贯看法有关。在"新民主主义革命"时期,毛泽东对各类社会群体的评价,主要着眼于他们的阶级属性和对"革命"的态度,以及在"革命"中所处的位置和发挥的作用。在他看来,"知识分子和青年学生并不是一个阶级和阶层。但是从他们的家庭出身看,从他们的生活条件看,从他们的政治立场看,现代中国知识分子和青年学生的多数是可以归入小资产阶级范畴的。……他们有很大的革命性。……但是,知识分子在其未和群众的革命斗争打成一片,在其未下决心为群众利益服务并与群众相结合的时候,往往带有主观主义和个人主义的倾向,他们的思想往往是空虚的,他们的行动往往是动摇的。"④ 由于知识分子具有这样的特点,"毛泽东在很长时间内所持的是这样一种看法:他总是把知识分子作为一种可以利用的力量,而没有把他们看成是自己人。"⑤ 他对知识分子的态度一直是于肯定中又有保留,看不惯某些知识分子的态度、作风和情绪,有时还语带嘲讽。例如他在一次演讲中说:"我们尊重知识分子是完全应该的,没有革命知识分子,革命就不会胜利。但是我们晓得,有许多知识分子,他们自以为很有知识,大摆其知识架子,而不知道这种架子是不好的,是有害的,是阻碍他们前进的。他们应该知道一个真理,就是许多所谓知识分子,其实是比较地最无知识的,工农分子的知识有时倒比他们多一点。"何故?因为知识分子一般"有的只是书本上的知识,还没有参加任何实际活动",因而"他的知识还不完全"。"有什么办法使这种仅有书本知识的人变为名副其实的知

① 狭义的"知识分子思想改造运动"发生于1951年9月至1952年6月,主要内容有动员学习、批评与自我批评、组织清理等。广义的则包括1949年至1952年间发生于知识分子身上的各类思想政治教育和改造活动。参见孙丹:《建国初期知识分子思想改造运动研究述评》,《当代中国史研究》2008年第3期,第92—93页。

② 毛泽东:《整顿党的作风》,《毛泽东选集(第三卷)》(北京:人民出版社,1991年,2版),第812页。

③ 毛泽东:《论文艺问题》(香港:新民主出版社,1948年,再版),第26页。

④ 毛泽东:《中国革命和中国共产党》,《毛泽东选集(第二卷)》(北京:人民出版社,1991年,第2版),第641—642页。

⑤ 谢泳:《思想改造》,《南方文坛》1999年第5期,第4页。

识分子呢？唯一的办法就是使他们参加到实际工作中去，变为实际工作者，使从事理论工作的人去研究重要的实际问题。"① 毛泽东坚持马克思主义的实践观，写过《实践论》，反对教条主义和经验主义，在他看来，感性认识和直接经验更为重要，因此他非常重视工农群众的生活经验，而对单纯的"读书"则几乎嗤之以鼻："这是世界上最容易做的事，比炊事员准备饭要容易得多，比叫他去杀一头猪更要容易得多。"② 他反复强调理论必须和实际相结合，没有调查就没有发言权，知识分子只有参加实际工作，和群众打成一片，在群众斗争中克服自身缺点。由于在中国革命的进程中，作为马克思主义中国化的代表，他在政治和军事方面的成功，容易令一般知识分子相信他的这些论述和判断。

对于文艺工作者需要进行思想改造的论述，在这一时期主要集中于毛泽东的《讲话》。《讲话》的引言部分，明确提出了毛泽东个人对文艺的性质与文艺生产目的的看法，即在民族解放斗争中，存在着文化战线和军事战线两条战线，要战胜敌人，"首先要依靠手里拿枪的军队"，其次"还要有文化军队"，"要使文艺很好地成为整个革命机器的一个组成部分，作为团结人民，教育人民，打击敌人，消灭敌人的有力武器，帮助人民同心同德地和敌人作斗争"。③ 为此文艺工作者们应该解决立场问题、态度问题、对象问题、工作问题和学习问题。在谈到对象问题的时候，毛泽东将革命文艺的接受对象定为"工农兵及其干部"，为了了解和熟悉他们，改变"不熟，不懂，英雄无用武之地"的局面，就需要作家们"自己的思想情绪应与工农兵大众的思想情绪打成一片。而要打成一片，应从学习群众的言语开始"。④ 接下来毛泽东以亲身经历，说明知识分子的思想感情必须来一番改造：

① 毛泽东：《整顿党的作风》，《毛泽东选集（第三卷）》（北京：人民出版社，1991年，第2版），第815、816页。

② 〔美〕R. 特里尔著，刘路新等译：《毛泽东传》（石家庄：河北人民出版社，1989年），第198页。

③ 毛泽东：《论文艺问题》（香港：新民主出版社，1948年，再版），第1—2页。

④ 毛泽东：《论文艺问题》（香港：新民主出版社，1948年，再版），第4页。

《论文艺问题》（香港新民主出版社，1948 年再版）书影

　　你要群众了解你，你要与群众打成一片，就得下决心。经过长期的甚至是痛苦的磨练。在这里，我可以说一说我自己感情变化的经验。我是个学校里学生子出身的人，在学校养成了一种学生习惯，在一大群肩不能挑手不能提的学生面前做一点劳动的事，比如自己挑行李吧，也觉得不像样子。那时我觉得世界上干净的人只有知识分子，工农兵总是比较脏的。知识分子的衣服，别人的我可以穿，以为是干净的，工农兵的衣服，我就不愿意穿，以为是脏的。革命了，同工农兵在一起了，我逐渐熟悉了他们，他们也逐渐熟悉了我。这时，只是在这时，我才根本地变化了资产阶级学校所教给我的那种资产阶级的与小资产阶级的感情。这时，拿未曾改造的知识分子与工农兵比较，就觉得知识分子不但精神有很多不干净处，就是身体也不干净，最干净的还是工人农民，尽管他们手是黑的，脚上有牛屎，还是比大小资产阶级都干净。这就叫做感情起了变化，由一个阶级变到另一个阶级。我们知识分子出身的文艺工作者，要使自己的作品为群众所欢迎，就得把自己的思想感情来一个变化，来一番改造。没有这个变化，没有这个改造，什么事情都是做不好的，都是格格不入的。①

　　在《讲话》的结论部分，毛泽东对引言中提到的几个问题基本上都做了深

---

　　① 　毛泽东：《论文艺问题》（香港：新民主出版社，1948 年，再版），第4—5 页。

入阐述。他先提出问题的中心在于"为群众与如何为群众"，① 接下来分五个部分展开分析。第一个部分谈文艺的对象，明确提出文艺"是为人民的"，而"人民大众"则是指占全人口百分之九十以上的工农兵和小资产阶级。其中，工人是"领导革命的阶级"，农民是"革命中最广大最坚决的同盟军"，士兵是"战争的主力"，而小资产阶级"也是革命的同盟者"。② 由于在革命中的地位和作用不同，因此，"第一是为着工农兵，第二才是为着小资产阶级"。一部分文艺工作者对此没有正确认识，因而注重表现知识分子，而且是站在小资产阶级立场，"把自己的作品当作小资产阶级的自我表现来创作"。他们对于工农兵缺乏接近、了解和研究，因而不善于描写，"倘若描写，也是衣服是工农兵，面孔却是小资产阶级"。③ 他们有时不爱工农兵的感情、姿态和萌芽状态的文艺，而偏爱知识分子，这说明"这些同志的屁股还是坐在小资产阶级方面，或者换句文雅的话说，他们的灵魂深处还是一个小资产阶级的王国"，这个问题必须解决，"一定要把屁股移过来，一定要在深入工农兵，深入实际斗争的过程中，在学习马列主义与学习社会的过程中，逐渐地移过来"。这其实是又一次要求文艺工作者改造自我、改变立场。毛泽东称"为什么人的问题，是一个根本的问题，原则的问题"，④ 这个问题明确了，其他问题也就迎刃而解。于是，第二部分讨论普及与提高的问题，因为文化程度较低的工农兵是第一对象，自然，"对于人民，第一步最严重最中心的任务是普及工作，而不是提高工作"。⑤ 第三部分讨论文艺界统一战线问题，提出"一切文化和文艺都是属于一定的阶级，一定的党，即一定的政治路线的。……无产阶级的文学艺术是无产阶级整个革命事业的一部分……文艺是从属于政治的，但又反过来给伟大影响于政治"。⑥ 为了实现政治要求，实现革命任务，就要在抗日、民主和艺术作风方面尽量与党外的文艺家团结起来，其中小资产阶级文艺家"是一个重要的力量"，"帮助他们克服缺点，争取他们到为工农兵大众服务的战线上来，是一个特别重要的任务"。⑦ 第四部分讨论"文艺界的主要斗争方法之一"的文艺批评，提出要将动机与效果统一起来，在评价作品时"以政治标准放在第一位，以艺术标准放在第二位"，实现

---

① 毛泽东：《论文艺问题》（香港：新民主出版社，1948年，再版），第6页。
② 毛泽东：《论文艺问题》（香港：新民主出版社，1948年，再版），第8页。
③ 毛泽东：《论文艺问题》（香港：新民主出版社，1948年，再版），第9页。
④ 毛泽东：《论文艺问题》（香港：新民主出版社，1948年，再版），第10页。
⑤ 毛泽东：《论文艺问题》（香港：新民主出版社，1948年，再版），第14页。
⑥ 毛泽东：《论文艺问题》（香港：新民主出版社，1948年，再版），第18页。
⑦ 毛泽东：《论文艺问题》（香港：新民主出版社，1948年，再版），第19页。

"政治与艺术的统一"。① 接下来针对延安文艺界存在的一些"胡涂观念",如"人性论"、文艺的基本出发点是"人类的爱"、文艺作品应写光明与黑暗并重、文艺的任务在于暴露等,逐一批驳,其中多次强调要站在人民的立场和无产阶级的立场从事批评活动。第五部分提到延安文艺界中存在的一些思想问题,指出根据地已经进入了一个新的时代,"既然必须和新的群众的时代相结合,就必须彻底解决个人与群众的关系问题","改造自己和自己作品的面貌"。②

《讲话》虽然尚未将"思想改造"作为一个固定名词加以使用,但对这一意思的强调随处可见。《讲话》发表之际,因香港已沦陷,南来作家几乎全部北返,多数回到国统区,也有个别的到过延安,其中的部分人已经看到《讲话》的全部或部分内容,但无条件进行集中学习和讨论。战后,作家们纷纷再度南来香港,革命形势的变化,包括毛泽东在党内的核心地位越来越稳固,个人威望达到一个高峰,使得学习毛泽东著作成为迫切要求,而毛泽东重要著作在香港的出版则为此提供了客观物质条件。③ 香港工委文委领导下的各个党小组,分别组织成员学习《讲话》,通过批评和自我批评,改造思想。从华嘉对1947年香港文艺运动进行总结的一篇文字中,我们依稀可以感受到当时的氛围,其中写道:

这一年,香港出版的文艺作品单行本并不多,而居留在香港的文艺工作者的却又是这一年写得很少。出版的困难固是事实,许多文艺工作者写得很少发表得更少也是事实。为什么呢?由于这一年的新形势的发展,文艺工作者在思想上有很大的变化,同时也加强了自我的思想教育,一方面严格的检查和批评过去自己写下来的作品,另一方面在集体的座谈会上相互批评相互检讨,在思想的反省和改造过程中,思想的觉悟的程度开始提高了,因此越感到生活的体验贫乏,下笔较为慎重,甚至暂时的搁下笔来。于是,表现在创作方面,这一年是歉收了。但这是不是就说不好呢?也不完全是。因为这也可以说是问题跨进一步之前的酝

---

① 毛泽东:《论文艺问题》(香港:新民主出版社,1948年,再版),第20—21页。

② 毛泽东:《论文艺问题》(香港:新民主出版社,1948年,再版),第28页。

③ 在《论文艺问题》(香港:新民主出版社,1948年,再版)的书末,附有两页图书预告,一是"毛泽东选集",包括《中国革命与中国共产党》、《新民主主义论》、《论联合政府》、《目前形势和我们的任务》、《论新阶段》等,广告语称"毛泽东是中国革命的太阳,东方殖民地解放的导师";一是"整风文丛",包括《改造学习》、《加强锻炼》、《反党八股》、《一往无前》四辑,广告语称"这是几十年来中国人民革命斗争经验的总结,在这一部文丛里,我们不但可以学习到科学的思想方法来克服工作中的盲目性,可以挣脱小资产阶级的锁链而获得个性的解放;而且可以得到处理人与人之间的正确原则和方法。因此这不只是共产党员和进步青年的必读书籍,而且是每个想在各种事业上有所成就的人的指南针"。

酿，和创作前的沉默。①

　　这种对自己过往的作品纷纷进行检讨乃至暂时搁笔的情况，或许证实知识分子正如毛泽东所说，要进行自我改造就需经受"长期的痛苦的磨炼"。不过，这一磨炼很快见到了效果。从当时各个不同地区的情况来看，香港的南来作家紧跟延安，在非解放区一马当先，走在了上海等地的前面。1948 年 12 月，达德学院文学系举行了一次作家招待会，会上，来自上海的蒋天佐提到上海和香港两地进行的文艺争论，认为两方面都有道理，"上海文艺界的朋友们认为，文艺需要大众化，这是没有问题的，文艺家需要改造，这也是没有问题的，不过在上海这样的地区，作家怎样能够到大众中去呢？这是事实问题。所以我们认为，作家能够投身到大众中去改造自己，当然是最好，但改造亦不一定要投身到大众中去，只要作家的脉搏与大众的脉搏一齐跳动，也是可以收改造之效的，他举出鲁迅做例子"。对此，速写文章的学生作者这样评论："蒋先生的话，非常之精简，但对于他的看法，同学们都抱着保留的态度。比方，以鲁迅来比我们今天的作家，这就有些不十分恰当。鲁迅所处的时代，和我们所处的时代已经有很大的不同了。"文末还提到，组织招待会的中文系教授黄药眠也表示，"在上海一部分文艺界友人和香港文艺界友人的争论中，他个人认为香港友人的意见，基本上是正确的，尽管还有些缺点。"② 从该文的报道和细节可以看出，对于文艺大众化和作家的自我改造，香港文艺界经过讨论已经基本达成共识，而且甚至连达德学院文学系的学生也非常了解这方面的讨论内容，并接受了毛泽东《讲话》中的有关论述。相反，蒋天佐初来乍到，他的看法更多地考虑到上海实际情况，因而和《讲话》在原则上产生了分歧。

---

　　① 华嘉：《向前跨进一步》，载华嘉：《论方言文艺》（香港：人间书屋，1949 年），第 22 页。

　　② 阿超：《来港作家小记》，载茅盾等著：《关于创作》（香港：达德学院文学系会，1949 年 1 月 30 日），第 148、149 页。

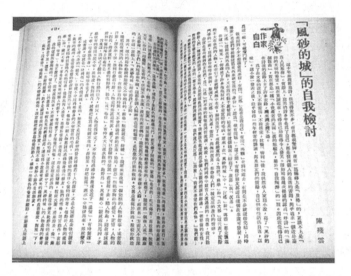

随着深入学习《讲话》，南来作家的"自我检讨"日益普遍起来

从 1948 年初开始，南来文艺工作者，主要是以文委为核心的作者群，他们的文学批评活动大大加强。由于深入学习了毛泽东著作，使他们能够以经过自我改造的革命知识分子身份与革命文艺代言人、领导者的角色，高屋建瓴地对当前整个文艺运动和解放区、国统区各个代表性作家的作品加以大气磅礴的批评和解析。其中，最重要的批评园地是该年创刊的《大众文艺丛刊》，此外也得到了同年创办的《小说》月刊等的密切配合。

第二节 现代文学批评与"毛文体"实践

一、文学力量划分与意识形态清理

《大众文艺丛刊》（以下除了引用他人文字，他处皆简称《丛刊》）是由香港工委文委创办的一份以理论批评为主、文学创作为辅的文艺刊物，出版时间为 1948 年 3 月至 1949 年 3 月，为期一年，共出六辑，各辑有独立书名，分别为：《文艺的新方向》（1948 年 3 月）、《人民与文艺》（1948 年 5 月）、《论文艺统一战线》（1948 年 7 月）、《论批评》（1948 年 9 月）、《论主观问题》（1948 年 12

月）、《新形势与文艺》（1949 年 3 月）。① 从出版间隔来说，前四辑可视为双月刊，后两辑为季刊。《丛刊》由生活书店（前四辑）及合并后的生活·读书·新知香港联合发行所（后两辑）总经售，采用当时较为流行的"以书代刊"方式，为 32 开本，篇幅长短不一，根据内容而定，最短的只有 86 页，最长的达 135 页，相距过半。

曾经参与创办《丛刊》的周而复在他的多篇回忆文章里都谈到刊物当年初创时的情景。其中一处提到："有一天，我们在英皇道住处谈起这个问题，大家觉得有出版一种文艺理论刊物的必要，夏衍和冯乃超同志十分赞成，最积极的是荃麟同志，好像胸有成竹，早就想好怎么出这个刊物。"而"考虑到单纯出版文艺理论刊物，读者面狭小一些，冯乃超同志和我建议登一些短小创作，以介绍解放区作品为主，也刊登在香港作家的作品，这样读者面广泛一些，影响也大一些。"几个人商定，"这个刊物不编号的，每期以中心内容或文章的题目命名，版权页只写著作者即中心文章作家的姓名，不写编辑者。"②

1949 年春，周而复在香港（图片来自赵文敏编《周而复研究文集》，北京：文化艺术出版社，2002 年）

作为一份文艺刊物，在版权页的署名方面，"编辑"或"编者"通常是必不可少的一项，而"作者"一般只会出现在目录页。但《丛刊》恰恰与此相反，在它的版权页上，找不到"编辑者"，突出的却是"著作者"。有学者的研究首先注意到的就是刊物这一"形式上的特色"，从而"对这个影响重大的刊物的考察也就从这里开始"，进而关注到刊物作者的背景——"主要著作者都是当时及1949 年以后中共主管文艺工作的重要领导人，或作为主要依靠对象（'旗帜'）的文坛领袖人物"，以及刊物的性质——"办刊方针、指导思想、重要文章与重要选题，都不是个人（或几个人）的意见，而是代表了'集体'即至少是中共主管文艺的一级党组织的意志"，③ 然后才进入刊物理论文章的批判内容及文体特征的分析。另有论者通过考察刊物的创办背景，明确指出《丛刊》"虽是一个

---

① 《丛刊》第四至第六辑不标辑数，目的是回避国民党的邮件查封。而且，这三辑存在两种印刷版本，另一种版本另有辑名，分别为《鲁迅的道路》、《怎样写诗》、《论电影》。

② 周而复：《回忆荃麟同志》，《新文学史料》1980 年第 3 期，第 78 页。

③ 钱理群：《1948：天地玄黄》（济南：山东教育出版社，1998 年），第 23、25、26 页。

'群众的刊物',但它更是在中共直接领导下的左翼文艺界在港的一个机关刊物"。①

　　在另外一篇回忆录里,周而复对于刊物的创办目的、性质、核心人员与组织方式等有更明确的表述:"为了宣传介绍马列主义和毛泽东文艺思想,并有计划澄清和批评一些资产阶级文艺思想,乃超、荃麟和我们经常在酝酿准备创办一个以文艺理论为主的刊物……要办成在党领导下统一战线性质的带有战斗性的进步的丛刊","这是文委领导下的丛刊","除文委主要委员参与外,重要文章有关人员开会研究,积极参与其事者有潘汉年(曾以肖恺笔名为丛刊撰稿)、胡绳、乔冠华、林默涵、周而复等。夏衍从新加坡回到香港,也大力支持。实际负责的是乃超和荃麟。"② 此处提到的这八个人,事实上就是《丛刊》理论文章的核心作者群。无一例外,他们全部是中共党员,全部是香港工委及其下设各委员会的领导成员,几乎已将当年中共在香港负责意识形态工作的最高层人员一网打尽。加之撰稿人队伍中还有其时居港的郭沫若、茅盾这样的著名"民主人士"、文坛领袖,发表的作品有的来自赵树理、丁玲这样的解放区名家,《丛刊》的作者群不可谓不显赫一时。

---

　　① 曾令存:《1948—1949:〈大众文艺丛刊〉》,《中国现代文学研究丛刊》2002 年第 2 期,第 51—52 页。

　　② 周而复:《往事回首录》,《新文学史料》1992 年第 1 期,第 39 页。

从统计资料看，《丛刊》六辑全部 34 篇原创理论文章（另有 6 篇译作）①，出自以上八人之手的即有 21 篇，当中，"最积极"的邵荃麟执笔最多，达 7 篇，并有 4 篇被选作其中四辑的"中心文章"。其次是冯乃超，先后撰写了 4 篇，胡绳与林默涵也各有 3 篇。从页面分布看，论文每期所占页面比例稳定在 60% 左右，六辑合计总共所占比例为 59%，可见该刊确是"以文艺理论为主"。40 篇理论文章，译作部分引经据典的理论资源主要是马克思、恩格斯、列宁、斯大林、日丹诺夫、高尔基等马列主义经典作家的有关论述，而原创性的理论批评文字则更多的引用毛泽东有关文艺方面的论述，核心是《讲话》。一个总体趋势是，从第一辑到第六辑，《讲话》被引用或变相引用的频率愈来愈高，绝大多数文章言

---

① 因《丛刊》在内地不易觅得，在香港亦无任何一家图书馆收全，此处稍费笔墨，列出其全部 40 篇理论文章作者及篇名如下：第一辑《文艺的新方向》：本刊同仁、邵荃麟执笔：《对于当前文艺运动的意见——检讨·批判·和今后的方向》，郭沫若：《斥反动文艺》，冯乃超：《战斗诗歌的方向》，茅盾：《再谈方言文学》，〔法〕科尔瑙：《论西欧文学的没落倾向》，〔法〕加萨诺瓦：《共产主义、思想与艺术》，胡绳：《评路翎的短篇小说》，林默涵：《评臧克家的〈泥土的歌〉》，黎紫：《评柯蓝的〈红旗呼啦啦飘〉》，冯乃超：《略评沈从文的〈熊公馆〉》；第二辑《人民与文艺》：夏衍：《"五四"二十九周年》，乔木：《文艺创作与主观》，穆文〔林默涵〕：《略论文艺大众化》，邵荃麟：《朱光潜的怯懦与凶残》，胡绳：《评姚雪垠的几本小说》，冯乃超：《评〈我的两家房东〉》；第三辑《论文艺统一战线》：萧恺〔潘汉年〕：《文艺统一战线的几个问题》，吕荧：《坚持"脚踏实地"的战斗》，静闻〔钟敬文〕：《方言文学的创作》，《关于〈对于当前文艺运动的意见〉的讨论》，灵珠：《谈纪德》，冯乃超：《从〈白毛女〉的演出看中国新歌剧的方向》，聂绀弩：《有奶便是娘与干妈妈主义》；第四辑《论批评》：胡绳：《鲁迅思想发展的道路》，邵荃麟：《论马恩的文艺批评》，同人〔邵荃麟执笔〕：《敬悼朱自清先生》，周钢鸣：《评〈虾球传〉第一二部》，力夫〔邵荃麟〕：《罗曼罗兰的〈搏斗〉——从个人主义到集体主义的道路》；第五辑《论主观问题》：〔苏〕A. 法捷耶夫：《展开对反动文化的斗争》，邵荃麟：《论主观问题》，林默涵：《论文艺的人民性和大众化》，〔日〕藏原惟人：《现代主义及其克服》，周而复：《评〈万家灯火〉》，〔苏〕V. 马耶阔夫斯基：《怎样写诗》；第六辑《新形势与文艺》：荃麟：《新形势下文艺运动上的几个问题》，史笃〔蒋天佐〕：《文艺运动的现状及趋势》，于伶：《新中国电影运动的前途与方针》，〔苏〕A. 塔拉辛诺夫：《论社会主义的现实主义》，周立波：《萧军思想的分析》，柳晨：《哈尔滨文化界批评萧军的思想》。需要说明的是，第三辑中的《关于〈对于当前文艺运动的意见〉的讨论》包括多封读者来信和两篇较短的论文，总共算作 1 篇，第六辑中柳晨的《哈尔滨文化界批评萧军的思想》本属"通讯"，因文中多有批评分析文字，也算作 1 篇论文。

必称《讲话》，以《讲话》的相关论述为根本出发点和基本立论依据。① 这样的做法，相对延安文艺界来说或许显得滞后，但在解放区以外却是总体超前的。鉴于《丛刊》的创办背景和基本内容，可以判定，《讲话》对于《丛刊》的创办及其基本面貌具有决定性作用。从总体上看，《丛刊》是二十世纪中国文学史上，在非解放区的第一份全面和集中阐释毛泽东《讲话》的文艺刊物。对于《讲话》阐述的文艺为工农兵的方向、文艺大众化、群众语言、文艺批评的标准、文艺统一战线、创作方法、作家立场、作家的自我改造等问题，丛刊编者都有专文诠释，有的还反复论述。自然，在此过程中，作者有时也会考虑到抗战和内战时期不同的语境，结合毛泽东的最新著作，对《讲话》中的一些具体论述进行某种程度的修正。文委、工委的同人们学习讨论了《讲话》之后，把集体（而非个人）的共同理解写成文章，或"指点江山"，从宏观出发立"论"，对当时的"文艺运动"作出"检讨"和"批判"，表示"意见"，并提出"今后的方向"；或"解剖麻雀"，从微观入手置"评"，选取个别具体作品进行"分析"，抓取其中的"立场"、"态度"和"倾向"。② 两相结合，对如何将《讲话》等所蕴含的毛泽东文艺思想贯彻到文艺批评运用中去，较早地进行了一次大规模实践。除了作者身份和"机关刊物"的性质，《丛刊》和《讲话》的这种紧密关联，可能才是它在当时获得权威地位和日后产生深远影响的最重要的内在因素。

《丛刊》的重要论文中，以其开篇之作《对于当前文艺运动的意见——检讨·批判·和今后的方向》影响最大。该文可称《丛刊》的"宣言"和六辑批评论文的总纲，经刊物编者共同讨论，由邵荃麟执笔写成。作者以延安主流文艺实践者的身份自居，试图对抗战以来国统区的左翼文艺运动进行全面检讨，着重批判几种不良倾向，提出今后发展的方向。在这过程中，作者实现了对解放区与国统区文艺的等级划分，以《讲话》所提原则为文艺批评的最高准则，以《讲话》提出的服务于工农兵的文艺为唯一的"新"的方向。文章一开头即指出国

---

① 冀汸在1989年的回忆文章里写道："1947年下半年……文艺的领导中心从大陆暂时迁到了香港。所以《大众文艺丛刊》才有可能集中火力、采取高屋建瓴的姿态，开始了规模更大、更有系统地对胡风文艺理论的批评。所有的批评文章，都是以《讲话》作为唯一的参照系。"参见冀汸：《历史法庭上的证词》，收入晓风主编：《我与胡风》（银川：宁夏人民出版社，1993年），第406页。

② 《丛刊》的这两类文章，在标题上是有严格区分的，前者为"论"，后者为"评"。前者如第二辑中的《略论文艺大众化》、第四辑中的《论马恩的文艺批评》、第五辑中的《论主观问题》、《论文艺的人民性和大众化》等，后者如第一辑中的《略评沈从文的〈熊公馆〉》、第二辑中的《评姚雪垠的几本小说》、第四辑中的《评〈虾球传〉第一二部》、第五辑中的《评〈万家灯火〉》等。

统区和解放区人民对于文艺作品截然不同的态度：国统区的广大群众对新文艺"背过脸去，采取冷淡的态度"，以致"一般文艺创作出版物的销路，跌落到前所未有的惨况"，原因是"文艺和群众的需要脱了节，呈现出一片混乱和空虚"，"我们的创作生活多少是从那传统的革命文艺路线上脱逸出来了"；而在解放区，"文艺书籍的畅销和受到群众热烈欢迎的情况，是打破中国出版界与文艺界的纪录的"。① 按照毛泽东在《讲话》中所强调的动机与效果统一论，这一鲜明的对比，已经证明了解放区文艺路线的正确和作品大众化的成功，为作者接下来的立论提供了最具说服力的证据。在作者看来，"这十年来我们的文艺运动是处在一种右倾状态中"，这是由于在抗日文艺统一战线中忽略了对于两条路线斗争的坚持，削弱了自己的阶级立场，因而"就缺乏一个以工农阶级意识为领导的强旺思想主流，缺乏这种思想的组织力量"，开展的文艺运动"形式超过了内容，组织庞杂而思想空虚"。② 作者将当前文艺思想上的混乱状态归结于"个人主义意识和思想代替了群众的意识和集体主义的思想"，而个人主义思想在文艺上尽管表现为互相拒斥的多种倾向，"实际上却是同样出发于小资产阶级思想的根源"。③ 在检讨这些互相拒斥的倾向时，作者主要选取了左翼文艺运动中存在的自然主义倾向和追求主观精神的倾向，前者是由于受到十九世纪欧洲资产阶级古典文艺的影响，后者则是不点名批评胡风一派的文艺主张，认为它从个人主义意识出发，"流向于强调自我，拒绝集体，否定思维的意义，宣布思想体系的灭亡，抹煞文艺的党派性与阶级性，反对艺术的直接政治效果"。④ 文章接下来的部分，论述今后的文艺运动需要注意的五个方面的问题，包括明确文艺运动的性质和内容、作家要加强思想改造、巩固和扩大文艺统一战线、加强思想斗争，以及实践文艺大众化。其中，作者特别指出，"在思想斗争中要无情地加以打击和揭露的是那各种反动的文艺思想倾向"，包括美国的黄色电影、黄色艺术和"地主大资产阶级的帮凶和帮闲文艺"，其中有"朱光潜、梁实秋、沈从文之流的'为艺术而艺术论'，有徐仲年的'唯生主义文艺论'和'文艺再革命论'，有顾一樵的'文艺的复兴论'，以及易君左、萧乾、张道藩之流一切莫名其妙的怪论。这些人，或则公然摆出四大家族奴才总管的面目，或者扭扭捏捏化装为'自由主义者'

---

① 本刊同仁、邵荃麟执笔：《对于当前文艺运动的意见》，《文艺的新方向》，第 4 页。
② 本刊同仁、邵荃麟执笔：《对于当前文艺运动的意见》，《文艺的新方向》，第 5 页。
③ 本刊同仁、邵荃麟执笔：《对于当前文艺运动的意见》，《文艺的新方向》，第 6 页。
④ 本刊同仁、邵荃麟执笔：《对于当前文艺运动的意见》，《文艺的新方向》，第 11 页。

的姿态,但同样掩遮不了他们鼻子上的白粉"。① 联系到前文提到过朱自清、冯至、李广田等走"闻一多的道路"的"若干进步自由主义作家",可见作者对当时全国的主要文学力量已在总体上进行了明确的划分:解放区一般是革命作家,国统区则包括为国民党统治服务的"反动作家"、进步自由主义作家、革命小资产阶级作家、一般小资产阶级作家等,并根据不同类别的作家确定或打击揭露、或批评争取、或团结发展的不同策略。在《丛刊》其他论文中,用力最勤的是对"反动作家"的批判与对小资产阶级文艺思想的批评,二者分别以对沈从文的批判和对左翼文艺内部胡风等"主观论者"的批评为重心。

对沈从文的批判集中于《丛刊》的第一辑,除了上文多次提到外,郭沫若的《斥反动文艺》以其为红色"反动文艺"代表,冯乃超的《略评沈从文的〈熊公馆〉》则更具有专门针对性。其中影响最大的还是郭沫若的《斥反动文艺》。该文以雷霆万钧之势,斥责了红、黄、蓝、白、黑五种颜色的"反动文艺",而以沈从文为"桃红色"的代表:

> 什么是红?我在这儿只想说桃红色的红。作文字上的裸体画,甚至写文字上的春宫,如沈从文的"摘星录","看云录",及某些"作家"自鸣得意的新式"金瓶梅",……特别是沈从文,他一直是有意识地作为反动派而活动着。在抗战初期全民族对日寇争生死存亡的时候,他高唱着"与抗战无关"论;在抗战后期作家们正加强团结,争取民主的时候,他又喊出"反对作家从政"。今天人民正"用革命战争反对反革命战争",也正是凤凰毁灭自己,从火里再生的时候,他又装起一个悲天悯人的面孔,谥之为"民族自杀悲剧",……这位看云摘星的风流小生,你看他的抱负多大,他不是存心要做一个摩登文素臣吗?②

郭沫若对沈从文的批判从两方面进行:描写色情,政治反动。文章发表后,在文坛无异于引起一场地震,而对被批判的当事人的伤害是很巨大的。1949 年二三月间,因为北大学生将《斥反动文艺》抄在大字报上,饱受压力的沈从文多次试图自杀。③ 以往学界一般认为这是由于身为自由主义知识分子的沈从文和中共新政权难以相容,而忽略了郭沫若文中对他色情描写所做的指摘给他带来的

---

① 本刊同仁、邵荃麟执笔:《对于当前文艺运动的意见》,《文艺的新方向》,第 16—17 页。

② 郭沫若:《斥反动文艺》,《文艺的新方向》,第 19 页。

③ 陈徒手:《人有病,天知否——1949 年后中国文坛纪实》(北京:人民文学出版社,2000 年),第 13 页。

精神压力。尽管自三十年代初起，对于沈从文作品中的性爱描写就毁誉参半，他早已受过相似的批评，按理说对此已有一定的"免疫力"，不过郭沫若在文中直接点明批评的依据是《摘星录》和《看云录》〔按：应是《看虹录》〕，这可能给沈从文带来了隐忧，因为对于《摘星录》，由于描写了他个人的一段隐秘情事，他一直讳莫如深。这篇小说长期湮没，近年才被学者发掘出来，原来它是沈从文以李荩周的笔名，于 1941 年 6 月 20 日、7 月 5 日与 7 月 20 日分三次连载于香港《大风》杂志第 92—94 期。后来，昆明、桂林等地对沈从文的一些"类色情"作品进行批评，为了隐去批评的主要目标，沈从文将自己的另一篇初刊于香港的作品《梦与现实》（于 1940 年 8 月 20 日、9 月 5 日、9 月 20 日、10 月 5 日连载于《大风》第 73—76 期）先改名为《新摘星录》刊发于昆明《当代评论》，复改名为《摘星录》刊发于桂林《新文学》，而在香港发表的《摘星录》则无人提及。沈从文对《摘星录》如此避讳，一方面固然因为作品里有比较刻露的性描写，更重要的原因恐怕还在于小说里的爱欲对象，是以他现实中有过一段情事的姨妹张充和为原型。[1] 至于郭沫若文中提到的《摘星录》，可能是易名的《梦与现实》，也有可能正是在香港发表的《摘星录》（郭沫若写作此文时人正在香港），后者中有类似这样的描写：

手白而柔，骨节长，伸齐时关节处便现出有若干微妙之小小窝漩，轻盈而流动。指甲上不涂油，却淡红而有真珠光泽，如一列小小贝壳。腕白略瘦，青筋潜伏于皮下，隐约可见。天气热，房中窗口背风，空气不大流畅觉微有汗湿。因此将纱衣掀扣解去，将颈部所系的小小白金练缀有个小小翠玉坠子轻轻拉出，再将贴胸纱背心小扣子解去，用小毛巾拭擦着胸部，轻轻的拭擦，好像在某种憧憬中，开了一串白〔百〕合花，她想笑笑。瞻顾镜中身影，颈白而长，肩部微凹，两个乳房坟起，如削玉刻脂而成，上面两粒小红点子，如两粒香美果子。记起圣经中所说的葡萄园，不禁失笑。[2]

因为作品中藏着这样一段隐秘的心曲，沈从文对这篇小说取舍两难，曾两度焚稿，终于还是以笔名发表了。不过郭沫若的批判文章可能令他隐隐担心文本外的真相暴露。于是一方面是来自新政权的压力，另一方面是个人情事带来的家庭伦理压力，两下夹攻，迫得他试图结束生命。

---

① 参见裴春芳：《虹影星光或可证》，《十月》2009 年第 2 期，第 30—38 页。
② 李荩周〔沈从文〕：《摘星录》，《大风》第 92 期（1941 年 6 月 20 日），第 3080 页。

郭沫若《斥反动文艺》与沈从文《摘星录》于香港最初发表时的面貌

对胡风及其追随者路翎等的批评,则是左翼文艺内部进行的一场"斗争"。胡风坚持五四新文艺方向,提倡"主观战斗精神",对于现实主义有一套自己的理论体系,尽管他个人认为和《讲话》并无原则分歧,然而在《丛刊》编者看来,他的主张和《讲话》相差甚远,必须加以纠正。文委同人开始是以对同志的团结态度来批评胡风的主观论的,然而在知悉胡风一派在重庆等地杂志上发表反批评文章后,《丛刊》编者的态度更加强硬了,于第五辑发表长文,逐一从哲学上和文艺观点上批驳主观论者,而其出发点则是由于主观论者"处处以马列主义与毛泽东文艺思想者自命",因而"我们是有责任予以澄清的"。[①] 胡风一派在建国后从不受重用到被严厉打击,固然有文艺主张方面的因素,但其历史因缘,一部分可以追溯到此次《丛刊》对他们的批判。

《丛刊》通过对"反动作家"和"主观论者"等作家群体及个人的批判,在文艺界进行了一次意识形态大清理,确立了延安解放区文艺的方向性地位,并将自身塑造成这种文艺的坚决拥护者和实践者。这种对文艺的基本认识,以及部分论文中对新中国文艺运动所作的组织规划等,其成果在 1949 年 7 月于北京召开

---

① 邵荃麟:《论主观问题》,《论主观问题》,第 12 页。

的第一次中华全国文学艺术工作者代表大会上得到了体现。这次大会一般被视为
中国当代文学的起点。因之，南来作家于 1948 年前后所展开的批判运动，对中
国现代文学转向当代文学作出了很大贡献。《丛刊》的出版，不仅给四十年代末
的中国文坛带来了重大冲击，其余波经久不散。以此，二十世纪末以来，文学史
家开始青睐这份薄薄的刊物，对它在文学史上的地位给予了极高的评价。如洪子
诚认为，《丛刊》作者群所代表的左翼文学主流力量对当时文学力量"所作的类
型描述和划分，是实现四五十年代文学'转折'的基础性工作。这种描述成为
政治权力话语"，"深刻地影响了四五十年代之交的文学进程。"① 钱理群也肯定
《丛刊》的影响"十分深远，以至今日要了解与研究 1948 年的中国文学及以后
的发展趋向，就一定得查阅这套丛刊"。②

二、"毛文体"实践与革命主体性确认

集中阅读《丛刊》所载论文，人们很容易对其独特鲜明的文风留下深刻印
象。这种文风常常被后人形容为高屋建瓴、势如破竹、斩钉截铁、雄辩滔滔、义
正词严、声情并茂。文章的作者一副真理在握的架势，对于自己笔下的每一个字
都充满了信心。无论是总结或眺望历史，还是批判或鼓吹文艺，他们的语气都是
那样容不置疑。例如郭沫若的《斥反动文艺》开篇就是一个断论："今天是人民
的革命势力与反人民的反革命势力作短兵相接的时候，衡定是非善恶的标准非常
鲜明。凡是有利于人民解放的革命战争的，便是善，便是是，便是正动；反之，
便是恶，便是非，便是对革命的反动。我们今天来衡论文艺也就是立在这个标准
上的。"③ 由于自认是非分明，对于事物有绝对把握，作者常常强调意识和表述
要"明确"，像"我们必须明确地区分出"、"这一切都要求有一个明确的概念"、
"缺乏一个很明确的革命的人生观在指挥着"、"经过了整风学习，边区文教大
会，方才找到了非常明确的道路"、"文艺为人民服务的明确认识"一类的句子
比比皆是。④ 有一个作者宣称"事情明白得像一张白纸"，⑤ 另一个作者则表示
"我们对于这个胜利，已经奠立了钢铁般的信心"。⑥

透过《丛刊》文风，有研究者看到了"一种新的美学原则、批评与创作模

---

① 洪子诚：《中国当代文学史》（北京：北京大学出版社，2007 年，第 2 版），第 11 页。
② 钱理群：《1948：天地玄黄》（济南：山东教育出版社，1998 年），第 23 页。
③ 郭沫若：《斥反动文艺》，《文艺的新方向》，第 19 页。
④ 分见《文艺的新方向》第 16、27 页，《人民与文艺》第 6 页，《论文艺统一战线》第
4 页。
⑤ 乔木：《文艺创作与主观》，《人民与文艺》，第 14 页。
⑥ 本刊同仁、邵荃麟执笔：《对于当前文艺运动的意见》，《文艺的新方向》，第 13 页。

式正在孕育之中"。① 这样一群主管意识形态工作的共产党员作家干部，和他们的领袖毛泽东一样，之所以对自己的书写饱含自信，在于他们自认掌握了"马克思主义基本原理"——历史唯物主义、辩证唯物主义和阶级斗争学说，从而形成了某种相似的以不变应万变的"辩证"的、"历史"的思维方式，并反映到他们的作品中。这种"辩证思维"运用到文艺批评中去，就会产生一些比较明显的理路，乃至形成某种固定的批评模式——

一是从唯物论出发，认定物质决定意识，客观决定主观，本质决定现象，因此重视作家的阶级属性对其思想意识的决定作用，对于大部分属于小资产阶级的作家，就强调要他们投入工农兵大众的生活中去，借此改造自身意识，尤其是要根除其顽强的自我表现的主观意识；对于作品，就要求描写现实的社会阶级关系，写什么非常重要，是和"政治经济的具体任务不能分离的。在政治或经济建设的某一号召下，文艺家就应该去奔赴这号召而写出作品来。例如在农村的土改运动中，人民就需要大量写土改的作品，在经济建设运动中，人民就需要大量写生产的作品"。② 一旦作家不这样做，就会被认为脱离现实，孤芳自赏；如果写了这样的题材但不符合政治领袖、批评家对于各阶级民众的想像，作家的阶级意识和作品的主题倾向就会受到指摘。于是，作家的立场、创作态度、作品的题材和"中心思想"便成为批评家眼中最重要的内容。发展到极端，便是要在所有的作品中寻找"阶级斗争"，而且必须是站在"人民大众"的立场上去加以描绘。例如，林默涵在评论臧克家的诗集《泥土的歌》时，就"奇怪"地发现在这些诗中"几乎看不到一点农村阶级斗争的影子"，"差不多看不到地主的罪恶"，"也看不到农民的仇恨和抗争"。批评家这样解释这一"奇怪"现象："这不是我们周遭的现实的农村和农民，这只是诗人幻想中的农村和农民，是从陈旧的书本子里抄袭过来的农村和农民。"并据此推测作者的写作动机——"只是因为他有点厌恶都市，厌恶都市的咄咄逼人的高楼巨厦，而想把自己的有点儿脆弱的心安置到幻想中的平和静穆的乡村里去，到那里去寻求一点自欺的慰安。"③又如周钢鸣在分析当年大受欢迎的《虾球传》第一二部时，着重强调"作者在前二部所表现的中心思想，就是这种'我总不会饿死的！'的生存斗争的思想"，这种"生存斗争"和无产阶级提倡的"阶级斗争"是不一样的，而作品中之所以"缺少控诉黑暗的感情的流露"，他判断是由于"生活的观照态度和小资产阶

① 钱理群：《1948：天地玄黄》（济南：山东教育出版社，1998年），第37页。
② 邵荃麟：《新形势下文艺运动上的几个问题》，《新形势与文艺》，第11页。
③ 林默涵：《评臧克家的〈泥土的歌〉》，《文艺的新方向》，第75、77页。

级的感情，障碍了作者对于这旧社会的批判和暴露的敏锐能力。"① 胡绳对于姚雪垠作品的批评同样如此，认为作者描写的只是抽象的人物性格，"表现于《牛全德》与《春暖》中的创作态度不是向人民负责，向历史现实负责的态度。"②

二是从辩证法出发，用运动的发展的联系的全面的观点看问题，从而在分析具体事物时，充满了二元对立统一的思维方式。批评家熟练地运用主要/次要、第一位/第二位、目前/将来、新/旧、斗争/团结、左倾/右倾、普及/提高、实践/理论、客观/主观等成对概念，区分其是非、主次，显得既全面又重点突出。例如谈到文艺统一战线的问题时，这一群作者认为在斗争和团结之间，当前应以斗争为主，"第一等的任务，首先要确立无产阶级的文艺思想在文艺统一战线中的领导"，并对以前所犯的右倾错误有点痛心疾首："实际上我们是只有团结没有斗争，不能不说是文艺战线上的尾巴主义。没有思想斗争的团结，表面上一团和气，骨子里貌合神离。这是统一战线上的贫血症，经不起上阵作战，遇敌必纷纷溃退。"③

今天看来，这样的批评模式是一种典型的意识形态批评，而且是很狭隘和机械的一种阶级论批评，由此形成的文风，当时被其论敌形容为"'判决词'式的批评"。④ 评论家们"主题先行"，惯于寻章摘句，读了被批判对象的一两篇作品，便从中择出一鳞半爪，上纲上线，直批到对方的"灵魂深处"。运用这种模式写出来的文艺论文，很多时候几乎要使人疑心是政治论战文章，因为其中充斥着大量政治、哲学和军事术语，概念的堆积到处都是，如作为人物身份的人民、群众、大众、工农兵、知识分子、无产阶级、资产阶级、大资产阶级、小资产阶级、封建地主，作为社会现象的阶级、政治、斗争、战斗、革命、翻身、解放、运动、集体、统一战线，作为抽象理念的生活、真实、实践、进步、改造、立场、主义、思想、理论、世界观、提高、普及等等，无处不在。有的句子或段落中，这些关键词频繁出现，乃至加起来的字数在句段长度上占了一个很大比例。即如以下两段话：

> 真正的普及，应该从人民的生活出发，就是说要真正反映人民的生活、斗争和要求，要站在人民的思想立场上来表现人民，为人民而斗争，要用人民的语言

---

① 周钢鸣：《评〈虾球传〉第一二部》，《论批评》，第56、58、59页。

② 胡绳：《评姚雪垠的几本小说》，《人民与文艺》，第36页。

③ 萧恺〔潘汉年〕：《文艺统一战线的几个问题》，《论文艺统一战线》，第5、7页。

④ 冀汸：《活着的方然》，收入晓风主编：《我与胡风》（银川：宁夏人民出版社，1993年），第435页。

真实地写出人民的思想与感情，这样才会使人民觉得喜见乐闻。①

当前文艺运动的方针，必然服从当前全国人民反帝反封建反官僚资本的巨大政治斗争的任务。这个惊天动地的人民大翻身的斗争，是以无产阶级为领导，团结农民，城市小资产阶级及民族资产阶级，展开巩固而扩大的统一战线，为实现新民主主义的联合政府而奋斗。②

第一段话只有一个句子，却包含了八个"人民"、两个"生活"、两个"思想"、两个"斗争"和一个"立场"。第二段话也不过百来字，却更包括了"广阔"的"历史内容"。只是，这样的文字，如今已很难被视为文艺论文了。

如果说前面所列构成了《丛刊》论文的实词表意系统，那么另外还存在一个虚词表意系统，也构成了这一批评模式的一部分。这批作者特别钟爱选用表示肯定（含双重否定）、条件和转折意义的连词、副词和语气词，最常见的有"应该"、"必须"、"不能不"、"只有……才能……"、"并不是……而是……"等。譬如："作为一个人民诗人的创作与认识，不能不是统一在社会生活的实践中；而在今天，作为一个写农村的诗人来说，他不能不是从今天中国农民革命的实践中，去直接认识这革命的实质和意义。"③ "对于马列主义与毛泽东文艺思想的曲解，我们是不能不予以纠正的。"④ "我们应该坚决承认文艺服从政治的原则，承认文艺的阶级性与党派性，反对艺术独立于政治的观念。只有政治思想上更明确的认识，才能克服艺术思想上的种种偏向。"⑤ 这类表意强烈的虚词的大量运用，从论文的内在肌理上显露出作者独断的霸权式的思维特征和思维痕迹。

如果说论敌们在这样的文风面前可能显得"不堪一击"，那么批判者的这种思维模式和批评模式是否就那么"坚如盘石"呢？事实上，在这些概念接踵而来的文本内部，貌似客观公正、充满辩证的论述，存在着大量空隙。不妨以那篇影响很大的《斥反动文艺》为例。从批评态度上说，批判者往往只是为了批判的需要，才临时阅读了批判对象的一两篇短文，如郭沫若提到"关于这位教授〔按：指朱光潜〕的著作，在十天以前，我实在一个字也没有读过。为了要写这篇文章，朋友们才替我找了两本《文学杂志》，我因此得以拜读了他的一篇《看

---

① 穆文〔林默涵〕：《略论文艺大众化》，《人民与文艺》，第22页。
② 萧恺〔潘汉年〕：《文艺统一战线的几个问题》，《论文艺统一战线》，第4页。
③ 林默涵：《评臧克家的〈泥土的歌〉》，《文艺的新方向》，第79页。
④ 邵荃麟：《论主观问题》，《论主观问题》，第13页。
⑤ 本刊同仁、邵荃麟执笔：《对于当前文艺运动的意见》，《文艺的新方向》，第14页。

戏与演戏——两种人生理想》"，一个字没读，就先判定对方是反动作家，这是不是主观主义？从文风上说，在怒"斥"了萧乾为代表的"黑色""反动文艺"之后，郭沫若意犹未尽，竟然"怒吼"了起来："御用，御用，第三个还是御用，/今天你的元勋就是政学系的大公！/鸦片，鸦片，第三个还是鸦片，/今天你的贡烟就是大公报的萧乾！"这和文委的作者们批评的那种"标语口号式"的文风和暴跳如雷式的姿态有什么不同？从思维方式上说，文章临结尾时这样宣称："人民真正作主的一天，一切反人民的现象也就自行消灭了。……人民文艺取得优势的一天，反人民文艺也就自行消灭了。"① 对照许多人耳熟能详的"毛主席语录"——"凡是反动的东西，你不打，他就不倒。这也和扫地一样，扫帚不到，灰尘照例不会自己跑掉"，② "反人民的现象"、"反人民文艺"怎么会"自行消灭"呢？这岂不是一种"小资产阶级"的空想，违背了马克思主义？

当年的作者们显然无暇及此。他们仿佛占据了历史和思维的制高点，急需一种绵密的痛快的宣泄或宣判，因而选用了这种基于独特思维方式、有着独特词汇表意系统的"大批判"文体。问题是，这种文体是从哪儿来的？

如果说，《丛刊》论文的作者群对自身能够"正确"认识和表述历史的自信归根结底来自于历史事实本身——人民解放军在战场上的"势如破竹"最终决定了批评家们行文风格上的"势如破竹"，那么，《讲话》以及毛泽东的其他代表性著作所呈现出来的思维方式与文体特征，则是论者更为直接的学习和模仿对象。《丛刊》作为《讲话》在文艺批评领域里的具体运用，在很大程度上可以视作《讲话》的注释、转述和复制，二者存在强烈的互文关系。在《讲话》等与《丛刊》文本之间，不难发现无论是思想内容还是语言形式都存在着大量对应关系，后者仿若依照前者进行的造句练习，虽然常常免不了要改换字词、添加解释、改变论述对象、转换论述领域。例如，《讲话》里提到"在我们的根据地就完全不同"、"在我们这里，情形就完全两样"，③ 在《丛刊》里就可以看到如出一辙的表述："解放区的情形就完全两样。"④《讲话》判定"在文艺界统一战线的各种力量里面，小资产阶级文艺家在中国是一个重要的力量"，⑤ 评论家将其具体化为"在文化落后的中国，小资产阶级智识分子在一个很长时期内，将仍是

---

① 郭沫若：《斥反动文艺》，《文艺的新方向》，第20—22页。

② 毛泽东：《抗日战争胜利后的时局和我们的方针》，《毛泽东选集（第四卷）》（北京：人民出版社，1991年，第2版），第1131页。

③ 毛泽东：《论文艺问题》（香港：新民主出版社，1948年，再版），第3、11页。

④ 史笃〔蒋天佐〕：《文艺运动的现状及趋势》，《新形势与文艺》，第29页。

⑤ 毛泽东：《论文艺问题》（香港：新民主出版社，1948年，再版），第19页。

文化战线上一个重要的力量，他们将担负文化启蒙的责任"。①《讲话》肯定地指出"人民大众也是有缺点的，但人民的缺点主要地是侵略者剥削者压迫者统治他们的结果"，②《丛刊》作者以双重否定等方式将其替换为"不承认广大的工农劳动群众身上有缺点，是不符合事实的；但在本质上，广大的劳动人民是善良的，优美的，坚强的，健康的"。③《讲话》常常以一分为二、非此即彼的思维方式看待问题，例如"同志们很多是从上海亭子间来的。从亭子间到根据地，不但是两种地区，而且是两个历史时代。一个是大地主大资产阶级统治的半封建半殖民地社会，一个是无产阶级领导的革命的新民主主义社会"，④《丛刊》论文这样的表述也驾轻就熟："多年来中国就分裂成两个世界，一个是求民族的独立自由和人民的解放幸福的进步的革命的新世界，一个是卖身于帝国主义而奴役剥削人民的倒退的反动的旧世界。"⑤ 毛泽东以社会发展史的眼光定义"抗日民族统一战线的政权，它既不是资产阶级一个阶级的专政，也不是无产阶级一个阶级的专政，而是在无产阶级领导之下的几个革命阶级联合起来的专政"，⑥《丛刊》作者转换论述领域，以相似的方式表述为"我们今天文艺运动的性质，既不是旧民主主义的文艺，也不是社会主义的文艺，而是新民主主义的文艺"。⑦ 毛泽东部分文章常以号召作结，如"一个新民主主义的中国不久就要诞生了，让我们迎接这个伟大的日子吧！"⑧《丛刊》编者也跟着发出相似的号召："一个新的形势快将到来了，为了迎接这即将到来的新形势……"⑨

有了这样的对照，人们大概要惊叹"二者何其相似乃尔"了，无怪乎今天的论者指出后者只是前者的"翻版和摹写而已"，"其用语色彩上的权威与自信都是有所依赖与寄托的"。⑩

---

① 本刊同仁、邵荃麟执笔：《对于当前文艺运动的意见》，《文艺的新方向》，第15页。

② 毛泽东：《论文艺问题》（香港：新民主出版社，1948年，再版），第23页。

③ 乔木：《文艺创作与主观》，《人民与文艺》，第12—13页。

④ 毛泽东：《论文艺问题》（香港：新民主出版社，1948年，再版），页27。

⑤ 史笃〔蒋天佐〕：《文艺运动的现状及趋势》，《新形势与文艺》，第17页。

⑥ 毛泽东：《中国革命和中国共产党》，《毛泽东选集（第二卷）》（北京：人民出版社，1991年，第2版），第648页。

⑦ 本刊同仁、邵荃麟执笔：《对于当前文艺运动的意见》，《文艺的新方向》，第12页。

⑧ 毛泽东：《论联合政府》，《毛泽东选集（第三卷）》（北京：人民出版社，1991年，第2版），第1098页。

⑨ 《编后》，《新形势与文艺》，第33页。

⑩ 符杰祥：《知识分子、"公文复写"与"自我批判"——从〈大众文艺丛刊〉看1948年的"文艺运动"》，《东方论坛》2005年第6期，第23页。

针对《讲话》等所代表的毛泽东著作的文体特征，批评家李陀提出了一个概念："毛文体"。其主要观点是："毛文体"是一种主宰中国人言说和写作长达几十年的特殊文体，它的形成，最重要的环节是1942年的延安整风。它既是一种话语（革命话语），又是一种文体（既有大众化特点，又提供了一套独特的修辞法则和词语系统），二者有着一而二、二而一的不可分解的关系。"毛文体"充当了使话语实践和社会实践相联结的有效媒介，实现对社会的统治和支配，并逐渐建立起自己的霸权，从此，利用"毛文体"写作成为一种隐喻：是否选择"毛文体"，也就成为作者是否选择革命的标志。"毛文体"霸权的建立，离不开知识分子的复制和转述，这种复制和转述尽管可以采用各种不同的形式，但必须具备一种大致统一的文体。

《大众文艺丛刊》的开篇之作《对于当前文艺运动的意见》

　　知识分子在"毛文体"的号召和制约下，通过"写作"完成自身阶级立场和阶级感情的转化，从而在革命中获得主体性。①

　　李陀的分析非常有见地。以此，《丛刊》论文的作者群可以被视作在解放区以外最早通过集中复制"毛文体"来获得和确证自身革命主体性的一个很好的样本群。《丛刊》对《讲话》的大量引述、模仿和论证，目的在于获取毛泽东文艺思想的合法解释权，将自身塑造成立场坚定的毛泽东文艺思想的正统拥护者和革命文艺实践者，就像延安的主流文人一样。

　　毛泽东受马克思主义阶级学说影响，自二十世纪二十年代起，一直重视考察和分析中国社会各阶级的状况，据此确定它们和革命的关系，而批评家们与此类似，为了确认自身的革命性，也将作家划分为反动（封建、买办、帮凶、帮闲）、小资产阶级、革命小资产阶级、无产阶级、工农兵等三六九等，从此出发进行作品评论。在他们看来，作家的阶级出身和政治立场，几乎已经完全决定了作品的价值。因此，他们会将不属于左翼阵营的沈从文、朱光潜、萧乾等斥为反动作家，宣判朱光潜其人是"躲在统治者袍角下的""奴才"，其文字"卑劣，无耻，阴险，狠毒"；②萧乾其人是"代表封建性与买办性双方兼备完美无缺的高明理论家"，其作品流露出"极端的反民族的思想"和"反民主的封建思想"。③对于一般接近革命的小资产阶级作家作品，例如黄谷柳的《虾球传》，批评家的评价则是它"有着积极的意义的一面，也有消极的意义的另一面"。④至于解放区的革命作家，例如柯蓝，由于"作者自己就是生活在群众斗争中的一员，与农民同呼吸共脉搏……思想和感情经过了生活斗争的锤炼，已经摆脱了小资产阶级的虚伪气息，而真正的同农民打成一片了"，因此他就能"成功地刻划了个别的人物"，在他笔下，"他们的情感是真正的农民情感"。⑤比较这些不同等级的评价，批评家背后的潜台词几乎就要脱口而出：作家阶级立场越正确，越革命，作品价值就越高。至于一般所谓的"艺术"或"技术"，批评家虽然会在

---

　　① 李陀关于"毛文体"研究的文章主要有：《雪崩何处？》，《文学报》，1989 年 6 月 5 日；《现代汉语和当代文学》，《新地文学》1991 年 1 卷 6 期；《丁玲不简单——毛体制下知识分子在话语生产中的复杂角色》，《今天》1993 年第 3 期；《转述与毛文体的产生》，《文化中国》1994 年 9 月号；《汪曾祺与现代汉语写作——兼谈毛文体》，《花城》1998 年第 5 期，第 126—142 页。此处的概括主要根据《汪曾祺与现代汉语写作——兼谈毛文体》。

　　② 邵荃麟：《朱光潜的怯懦与凶残》，《人民与文艺》，第 30、27 页。

　　③ 聂绀弩：《有奶便是娘与干妈妈主义》，《人民与文艺》，第 49、52 页。

　　④ 周钢鸣：《评〈虾球传〉第一二部》，《论批评》，第 56 页。

　　⑤ 黎紫：《评柯蓝的〈红旗呼啦啦飘〉》，《文艺的新方向》，第 84、83、82 页。

宏观论述中提到，适当地肯定其价值，但一进入具体的作品分析几乎就付之阙如了。这一点，时在解放区的艾青也曾提到，对于"新民主主义的文学"，"批评应该尽量地展开，只是在进行批评的时候，首先应着重注意的是政治思想上的倾向，其次才是文学方法、风格、形式上的倾向。"① 在南来作家对"反动作家"的批判中，"首先"变成了"唯一"。这并不奇怪，因为毛泽东讲过，对于资产阶级艺术，只能"批判"地吸收利用，也就是批判其内容，吸收其艺术上的优点，但他又说，"内容愈反动的作品愈带艺术性，就愈能毒害人民，就愈应该排斥。"他还讲过，"日本法西斯和一切人民的敌人"，"都是万恶的反动派。他们在技术上也许有些优点，譬如说他们枪炮好，但是好的枪炮拿在他们手里就是反动的。"② 在这种情况下，批评家慎重起见，谁还胆敢或者顾得上去分析沈从文"之流"作品的艺术性呢？

批评家对不同阶级立场作家作品的分析，显示出不破不立、大破大立、大开大阖的"革命精神"和大无畏风格。问题是，如果说他们对"反动作家"的批判是由于对方阶级立场和政治立场与己有异，因而可以直接判决对方的错误，那么，对于同属左翼革命文艺阵营内部的胡风等人，他们批评的正义性从何而来？按照毛泽东的阶级划分法，邵荃麟等人与其时的胡风等从出身上看都属"小资产阶级"，也都赞成"革命"，他们之间的区分，于是归结到是否愿意按照《讲话》等的要求进行积极的自我改造这一点上。"小资产阶级"的文艺工作者要转变自身立场到"无产阶级"和"人民大众"方面来，主要有两个途径：深入群众，积极参加实际的社会斗争，以及加强对马列主义毛泽东思想的学习。对于前者，身在香港的南来作家与居于大后方城市的胡风等一样很难做到，于是问题的关键便在于双方对待《讲话》等毛泽东著作的学习和接受态度了。正是在这一点上，可以看出双方的最大分歧。《丛刊》的编者视毛泽东著作为绝对正确，不容置疑，自身只是传达和解释，《讲话》等的权威性可以赋予《丛刊》权威阐释者的地位，而胡风虽则没有明确反对《讲话》，甚至以为自己是真正的毛泽东思想的拥护者，但他却想成为一个创造者，建立自己的文艺体系，这在坚持"一元论"的《丛刊》编者看来，当然属于异端了，于是他们想方设法将"小资产阶级"、"个人主义"、"唯心主义"等名号派定给胡风等主观论者，以加大双方本来就存在的分歧。于是，事情变得非常"简单"：与《讲话》统一便是对，不统一便是错；对《讲话》的解释，越接近、越相似、越单义、越明了越好，倘若具有歧

---

① 艾青：《释新民主主义的文学》（香港：海洋书屋，1947年），第4页。

② 毛泽东：《论文艺问题》（香港：新民主出版社，1948年，再版），第21—22页。

义或多义性，就很容易被怀疑和批评。如此一来，《丛刊》这些缺乏创造性的论文，却在很大程度上保证了它们和《讲话》的一致性，也就是保证了它们的"正确性"和"革命性"。

这批坚决皈依革命的党的文艺干部，在从事党所安排的文艺工作的时候，积极而愉快，甚至进入了一种忘我状态。如林默涵在编辑《群众》的时候，人手很少，"工作十分紧张。付印的那天晚上我们一起到印刷厂看清样，看完清样，我们挤坐在一辆三轮车上回到住处，天就蒙蒙亮了。"① 而邵荃麟对工作的投入更令同事周而复印象深刻："他脑筋里想的是工作，聊天内容也是工作，仿佛无时无刻不考虑工作。……荃麟同志从来不过问家里的事，甚至他个人的生活也是靠葛琴同志照料，什么时候该穿什么衣服，该吃什么，该买什么，全靠她安排。他像是小弟弟生活在大姐无微不至的温暖的关怀里一样。荃麟同志不注意生活小事甚至到这样的程度，连刮胡髭这样的琐事也要人催，而他只是马马虎虎刮一下。我认识他以后，几乎没有一次看到他的胡髭刮得干干净净，总有一些地方没有刮到，留着残余的胡髭。荃麟同志表面上看好像自己不会管理生活，实际上是他一心扑在革命工作上，没有时间去关心自己的起居生活琐事。"② 邵荃麟的这种工作作风和精神状态是一贯的，很多人都感受到了。另一位在四十年代的桂林等地和他有过交往的诗人，半个多世纪后给予他高度评价，称他为"一个属于最大多数人而不属于他自己的人"、"一个最忘我的人"、"一个献身为真理战斗的人"、一个"共产主义圣徒"。③

不过，这些工作态度令人感佩的批评家们，他们表现出来的"革命性"在一定程度上只存在于文本中，而不一定和现实生活相符。在文本内与文本外，作者们念兹在兹的立场、态度、情感、意识未必能保持一致，未必能文如其人。文学史研究者通常会注意到《丛刊》批判者与被批判者在日常生活中的私人关系。不妨举两个小例子。其一，胡风与乔冠华、冯乃超、邵荃麟等早就相识，且私交不错，因此最开始听到自己被对方大力批判的时候感到怀疑。《丛刊》出版后，他收到冯乃超从香港寄来的信，"很客气地希望我看后提意见"。④ 可见，《丛刊》中对胡风一派"主观论者"火力很猛的批判未必完全出自作者的本意，而可能是组织的决定，文章发表后作者对胡风也还是抱着要团结的想法。然而，在第四辑准备付印的时候，他们看到胡风一派发表在《泥土》和《歌唱》等杂志上的

---

① 陆华：《林默涵自述》，《新文学史料》2006年第3期，第66—67页。

② 周而复：《回忆荃麟同志》，《新文学史料》1980年第3期，第76页。

③ 彭燕郊：《荃麟——共产主义圣徒》，《新文学史料》1997年2期，第83页。

④ 胡风：《胡风自传》（南京：江苏文艺出版社，1996年），第253页。

反驳文章后，《丛刊》的编者就很不客气了，竟然迫不及待地在这一辑的《编后》先判定对方是"以一种暴跳如雷的辱骂和诬蔑的姿态来答复本刊"，是"一种宗派的喧闹"，然后提前预告下一辑将"从原则上去批判"。① 第二个例子是，《丛刊》第六辑发表了蒋天佐（笔名史笃）的《文艺运动的现状及趋势》，蒋是当时中共在上海文化方面的负责人，与香港文委的同人们本属同一阵营，不过，也许是蒋的文章更坚持"辩证"地看问题，较多地肯定了小资产阶级作家积极的一面，《丛刊》编者不忘在该辑的《编后》中特意指出："本刊编委会讨论时有人对于其中论点认为尚值得商讨。"② 可见，《丛刊》的编者对于自身的立场问题十分警惕，习惯于在把编辑集体和外来者进行比对中确认自身。在他们看来，立场最重要，为此可以抛弃生活中的私人关系或所谓人情味的东西。由于他们在生活中的表现（如很客气地请胡风提意见）和在文章里表现出的革命坚决性是有距离的，导致作者人格上某种程度的分裂性，而为了弥合这种分裂，他们只有令自己更为革命，让生活中的自我向文本中的自我靠近，在革命的痛感与快感的交集中一路前行，直至多年后发展到"六亲不认"的地步。自然，在这过程中，他们需要不断地自我改造，以致愈来愈失去原来的自我，因为"知识分子走向革命的唯一方式，便是在一种原罪式的自我改造的过程中抛弃并擦抹掉这个自我的存在"。③ 而这，竟然都和一种文体——"毛文体"——的实践有关！作为一种新的话语和文体的结合体，"毛文体"不只在文学史，同时在社会史、思想史上留下了深远的印记。所谓文体问题，在二十世纪的中国有着极其复杂深广的内容。

第三节　"新中国"的诞生

　　二十世纪四十年代末，几乎所有中国的知识分子都意识到，一个新的民族国家就要诞生了。不管是拥抱还是离开，欢呼还是犹疑，国共双方在军事战场上力量对比的迅速变化，使得这一原来还存在于想像中的情景正在迅猛地成为现实，而作家们也必须或主动或被迫地针对这一现实作出自己的回应。

---

① 《编后》，《论批评》，第 78 页。

② 《编后》，《新形势与文艺》，第 33 页。

③ 贺桂梅：《知识分子、革命与自我改造——丁玲"向左转"问题的再思考》，《中国现代文学研究丛刊》，2005 年第 2 期，第 209 页。

自晚清以来，自中国遭受列强侵略被强行纳入世界历史以来，无数仁人志士就投入到了民族解放的巨大洪流，为摆脱帝国的剥削和国家的贫困而奋斗。在这途中，几代知识分子设想过富国强民的种种方案，以黄钟大吕之声发出各自的"喻世明言"。不少怀抱社会文化理想的作家，更是将自己对于一个理想中的新的中国的想像写进了作品中。作为改良主义的中坚，梁启超的《新中国未来记》因充满了乌托邦式的想像而多少显得有些荒诞不经，然而由他开启的"民族国家的政治伦理与现世的历史进步哲学"[1] 则对后世产生了深远影响。一个"新"的"中国"的形象从此萦绕在作家们的脑海，尽管这些形象可能大相径庭。在启蒙主义者鲁迅的想像中，"要晓得将来容不得吃人的人，活在世上"，[2] 民众的国民性得到改造，精神世界实现更新，整个社会不再充斥着主子和奴才的二元结构。在无政府主义者巴金的憧憬中（借作品中人物之口表达），未来的理想国家将"革去这一切不人道的弊端，铲除这一般喝人血吸人脑的富人。使土地和一切财产尽归平民掌握……每日每人只须工作四小时，便可得到充分的需要，享受充分的安慰。其余的时间用来探讨科学，研究艺术。"[3] 香港时期的许地山，虽然没有想像一个"中华民国"之后的新阶段，但他认定"民国底产生是先天不足的。三十年前底人民对于革命底理想与目的多数还在睡里梦里"，民国时期，整个国家受外国控制更深，因而他念念不忘要自力更生，独立自主，不要受他国援助，只有这样，未来种种才"是有希望的，是生长的，是有幸福的。"[4] 对现实的不满催生了对一个新的民族国家的多样性的想像，其中，民族的独立和国家的富强是前提，而"进步"和"自由"在很多人看来也必不可少。不过，在这些作者的有生之年，他们设想中的理想国家和人民的幸福生活并没有出现。

认为自己建国理想得以最终实现的，是高举起革命大旗的革命领袖与革命作家们。早在抗日战争中期，毛泽东全面论述了新民主主义的政治、经济和文化，明确提出："我们共产党人，多年以来，不但为中国的政治革命和经济革命而奋斗，而且为中国的文化革命而奋斗；一切这些的目的，在于建设一个中华民族的新社会和新国家。……一句话，我们要建立一个新中国。"至于这个"新中国"在政治方面的含义，当时毛泽东将其称为"中华民主共和国"，指的是"在无产

---

① 魏朝勇：《民国时期文学的政治想像》（北京：华夏出版社，2005 年），第 189 页。

② 鲁迅：《狂人日记》，《鲁迅全集.1》（北京：人民文学出版社，2005 年），第 453 页。

③ 巴金：《断头台上》，《巴金全集（第二十一卷）》（北京：人民文学出版社，1993 年），第 72 页。

④ 许地山：《民国一世（三十年来我国礼俗变迁底简略的回观）》，《大公报》，1941 年 1 月 1 日。

阶级领导下的一切反帝反封建的人们联合专政的民主共和国"。而"所谓新民主主义的文化，一句话，就是无产阶级领导的人民大众的反帝反封建的文化。"①此后，这样的论述日益规范和限定了那些信奉共产主义的左翼作家，而他们正是战后香港南来作家的大多数。

自 1947 年下半年起，在国共内战中，共产党军队由战略防御转为战略进攻。这年 12 月下旬，毛泽东在陕北作了《目前形势和我们的任务》的报告，披露了国共双方的兵力对比及其变化等情况。报告开篇即宣称："中国人民的革命战争，现在已经达到了一个转折点……这是一个历史的转折点。这是蒋介石的二十年反革命统治由发展到消灭的转折点。这是一百多年以来帝国主义在中国的统治由发展到消灭的转折点。这是一个伟大的事变。"② 这种对历史正在发生转折的强烈感觉和肯定判断，很快传递到南来作家心中。邵荃麟将毛泽东的报告形容为"历史性的文件，它是当前中国一切运动的总指标"，在展望文艺运动今后的方向时，他意识到自身来到了一个新时代："一条光芒万丈的历史道路，展开在我们的面前。一个明确而辉煌的箭标，在指引着这条道路。"③ 当时以民主人士身份留港的茅盾，观察到南来知识分子精神状态因此而来的变化："一九四八年的香港十分热闹，从蒋管区各大城市以及海外汇集到这里来的各界民主人士和文化人总在千数以上，随便参加什么集会，都能见到许多熟悉的面孔。大家都兴高采烈，没有一点'流亡客'的愁容和凄切。两个朋友碰到一起，不出十句话就会谈到战局，谈到各战场上各路解放军的辉煌胜利；就会议论毛泽东在一九四七年十二月二十五日所作的重要报告《目前形势和我们的任务》，议论文章中提出的种种重大的激动人心的问题。大家都认为一九四八年将是中国历史的伟大转折中具有决定意义的一年。"④

1948 年 1 月 1 日，茅盾在报章上发表新年祝福，称"反帝反封建的革命事业，有在本年内完成的希望了"，"我祝福所有站在人民这一边的人士：更坚决，更团结，把反帝反封建的革命事业进行到底，让我们的儿孙辈不再流血而只是流

① 毛泽东：《新民主主义论》，《毛泽东选集（第二卷）》（北京：人民出版社，1991 年，第 2 版），第 663、675、698 页。

② 毛泽东：《目前形势和我们的任务》，《毛泽东选集（第四卷）》（北京：人民出版社，1991 年，第 2 版），第 1243—1244 页。

③ 本刊同仁、邵荃麟执笔：《对于当前文艺运动的意见》，《文艺的新方向》，第 12 页。

④ 茅盾：《访问苏联·迎接新中国——回忆录〔三十三〕》，《新文学史料》1986 年第 4期，第 28 页。

汗来从事新中华民国的伟大建设!"① 整整一年后,他在同一家报纸发表了另一篇新年祝词,也是他三度居港发表的最后一篇文章,在文中直接宣称"新中国诞生了,这是五千年来中华民族的第一件喜事,这也是亚洲民族有史以来第一件喜事!"② 将这个新的国家置于世界格局中,发掘它诞生的意义。不只是茅盾,那些加入了"人民"队伍的作家们,读到毛泽东的报告后,都感到极大鼓舞,从此具有了一种"胜利在望"的豪情,下笔时对于理想中的"新中国"有了越来越多的呼唤和描绘。大约从1948年开始,"新中国"由一个临时搭配而成的词组,渐渐变成一个具有特定所指的专用名词。在一篇纪念"五四"的文章中,夏衍强调"新中国"的太阳最先是从解放区升起的:

假如我们的斗志不被暂时起作用的乌云压倒,把视线放远一点,深一点,那么这半个黑暗的中国实际上不过是黎明之前的一段浓黑,而那边占全中国人口三分之一的地方,不已经日丽天青,显现出一片光明的景象了么?暗了南方,亮了北方,南方的暗云愈加低迷,北方的阳光就愈显得灿烂,清劲的风在吹扫,沉滞污浊的气团已经冲散,新中国的曙光,不已经清晰在望了么?③

"新中国"的诞生,在这些作家们看来,意味着他们长期为之奋斗的理想的全面实现,意味着一切关于美好未来的承诺全部成为现实,也意味着革命话语在获取合法性的过程中得到了最重的一个砝码。从此,无往而不"新",而"新"的必然是符合理想的。如前文所引,郭沫若相信,在"人民真正作主的一天","一切反人民的现象"和"反人民文艺"都会"自行消灭"。另一位作者相信,"全国的胜利就在目前,一种崭新的生活就在目前,一片真正的自由解放的天地就在目前"。④ 具体到文艺领域,有作者憧憬:"'五四'以来,新文艺运动已经经历过几个阶段,现在我们正跨入一个崭新的阶段,这个阶段的前途是壮阔无比的……"⑤ 这样乐观的心态和天真的情怀,在作者们直抒胸臆的散文甚至论文中比比皆是。也许是"历史的转折"过于巨大,带给他们强烈的情感冲击,令他们丧失了对问题的复杂性进行深入思考的能力。

当然,在迎接"新中国"的到来时,他们没有忘记自己的岗位和责任。正

---

① 茅盾:《祝福所有站在人民这一边的!》,《华商报》,1948年1月1日,第四版。
② 茅盾:《迎接新年,迎接新中国》,《华商报》,1949年1月1日,第十版。
③ 夏衍:《"五四"二十九周年》,《人民与文艺》,第4页。
④ 史笃〔蒋天佐〕:《文艺运动的现状和趋势》,《新形势与文艺》,第16页。
⑤ 邵荃麟:《新形势下文艺运动上的几个问题》,《新形势与文艺》,第15页。

如梁启超认为小说可以"新民"，造就新的国民，鲁迅认为小说可以用来启蒙，改良人生，胡适认为一个古老国家的改变可以从语言的转变入手，声称"中国将来的新文学用的白话，就是将来中国的标准国语。造中国将来白话文学的人，就是制定标准国语的人"，①长久以来，中国的不少政治家、思想家和作家们都认为文艺对于一个现代民族国家的建构具有极重大的作用，革命作家们同样如此。他们中的一位清醒地意识到："一个空前的历史局面就要在我们眼前出现了。那些长久地被压抑在社会底层的人民大众，他们的基本权利急待争取，他们的精神和文化急待解放、滋养。这是又一种的战斗！它意义的重大决不下于疆场上的作战，而困难的程度也正一样。在这个新的战斗中，文学、艺术的职责，不但不稍微减轻，倒是更加沉重起来。它要为新中国政治、社会的巩固，要为广大的劳动人民的彻底解放和进步贡献出最大力量。"②当然，他这里所说的文学艺术，指的只能是那种为人民服务、主要是为工农兵服务，在形式上具有大众化特点和普及作用的解放区文艺及其追随者。至于一般的"反动作家"等人的文艺，"新中国"对他们具有排他性。

对"新中国"的宽泛想像已足够令很多作家激动不已，如能亲临现场，目睹"新中国"的诞生过程，更会令人进入一种忘我的陶醉状态。在这方面，司马文森留下的一本薄薄的随笔集可将我们带回到"历史现场"。这本集子记述了作者从香港北上参加全国政协会议和开国大典过程中的所见所感，全书收入十一篇文章，有八篇即时记录了在北京的见闻，重点是对北京城新气象——解放军如何军纪严明，各阶层人士如何欢欣鼓舞，苏联友人如何情谊深厚——的描写和对人民领袖毛泽东的礼赞。在这些篇什里，"欢乐"、"幸福"、"鼓掌"、"划时代"、"四万万七千五百万人民"等表述反复出现，且多用排比句式，然而，心情亢奋的作者似乎尚不足以"尽情地抒发"自己的感情，不少语句近乎兴奋的叫喊。例如在《毛泽东，我们的亲人！》一文中，作者这样描写与会代表见到毛泽东出场时的情景——

---

① 胡适：《建设的文学革命论》，《新青年》第 4 卷第 4 号（1918 年 4 月 15 日），第 294 页。

② 静闻〔钟敬文〕：《方言文学运动的新阶段》，载中华全国文艺协会香港分会方言文学研究会编：《方言文学（第一辑）》（香港：新民主出版社，1949 年），第 1 页。

司马文森《新中国的十月》(香港前进书局,1950 年)书影

掌声像狂风暴雨的起了,扫过会场,六百多个代表们一致的起立,给一个人鼓掌,致热烈的敬意。那就是在马克斯列宁史太林之后,最英明的人类领袖,是我们的亲人,毛泽东!高大,雄伟,庄严的毛泽东,那象征了中国巨人的毛泽东,那代表了从东方升起,光芒万丈的太阳的毛泽东,谦虚的,诚恳地向大家点头、微笑、鼓掌!掌声更疯狂了,有人在欢呼,有人眼中含着热泪。他们,代表了各党派,各阶层,各民族,代表了全中国四万万七千五百万人民,多么的热爱自己的救星,自己的亲人——毛泽东啊!

尽情的欢呼吧!尽情的鼓掌吧!尽情的欢笑吧!那是我们的权利,那是我们的光荣,我们不放弃这权利,我们不放弃这光荣,我们连续的欢呼,鼓掌!三分钟过去了,五分钟过去了,而我们的欢呼声,我们的掌声不停,不愿停,停不下来!①

在听到会场外鸣放的礼炮时,作者如此形容"我们"的心情:"我们摒着气,全场没有一点声息,注神倾听礼炮的呜呜!这是中国人民第一次听见祝贺自

---

① 司马文森:《毛泽东,我们的亲人!》,载司马文森:《新中国的十月》(香港:前进书局,1950 年),第 25 页。

己胜利的炮声！这是旧中国被埋葬，新中国被迎接着降到人间的信号！我们的血在沸腾，我们快活，我们想奔向前去，去拥抱他，拥抱那把新中国迎接到人间的巨人。如果不是在这个庄严的会堂，我们就一定会这样做。我们要把他抱起来，放在我们肩上，让他巡行全场，让大家更清楚的望望他那光辉灿烂的面孔！"而文章的结尾仍然在描写鼓掌的盛况："……鼓掌呀，鼓掌呀！让这掌声叫国内外反对派听的发抖去吧，而我们不放弃这个权利，我们把手拍红了，拍痛了，但我们一点不感觉到，我们还要鼓掌下去，欢呼下去！"①

此时此刻，这个把手掌拍痛而失去感觉的作者，头脑中已没有任何自我意识：他消失了冷静观察的作家身份，消失了独立思考的知识分子身份，而成为一个巨人、太阳照耀下的"子民"。他的许多同伴尽管没有他那么"幸福"，能够亲眼目睹这个巨人出场引发的热烈场景，感受这种令人晕眩的陶醉，不过他们中的多数不久后也都成了这样的"子民"。

---

① 司马文森：《毛泽东，我们的亲人！》，载司马文森：《新中国的十月》（香港：前进书局，1950年），第26、28页。

第九章　结　论

中国的历史是"除旧布新"了，我们个人的生活也应当努力"除旧布新"，然后可望跟上时代，而不至于落伍，中国的知识分子在最近三十年来确实尽了历史赋予他们的使命，三十年来，知识分子中间的确也出现了奴才，西崽，以及各式各样的帮闲，帮凶，然而绝大多数的知识分子经过辛亥革命，十年内战，十年抗战，最近三年的人民解放战争，——这多次严厉的考验，都能够表示出贫贱不能移，威武不能屈，有所不为的精神，中国知识分子的文艺工作者尤其是一向站在战斗的前列，而所受压迫亦最甚。所以中国的知识分子实在有资格在中国历史"除旧布新"的大时代挺起胸膛做一个公民。

——茅盾（1948，香港）①

南来作家群体与香港发生密切关系，源于历史的因缘际会。当历史的客观条件发生变化，他们在香港这一临时文化中心的宣传使命已经告一段落后，也就到了他们中的绝大多数告别的时候。1949 年春夏之交，南京国民党统治覆灭，由共产党领导的第一次全国文学艺术工作者代表大会、新的政治协商会议、开国大典等都在积极筹备，这些都亟需大量知识分子的参与，于是，除了极少数南来作家因工作需要继续留在香港，绝大部分左翼作家都由组织安排北上，进入各解放区从事新的工作。与此同时，一些追随国民政府的右翼作家，或对共产党政权存在疑虑的中立作家，则由大陆南下香港，从而形成四五十年代之交香港文坛左右翼"大换班"的历史现象。这以后的情形，已经超出本书的论述范围了。

在本书上、下篇分别对南来作家的文学生产和话语实践进行过初步考察之后，现在可以尝试对《绪论》一开始提出的几个问题作出回应。

核心问题是：南来作家在其香港书写中展现了怎样的现代民族国家想像？一

---

① 茅盾：《岁末杂感》，《文艺生活》总第 44 期（1948 年 12 月 25 日），第 3 页。

个现代民族国家的诞生，不仅仅是在政治和经济的意义上摆脱外来统治，实现独立自主，而且需要在文化方面营造出一个有别于其他国家等政治实体、能够进行自我指认的主体形象，因而它既是一个现实的存在，同时也时刻处于意识形态的不断想像和建构之中。如果说，"二十世纪的中国是复杂的时代精神的产物。在一个关于新的民族国家的想像中，它成为了一种现在；而且，它是一个浸染着昨天的现在。二十世纪的中国文学，首先面对的'现代民族国家的想像'是其中非常重要的线索。"[1] 那么，南来作家的文学实践不但证明在总体上没有脱离这一现代民族国家想像的重要线索，而且相对于大陆其他地区具有此时此地的一些不同特征。

首先，南来作家的现代民族国家想像具有多元化特点。由于港英殖民统治提供了一个较大的言论自由空间，加之多种政治势力的进入与对文学生产有意识的组织引导，使得香港成为多种话语的争夺空间和实践场所。这和内地许多个别城市在文化色彩上通常较为"纯粹"有很大不同。在南来作家群体中，有着像萧红这样坚持个人较为单纯的作家身份，与时代主流话语拉开很大距离的"左翼作家"，也有像许地山这样政治上坚持抗战，文化上注重发掘传统，而创作上既有针砭时弊、又有对宗教人性进行思考的学者型作家，还有像戴望舒这样政治上左翼、艺术上奉行自由主义立场，而在具体创作中仍对时代主题有着强烈呼应的作家。当然，更多的还是一大批无论政治上还是艺术上都紧跟党派，视文学服务于政治、文学为宣传工具的"革命"作家。如果考虑到本地原有的以市民趣味为写作取向的各类作家，此地作家的构成具有多派别多层面的特点。很难想像，如果萧红当年去了延安，她还能在极端的寂寞中写下《呼兰河传》、《后花园》、《小城三月》这些既忧伤又美丽的篇章，以及《马伯乐》这样的长篇讽刺杰作，因为延安是不允许一个作家如此寂寞地存在与如此深刻地讽刺的。同样很难设想，如果香港工委文委的同人们四十年代末身处重庆或南京，他们还能发动一场激烈的大批判运动，为现代文学总结，为当代文学开路。因为除了解放区，只有在香港，毛泽东著作和解放区文艺作品才能自由传播，从事意识形态领导工作的左翼作家们才能将自身定位为延安文化人的同伴，而和一般的在国统区受压迫的进步作家区分开来。这就让他们在检讨和批判国统区文艺运动时能够站上一个更高点，上演一出"隔山打牛"的好戏。所以，无论是个人创作也好，集体进行的文艺批评活动也好，很大程度上都与香港所提供的背景和环境有关。另外值得

---

① 陈润华：《二十世纪中国文学想像的现代性——"虚无、暴力与乌托邦"的世界性因素》（上海：复旦大学中文系博士学位论文，2004 年）之《内容摘要》，第 1 页。

注意的是，在香港不仅存在多种声音，其中的一种——左翼——还特别高亢，这自然和作家受到的政治压力相对较小和不那么直接有关。香港的文化空间在某种程度上类似于上海的租界。共产党一向善于利用租界的庇护从事革命活动，二十年代的中期，上海产生了"革命文学"，同样，到了四十年代后期，香港产生了对毛泽东《讲话》和延安文艺"新方向"的大力标举。

其次，南来作家的现代民族国家想像具有全国性（民族性）和地域性（本土性）交织的特点。以文艺"民族形式"论争过程中香港论者对方言土语的重视以及战后的"方言文学"运动为例，二者的目标无疑是全国性的，即是通过将方言吸收进文学，实现文艺的大众化和普及功能，动员民众参加抗战或内战，谋求民族或阶级的独立和解放。目光在内地，实践在香港，于是就面临一个与香港本地文化的冲突和调适问题。对于这一问题，南来作家有过努力，但解决得并不好。譬如在"方言文学"运动中，不少参与者将其视为一个阶级意味浓重的命题，将读者对象定位为广东的工农大众，尤其是文盲和半文盲的农民，因而作品的题材、思想意识等各方面都从这样的角度处理，结果写出来的东西既到不了工农大众群中，香港的读者也不爱看，以致运动轰轰烈烈，实际效果并不见佳。又如，茅盾等作家在连载长篇小说时也曾试图从形式等方面作出改变，以适应本地读者，结果惨败后也就没有继续努力下去了。南来作家那些能够在文学史上流传的作品，如萧红和茅盾的一些长篇小说，都是按照个人此前习惯的创作方式写出来的。这些作品内容上既和香港无关，也不以香港读者为目标读者，风格上离他们的阅读习惯很远。从总体上看，南来作家的一些文学实践以全国性（民族性）为目标，以阶级性为突破口，但因对本土性——"本土"意识和"本土"特征——缺乏深入了解，或调适不当，从而使其实践效果大打折扣。

再次，南来作家的现代民族国家想像具有鲜明的意识形态化乃至政治化特点。除了萧红等个别作家，一般的南来作家，包括茅盾这样领袖级的资深作家，在抗战以后事实上都主动或被动地接受了文学是宣传的工具这样的认识，将文学与抗战、革命联系起来。茅盾、许地山、戴望舒等均积极从事抗战文化的宣传工作，徐迟这样的原现代派诗人，此期的作品几乎都和时代紧相呼应，在诗歌中描写想像中的战争及其具体场面。而到了战后，毛泽东《讲话》进一步规范了左翼作家对文学性质的认识及对现代民族国家的想像，在他们对"新中国"的描绘和礼赞的文字里，隐含着种种政治化的表述与政治化思维的痕迹。很多时候，可以将他们的文学批评等文字和政治领袖的著作对读，二者在思维和文风上都有很大的相似性。

在《绪论》中还提出了两个相关问题：中国现代文学在香港发生了什么？它为香港文学带来了什么？综合起来其实是一个问题，也就是南来作家在文学史上如何定位的问题。

无疑，南来作家从事的文学实践，由于基本出自"中原心态"，是对"北中国"的描绘，顺理成章地主要地是属于中国现代文学的范畴。抗战时期，香港被南来文化人建成为一个全国性的文化中心，南来作家在于创作和理论批评活动上的努力，是当时文学界所取得成果的重要组成部分。萧红晚期的小说、戴望舒后期的诗歌、茅盾的《腐蚀》、许地山的《玉官》等不仅是他们个人毕生的代表作，也是整个中国现代文学史上不可忽视的佳作。合而观之，他们的作品，呈现了战时"中国"形象的不同侧面：萧红笔下的东北大地和流亡中的大后方，戴望舒《我用残损的手掌》对不同地区的想像，许地山笔下对华南城乡的描写等等，都不仅是对一时一地的表现，而具有典型化的意义。这些创作和内地其他地区作家的作品一道，开始将一个战争背景下的"现代中国"的形象完整地呈现出来。① 而南来作家在香港以《文艺阵地》、《文艺青年》等为载体广泛开展的理论探讨，例如关于抗战文艺之形式与内容的讨论（部分与"民族形式"讨论相重合）、"反新式风花雪月"论战等，都来源于现实，服务于现实，充满着紧张的时代气息。

在现代文学史格局中，战后南来作家对文学史的影响较战前为大，这主要是由于他们在中国现当代文学的转折中扮演了重要角色。按照学界当前通常的理解，中国现代文学和当代文学分指 1919—1949、1949 年以来的中国大陆地区的文学，而"'当代文学'这一文学时间，是'五四'以后的新文学'一体化'趋向的全面实现，到这种'一体化'的解体的文学时期。"② 这种"一体化"，指的是文学形态、文学规范等由多元走向单一。这种"一体化"进程，主要是四五十年代之交，以毛泽东《讲话》等为标准，通过频繁的文艺批评或批判活动，以及各种"社会主义"文艺机制的设立等来完成的。就前者而言，在四十年代后期，左翼文学的主流派别已在多地对国统区文人，包括国民党作家和部分自由主义作家，以及左翼文艺内部的其他派别展开过批判。例如在重庆，1945 年前后已发生过一次对左翼文艺界内部的整肃，针对的是夏衍《芳草天涯》的"非政治的倾向"以及胡风等的"主观论"文艺思想；在上海，1947 年开展过对某些与"革命大众文艺"等尚有距离的进步作家的批评，巴金、靳以、李健吾、唐弢等因其"新感伤主义"、"市侩主义"或"一团和气"而接受来自左翼文艺

---

① 参见黄万华：《战时中国：现代中国形象完整呈现的开端》，《社会科学辑刊》2002年第 4 期，第 153—159 页。

② 洪子诚：《中国当代文学史·前言》（北京：北京大学出版社，2007 年，第 2 版），第 3 页。

界的"再教育";在东北,则发生了对萧军的批判。① 不过在这些不同地区的文艺批判中,以香港所展开的火力最猛,涉及面最广,对作家造成的打击最大,也最具示范意义。有学者指出,由于战后香港左翼文化势力主导文坛,"使此时的香港文学政治化、倾向化明显,甚至成为50年代新中国文学的某种预演。"这种预演的具体内容,一是"左翼文艺政策在香港文坛得到了全面的诠释、宣传、推广",二是呈现出"大批判性和自我改造性"的特征,以致"香港是毛泽东《讲话》的相关精神在解放区以外得到最有力贯彻的地区"。② 香港的文艺批判所取得的"理论成果",相当部分后来被1949年7月召开的中华全国第一次文学艺术工作者代表大会所采用,而这次大会因其对全国文艺运动的总结检讨、对文艺"新方向"的合法性论证,以及领导文艺的机构设置等方面的成果,一般被视为中国当代文学的开端。在这样的背景下,我以为南来作家对中国现当代文学的转折作出了关键性的"贡献"。所谓"转折",指的是现代文学原有面貌的改变与当代文学特质的生成,具体来说涉及以下层面:

其一,随着《讲话》在全国范围内形成了支配性地位,毛泽东文艺思想成为支配文学批评与创作的唯一指导思想,现代文学的发展失去了多样性的可能,而迅速走向以解放区"工农兵文学"为样板的一体化的格局。解放区文学在四十年代初期只是现代文学的一支,当这一支在四十年代末成为唯一具有合法性的一支、个别成为全体时,原先意义上的现代文学已经不存在了。如果将解放区文学的形态和规范视为当代文学"质的规定性"的重要内容,那么可以说,在1942年前后(赵树理的部分作品创作于他阅读到《讲话》之前),"当代文学"已然存在,不过它只是一种局部存在,从全局看来,此时"现代文学"仍占主体。南来作家文艺批判的重要性在于,它强烈要求国统区作家接受解放区文学所代表的政治和文学准则,从而和解放区作家一统江山,当这样的目的实现以后,"当代文学"就成为了一个全局性的存在,整个文学的性质随之发生改变。

其二,随着一种新的美学原则——"人民美学"或"大众美学"——在全国文艺界获得霸权地位,其中蕴含的"绝对阶级原则"与"绝对大众原则"对于文学中的人性意识和个体意识形成了强力整合与压制,从而使得各种现代主义

---

① 参见郭建玲:《1945—1949年中国现代文学格局转型研究》(上海:华东师范大学中文系博士学位论文,2007年),第5—7页。

② 黄万华:《1945—1949年的香港文学》,《中国现代文学研究丛刊》2004年第2期,第91、93、95页。

文学流派遭遇困境，难以生存。① 从此，多元互补的创作方法、文学流派一个个走向消失，"抽象"的人性、爱、自我意识等逐步被摒除在文学创作之外。与此同时，在左翼文学主流力量对现代文学进行意识形态清理，进而对现代文学主要作家进行划分和重组后，能够代表现代文学最高成就的作家，大部分被剥夺了写作的权利或迫于意识形态压力面临着写作的困境。② 文学生产全面走向体制化，从创作主体来说，现代文学失去了它的核心力量，也就难以再有作为。

其三，也许最重要的是，批评与权力的结合虽然并非始于四十年代末，但随着国共双方政治、军事力量的对比在全国范围内发生变化，共产党即将获得全国统治权，文艺服从政治，文艺的命运由权力予以定夺，就不再只是一种意识形态化的表述，而日益成为社会现实。郭沫若所称的文艺上的"大反攻"和"全面的打击"，包括旁观者就算"不受正面射击，也要被流弹误伤"③ 的局面，此后屡次演化为社会政治生活中的惨痛事实。文学不再只是文学，一个国家的文学逐步演变成为一个党的事业的组成部分，这在总体上而言是属于当代文学的特征。

如果说，"现代文学"和"当代文学"不过是"新文学"在不同阶段的发展，很难说二者在哪一方面或哪一个具有"决定意义"的点上呈现出"质的不同"或"难以逾越的鸿沟"，那么，综合以上层面，我们可以说，由于左翼香港南来作家的努力，在四十年代末，中国现代文学主要在空间意义上整体走向了终结，而中国当代文学开始被强有力地推向全国。

关于南来作家和香港文学史的关系，前文已经介绍，目前主要存在"推动说"和"阻碍说"两种对立的看法，二者各有其阐释的有效性及不足。吊诡的是，无论是"推动"还是"阻碍"，都是将南来作家置于论者各自想像的"香港文学"之外，而在具体的讨论中，如内地学者的各种《香港文学史》的写作与香港学者的香港文学研究中，南来作家又都包含于其中。究竟是将南来作家视为香港文学所受到的"外来影响"，还是香港文学发展的某些阶段的内在组成部分，依然是一个相当复杂的问题。个人以为，对此不必忙于作出结论，目前需要的是展开更细致的研究：如果说是"影响"，那么具体影响到哪些方面？是南来作家从上海带来的影响？从广州带来的影响？新感觉派的影响？现实主义的影

---

① 参见刘再复：《绝对大众原则与现代文学诸流派的困境》，《中国现代文学国际研讨会论文集——民族国家论述》（台北：中央研究院中国文哲研究所筹备处，1995年），第305页。

② 参见贺桂梅：《转折的时代：40—50年代作家研究》（济南：山东教育出版社，2003年）；程光炜：《文化的转轨："鲁郭茅巴老曹"在中国（1949—1976）》（台北：秀威信息科技股份有限公司，2004年）。

③ 郭沫若：《斥反动文艺》，《文艺的新方向》，第22页。

响？主题或手法的影响？影响到香港的哪些作家？如果说是"有机构成"，那么南来作家和本土作家有何异同？二者的"最大公约数"是什么？最终的问题则是："香港文学"是什么？"香港作家"是什么？尽管已有许多学者对此下过定义，但考虑到南来作家的复杂性（如居住年限、香港公民身份等方面各不相同），这些定义也未必适用。只有在更多具体问题上积累了更丰富的研究成果，再来讨论南来作家和香港文学的关系可能才更具说服力。①

也有个别学者将南来作家和本土作家在"香港文学"的大题目下结合起来讨论，而在具体论述过程中展开对二者关系及南来作家内部复杂性的分析。例如，黄万华认为，战时的香港文学呈现出中原心态和本地化进程的纠结，南来作家主要受"中原心态"支配，香港文学的本地化进程则"只能寄希望于本土作家"。不过也不尽然，例如南来的许地山就没有"过客"心理，他"是南来作家中协调中原心态和香港文学本地化进程最自觉而有效的"，在创作方面具有"香港意义"，如《铁鱼底腮》"是篇地道的香港小说"。② 他还观察到，战后的香港文学同时在进行两种"预演"，一种是新中国文学的预演，一种是"家国意识"的产生、"香港文学开始有了自己独立的生命机制"的预演。③ 他敏锐地注意到，个别南来作家，例如黄药眠，对香港有亲近感，代表的是非左翼立场。这样的研究试图打破将香港文学视为南来作家和本土作家各自创造的文学加以简单嫁接的固有思路，而发觉一些不易为人觉察的"你中有我，我中有你"的因素，不失为一种可取的态度，不过具体论述还是有点重蹈覆辙，存在拼接痕迹，而且稍嫌牵强，尤其是对南来作家作品（如许地山的小说和剧本）的分析似乎与其实际面貌有着一定距离。

本书在对南来作家的研究中，借助了一些思想史研究的方法和材料，这是由于个人认为南来作家对后世的影响不仅存在于文学史层面，同样存在于思想史等层面。在思想史层面上，我比较看重南来作家如何想像一个现代民族国家，以及如何定位自我与这一想像中的政治文化实体的关系。以是，不少章节中，我都讨论过南来作家的自我意识，例如戴望舒、徐迟、左翼革命诗人对自我与时代、民

---

① 陈国球在《文学史书写形态与文化政治》（北京：北京大学出版社，2004 年）一书的第七章《"香港"如何"中国"》专门讨论香港文学如何被写进中国文学史，目前的处理都不尽人意。与此相对，南来作家如何被写入香港文学史，也是一个值得深入讨论的题目。

② 黄万华：《战时香港文学："中原心态"与本地化进程的纠结》，《中国现代文学研究丛刊》2003 年第 1 期，第 96、94 页。

③ 黄万华：《1945—1949 年的香港文学》，《中国现代文学研究丛刊》2004 年第 2 期，第 103 页。

族、领袖关系的想像，"方言文学"运动和文艺批判过程中作家的自我改造意识等，试图从一个侧面管窥现代中国知识分子精神的变迁。

从大的方面看，在对现代民族国家的想像与渴望中，以及对革命主体性的追求和实践中，知识分子具有独立批判精神的自我一步步走向丧失。对自我主体性的苦苦追寻是二十世纪不同阶段的中国人文知识分子面临的共同遭遇，但他们似乎始终没有解决好这一难题。五四时期，以《新青年》作者群为代表的启蒙知识分子大力宣扬新文化运动，一度成为社会上的意见领袖和民众导师，但现实政治情势的恶化令五四新文化运动很快"退潮"，知识分子阵营迅速分化。三十年代，一部分自由主义知识分子积极参政议政，在教育等方面做出了不少制度性建设，但并不能进入政治权力核心，干预政府运作，和下层民众也因缺乏交流而导致隔膜，愈来愈多的知识分子则逐渐"革命化"，拥抱大众，愿成为其普通一员。到了四十年代延安整风运动，在政党领袖看来，大部分知识分子（基本上是由于其"小资产阶级出身"的阶级身份）更是已经从启蒙的导师变为"群众的学生"，成为"精神"和"身体"都"不干净"，需要进行思想改造的可疑群体。而左翼南来作家对这样的派定，最终或主动或被动地接受了。考察其原因，当与中国知识分子的精神传统有关。

中国知识分子的前身是"士"，春秋以前的"士"，是贵族阶级中最低的一层，在社会身份、政治、思想上都有着特别限定，不容易发展出一种超越精神和社会批判功能。战国以后的"士"，地位下降，不再属于贵族，而成为四民之首，但同时"从固定的封建秩序中获得了解放"，"因此在思想上也解放了"，出现了超越精神，不但能"对于现实世界进行比较全面的反思和批判，而且也使他们能够自由自在地探求理想的世界——'道'。"① 概括地说，于自身以"道"为目标，通过修身养性，追求内在超越，于外在世界以"道"为准绳，发挥社会批判功能，是古代知识分子的基本角色意识和个人使命，而这种批判也具有制度上的保障，如国家设立的言官制度。这些可谓是知识分子的优良传统。但另一方面，由贵族没落而形成的士大夫阶层，由于失去了"恒产"，"在社会上无物质生活的根基；除政治外，亦无自由活动的天地。……于是中国的知识分子，一开始便是政治的寄生虫，便是统治集团的乞丐。"② 自身命运不能自主。社会批判者和乞丐，可谓普通知识分子的两极。20 世纪初，随着科举制度的废除，士

---

① 余英时：《中国知识人之史的考察》，载许纪霖编：《20 世纪中国知识分子史论》（北京：新星出版社，2005 年），第 15 页。

② 徐复观：《中国知识分子的历史性格及其历史的命运》，载许纪霖编：《20 世纪中国知识分子史论》（北京：新星出版社，2005 年），第 65—66 页。

大夫阶层解体，知识分子被社会边缘化，但其历史性格仍不断闪现。五四一代知识分子，激烈地反传统，对现实社会也主要持批判态度，此后几十年，若以对全国性政府的态度而言，这一路的知识分子始终为数不少。南来作家对国民政府的批判，也是历代知识分子社会批判的回声。然而问题是，知识分子在批判"非道"现象的同时，对于自身推崇的"道"往往缺乏反省和自我批判，而其"道"的标准，则凝聚于少数"圣人"和权威身上，这也成为知识分子的一种传统思维方式。这种思维方式，虽经五四启蒙运动，也并未被普遍打破。近些年来，学界对启蒙主义进行反思，发现其存在的问题之一，便是并没有实现过一场思维方式的革命，建立起一个"理性法庭"，在多数场合，理性是缺位的，而"传统的占支配地位的思维方式，尽管也不乏批评、阙疑的精神，但从根本上说，它是信奉、屈从乃至迷信各种权威、圣贤、经典、传统与习惯。批评与阙疑，更多的是针对着'异端'，针对着'旁门邪说'。"当启蒙思想家们猛烈抨击了中国传统权威，以达尔文、卢梭、斯大林取代了孔子、孟子、老子、朱熹，这只不过是"以对新权威的迷信和盲从取代了对旧权威的迷信与盲从，以新的信仰主义取代了旧的信仰主义。'惟上智下愚不移'的等级性思维这一根深蒂固的传统也延续了下来。领袖们、精英们是睿智者、教育者、灌输者，凡夫俗子们是受教育者、被灌输者、服从者、行动者。与此相应，便只承认思想与认知的单一性，不能容忍思想与认知的多元性、丰富性、多样性、多层次性。"而在方法论上，也没有从根本上改变"传统的经传注疏进行演绎的认知方法"，"唯上、唯书，不唯实。"① 于是我们看到，南来作家对毛泽东《讲话》的诠释仿若为经典作注，对左翼阵营内胡风等主观论者的批判则是通过对"异端"的排斥来进一步巩固权威，这种思想与认知的单一性，最终导致对于具有丰富个性和认知潜能的自我的放弃和排除。

现代民族国家的组成个体本应是具有平等意识的"公民"，但"公民"的意识在中国现实土壤中很难生根，这也和知识分子文化传统有关。知识分子因对"道"的追求而很容易具有道德上的优越感，尽管大量知识分子加入"群众"队伍，由独立的"旧社会"的思考者和批判者转变为"新中国"的螺丝钉和传声筒，以及"革命领袖"的追随者和学习者，但在意识深处，这种优越感是很难根除的。茅盾渴望知识分子能在新时代"挺起胸膛做一个公民"，一来这未必是他真正能够满足的渴望，二来从历史现实看，知识分子高至"帝王师"，低至"臭老九"，就是从来没有、也从来不甘于成为一个普通"公民"。

---

① 姜义华：《理性缺位的启蒙》（上海：上海三联书店，2000年），第7、8页。

附录　香港南来作家传略

说明：

一、南来作家的选择，综合考虑作家知名度、居港时长、在港期间对文艺活动的参与及影响、创作的数量和质量等因素。

二、为节省篇幅，本"传略"一般只概述作家们1937—1949年间南下香港期间的主要文艺活动及作品，在此前后经历很少涉及，对作家的文学史地位也不作主观评价。读者欲知其详细生平事迹及文学成就，请参阅各类文学史著作、文学辞典及相关作家传记等。

三、作家排列以名称汉语拼音为序，而作家名称则以常用性、知名度为准，选用原名或笔名，原名与笔名姓氏不一致时，略加说明。

四、本"传略"编写过程中的主要参考资料如下（不再列入本书《参考文献》）：

a）徐州师范学院《中国现代作家传略》编辑组编：《中国现代作家传略》（上、下集），成都：四川人民出版社，1981年、1983年。

b）北京语言学院《中国文学家辞典》编委会编：《中国文学家辞典》（现代第一分册、第二分册、第三分册），成都：四川人民出版社，1979年、1982年、1985年（第三分册改由四川文艺出版社出版）。

c）陈衡、袁广达主编：《广东当代作家传略》，广州：中山大学出版社，1991年。

d）魏玉传编：《中国现当代女作家传》，北京：中国妇女出版社，1990年。

e）曹聚仁等：《现代作家传略》，香港：一新书店，〔1974年〕。

f）《书影留踪》，香港：香港中文大学图书馆系统，2007年。

g）《新文学史料》、《香港文学》等期刊所载相关回忆与评论文章。

h）其他相关图书与文章，如个别作家的传记、各类文学史著作、相关研究论文等。

巴人（1901—1972）

原名王任叔，浙江奉化人。1941 年 3 月至 7 月在港，临时寓所在香港湾仔，此后辗转于新加坡、印度尼西亚等地。长篇小说《沉滓》连载于《华商报》1941 年 5 月 18 日至 9 月 14 日，文艺论集《窍门集》由香港海燕书店 1941 年 5 月初版。此前，四幕话剧《前夜》和五幕话剧《两代的爱》分别由香港海燕书店于 1940 年 7 月和 1941 年 2 月初版。1947 年 10 月被逐回港，参加连贯负责的华侨委员会，在港工作十个月，1948 年 8 月离港赴解放区。

蔡楚生（1906—1966）

广东潮阳人。1937 年 11 月上海失陷后转赴香港，与司徒慧敏合编粤语电影剧本《血溅宝山城》、《游击队进行曲》，与赵英才合编《孤岛天堂》，编导电影《前程万里》等。1940 年创作电影剧本《南岛风云》初稿（1949 年前未拍摄）。1948 年再度来港，任南国影业公司导演，协助陈残云等编导《珠江泪》并任监制。1949 年 5 月抵京。

陈残云（1914—2002）

广州人。年轻时在香港当过几年店员。广州沦陷后，1939 年来港，参与文协香港分会活动，与黄宁婴复刊《中国诗坛》。皖南事变后，1941 年夏来港，10 月经夏衍介绍赴新加坡。1946 年夏再度来港，从事民主运动与文艺运动，任民盟南方总支部组织部副部长，任教于香岛中学，后任南国影业公司编导室主任，1948—1949 年任文协香港分会理事。与黄宁婴等合编《中国诗坛》，与司马文森合编《文艺生活》，与黄秋耘合编《大公报·青年周刊》，与章泯合编《大公报·电影周刊》，组织"粤片集评"。期间在港出版中篇小说《风砂的城》（写作于广州）、《新生群》、《南洋伯还乡》，短篇集《小团圆》，创作粤语电影剧本《珠江泪》并拍摄公映。1950 年离港回到广州。

陈芦荻（1912—1994）

广东南海人。1945 年秋来港，任教于香岛中学，参加文协香港分会（任候补理事）和香港中国诗歌工作者协会的文学活动，与胡明树合编青年学生读物《学生文丛》，参加人间书屋，与黄宁婴、陈残云等复刊《中国诗坛》。期间，写了不少讽刺诗、朗诵诗、粤讴、歌词在报刊发表及给作曲家谱曲。1949 年 5 月出版诗集《旗下高歌》，8 月离港赴东江解放区。

戴望舒（1905—1950）

江苏南京人，出生于杭州。1938 年 5 月携妻女与徐迟一家同行，自上海来港，由《大风》旬刊主编陆丹林推荐，任《星岛日报·星座》主编，8 月 1 日开始出版，直至 1941 年 12 月 10 日。1939 年春任文协香港分会首届干事，同年任中国文化协进会理事。1939 年 5 月与金仲华、张光宇等合编《星岛周报》，7 月与艾青合编《顶点》诗刊，8月与冯亦代、徐迟、叶君健等创办英文版《中国作家》。1940年4月任郁风主编的《耕耘》杂志编委。1940年及1941年度任文协香港分会干事、理事、宣传部负责人及编辑委员会委员。1941年1月在《星岛日报》创设"俗文学"周刊。1942年春被日军逮捕，写作《题壁》等诗。1944—1945年间先后担任《华侨日报·文艺周刊》、《香港日报·香港文艺》、《香岛日报·日曜文艺》编辑工作。战后主编《新生日报·新语》。于各报刊发表诗作、小说、散文等，翻译《西班牙抗战谣曲》。1946年3月返回上海，1947年出版《恶之华掇英》，1948年2月出版《灾难的岁月》，5月因参加教授罢课被国民党通缉，再度流亡香港。1949年3月11日与卞之琳结伴乘挂巴拿马旗的货船离港赴北京工作。

杜埃（1914—1993）

原名曹传美（乳名）、曹芥茹（学名），广东大埔人。1937年9月由广州来港，在八路军驻港办事处廖承志领导下作抗日文艺宣传工作，在共产党与十九路军合办的《大众日报》写社论、编副刊一年，参加"九龙中华艺术协进会"领导工作，在茅盾赴新疆后代为编辑《立报·言林》和在"九龙业余艺术学校"授课。期间在《文艺阵地》等报刊发表政论、文艺理论、散文、小说。1939年春被派赴广东东江游击区。1940年由廖承志派往菲律宾做海外抗日宣传工作。1947年回港，任复刊后的《华商报》副总编辑，1948年8月至1949年四五月间主编副刊《茶亭》，后调任《群众》周刊编辑。参与人间书屋工作，出版《人民文艺浅说》。

杜衡（1907—1964）

姓戴，笔名苏汶，江苏人。1938年上半年避居香港，先居西环学士台、桃李台一带。因陶希圣推荐主编《国民日报·新垒》，后推荐路易士接编。介绍路易士认识胡兰成。1939年春，被谣传依附汪伪，被开除出香港文协，由前好友戴望舒亲口宣布。1940年1月，加入陶希圣创办的"国际通讯社"。搬到九龙居住，先后居于佐敦道及天文台道，与路易士一家合租一层楼。香港沦陷后，1942年初随"国际通讯社"同仁离港赴重庆。

端木蕻良（1912—1996）

原名曹京平，辽宁昌图人。1940年初应孙寒冰之邀，同萧红由重庆抵香港，住在九龙乐道8号三楼。为《星岛日报》副刊撰稿，主编《时代文学》及《大时代文艺丛书》，写作长篇《大时代》（未完成）。香港沦陷后去桂林。1948年秋再到香港，出版《扬子江颂歌》，1949年8月去北京。

范长江（1909—1970）

四川内江人。1941年皖南事变前后到香港，在廖承志领导下主办共产党在海外的机关报《华商报》。1942 年进入苏北解放区。

冯乃超（1901—1983）

原籍广东南海，生于日本横滨。1946 年 10 月，由党组织安排，由上海抵港，与夫人李声韵租住英皇道。继夏衍之后任文委书记，主管文化工作。为海洋书屋编辑瞿秋白《论中国文学革命》，推动文艺大众化。1948 年参与创办《大众文艺丛刊》，发表《战斗诗歌的方向》、《评〈我的两家房东〉》、《从〈白毛女〉的演出看中国新歌剧的方向》等论文。此外在《华商报》、《群众》、《正报》、《文艺生活》等发表政论、文艺评论、散文与杂文。1949 年 3 月上旬率领二百多名文化界人士乘坐"宝通号"轮船离港赴京。

冯亦代（1913—2005）

浙江杭州人。1938 年 2 月由上海抵港，任职国民党中央信托局。后在《星报》做外文电讯翻译工作，主编该报《第八艺术》周刊，并开始在《星岛日报·星座》等发表影评、散文和小说。1939 年参加国际新闻社，由戴望舒介绍加入文协香港分会，与戴望舒、叶君健、徐迟、郑安娜等筹办英文版《中国作家》。1940 年参加香港业余联谊社，为东江游击区义演筹款。与郁风、戴望舒、马国亮、黄苗子、张光宇、张正宇、叶浅予、丁聪等发起出版《耕耘》杂志，同年与沈镛出版不定期刊《电影与戏剧》，任主编。在港期间还参加宋庆龄主持的保卫中国大同盟历次为抗战的义演筹款工作。1941 年 2 月，中央信托局于重庆筹建印刷厂，被调去工作。

戈宝权（1913—2000）

江苏东台人。1941 年皖南事变后，由周恩来亲自安排秘密由重庆赴香港，与叶以群创办文艺通讯社，香港沦陷后逃离。

葛琴（1907—1995）

江苏宜兴人。长期从事党的地下工作。1947 年 3 月，由上海至香港。在港期间，从事妇女与统战工作，并任文委委员。协助杜麦青负责的文化资料供应室的工作。在《大公报》、《华商报》等发表不少政治性杂文，并把自己的小说《结亲》改编成同名电影剧本，在夏衍支持下，于 1948 年由香港南群影业公司拍摄。1949 年秋离港赴京。

公刘（1927—2003）

原名刘耿直，学名刘仁勇，江西南昌人。1948 年 2 月为逃避国民党逮捕，从大学三年级辍学，由南昌经上海来港，参与共产党领导的"全国学联"宣传部工作，任"全国学联"地下机关刊物《中国学生》编辑。曾任香港生活书店附设的持恒函授学校社会科学组导师，学校停办后，进入迁港复刊的《文汇报》，初任校对，三个月后升任副刊编辑。期间用公刘、龙凤兮、扬戈的笔名写作杂文、评论、小说、活报剧脚本、政治讽刺诗、学运通讯，发表于《群众》周刊、《正报》、《华商报》、《文汇报》、《大公报》、《周末报》等。1949 年初加入文协香港分会，11 月广州解放后，申请返回内地参军。

郭沫若（1892—1978）

四川乐山人。1947 年 11 月，与茅盾一道，在党组织安排下，由叶以群护送撤退到香港。住在九龙山林道，文艺界一些聚会不便在其他地方举行的，便于郭家聚会。参与领导中国学术工作者协会和文协香港分会的工作，支持南方学院工作。1948 年 8 月 25 日至 12 月 5 日于《华商报·热风》连载《抗战回忆录》（后更名《洪波曲》出版）。1948 年鲁迅逝世十二周年纪念大会于六国饭店大厅会场举行，根据党的指示发表演讲。11 月初，至南方学院演讲，11 月下旬，应邀离开香港赴解放区。

韩北屏（1914—1970）

江苏扬州人。1946 年来港，先后任香港《新生日报》编辑部主任，建华、永华及南国影业公司编导委员，新闻学院教授，并与夏衍等组成七人影评小组，展开对电影的批评工作。当选过文协港粤分会理事。1946 年电影剧本《豪门华阀》由香港大中华影业公司拍成电影，改名《某夫人》。完成电影剧本《海市蜃楼》。出版知识性读物《电影的秘密》、《诗歌的欣赏与创作》。1950 年回广州。

洪遒（1913—1994）

原名张鸿猷，浙江绍兴人。1946 年初抵港，与周钢鸣等发起成立文协粤港分会，并任理事。任《中国诗坛》编委，参加中国新诗歌工作者协会工作。与夏衍、瞿白音、叶以群、周钢鸣、孟超、韩北屏等组成七人影评小组，于《华商报》发表影评文章。1949 年任《文汇报》副刊编辑。1950 年与司马文森等发起组织香港电影学会。

胡春冰（1906—1960）

浙江绍兴人。1938 年暮春来港，居于深水埗。任国民党港九地区支部书记、《国民日报》副刊主编。1939 年与简又文、陆丹林等发起成立中国文化协进会。1949 年再到香港，从事话剧运动。

胡风（1902—1985）

原名张光人，湖北蕲春人。1941 年 5 月 7 日，为抗议国民党发动皖南事变，根据共产党的安排，全家离开重庆，6 月 5 日抵香港。由廖承志安排孙钿照顾，先住九龙弥敦道新新酒店，后租住西洋菜街 175 号。在港半年间，生活大半由党照料和维持。为《笔谈》、《华商报》、《光明日报》、《大众生活》等撰稿。计划出《七月》香港版，因注册问题迁延，未实现。1942 年 1 月 12 日，脱险出九龙。

胡兰成（1906—1981）

浙江嵊县人。1938 年初，由上海《中华日报》调到香港《南华日报》任总主笔，以流沙笔名撰写社论，同时在皇后道华人行蔚蓝书店兼职，研究战时国际情势。住在薄扶林道学士台，邻居有杜衡、穆时英、戴望舒、张光宇、路易士等。10 月，由商务印书馆出版《最近英国外交的分析》。在《南华日报》上发表社论《战难，和亦不易》，受汪精卫妻陈璧君赏识，1939 年 5 月汪精卫抵上海后，胡兰成随即离开香港回到上海，开始替汪精卫的亲日伪政权服务。

胡明树（1914—1977）

原名徐善源，广西桂平人。抗战胜利后来港，从事民主运动。任《华侨日报·儿童周刊》执行编辑，主编《学生文丛》、《少年时代》等。在《新儿童》半月刊发表大量儿童文学作品及翻译故事，在《星岛日报·星座》、《中国诗坛》、《文汇报·文艺周刊》、《大公报·文艺》等发表诗作。期间主要作品有长篇童话《小黑子失牛记》及续篇《小黑子流浪记》，童话集《大钳蟹》，中篇小说《江文清的口袋》、《初恨》（原名《娜娜珂》），长篇童话《海滩上的装甲部队》，儿童诗集《微薄的礼物》。1949 年后返回内地。

胡绳（1918—2000）

江苏苏州人。1941 年初至港，任《大众生活》编委、中共香港文化工作委员会五人小组成员。1942 年离港至重庆。1946 年再度来港，任香港工委文委委员、香港生活书店总编辑。居英皇道。为《大众文艺丛刊》等撰稿。

胡仲持（1900—1968）

浙江上虞人。字学志，笔名宜闲。1940 年遭日伪通缉，被迫由上海出走香港，先在国际新闻社任职，后到《华商报》任总编辑。太平洋战争爆发后离港去广西。战后再度流亡香港，任新加坡《南侨日报》驻港特派员。1949 年 1 月离港到北平。在港期间出版译作多部，包括德国歌德的小说《女性和童话》、美国萨洛扬的短篇小说集《我叫阿拉谟》、英国普列查特的《文艺鉴赏论》等。

华嘉（1915—1996）

原名邝剑平，祖籍广东南海，生于广州。1941 年春皖南事变后由桂林随夏衍等到香港办《华商报》并任港闻版记者，香港沦陷后返回桂林，出版报告文学集《香港之战》。1946 年秋与黄宁婴、黄药眠结伴由广州乘船抵达香港。1947 年夏接替吕剑编辑《华商报·热风》至 1948 年 8 月 24 日。1949 年四五月间接编《华商报·茶亭》至 8 月底，随后离港返抵东江解放区。亦曾为《正报》文艺版编辑。曾为文协香港分会筹办文艺函授学院，参与创办人间书屋，编辑出版《人间文丛》、《人间诗丛》、《人间译丛》。积极参与"方言文学"运动。此期作品有小说集《复员图》，创作与论文合集《论方言文艺》及童话《森林的故事》。

黄谷柳（1908—1977）

出生于越南海防市，幼年寄居云南河口外祖母家。1927年至1931年在港谋生，在《大光报》、《循环日报》等发表小说散文。1946年3月携全家从广州至香港，以卖稿为生，生活清苦，租住在九龙联合道一间用木板隔成的只有四平米的小房子。从1947年11月14日起，应夏衍之约在《华商报》副刊连载小说《虾球传》，分为《春风秋雨》、《白云珠海》、《山长水远》三部，持续一年多。华南进步文艺界为小说专门召开过座谈会。小说很快被改编为电影，并被翻译成日文。另编写粤语电影剧本《此恨绵绵》，创作中篇小说《刘半仙遇险记》和童话《大象的经历》等。参加司马文森等主持的粤语影片清洁运动。后搬家到九龙城郊牛池湾村一处平房居住。1949年6月离港赴粤西游击区，任中国人民解放军粤桂边纵队司令部秘书。

黄宁婴（1915—1979）

广东台山人，中山大学毕业生。1938年10月广州沦陷后来港，初在九龙一间小咖啡店当店员，后任文协香港分会理事，与陈残云复刊《中国诗坛》，共出版三期，因未在港英当局注册，受到取缔，被迫停刊。1940年夏初离港转赴桂林。1946年秋内战爆发后再度离穗来港，居住在香港半山坚尼地道。1948—1949年间在港复刊三期《中国诗坛丛刊》。曾任教于香岛中学，并担任《华商报》影剧双周刊编辑、文协香港分会理事、秘书、民盟广东省支部委员、南方总支部委员等。参与创办人间书屋，编辑《人间诗丛》。参与新粤剧改编。出版诗集《九月的太阳》、《民主短简》及长诗《溃退》。1949年广东解放前夕入东江游击区。

黄庆云（1920—）

广州人。童年在香港受教育，1932年回广州读书。1938年广州沦陷后到香港，入岭南大学读书，积极参加难童救济和儿童剧场等活动，并开始儿童文学创作。1940年考进岭南大学社会科学研究所，以儿童文学作为专题研究。在教授们帮助下，1941年在香港创办了《新儿童》半月刊，在刊物上开辟"云姊姊信箱"，与儿童讨论各种问题。1942年杂志迁桂林出版，抗战胜利后先后在广州、香港复刊。1947—1948年赴美国哥伦比亚大学攻读教育硕士，仍以儿童文学为研究对象。1949年前香港进步教育出版社出版了她的童话集、儿童小说集、诗歌及翻译儿童小说二十多种。

黄秋耘（1918—2001）

原籍广东顺德，祖居佛山，生于香港。中小学时代在香港读书，1935年秋考入清华大学。抗战爆发后，曾在八路军驻香港办事处和其他部门做军事工作和地下工作，打进日寇情报机关刺探军事情报，后又打进国民党军事机关当过尉级军官和中校军官，曾率领小部队和日本侵略军作战。1940年后协助编辑《青年知识》。1942 年初因从沦陷区营救进步文化人士及民主人士受表扬。1946 年 6 月为逃避军统特务搜捕再次逃至香港，从事文化工作，公开身份是香岛中学英语教员。常在报刊用笔名发表散文、小说、杂文。在港出版散文集《浮沉》，与陈实合译罗曼罗兰的长篇小说《搏斗》。

黄绳（1914—）

广州人。1937 年迁居香港，任中学教员，同时开始文艺工作，参加文协香港分会，常于《文艺阵地》、《立报·言林》、《申报·自由谈》（港版）发表文章，亦是文协香港分会主要撰稿人之一。写作之外，还为香港中华业余学校及"文通"讲授文艺理论课程。香港沦陷后至桂林。1948 年重返香港，任香岛中学校长，在《文汇报·文艺》等发表散文作品。在香港出版的集子有《文艺与工农》、《怎样读小说》、《文学学习与写作修养》、《文艺作品分析》等。

黄药眠（1903—1987）

广东梅县人。曾在共青团中央做地下工作。1941 年皖南事变后由桂林来港，在八路军驻港办事处担任国际抗日宣传工作，兼写时事评论，1942 年返回梅县。1946 年再度来港，参与创办达德学院，任文学系主任。并参与民盟领导工作，主编民盟机关报《光明报》。1948—1949 年任文协香港分会理事。在《华商报》、《大公报·文艺》、《星岛日报·星座》、《小说》月刊、《文汇报·文艺周刊》、《中国诗坛》等发表诗作、评论等。在港期间出版长诗《桂林底撤退》，小说集《暗影》、《再见》（写于桂林），论文集《论约瑟夫的外套》、《论走私主义的哲学》，散文集《抒情小品》（部分写于梅县）等。1949 年 5 月离港赴京参加第一次文代会和全国政协第一次全体会议。

简又文（1896—1978）

广东新会人。美国芝加哥大学硕士。曾任国民党立法委员。1937 年至港从事文化工作，1938 年在香港与林语堂等创办《大风》旬刊，任社长，至 1941 年太平洋战争爆发后停刊。1939 年国民党香港支部改组后，被委任为执行委员，负责文化方面工作，筹组中国文化协进会，担任主任委员。另开始研究太平天国史。香港沦陷后辗转赴桂林。1949 年 6 月携眷至香港定居。

蒋牧良（1901—1973）

湖南湘乡（今属涟源）人。1948 年到香港，任《小说》月刊编委，出版传记《高尔基》。1949 年春绕道北上参加第一次文代会。

金仲华（1907—1968）

浙江桐乡人。中共地下党员。1936 年来港，协助邹韬奋等筹办《生活日报》，同年夏回上海后任《世界知识》杂志主编。1938 年 8 月再来港，参与筹建中国青年新闻记者学会香港分会和国际新闻社香港分社，并任《世界知识》主编、《星岛日报》总编辑。兼任宋庆龄创办的保卫中国同盟执行委员、中国新闻学院（由中国青年新闻记者学会香港分会创办）副院长，主持院务。1942年初与夏衍等离港至桂林。1948年7月再到香港，受中共委托，主编新华社香港分社对外英文期刊《东方通讯》。1949年3月离港返回内地。

柯灵（1909—2000）

原名高季琳，浙江绍兴人。1948年5月由于国民党特务搜捕，由上海逃往香港，参与创办港版《文汇报》，兼任永华影业公司编剧，并任中国民主促进会中央常务委员。1949年4月离港进入解放区，到京参加第一次文代会。

犁青（1933—）

原名李福源，生于福建安溪。1947年为生计由上海来港，从事货仓管理、渔船作业、小学教师等职业。参加新诗歌社及文协香港分会文艺通讯部，任"文通"诗歌组长。参加"新青年文艺丛刊"编辑工作与"方言诗歌创作组"活动。与诗人沙鸥、吕剑等结交，发表了两千行的长诗《苦难的侨村》，出版短诗集《瓜红时节》等。1948年离港赴南洋。

廖沫沙（1907—1991）

湖南长沙人。曾作党的地下工作，三次被捕。1941年春由广西桂林抵港。参与创办《华商报》，任编辑主任，编辑要闻版，住在中环半山坡摆花街的编辑部，以怀湘等笔名，在副刊《灯塔》发表杂文，在《大众生活》周刊发表历史小品多篇，1949年集为《鹿马传》出版。1942年春撤退至桂林。1945年11月初离开重庆，12月中旬抵港，任复刊后的《华商报》副总编辑兼主笔，撰写社论，负责军事评论专栏《每周战局》，为《群众》周刊、《正报》写文章，先后居报社位于干诺道中的编辑部及西环桃李台《群众》周刊所在地。加入香港工委报委。离开报社后，主持新民主出版社的编辑工作。1949年6月初离港赴京。

林焕平（1911—2000）

广东台山人。1938年夏由广州来港，任文协香港分会理事、广东国民大学香港分校教授、民族革命通讯社香港分社社长，从事抗战宣传。香港沦陷后赴广西桂林等地。1947年1月底由上海再度来港，先在华侨工商学院任教，后创办南方学院并任院长，兼任《文汇报》社论委员、中国学术工作者协会理事、文协香港分会理事，撰写有关日本及国际问题的署名专论。1951年南方学院被港英当局封闭后返回桂林。在港期间发表大量诗歌、散文、评论、译作等，著有《抗战文艺评论集》、《文艺的欣赏》、《文学论教程》、《论新民主主义教育》等，译有藏原惟人的《文化革命论》等。

林林（1910—）

学名林仰山，福建诏安人。1941年春由广西抵港，参与《华商报》工作。

1948 年春由菲律宾回到香港，参加文协香港分会，曾在达德学院和南方学院任文学系教授，为《华商报》编辑副刊《笔谈》、《读书生活》等，并为《文艺生活》撰稿。期间出版过《诗歌杂论》、反映菲律宾游击战争的诗集《同志，攻进城来了!》（后改名为《阿莱耶山》），翻译出版海涅的诗集《织工歌》和《海涅爱情诗集》。1949 年秋离港至广州。

林默涵（1913—2008）

福建武平人。曾从事地下工作。1946 年夏，由党组织安排，由上海抵港，租住英皇道。10 月负责筹办《群众》周刊香港版工作，1947 年二三月间开始出版。同年当选为文协香港分会候补理事。1948 年与邵荃麟等共同编辑《大众文艺丛刊》。1949 年初继章汉夫之后任香港工委报委书记兼《华商报》社论委员，同年秋回到北京参加第一次文代会。在港期间撰写抨击国民党政府和针砭时弊的杂文及文艺论文，辑为杂文集《狮与龙》、论文集《在激变中》，于 1949 年出版。

零零（1917—）

原名郑树荣，广东恩平人。1939 年考入南迁香港的岭南大学，参与校内"艺文社"话剧活动，1943 年毕业。1946 年发表以战时从香港播迁广东曲江（今韶关）的岭南大学为背景的抗战小说《人鬼恋》，1947 年与导演关文清合著电影小说《复员泪》。在香港《生活日报》、《国民日报》等发表诗作、报告文学、小说等，著有诗集《时代进行曲》等。1951 年返回内地。

刘思慕（1904—1985）

广东新会人。抗战期间曾于香港国际新闻社等处从事抗战宣传工作。1946 年后任复刊后的《华商报》总编辑、《文汇报》总编辑。

柳亚子（1887—1958）

江苏吴江人。1940 年底由上海租界潜往香港，写作《羿楼日札》，1941 年 9 月起连载于茅盾主编的《笔谈》，并组织扶余诗社，任社长。太平洋战争爆发后，辗转至桂林。1947 年因受当局迫害，再度由上海来港，同年由耕耘出版社印行《乘桴集》、《南游集》、《怀旧集》。1948 年初参与发起中国国民党革命委员会并任秘书长。1949 年春应毛泽东电邀离港至北平，出席政协会议。

楼栖（1912—1997）

原名邹冠群，广东梅县人。1937 年中山大学毕业后来港，任教于香港华南中学，业余从事创作。1938 年参加文协香港分会，1939 年任教于香港中华业余学校，1941 年至桂林。1946 年回港，任《人民报》副刊编辑，1947 年春任达德学院文史系教授。1949 年广州解放后离港。1949 年在港出版客家方言长诗《鸳鸯子》和杂文集《反刍集》。

楼适夷（1905—2001）

浙江余姚人。曾经从事地下工作。1938 年 11 月由武汉经广州抵港，协助茅盾编辑《文艺阵地》，并继茅盾之后代理主编工作。1939 年 6 月因安全原因回上海。1947 年由上海再度来港，住在九龙，与周而复等创办《小说》月刊，负责实际编辑工作。曾任文协香港分会监事，1949 年离港赴北京参加第一次文代会。在港期间发表散文、小说及评论，出版散文集《四明山杂记》。

陆丹林（1896—1972）

广东三水人，生于广州。1938 年初由上海至港，任 3 月 5 日创刊的《大风》旬刊编辑、主编。于从政外多从事报刊编辑及教育工作。

吕剑（1919—）

原名王聘之，山东莱芜人。1946 年在港参与复刊《华商报》，主编副刊《热风》至 1947 年夏。任文协香港分会理事。编辑《风雨诗丛》。1948 年春赴华北解放区。

吕志澄（1915—）

广东高要人。1945 年底至香港，任进步教育出版社《新儿童》半月刊副编、主编、督审等职，撰写及翻译儿童故事小说、童话、诗歌、少年科学等在上面发表。参加文委领导下的影评写作组，影评、文艺作品主要在《华商报》、《大公报》、《文汇报》副刊发表。又在华南分局民联负责人谭天度、罗理实领导下，与黄天若等组建进步组织"西江青年"，出版刊物《西江》。1950 年回广州。

骆宾基（1917—1994）

原名张璞君，吉林珲春人。1941 年夏由桂林辗转至香港，9 月抵达，为茅盾主编的《笔谈》撰写中篇连载小说《罪证》，在《时代文学》上发表长篇连载《人与土地》（写于桂林）。太平洋战争爆发，陪伴在病重的萧红身边。萧红逝世后，只身离港。1949 年初在南京作为政治犯被释放，4 月又转走香港，6 月离港赴京。

茅盾（1896—1981）

原名沈德鸿，字雁冰，浙江桐乡人。1938 年 2 月底，应生活书店约请主编《文艺阵地》，应萨空了约请主编《立报·言林》，迁居香港，先住在轩尼诗道一间租房内，三四个月后迁至九龙太子道一九六号四楼。于《立报·言林》连载长篇小说《你往哪里跑？》。1938 年 12 月赴新疆担任新疆学院文学院长。1941 年 1 月皖南事变，周恩来领导文化界人士疏散，3 月二度来港，任务是开辟"第二战线"，先住旅店，5 月迁至香港半山坚尼地道。任邹韬奋主持的《大众生活》编委，从新一号开始连载日记体长篇小说《腐蚀》。于《华商报·灯塔》连载散文《如是我见我闻》十八篇（后更名《见闻杂记》）。创办并主编半月刊《笔谈》，9月1日出版创刊号，不到5天即出版再版本，共出版7期。在港九个月，《腐蚀》与一个短篇小说《某一天》之外，还写了近百篇杂文。香港沦陷后，第一批撤退，由东江游击队保护离港。1947年11月上旬，由叶以群安排，离开上海赴香港，在公寓中住了一个半月，后在九龙弥敦道租住。任文协香港分会常务理事。续写《苏联见闻录》、《生活之一页》（后更名为《脱险杂记》），新写《杂谈苏联》。创作最后的长篇《锻炼》，于香港《文汇报》连载了111天。主编《文汇报·文艺周刊》，任新创办的《小说》月刊编委。1948年12月底，作为第三批文化界人士，离开香港赴东北解放区，参加新政治协商会议的筹备工作。

孟超（1902—1976）

山东诸城人。1947年从重庆至港。为了维持生计，与秦似等参与编写小学教科书（夏衍为了解决一些人的生活困难，从新加坡一位爱国华侨那里领来的差使）。与秦似等复刊《野草》，与楼适夷、以群等创办《小说》月刊，为《华商报》、《大公报》、《文汇报》副刊写稿。期间还写出杂文集《水泊梁山英雄谱》（上海学习出版社，1950年），借古喻今，讽论时事和人物。

穆时英（1912—1940）

浙江慈溪人。1936年2月为追踪舞女妻子仇飞飞到香港，一度在《星岛日报》任职，1939年3月出席文协香港分会成立大会，10月回上海，主办汪精卫伪政权《中华日报》副刊《文艺周刊》及《华风》，1940年5月主编《国民新闻》。

聂绀弩（1903—1986）

湖北京山人。早年为国民党员，黄埔军校学员，与蒋经国、谷正纲等国民党知名人士同为莫斯科大学同学。1947年为逃避国民党追捕离开重庆赴香港，1948年3月抵达，居于九龙梭亚道十五号。在港期间为《文汇报》写社论，任《野草》编委。出版散文杂文集《天亮了》、诗文集《元旦》、杂文集《二鸦杂文》等。1949年6月赴京参加第一次文代会，年底返回香港，1950年夏任香港《文汇报》总主笔。

鸥外鸥（1911—1995）

原名李宗大，广东东莞人。1918年移居香港，居于跑马地，1922年迁返广州。1938年广州沦陷前夕至港，任教于香江中学，并主编《中学知识》月刊，在《大地画报》发表《和平的础石》等诗。后任国际印刷公司总经理，支持生活书店的出版工作，印刷邹韬奋主编的《大众生活》周刊和茅盾主编的《笔谈》等。1939年出席文协香港分会成立大会，1942年逃出香港赴桂林。1946—1947年间在香港《新儿童》发表儿童诗多首。

欧阳予倩（1889—1962）

湖南浏阳人。1937年上海沦陷后因受汉奸特务迫害，前往香港，编写古装片电影《木兰从军》，为中国旅行剧团导演话剧《流寇队长》、《魔窟》、《一心堂》、《钦差大臣》、《日出》等。1939 年冬迁至桂林。抗战胜利后，1946 年 9 月再度来港，编导影片《关不住的春光》（《弱者，你的名字是女人》）和《恋爱之道》（与夏衍合编），表达进步知识分子对革命的向往之心。1949 年离港赴京。

潘汉年（1906—1977）

江苏宜兴人。长期负责文化统一战线工作。上海沦陷前，奉中共中央指示，负责爱国民主人士向内地撤退或向香港转移的工作，自己也奉命转移到香港，并与廖承志一起建立了八路军驻香港办事处。太平洋战争爆发后，又奉命负责在港文化界人士的撤退工作。1946 年 10 月 30 日乘飞机再度由上海抵港，参与中共香港分局和中共华南局的领导工作，主持在港的统一战线等工作。1948 年 9 月至 1949 年 3 月，先后分四批负责护送约 350 名爱国民主人士北上解放区。

乔木（1913—1983）

原名乔冠华，江苏建湖人。1938 年至港，在八路军驻港办事处工作，为《新生晚报》写社论，参与筹建文协香港分会，任中国新闻社社长。1946 年任香港工委委员，负责外事组，公开社会身份是新华社香港分社社长。居于英皇道。

秦牧（1919—1992）

原名林觉夫，广东澄海人，归国华侨。生于香港，三岁随父母迁居新加坡，1932 年底回国，1936 年到香港念高中，住在贫民窟。1938 年后辗转粤桂等地。1946 年冬至香港，任《中国工人》编辑，过了三年职业作者的生活。同时担任民盟港九支部宣传部长。1949 年 8 月离港进入广东东江解放区。

秦似（1917—1986）

原名王扬，广西博白人。1935 年在广州读高中时曾遥领香港《循环日报》的《文学》双周刊编辑之职。抗战开始后参与救亡运动。1946 年夏由广西到港，居于港岛桃李台。参与复刊同仁杂志《野草》，任执行编辑，以丛刊形式出版，主要发行地区是香港和南洋，共出版 12 期。曾在《华商报》作英文电讯翻译，又在《文汇报》编辑副刊《彩色版》。在港期间出版杂文集《在岗位上》。1949 年 8 月化装离港进入东江解放区。

饶彰风（1913—1970）

别名蒲特，广东大埔人。1936 年秋，被调往香港参加中共南方临时工作委员会工作，主办其机关刊物《大路》，并负责与新闻界、文化界联系。曾任东江游击队秘书长。1945 年抗战胜利后被派驻香港领导复刊《华商报》，任总经理。住在七姊妹。此前先行创办中共广东区委机关报《正报》，创建新华南通讯社，兼任社长。担任香港工委文委和报委领导工作，领导健全了香港中原剧社，帮助从内地转移到香港的第七战区艺宣大队第五队和第七队合并成立中国歌舞剧艺社。负责对民主党派、爱国民主人士和文化界的统战工作。新中国成立前夕，安排中国歌舞剧艺社、中原剧社、虹虹歌咏团、蚂蚁剧社以及文艺界人士，分批进入粤东地区，成立华南文工团。

萨空了（1907—1988）

原籍内蒙古昭乌达盟翁牛特旗，生于四川成都，蒙古族人。1938 年至港，复刊《立报》。9 月，因与《立报》社长成舍我意见不合，远赴新疆。1945 年再度至港，1946 年接替饶彰风任《华商报》总经理，并任《光明报》总经理。1949 年离港赴京。

沙鸥（1922—1994）

原名王世达，重庆人。1947 年逃亡至香港，参与《新诗歌》在港的复刊工作，以"新诗歌丛书"名义在港出版了一批诗集，个人出版诗集《百丑图》等三本集子。并任文协香港分会文艺通讯部顾问。1948 年秋离港赴平山解放区。

邵荃麟（1906—1971）

祖籍浙江宁波，生于重庆。1947 年 1 月，由周恩来亲笔介绍，自上海赴港，租住香港东北角的马宝道，任香港工委文委委员，后任文委书记和工委副书记，从事统战工作。1948 年参与创办《大众文艺丛刊》，发表《对于当前文艺运动的意见》、《论主观问题》、《论马恩的文艺批评》等多篇理论文章。期间还翻译了一些马列主义文艺理论，如阿·梅耶斯涅可夫的《列宁与文艺问题》；写过一些介绍马列文论的小册子，如《文艺真实性与阶级性》等，列入《文艺生活丛书》出版。1949 年 8 月中旬与乔冠华等最后一批撤离香港赴北京。

施蛰存（1905—2003）

生于浙江杭州，长于松江。约于 1938 年 8 月途经香港，于《星岛日报·星座》发表《新文学与旧形式》、《再谈新文学与旧形式》参与文坛讨论。1940 年 3 月至 11 月旅居香港，住在学士台，在天主教真理学会帮忙校阅天主教文学的中文译稿，并应杨刚之邀筹备文协香港分会暑期讲习班，每周为之讲课两次。期间在《大风》旬刊发表散文《薄凫林杂记》等，在《星岛日报·星座》发表小说、散文等与翻译作品。12 月回上海省亲。

司马文森（1916—1968）

原名何章平，福建泉州人。九岁即被迫外出，赴南洋当童工谋生，十二岁回国。曾于军队工作。1946 年为逃避国民党迫害由广州撤退至香港，复刊《文艺生活》，出版海外版。担任中共南方局文委委员、港澳工委委员、达德学院文学教授、《文汇报》主编，及文协香港分会常务理事等职，倡导报告文学。同时担负统战工作。并创作长篇小说《南洋淘金记》、《海外寻夫记》，中篇小说《成长》、《折翼鸟》、《危城记》、《香港淘金记》以及许多短篇小说、散文、评论等。

编写的六部电影剧本《火凤凰》、《南海渔歌》、《血海仇》、《娘惹》、《海角亡魂》、《海外寻夫》都被拍成电影。1949 年秋奉召离港赴京参加政协会议和开国典礼，创作特写报告集《新中国的十月》。1950 年后任香港《文汇报》总主笔。

宋云彬（1897—1979）

浙江海宁人。1946 年到港，任香港文化供应社总编辑、《文汇报·青年周刊》编辑、《野草》编委，又为上海书店编写南洋华侨中学的语文教科书，并任达德学院教授。期间出版《中国文学史简编》和《中国近百年史》。平津解放后，1949 年春离港赴京。

宋之的（1914—1956）

原名宋汝昭，河北丰润人。1941 年皖南事变后奉周恩来指示从重庆撤退至香港。在廖承志领导下，出面组织"旅港剧人协会"，演出《雾重庆》（自编自导）、《希特勒的杰作》（《马门教授》）、《北京人》（曹禺编剧）等剧。创作剧本，做团结统战工作，当舞台监督，在《华商报》、《大众生活》等发表短论杂文。香港沦陷后随东江游击队北撤。后写作剧本《祖国在呼唤》，描写香港之战期间中共对文化界人士的"伟大的抢救"工作。

吴紫风（1919—）

广东台山人。战后与丈夫秦牧来港。期间，写作讽刺小说《新镜花缘》、《媒婆》、《火腿科长》，历史小品《伐商》，讽刺话剧《垃圾下海》等。1949 年出版中篇小说《学士帽子》，编写《世界妇女名人剪影》等。

吴祖光（1917—2003）

原籍江苏武进，生于北京。1947 年秋天因受国民党当局警告和威胁，应香港大中华影业公司之聘，赴港任电影编导。行前为香港永华影业公司编写了两个电影剧本：由话剧本《正气歌》改编的《国魂》和喜剧《公子落难》。在港期间，为大中华影业公司编导电影《风雪夜归人》及聊斋故事《莫负青春》，为永华影业公司导演唐漠编剧的《山河泪》及改编自黄谷柳小说的《春风秋雨》。1949 年秋应中央电影局之召离港赴京。

夏衍（1900—1995）

原名沈乃熙，字端先，祖籍河南开封，生于浙江杭县。1941 年 1 月下旬，皖南事变后奉周恩来急电，转移赴香港，任中共南方工作委员会委员，并建立党对海外的宣传据点。4 月，在廖承志领导下，与范长江、邹韬奋、胡仲持、廖沫沙等创办中共海外机关报《华商报》，任社务委员，撰写社论和时事述评，监管文化评论工作和文艺副刊《灯塔》，组织发表茅盾《如是我见我闻》、邹韬奋《抗战以来》等，同时根据周恩来指示，从事党的统战工作。并兼任《大众生活》编委，创作连载唯一长篇《春寒》。1942 年 1 月 8 日，化名撤退出香港。

1946 年 10 月 30 日乘机与潘汉年一道抵港，先后居英皇道与九龙弥敦道附近，逗留 4 个多月，为《华商报》、《野草》等撰文。1947 年 3 月中旬抵新加坡，9 月被英国殖民当局礼送出境，返抵香港。1948 年，任中共中央华南分局委员、香港工作委员会委员（后任书记），积极进行统战工作，同时任《华商报》董事会董事和社论委员，先后兼管文艺副刊《热风》、《茶亭》，以汪老吉笔名发表大量短评杂感，并与友人合作开办"七人影评"。又参加文协香港分会，在新闻战线开展进步文艺活动。在港期间出版杂文集《劫余随笔》、《蜗楼随笔》，及与他人合集《血书》等。1949 年 4 月底，遵照党中央指示，离港赴北平。

萧红（1911—1942）

原名张乃莹，另有笔名悄吟，黑龙江呼兰人。1940 年 1 月与端木蕻良由重庆来港，租住九龙乐道。同年完成长篇散文体小说《呼兰河传》的最后一章，写作长篇《马伯乐》及续稿（未完稿），1941 年夏写作最后一个短篇《小城三月》等。年底肺病日重，香港沦陷后，辗转医院各处，于 1942 年 1 月 22 日病逝。在港期间于重庆出版《萧红散文》、《回忆鲁迅先生》、《马伯乐》等。

萧乾（1910—1999）

蒙古族人，祖籍内蒙古，生于北京。1938 年夏到港，参加港版《大公报》筹备工作。8 月 13 日《大公报》在香港复刊，编辑《大公报·文艺》至 1939 年 8 月底，连载沈从文的长文《湘西》。1939 年春，副刊逐渐放弃纯文艺传统，开始出综合版。1 月出了一个连载专刊"日本这一年"，后结集为《清算日本》，以"大公报文艺编辑部"名义于 3 月出版。1939 年 9 月 1 日离港赴伦敦。1948 年 10 月由上海经台北飞抵香港，由报馆安排住在九龙一幽静地带，公开岗位仍是《大公报》编辑，同时担任地下党对外宣传英文刊物《中国文摘》（China Digest）改稿。1949 年 8 月乘坐"华安"号轮船离港赴京。

徐迟（1914—1996）

浙江吴兴人。1935 年冬第一次到港，居住不到一个月。1938 年 5 月携妻女与戴望舒一家由上海同来港，为《星报》和《立报》翻译外电，后任职于政府在香港办的陶记公司。1939 年与戴望舒、叶君健、冯亦代等主编英文版《中国作家》，1940 年任文协香港分会理事，1939—1941 年担任文协香港分会文艺通讯部导师。先居桃李台，后迁弥敦道、波斯富街。1939 年 9 月 1 日，妻女回上海后，迁居于戴望舒所居林泉居。1940 年 2 月曾去桂林一个月，10 月去重庆，1941 年 5 月返回香港，1942 年 1 月离开。于香港报刊发表大量诗作、译诗、散文、小说及评论。

许地山（1893—1941）

出生于台湾，甲午战争后迁居大陆。1935 年因与燕京大学校长司徒雷登不治，被解聘，经胡适推荐，应聘香港大学，9 月 1 日就任香港大学中文学院主任教授，租住罗便臣道 125 号。于港大大力改革教学内容，设文学、史学、哲学三系，加强新文学教育，并任新文字学会理事，提倡新文字运动。1939 年后任文协香港分会常务理事，主持工作，同时任中国文化协进会常务理事等。在中共地下党支持下，积极宣扬抗日救国。皖南事变后，和张一麐致电蒋介石，呼吁团结和息战。在港期间于《大风》旬刊、《大公报》、《新儿童》半月刊等发表小说《玉官》、《铁鱼底腮》，童话《萤灯》、《桃金娘》，独幕剧《女国士》及大量评论随笔等。1941 年 8 月 4 日因突发心脏病去世。

薛汕（1916—1999）

原名黄谷隆，广东潮州人。曾从事抗日救亡活动，遭国民党逮捕后任狱中地下党小组长。1946 年遭国民党特警搜捕，只身由上海出走香港，与沙鸥、黄雨、萧野、许戈阳、丹木等组织新诗歌社，继续出版《新诗歌》丛刊。参加文协香港分会民间文艺部及"方言文学研究会"工作，出版《愤怒的谣》、《岭南谣》等歌谣集，以及潮州方言小说《和尚舍》。又与戴望舒、马鉴合编《星岛日报·民风》，出版近 50 期。为迎接华南解放，在《正报》、《华商报》、《文汇报》、《大公报》和马来亚《现代周刊》等，用笔名写了大量通讯、特写和军事报道。1949 年离港进入广东潮汕游击区。

杨刚（1909—1957）

祖籍湖北沔阳，生于江西萍乡。1939 年 8 月赴港，接替萧乾主编《大公报·文艺》，至 1941 年冬。1940 年任文协香港分会理事，1939—1941 年任该会文艺通讯部导师。发起和参与 1940 年冬的"反新式风花雪月"论战。1939 年 5 月 11 日起于香港《大公报·文艺》连载政治抒情长诗《我站在地球中央》，翌年出版同名诗集。另出版散文集《梦的沸腾》、历史小说《公孙鞅》。1942 年初至桂林，1944 年赴美，在哈佛大学进修。1948 年秋回国，任香港《大公报》社评委员，为推动《大公报》"起义"发挥重要作用。1949 年初返内地。

叶君健（1914—1999）

湖北黄安人。笔名马耳。1938 年武汉失守前夕撤退到香港，参加楼适夷编辑的画报《大地》与金仲华编辑的《世界知识》，主编对外宣传刊物《中国作家》（Chinese Writers），出版两期后，1939 年秋离港。在港期间，用英文翻译刘白羽、严文井、杨朔、姚雪垠等解放区和国统区作家的作品，寄到纽约《小说》月刊（Story）、伦敦《新作品》（New Writing）丛刊与莫斯科《国际文学》（International Literature）等刊物发表。在港出版了两部中国抗战短篇小说集：用世界语译的《新任务》（Nova Tasko）和用英文译的《中国抗战短篇小说集》（Wartime Chinese Stories），在海外发行。

叶灵凤（1905—1975）

江苏南京人。1938 年经广州到香港，在此定居直至逝世。曾任《星岛日报·星座》、《立报·言林》、《国民日报》副刊编辑，在多家报刊上发表作品。沦陷期任《新东亚》、《大同》等期刊编辑。在港期间，对香港史地掌故进行了大量资料搜集及研究工作，发表许多文章。

叶以群（1911—1966）

安徽歙县人。1941 年皖南事变后至港，太平洋战争爆发后撤离。1948 年从上海至港，住在九龙，负责"文艺通讯社"，开展对海外华侨文艺社团及报刊的文艺通讯联络活动，将大陆文艺作品寄往南洋一带报刊发表。解放初期离开香港回到上海。

于逢（1915—2008）

原名李兆麟，原籍广东台山，生于越南海防。1934 年回国。1948 年初赴香港治病，任《大公报·文艺》编辑。1950 年 9 月回广州，同年在港出版文学评论集《论〈虾球传〉及其他》。

于伶（1907—1997）

原名任禹成，江苏宜兴人。1941 年初化名"任向之"由上海赴香港，3 月 16 日到达，协助夏衍办《华商报》，领导当地电影工作，与司徒慧敏等发起组织"旅港剧人协会"。香港沦陷后转移到到东江游击区。1948 年秋为了治病再到香港，任文委委员，负责戏剧电影的组织领导工作，主编《华商报·舞台与银幕》。1949 年春离港，乘海轮北上。

郁风（1916—2007）

祖籍浙江富阳，生于北京。1939 年按照共产党指示到香港，先后任职于《星岛日报》、《华商报》。1940 年主编同人刊物《耕耘》杂志，该刊图文并茂，是当时在香港出版而有较好印刷条件的唯一的文艺刊物，4 月出版创刊号，共主编三期，印行两期。

袁水拍（1919—1982）

原名袁光楣，笔名马凡陀，江苏吴县人。1937 年底由汉口来港，任职于中国银行香港分行信托部。1939 年参加文协香港分会，任《文协》周刊编辑委员，1940 年任文协香港分会理事，1939—1941 年任该会文艺通讯部编辑股负责人。1940 年 10 月调任重庆总行，1941 年 5 月调回香港。1942 年初撤离。于《星岛日报·星座》、《大公报·文艺》、《立报》、《顶点》诗刊等发表诗作、散文、评论及译诗。1948 年再度来港，任职于《大公报》，1949 年夏离港回沪。在港期间出版诗集《人民》（1940）、《马凡陀的山歌续集》（1948）、《解放山歌》（1949）、《江南进行曲》（1949）、《今年新年大不同》（1949）等。

章泯（1907—1975）

原名谢韵心，四川峨眉人。1941 年皖南事变后奉周恩来指令从重庆撤退至香港。参与组织成立"旅港剧人协会"。导演话剧《马门教授》、《北京人》。1942 年春撤离。1946 年第二次撤退至香港，转业从事电影。在《华商报·热风》发表五幕剧《恶梦》。为香港建华影业公司编写电影剧本《红尘白璧》（又名《怨偶情深》）。1948 年后为南群影业公司（叶以群为经理）导演故事片《结亲》（葛琴原著，夏衍改编），自编自导故事片《静静的嘉陵江》，并为南国影业公司编导《冬去春来》。期间出版《导演与演员》。1949 年离港赴京。

张天翼（1906—1985）

湖南湘乡人，生于南京。1948 年秋至香港养病，期间到过澳门等地，1950 年 5 月离港赴京。在港期间，于《小说》月刊等发表寓言式小说《老虎问题》及其续篇、《混世魔王》等。

钟敬文（1903—2002）

广东海丰人，笔名静闻。1947 年夏，因"左倾思想"被中山大学解除教授职务，7 月末化装离开广州，避难香港，在共产党和民主党派共同办理的达德学院文学系任教。此外任文协香港分会常务理事、方言文学研究会会长，开始认真学习马列主义，运用其观点处理文艺问题。发表关于一般文艺、民间文艺和方言文学的论文，及一些关于彭湃、冼星海、郁达夫、朱自清的回忆纪念文章，并主编《方言文学》。1949 年 5 月初离港赴京参加第一次文代会。

周而复（1914—2004）

原籍安徽旌德，生于南京。1946 年夏，由党组织安排，与龚澎、乔冠华、林默涵等一道，乘船由上海抵港，租住英皇道。任香港文艺学院讲师、《小说》月刊编委、海洋书屋总编辑，编辑出版《北方文丛》和《万人丛书》。在港期间，创作两个长篇小说《白求恩大夫》和《燕宿崖》，都连载于《小说》月刊。另写作中篇小说《西流水的孩子们》。出版杂文集《北望楼杂文》、评论集《新的起点》等。1949 年，负责安排文化界知名人士秘密离开香港，前往解放区。1949 年 5 月率领一百多名文化界人士乘坐一艘挂挪威国旗的货轮离港。

周钢鸣（1909—1981）

生于广西罗城。抗战胜利后到香港，负责香港九龙文学界协会工作，编辑《文艺丛刊》，发表了论杂文创作、方言文学、黄谷柳《虾球传》的论文，后分别收入《论文艺改造》、《论群众文艺》两本集子里。

邹荻帆（1917—1995）

湖北天门人。抗战爆发后，从事抗日救亡工作。1938 年 9 月参加洪深、金山、王莹、白鲁等领导的上海救亡演剧第二队（后改名中京剧团），在武汉、桂林、香港一带从事演剧活动，个人在剧团做宣传工作，也演群众角色。1939 年在香港停留半年，离队回内地。1948 年初由武汉远走香港，曾在飞机修理工厂做过杂工，后为《华商报》编副刊。1949 年在香港用史纽斯的笔名自费出版讽刺美蒋的讽刺诗集《噩梦备忘录》，另出版短诗集《跨过》。1949 年 6 月离港经东北到北京。

邹韬奋（1895—1944）

原籍江西余江，生于福建永安。1941 年皖南事变后，生活书店各分店被当局查封，2 月愤而辞去"国民参政员"职务，被迫出走香港，4 月 25 日抵达。因特务活动，几次搬家，先后居于坚尼地、永安街、湾仔、云咸街等地。在港复刊《大众生活》周刊，5 月 17 日出版新一号，至 12 月香港沦陷停刊，期间连载茅盾《腐蚀》与夏衍《春寒》等。与救国会留港代表茅盾等八人联名发表《我们对于国事的主张和态度》。香港沦陷后撤退到广东游击区。

参考文献

说明：

一、文献排列以著作者名称现代汉语拼音为序。

二、"原始文献"部分，为更好地反映历史，除采用上述排序方法，兼取以下措施：

a）文献以年份划分，同一年出版的，原创作品在前，译作列于最后。

b）文献出版时间一般具体到月份，个别的具体到日期。

c）文献题名不足以反映体裁的，尽可能标出文献所属文体，多种体裁的混合体则列为"合集"。

二、"原始文献"部分所收为文学著作，出版于1937—1949年间（个别作品于1949年前创作、1950年出版），内容都与南来作家或香港有关，具体有以下四种情况（以下"创作"一词，意义上包括翻译），不再一一标明（正文论述对象以第一种情况下的作品为主）：

a）南来作家在香港创作、在香港出版的作品。

b）南来作家在香港创作、在内地出版的作品。

c）南来作家在内地创作、在香港出版的作品。

d）内地作家在他处创作、在香港出版的作品。因其多由南来作家引进，亦列于此。

三、为较全面地反映1937—1949年间香港文学生产概况，特将香港本土作家此期出版的文学书籍附于"原始文献"之末。

四、其他参考文献一般初版于1950年以后。为节省篇幅，发表于各类报刊上的作家回忆录、他人撰写的史料性文章与期刊论文、文集论文等不再单独列出；凡有所征引的，已随文注明。

原始文献

1937

黄鲁：《红河》（诗集），香港：诗场社，1937 年 10 月。

温流：《最后的吼声》（诗集），香港：诗歌出版社，1937 年 11 月。

1938

陈残云：《铁蹄下的歌手》（诗集），香港：诗歌出版社，1938 年 2 月。

贺宜：《我的导师》（散文），香港：救亡出版社，1938 年。

黄宁婴：《九月的太阳》（诗集），香港：诗歌出版社，1938 年 1 月。

零零：《时代进行曲》（诗集），香港：诗歌出版社，1938 年 1 月。

零零：《自由的歌唱》（诗集），香港：诗歌出版社，1938 年 8 月。

蒲风：《黑暗的角落里》（诗集），香港：诗歌出版社，1938 年 2 月。

蒲风：《真理的光泽》（诗集），香港：诗歌出版社，1938 年 7 月。

青鸟：《奴隶的歌》（诗集），香港：诗歌出版社，1938 年 1 月。

清水：《一只手》（诗集），香港：诗歌出版社，1938 年 7 月。

施平：《朱德将军三十年战斗史》（报告文学），香港：救亡出版社，1938 年。

唐纳：《中国万岁》（剧本），香港：香港大公报代办部，1938 年 10 月。

星人编：《魔手下的上海》（报告文学），香港：救亡出版社，1938 年。

熊佛西：《后防·中华民族的子孙》（剧本），香港：生活书店，1938 年。

徐韬：《上战场》（剧本），香港：生活书店，1938 年。

佚名编著：《八百英雄抗敌记》（报告文学），香港：救亡出版社，1938 年。

谊社编选：《第一年》（合集），香港：未名书店，1938 年 9 月。

大华烈士〔简又文〕编译：《硬汉》（中篇小说），香港：逸经社，1938 年。

〔美〕史诺：《中国的红区》（报告文学），香港：救亡出版社，1938 年。

1939

陈孝威：《若定庐随笔（第一集）》（杂文），香港：香港天文台半周评论社，1939 年 2 月。

陈孝威：《若定庐随笔（第二集）》（杂文），香港：香港天文台半周评论社，

1939 年 2 月。

丰子恺：《战地漫画》（合集），香港：英商不列颠图书公司，1939 年 5 月。

广东戏剧协会同人集体创作、胡春冰编：《黄花岗》（剧本），香港：香港书店，1939 年 3 月，再版。

雷群：《影人特写（第一集）》（报告文学），香港：中国电影报，1939 年 1 月 15 日。

李南桌：《李南桌文艺论文集》，香港：生活书店，1939 年 8 月。

林焕平：《抗战文艺评论集》，香港：民革出版社，1939 年 10 月。

林焕平：《西北远征记》（报告文学），香港：民革出版社，1939 年 10 月。

刘良模：《十八个月在前方》（报告文学），香港：香港青年协会书局，1939 年 3 月。

芦荻：《驰驱集》（诗集），香港：诗歌出版社，1939 年。

蒲风：《儿童亲卫队》（诗集），香港：诗歌出版社，1939 年 7 月。

蒲风：《取火者颂集》（诗集），香港：诗歌出版社，1939 年 12 月。

未艾：《火山口》（诗集），香港：中国诗坛分社，1939 年 12 月。

吴涵真：《苦口集》（杂文），香港：香港国讯港社，1939 年 5 月。

夏衍等：《守住我们的家乡》（剧本），剧友社，1939 年 12 月。

萧乾编：《清算日本》，香港：大公报文艺编辑部，1939 年 3 月。

杨刚：《公孙鞅》（历史小说），上海：文化生活出版社，1939 年。

杨刚：《沸腾的梦》（散文），上海：上海美商好华图书公司，1939 年 4 月。

杨刚：《西北游击战》（报告文学），香港：大公报馆，1939 年 11 月。

野风等编选：《第一年续编》（合集），香港：香港美商未名书店，1939 年 5 月。

〔日〕高冲阳造著，林焕平译：《艺术学》，广东国民大学，1939 年。

〔日〕尾崎士郎等著，林焕平译：《扬子江之秋及其他》，香港：民革出版社，1939 年 10 月。

〔美〕赛珍珠著，戴平万等译：《爱国者》（长篇小说），香港：香港光社，1939 年 6 月。

〔苏〕高尔基等著，罗稷南等译：《高尔基与中国》，香港：读书生活出版社，1939 年 8 月。

1940

S. M.〔阿垄〕：《闸北七十三天》（报告文学），香港：海燕书店，1940 年 12 月。

艾烽：《祖国进行曲》（诗集），诗歌出版社，1940 年 3 月。

艾青：《向太阳》（长诗），香港：海燕书店，1940 年 6 月。

艾青：《土地集》（诗集），香港：微光出版社，1940 年 12 月。

巴金等：《中国勇士》（小说集），香港：奔流书店，1940 年 3 月。

巴尼编：《生活杂写》（报告文学），香港：奔流书店，1940 年 3 月。

巴人：《前夜》（剧本），香港：海燕书店，1940 年 7 月。

巴人：《生活、思索与学习》（杂文），香港：高山书店，1940 年 8 月。

程造之：《地下》（长篇小说），香港：海燕书店，1940 年 5 月。

杜埃、孙钿、毕公畚：《初生期》（合集），香港：新知书店，1940 年 1 月 1 日。

端木蕻良：《江南风景》（小说集），重庆：大时代书局，1940 年 5 月。

黑丁：《北荒之夜》（小说集），香港：海燕出版社，1940 年 2 月。

胡明树：《难民船》（诗集），诗社，1940 年 3 月。

老舍：《文博士》（长篇小说），香港：作者书社，1940 年 11 月。

李辉英：《黎明》（剧本），香港：海燕出版社，1940 年 2 月。

林焕平：《活的文学》，香港：海燕出版社，1940 年 3 月。

林如斯、林如双著，朱川译：《吾家》（散文），港社，1940 年 11 月。

林英强：《麦地谣》（散文诗集），上海：文艺新潮社，1940 年 3 月。

刘思慕：《樱花和梅雨》（散文），香港：大时代书局，1940 年 5 月。

鲁迅：《阿 Q 正传》，香港：时轮出版社，1940 年 1 月。

马彦祥：《海上春秋》（剧本），香港：申萱出版社，1940 年 2 月。

马荫隐：《航》（诗集），中国诗坛社，1940 年 11 月。

茅盾、楼适夷主编：《水火之间》（合集），香港：生活书店，1940 年 7 月。

茅盾、楼适夷主编：《论鲁迅》（合集），香港：生活书店，1940 年 8 月。

任何：《伟大的教养》（小说集），香港：海燕书店，1940 年 8 月。

宋超：《离婚》（剧本），香港：海燕书店，1940 年 1 月。

孙钿等：《最初的胜利》（合集），香港：文艺生活社，1940 年 1 月。

陶雄：《0404 号机》（小说集），香港：海燕书店，1940 年 6 月。

萧红：《萧红散文》，重庆：大时代书局，1940 年 6 月。

萧红：《回忆鲁迅先生》，重庆：重庆妇女生活社，1940 年 7 月。

新中国文艺社编：《鹰》（合集），香港：新中国文艺社，1940 年 2 月。

杨刚：《我站在地球中央》（长诗），上海：文化生活出版社，1940 年 7 月。

谊社主编：《第二年》（合集），香港：未名书店，1940 年 10 月。

婴子：《季候风》（诗集），上海：上海杂志公司，1940 年 5 月。

尤竞等：《盲哑恨》（剧本），剧友社，1940年1月。

袁水拍：《人民》（诗集），新诗社，1940年。

杂文社编：《荆棘蔓草第一分册：紫荆》（杂文），香港：杂文社，1940年11月。

张天翼：《跳动》（长篇小说），香港：奔流书店，1940年3月。

左明：《到明天》（剧本），香港：海燕出版社，1940年2月。

〔日〕森山启等著，林焕平译：《社会主义现实主义论》，上海：海燕书店，1940年。

〔苏〕高尔基等著，满涛等译：《鹰》（小说集），香港：新中国文艺社，1940年2月。

〔苏〕A. 托尔斯泰著，蔡咏裳译：《黑暗与黎明（上、下册）》·（长篇小说），香港：香港尼罗社，1940年7月。

〔苏〕淑雪兼珂著，斯曛译：《新时代的曙光》（中篇小说），香港：海燕书店，1940年5月。

〔苏〕绥拉菲摩维支著，金人译：《荒漠中的城》（长篇小说），香港：海燕书店，1940年5月。

A. 雷森等著，什之辑译：《有钱的"同志"（苏联各民族短篇小说集）》，香港：海燕书店，1940年9月。

C. J. Mullaly 著，施蛰存译：《转变》（小说集），香港：若望书店，1940年8月。

1941

艾思奇：《论中国特殊性及其他》，香港：辰光书店，1941年5月。

巴人：《两代的爱》（剧本），香港：海燕书店，1941年2月。

曹白：《呼吸》（散文），香港：海燕书店，1941年9月。

长江等：《今日的中国》（合集），香港：自由出版社，1941年7月。

陈白尘：《后方小喜剧》（剧本），香港：光夏书店，1941年。

陈斯馨：《初步集》（散文），香港：自刊，1941年4月。

郭沫若：《我的结婚》（自叙传），香港：强华书局，1941年8月。

郭沫若：《羽书集》（杂文），香港：孟夏书店，1941年11月。

李仲融：《苏格拉底之死》（诗剧），香港：海燕书店，1941年3月。

林淡秋：《交响》（散文），香港：海燕书店，1941年6月。

林山：《战斗之歌》（诗集），香港：生活·新知·读书生活出版社，1941年1月。

林语堂：《行素集》（杂文），香港：光华出版社，1941年1月。

林语堂：《披荆集》（杂文），香港：光华出版社，1941年1月。

鲁迅等：《直入》（合集），香港：奔流出版社，1941年11月。

落华生〔许地山〕：《萤灯》（小说），香港：进步教育出版社，1941年6月。

落华生〔许地山〕、周苓仲：《我底童年》，香港：进步教育出版社，1941年。

茅盾：《腐蚀》（长篇小说），上海：知识出版社，1941年10月。

茅盾等：《大题小解》，香港：星群书店，1941年6月。

欧阳凡海：《没有鼻子的金菩萨》（中篇小说），香港：海燕书店，1941年9月。

欧阳山等：《一缸银币》（合集），香港：生活书店，1941年1月。

宋之的等：《小夫妻》（小说集），香港：香港群社，1941年5月。

萧红：《马伯乐》（长篇小说），重庆：大时代书局，1941年1月。

萧红：《呼兰河传》（长篇小说），上海：上海杂志公司，1941年5月。

萧军：《侧面（从临汾到延安）》（报告文学），香港：海燕书店，1941年2月。

许地山：《许地山语文论文集》，香港：新文字学会，1941年9月。

杨刚：《桓秀外传》（小说集），上海：文化生活出版社，1941年6月。

以群：《生长在战斗中》（报告文学），香港：中国文化服务社，1941年，再版。

杂文社编：《荆棘蔓草第二分册：菖蒲》（杂文），香港：杂文社，1941年11月。

杂文社编：《荆棘蔓草第三分册：水莽》（杂文），香港：杂文社，1941年11月。

〔波〕华西列芙斯嘉著，穆俊译：《被束缚的土地》（长篇小说），香港：海燕书店，1941年4月。

〔法〕巴比塞编，徐懋庸译：《列宁家书集》，香港：光夏书店，1941年。

〔美〕高尔德著，陈澄之译：《今日之重庆》（散文），香港：新中国出版社，1941年7月。

〔美〕戈连士著，郑郁郎译：《法兰西倾国记》（报告文学），香港：明日出版社，1941年5月。

〔美〕斯诺著，星光编译社编译：《中国见闻录》（报告文学），香港：星光出版社，1941年9月，再版。

〔苏〕A. 托尔斯泰著，楼适夷译：《彼得大帝》（长篇小说），香港：远方书店，1941 年 9 月。

〔苏〕B. 高力里著，戴望舒译：《苏联文学史话》，香港：林泉居，1941 年。

〔苏〕爱伦堡等著，高扬等译：《战争与文学》（合集），香港：海燕书店，1941 年 10 月。

〔苏〕贝洛·贝尔采可夫斯基著，葛一虹译：《生命在呼喊》（剧本），香港：孟夏书店，1941 年 8 月。

〔苏〕戈尔巴托夫著，高扬译：《红军侦察队》（中篇小说），香港：海燕书店，1941 年 11 月。

〔苏〕左祖黎等著，金人译：《大城市之毁灭》（小说集），香港：海燕书店，1941 年 8 月。

〔英〕霍特生著，陈信友译：《大战随军记》（中篇小说），香港：大时代书局，1941 年 4 月。

1942

艾芜选注：《翻译小说选》，香港：文化供应社，1942 年 11 月。

胡明树编：《若干人集》（诗集），诗社，1942 年 6 月。

华嘉：《香港之战》（报告文学），桂林：热风出版社，1942 年 3 月。

楼栖：《窗》（合集），桂林：山城文艺社，1942 年 7 月。

茅盾：《劫后拾遗》（报告文学），桂林：学艺出版社，1942 年 6 月。

唐海：《香港沦陷记（十八天的战争）》（报告文学），桂林：远东书局，1942 年 3 月。

田汉、夏衍、洪深：《风雨归舟》（剧本），桂林：集美书店，1942 年 5 月。

许幸之：《最后的圣诞夜》（剧本），桂林：今日文艺社，1942 年 11 月。

郑瑞梅、宋家修：《港沪脱险记》（报告文学），胜利出版社福建分社，1942 年 8 月。

1943

蔡楚生：《自由港》（五幕剧），重庆：文风书局，1943 年 2 月。

韩北屏：《没有演完的悲剧》（短篇集），桂林：科学书店，1943 年 7 月。

黄宁婴：《荔枝红》（诗集），桂林：诗创作社，1943 年 2 月。

卢森：《倦鸟之歌》（诗集），曲江：文海出版社，1943 年 1 月。

马宁：《香岛烟云》（长篇小说），桂林：椰风出版社，1943 年 9 月。

穗青：《脱缰的马》（中篇小说），重庆：自强出版社，1943 年 12 月。

宋之的：《祖国在呼唤》（五幕剧），桂林：远方书店，1943年2月。

1944

罗拔高〔卢梦殊〕：《山城雨景》，香港：华侨日报社，1944年9月1日。

鸥外鸥：《鸥外诗集》，桂林：新大地出版社，1944年1月。

〔苏〕兰道著，李育中译：《拿破仑之死》（历史小说），桂林：文献出版社，1944年。

1945

黄谷柳：《碧血丹心》（三幕剧），重庆：独立出版社，1945年11月。

考验社编：《方生未死之间》，香港：考验社，1945年5月。

茅盾：《第一阶段的故事》（长篇小说），重庆：亚洲图书社，1945年4月。

1946

艾芜：《文学手册》，香港：文化供应社，1946年。

蔡仪：《文学论初步》，香港：生活书店，1946年8月。

陈残云：《风砂的城》（中篇小说），香港：文生出版社，1946年10月。

陈公哲：《白首青春集》（文言体随笔集），香港：自刊，1946年3月。

端木蕻良：《新都花絮》（中篇小说），上海：知识出版社，1946年5月。

丰子恺：《艺术修养基础》，香港：文化供应社，1946年12月。

郭铸：《乡村的烽火》，香港：文艺社，1946年4月。

胡愈之：《郁达夫的流亡和失踪》，香港：咫园书屋，1946年9月。

华嘉：《复员图》（短篇集），香港：文生出版社，1946年11月。

黄宁婴：《民主短简》（诗集），香港：文生出版社，1946年12月。

黄药眠：《暗影》（短篇集），香港：中国出版社，1946年8月。

黄药眠：《美丽的黑海（游苏漫记）》，香港：文海供应社，1946年。

梁青蓝：《生命树》（散文），香港：星火文艺出版社，1946年3月。

廖辅叔：《中国文学欣赏初步》，香港：生活书店，1946年9月。

林洛编著：《独幕剧新辑》，香港：文丛社，1946年。

楼栖：《反刍集》（杂文集），香港：文生出版社，1946年12月。

马凡陀〔袁水拍〕：《马凡陀的山歌》（讽刺诗集），香港：生活书店，1946年10月。

马宁：《将军向后转》（长篇小说），香港：椰风社，1946年。

萨空了：《香港沦陷日记》，香港：进修出版教育社，1946年4月。

萨空了：《由香港到新疆》（报告文学集），香港：新民主出版社，1946 年。

司马文森：《危城记》（短篇集），香港：文生出版社，1946 年 9 月。

司马文森：《雨季》（上、中、下）（长篇小说），香港：智源书局，1946 年 9 月。

石兆棠：《大时代之梦》（杂文集），香港：蕴山出版社，1946 年 9 月。

陶亦夫：《新生的祖国》，香港：激流诗歌社，1946 年 2 月。

许地山：《杂感集》，上海：商务印书馆，1946 年 11 月。

曾子敬：《远征心影录》（报告文学集），香港：南国杂志社，1946 年 9 月。

〔德〕海涅著，林林译：《海涅诗选》，香港：橄榄社，1946 年。

〔法〕罗曼罗兰著，陈实译：《造物者悲多汶》，香港：人间书屋，1946 年 12 月。

〔美〕S. D. 金斯莱著，侯鸣皋译：《民主元勋》，香港：文建出版社，1946 年。

〔英〕普列查特著，胡仲持译：《文艺鉴赏论》，香港：文化供应社，1946 年。

1947

艾青：《释新民主主义的文学》，香港：海洋书屋，1947 年 10 月。

陈残云：《南洋伯还乡》（中篇小说），香港：南侨编译社，1947 年 1 月。

东平：《茅山下》（中篇小说），香港：海洋书屋，1947 年 4 月。

葛琴选注：《散文选》，香港：文化供应社，1947 年 7 月。

海滔：《饥饿》（诗集），香港：诗星火社，1947 年 6 月。

韩北屏：《诗歌的欣赏与创作》（论文集），香港，1947 年。

韩起祥：《刘巧团圆》（说书），香港：海洋书屋，1947 年 10 月，再版。

胡明树：《大钳蟹》（童话），香港：学生文丛社，1947 年。

黄药眠：《桂林底撤退》（长诗），香港：群力书店，1947 年 10 月。

康濯：《我的两家房东》（短篇集），香港：海洋书屋，1947 年 1 月。

柯蓝：《洋铁桶的故事》（长篇小说），香港：海洋书屋，1947 年 10 月。

柯蓝：《红旗呼啦啦飘》（中篇小说），香港：海洋书屋，1947 年 12 月。

孔厥、袁静等：《中原突围记》（报告文学），香港：中国出版社，1947 年 4 月。

李季：《王贵与李香香》（长诗），香港：海洋书屋：1947 年 3 月。

林林：《同志，攻进城来了》（诗集），香港：文生出版社，1947 年 9 月。

柳亚子：《怀旧集》（散文），耕耘出版社，1947 年。

鲁风：《钢铁的队伍》（报告文学），香港：扬子出版社，1947 年 8 月。

马塞冰：《王震南征记》（报告文学），香港：中国出版社，1947 年 1 月。

麦大非：《香港暴风雨》（三幕剧），香港：新地出版社，1947 年。

茅盾：《生活之一页》（散文），上海：新群出版社，1947 年 3 月。

毛泽东：《论文艺问题》，香港：新民主出版社，1947 年。

某准尉：《内战英雄谱》（报告文学），香港：天南出版社，1947 年 7 月。

秦牧：《秦牧杂文》，上海：开明书店，1947 年 6 月。

秦牧等：《读书人》（合集），香港：学生文丛社，1947 年 12 月。

瞿秋白著，冯乃超编：《论中国文学革命》，香港：海洋书屋，1947 年 7 月。

邵荃麟选注：《创作小说选》，香港：文化供应社，1947 年 9 月，港一版。

任桂林等：《三打祝家庄》（平剧剧本），香港：海洋书屋，1947 年 11 月。

萨空了：《两年的政治犯生活》（报告文学集），香港：春风出版社，1947 年 11 月。

司马牛等：《蚓眼小集》（杂文集），香港：自由世界出版社，1947 年 11 月。

司马文森：《人的希望》（长篇小说），香港：智源书局，1947 年 1 月，再版。

司马文森：《成长》（中篇小说），香港：南侨编译社，1947 年 2 月。

司马文森：《尚仲衣教授》（中篇小说），香港：文生出版社，1947 年 5 月。

施方穆主编：《抗战前后（名家短篇小说选）》（上、下），香港：新流书店，1947 年 9 月。

史与恩等：《犯罪的功劳》（合集），香港：华侨出版公司，1947 年 8 月。

孙犁：《荷花淀》（散文），香港：海洋书屋，1947 年 4 月。

唐海：《臧大咬子传》（报告文学），香港：海洋书屋，1947 年 10 月。

吴伯箫：《潞安风物》（报告文学），香港：海洋书屋，1947 年 10 月。

夏衍：《春寒》（长篇小说），香港：人间书屋，1947 年 11 月。

夏衍等：《能言鹦鹉毒于蛇》（合集），香港：杂文社，1947 年 12 月 1 日。

希风：《集中营回忆录》（报告文学），香港：风雨书屋，1947 年 5 月。

萧野：《战斗的韩江》（诗集），香港：人间书屋，1947 年 11 月。

许地山：《危巢坠简》（短篇集），上海：商务印书馆，1947 年 4 月。

袁水拍：《沸腾的岁月》（诗集），香港：新群出版社，1947 年。

赵树理：《李有才板话》（中篇小说），香港：海洋书屋，1947 年 9 月。

周而复：《松花江上的风云》（报告文学），香港：中国出版社，1947 年 3 月。

周而复：《高原短曲》（短篇集），香港：海洋书屋，1947 年 6 月。

〔法〕波特莱尔著，戴望舒译：《恶之华掇英》（诗集），上海：怀正文化社，1947 年 3 月。

〔美〕白修德著，以沛、端纳译：《中国暴风雨》（上、下），香港：风云书屋，1947 年 10—11 月。

〔美〕萨洛扬著，胡仲持译：《我叫阿拉谟》（短篇集），香港：咫园书屋，1947 年 3 月。

1948

阿印：《林黛玉的悲剧》，香港：千代出版社，1948 年 2 月。

艾青等：《舵手颂》（诗集），香港：海洋书屋，1948 年 3 月。

艾青等：《新的伊甸》，香港：学生文丛社，1948 年。

伯子：《龙须岛历险记》（散文），香港：学生书店，1948 年。

陈残云：《新生群》（中篇小说），香港：香港学生社，1948 年。

陈凡：《泪是这样流的》（中篇小说），香港：南国书店，1948 年 12 月。

陈江帆：《南国风》（诗集），香港：南国社，1948 年。

陈祖武：《四十八天》（报告文学），香港：南洋书店，1948 年 2 月。

春草：《孩子们》（四幕剧），香港：学生书店，1948 年。

戴望舒：《灾难的岁月》（诗集），上海：星群出版社，1948 年 2 月。

丹木：《死了的动脉》（中篇小说），香港：潮光出版社，1948 年 5 月。

丁玲：《边区人物风光》（报告文学），香港：海洋书屋，1948 年。

冻山：《逼上梁山》（长诗），香港：诗歌出版社，1948 年 3 月。

端木蕻良：《扬子江颂歌》，香港：同代人社，1948 年。

方思：《冀东行》（报告文学），新生，1948 年 4 月。

聂绀弩等：《春日》（合集），香港：野草社，1948 年 2 月。

戈阳：《血仇》（长诗），香港：新诗歌社，1948 年 8 月。

郭沫若等：《天下大变》（合集），香港：野草社，1948 年 1 月。

谷柳：《大笨象旅行记》（童话），香港：智源书局，1948 年。

谷柳：《刘半仙遇险记》（章回小说），香港：海洋书屋，1948 年 5 月。

谷柳：《墙》（独幕剧），香港：南国书店，1948 年 10 月 1 日。

谷柳著，特伟绘图：《虾球传第一部：春风秋雨》（长篇小说），香港：新民主出版社，1948 年 2 月。

谷柳著，特伟绘图：《虾球传第二部：白云珠海》（长篇小说），香港：新民主出版社，1948 年 7 月。

海蒙：《激变》（诗集），香港：新诗歌社，1948 年 8 月。

何其芳：《吴玉章革命的故事》（传记），香港：海洋书屋，1948 年。

何文浩：《黑带（新黑奴吁天录）》（小说），香港：学生书店，1948 年。

贺敬之、丁一、王斌编剧：《白毛女》（六幕歌剧），香港：海洋书屋，1948

年5月，再版。

贺宜：《飞金币》（童话），香港：进步教育出版社，1948年11月。

胡明树：《初恨》（中篇小说），香港：学生文丛社，1948年5月。

胡明树：《江文清的口袋》（中篇小说），香港：南国书店，1948年8月。

胡仲持等：《论文艺修养》，香港：文生出版社，1948年。

华嘉：《森林里的故事》（中篇小说），香港：学生书店，1948年9月。

黄茅：《清明小简》（散文），香港：人间书屋，1948年9月。

黄宁婴：《溃退》（长诗），香港：人间书屋，1948年6月。

黄庆云：《国庆节》（独幕剧），香港：进步教育出版社，1948年11月。

黄庆云：《国王的试验》（三幕剧），香港：进步教育出版社，1948年11月。

黄庆云：《庆云短篇童话集》（一至五集），香港：进步教育出版社，1948年11月。

黄庆云：《庆云短篇故事集》（一至四集），香港：进步教育出版社，1948年11月。

黄庆云：《图画信集》，香港：进步教育出版社，1948年11月。

黄庆云：《小同伴》，香港：进步教育出版社，1948年11月。

黄庆云：《云姊姊的信箱（一至五，1941—1944）》，香港：进步教育出版社，1948年11月。

黄庆云：《中小学主人》（独幕剧），香港：进步教育出版社，1948年11月。

黄庆云编：《名人传记》（一、二），香港：进步教育出版社，1948年11月。

黄药眠：《抒情小品》（散文），香港：文生出版社，1948年2月。

黄药眠：《论约瑟夫的外套》（评论），香港：人间书屋，1948年8月。

黄雨：《残夜》（诗集），香港：新诗歌社，1948年11月。

黄雨：《潮州有个许亚标》，香港：人间书屋，1948年。

姜天铎编译：《路灯》（童话），香港：进步教育出版社，1948年11月。

蒋有林：《青色的恋》（诗集），香港：南国社，1948年。

金帆：《新绿的土地》，香港：人间书屋，1948年。

金帆：《野火集》（诗集），香港：人间书屋，1948年5月。

李何林编著：《近二十年中国文艺思潮论》，香港：生活书店，1948年，胜利后三版。

力扬：《射虎者》（诗集），香港：新诗歌社，1948年12月。

林焕平：《文艺的欣赏》，香港：前进书局，1948年7月。

林焕平：《文学论教程》，香港：中国文化事业公司，1948年9月。

林林：《阿莱耶山》（诗集），香港：人间书屋，1948年。

林洛：《大众文艺新论》，香港：力耕出版社，1948 年 7 月。

刘白羽等：《新中国目击记》（报告文学），香港：新中国丛书出版社，1948 年 10 月。

刘石：《真假李板头》（短篇集），香港：海洋书屋，1948 年 8 月。

刘心皇：《人间集》（诗集），香港：人间书屋，1948 年。

落华生〔许地山〕：《我底童年》，香港：进步教育出版社，1948 年 11 月，再版。

马凡陀〔袁水拍〕：《马凡陀的山歌（续集）》，香港：生活书店，1948 年 6 月。

马婴：《一个战士的遗诗》，香港：风社，1948 年 1 月。

马荫隐：《旗号》（诗集），1948 年 1 月。

茅盾：《多角关系》（长篇小说），香港：生活书店，1948 年 7 月，胜利后一版。

茅盾等：《文化自由》，香港：新文化丛刊出版社，1948 年。

孟超等：《论白俄》（合集），香港：野草社，1948 年 4 月。

聂绀弩：《沉吟》（散文），桂林：文化供应社，1948 年 10 月。

欧文：《今时唔同往日》（话剧），香港：海洋书屋，1948 年 8 月。

秦牧：《贱货》（中篇小说），香港：南国书店，1948 年 11 月 15 日。

秋云〔黄秋耘〕：《浮沉》（合集），香港：人间书屋，1948 年 7 月，再版增订本。

仇章：《香港间谍战》（长篇小说），上海：远东图书公司，1948 年 10 月。

萨空了：《科学的艺术概论》，香港：春风出版社，1948 年 7 月。

沙鸥：《烧村》（长诗），香港：新诗歌社，1948 年 8 月。

沙鸥：《百丑图》（诗集），香港：新诗歌社，1948 年 12 月。

沙鸥：《丁家寨》（诗集），香港：新诗歌社，1948 年。

沙平：《少年科学兵》（长篇小说），香港，1948 年。

邵子南：《李勇大摆地雷阵》（短篇集），香港：海洋书屋，1948 年 6 月。

宋芝〔司马文森〕：《上水四童军》（报告文学），香港：学生书店，1948 年 8 月。

宋云彬：《中国文学史简编》，上海：文化供应社，1948 年。

索非：《顽童杂记》，香港：进步教育出版社，1948 年 11 月。

童晴岚：《狼》（长诗），香港：新诗歌社，1948 年 8 月。

宛儿：《诗与画》，香港：进步教育出版社，1948 年 11 月。

魏中天：《回顾集》（短篇集），香港：海外通讯社，1948 年 1 月。

吴费：《读书的故事》，香港：学生书店，1948年。

吴费：《读书的故事续集》，香港：学生书店，1948年。

夏衍：《劫余随笔》，香港：海洋书屋，1948年3月。

夏衍等：《血书》（合集），香港：野草社，1948年7月。

夏衍等：《论肚子》，香港：智源书局，1948年11月。

香港学生文丛社编：《新生的一代》，香港：学生文丛社，1948年1月。

香港学生文丛社编：《答同学问》（合集），香港：学生文丛社，1948年6月。

香港学生文丛社编：《青年必读书》（合集），香港：学生文丛社，1948年7月。

香港中国诗坛社编：《最前哨》（合集），香港：中国诗坛社，1948年3月。

香港中国诗坛社编：《黑奴船》（合集），香港：中国诗坛社，1948年6月15日。

新青年文学丛刊社编：《饥饿的队伍：香港的一日》，香港：新青年文学丛刊社，1948年3月15日。

新青年文学丛刊社编：《骚动》（香港的一日征文），香港：新青年文学丛刊社，1948年5月7日。

萧红：《小城三月》，香港：海洋书屋，1948年1月。

许地山：《桃金娘》（童话），香港：进步教育出版社，1948年11月。

薛汕：《岭南谣》（诗集），香港：新诗歌社，1948年。

薛汕编：《愤怒的谣》（歌谣集），香港：中华全国文艺协会香港分会，1948年4月。

以空编：《大江日夜流》（报告文学），香港：真知书店，1948年9月。

于君：《无声的英雄》（短篇集），香港：学生书店，1948年11月。

云彬〔宋云彬〕等：《论怕老婆》（合集），香港：野草社，1948年6月。

赵树理：《李家庄的变迁》（长篇小说），香港：海洋书屋，1948年。

郑思：《夜的抒情》（诗集），香港：草莽社，1948年6月。

周而复：《翻身的年月》（短篇集），香港：海洋书屋，1948年1月。

周钢鸣：《论文艺改造》，香港：人间书屋，1948年。

周览〔周扬〕编：《论文艺问题》，香港：谷雨社，1948年6月，再版。

周为：《最初的羽毛》（中篇小说），香港：南国书店，1948年10月。

周扬：《表现新的群众的时代》（论文），香港：海洋书屋，1948年2月。

〔美〕史诺著，方霖译：《毛泽东自传》，香港：新民主出版社，1948年3月。

〔日〕臧原惟人著，林焕平译：《文化革命论》，香港：人民书店，1948 年。

〔苏〕高尔基著，杜晦之译：《盐场上》（短篇集），香港：人间书屋，1948 年 9 月。

〔苏〕高尔基著，罗稷南译：《旁观者》（长篇小说），香港：生活书店，1948 年 4 月。

〔苏〕高尔基著，楼适夷译：《奥莱叔华》（中篇小说），香港：生活书店，1948 年 4 月。

〔苏〕西蒙诺夫等著，杨嘉译：《斯大林儿女》（短篇集），香港：人间书屋，1948 年。

〔英〕哈代著，林伦彦译：《月下人影》（短篇小说），香港：人间书屋，1948 年。

〔英〕罗斯金著，余多艰译：《金河王》（童话），香港：进步教育出版社，1948 年 11 月。

〔英〕罗斯金著，余多艰译：《美满王子》（童话），香港：进步教育出版社，1948 年 11 月。

米尔斯著，黄庆云译：《云妮宝宝（一至三)》（童话），香港：进步教育出版社，1948 年 11 月。

宜闲〔胡仲持〕等译：《失去尾巴的母牛》（童话、民间故事集），香港：初步书店，1948 年 10 月。

1949

艾芜：《一个女人的悲剧》（长篇小说），香港：新中国书店，1949 年 3 月。

巴人：《群岛之国——印度尼西亚》（报告文学），香港：新中国书店，1949 年。

笔军：《遥远的声音》（诗集），香港：诗沼社，1949 年 4 月。

陈残云：《小团圆》（短篇集），香港：南方书店，1949 年 10 月。

陈天河编：《东方红》，香港：平原出版社，1949 年 7 月。

丹木：《暹罗救济米》（诗集），香港：潮书公司，1949 年 5 月。

丹木：《香港二十四小时》（短篇集），香港：赤道出版社，1949 年。

蒂克：《黎明前》（短篇集），香港：前进书店，1949 年 12 月 15 日。

董均伦：《半弯镰刀》（短篇集），香港：新民主出版社，1949 年 8 月。

杜埃：《在吕宋平原》（短篇集），香港：人间书屋，1949 年 2 月。

杜埃：《人民文艺浅说》，香港：新民主出版社，1949 年。

杜埃等：《东北之春》（合集），香港：野草社，1949 年 3 月。

方青：《活捉笑面虎》（章回小说），香港：新民主出版社，1949年6月。

聂绀弩等著，野草社编：《追悼》（合集），香港：智源书局，1949年3月。

葛琴：《结亲》（短篇集），上海：群益出版社，1949年。

谷柳著，特伟绘画：《虾球传第三部：山长水远》（长篇小说），香港：新民主出版社，1949年1月。

谷柳等：《在摸索中》，香港：学生文丛社，1949年1月。

郭沫若等：《创作经验》，香港：智源书局，1949年11月。

韩萌：《芭场》（长篇小说），香港：赤道出版社，1949年。

韩萌：《海外》（短篇集），香港：赤道出版社，1949年。

何达著，朱自清编：《我们开会》（诗集），上海：中兴出版社，1949年6月。

黑婴：《红白旗下》（长篇小说），香港：赤道出版社，1949年。

华嘉：《论方言文艺》（合集），香港：人间书屋，1949年7月。

黄道：《解放区回来》（报告文学），香港：我们的出版社，1949年6月。

黄茅：《读画随笔》，香港：人间书屋，1949年7月。

黄药眠：《再见》（短篇集），香港：群力书店，1949年2月。

黄药眠：《论走私主义的哲学》，香港：求实出版社，1949年5月。

加因等：《阿丽漫游童话国》（童话），香港：初步书店，1949年。

坚白：《劫尘红粉》（中篇小说），广州：民智书局、大成书局，1949年6月。

江上青〔舒湮〕：《万里风云》（报告文学），香港：棠棣社，1949年8月。

蒋牧良：《高尔基》（传记），香港：新中国书局，1949年5月。

金丁等著，司马文森编：《人民作家印象记》，香港：智源书局，1949年11月。

林华：《歌墟》（童话），香港：学生书店，1949年。

林林：《诗歌杂论》，香港：人间书屋，1949年8月。

刘白羽：《时代的印象》（报告文学集），香港：新中国书局，1949年5月。

柳青：《种谷记》（长篇小说），香港：新中国书局，1949年6月，港版。

楼栖：《鸳鸯子》（客家方言长诗），香港：人间书屋，1949年6月。

楼适夷：《四明山杂记》，香港：求实出版社，1949年。

芦荻：《旗下高歌》（诗集），香港：人间书屋，1949年7月。

卢森：《夜漫漫》（四幕剧），广州：文坛丛书出版社，1949年3月。

马彬：《红墙》（短篇集），上海：大家出版社，1949年1月。

马凡陀〔袁水拍〕：《解放山歌》（诗集），香港：新群出版社，1949年

6月。

马凡陀〔袁水拍〕等：《今年新年大不同》（合集），香港：新诗歌社，1949年1月。

马健翎原著，颜一烟、端木炎改编：《血泪仇》（三幕新型秧歌剧），香港：北方出版社，1949年6月，港一版。

茅盾：《杂谈苏联》，香港：人间书屋，1949年8月。

茅盾等：《关于创作》，香港：达德学院文学系系会，1949年1月30日。

默涵：《狮和龙》（杂文集），香港：人间书屋，1949年6月。

默涵：《在激变中》（评论），香港：新中国书局，1949年6月。

缪文渭：《生产互助》（淮剧），香港：新中国书局，1949年7月，港一版。

那沙：《捉鬼》（三幕剧），香港：新中国书局，1949年5月，港一版。

聂绀弩：《天亮了》（短篇集），香港：求实出版社，1949年2月。

聂绀弩：《两条路》（短篇集），上海：群益出版社，1949年7月。

聂绀弩：《元旦》（诗文集），香港：求实出版社，1949年7月。

聂绀弩：《二鸦杂文》，香港：求实出版社，1949年8月。

聂绀弩：《巨像》（散文），上海：学习出版社，1949年8月。

聂绀弩：《小鬼凤儿》（剧本），上海：新群出版社，1949年。

聂绀弩：《血书》（杂文集），上海：群益出版社，1949年8月。

裴裴：《怒向集》（杂文集），香港：微微书屋，1949年4月。

飘飘：《袂痕》（中篇小说），香港：梅侣书报社，1949年8月。

秦牧：《洪秀全》（历史小说），香港：生活·读书·新知联合发行所，1949年7月。

秋云〔黄秋耘〕等：《二伯父恩仇记》（剧本），香港：南方书局，1949年9月。

邵荃麟、葛琴编：《文学作品选读》（合集），香港：实践出版社，1949年4月。

邵荃麟、胡绳等：《〈大众文艺丛刊〉批评论文选集》，香港：新中国书局，1949年6月。

任生：《谈"文学语言"》，香港：绿榕书店，1949年2月。

萨空了：《懦夫》（长篇小说），香港：大千出版社，1949年11月。

史纽斯〔邹荻帆〕：《恶梦备忘录》（诗集），香港：人间书屋，1949年。

司马文森等：《秧歌剧与花灯戏》（剧集），香港：智源书局，1949年11月。

司马文森编：《报告文学选》，香港：智源书局，1949年12月。

司马文森编：《独幕剧选》，香港：智源书局，1949年12月。

司马文森编：《文艺学习讲话》，香港：智源书局，1949年12月。

司马文森著，黄永玉插图：《南洋淘金记》（长篇章回小说），香港：大众图书公司，1949年12月。

宋之的：《群猴》（独幕剧集），香港：新中国书局，1949年5月。

王端编：《老爷歌（潮州大众诗歌）》，香港：潮书公司，1949年4月。

文向珠主编：《春英翻身》（独幕剧集），香港：大众图书公司，1949年。

文向珠主编：《人人说好》（独幕剧集），香港：大众图书公司，1949年11月。

夏衍：《蜗楼随笔》，香港：人间书屋，1949年5月。

许涤新等：《新中国的诞生》（报告文学），香港：绿原书店，1949年9月。

许稚人：《奔流》（中篇小说），香港：南国书店，1949年5月。

许稚人等：《他们的梦想》（合集），香港：学生文丛社，1949年3月。

薛汕：《和尚舍》（中篇小说），香港：潮州图书公司，1949年1月。

杨文、荒煤等：《粮食》（五幕剧），香港：新中国书局，1949年6月。

姚仲明、陈波儿等：《同志，你走错了路！》（剧本），香港：新中国书局，1949年5月。

〔佚名〕：《长征故事》（报告文学集），香港：新民主出版社，1949年4月。

余心清：《在蒋牢中》（报告文学），香港：华商报社，1949年6月15日。

越生：《在香港的白华们》（报告文学集），香港：大同出版社，1949年7月。

中国诗坛社编：《生产四季花》（合集），香港：中国诗坛社，1949年5月。

中华全国文艺协会香港分会方言文学研究会编：《方言文学》，香港：新民主出版社，1949年5月。

中华全国文艺协会香港分会编：《文艺卅年》，香港：中华全国文艺协会香港分会，1949年5月4日。

周而复：《子弟兵》（五幕剧），香港：新中国书局，1949年5月。

周而复：《白求恩大夫》（长篇小说），上海：知识出版社，1949年。

周而复：《北望楼杂文》，上海：文化工作社，1949年。

周而复：《歼灭》，上海：群益出版社，1949年。

周而复：《新的起点》（评论集），上海：群益出版社，1949年。

周而复：《燕宿崖》（长篇小说），上海：群益出版社，1949年。

紫风〔吴紫风〕：《学士帽子》（中篇小说），香港：南国书店，1949年7月。

邹荻帆：《总攻击令》（诗集），香港：新群出版社，1949年5月。

〔德〕歌德著，胡仲持译：《女性和童话》（小说），香港：智源书局，1949

年1月。

〔德〕海涅著，林林译：《织工歌》（诗歌），香港：人间书屋，1949年2月。

〔法〕泰勒著，沈起予译：《艺术哲学》，香港：群益出版社，1949年1月。

〔捷〕尤利斯·伏契克著，刘辽逸译：《绞刑架上》（报告文学），香港：新中国书局，1949年5月。

〔苏〕A.托尔斯泰著，楼适夷译：《彼得大帝》（长篇小说），香港：新中国书局，1949年。

〔苏〕车尔尼舍夫斯基著，周扬译：《生活与美学》，香港：海洋书屋，1949年9月，再版。

〔苏〕格林著，叶至美译：《南边的风》（中篇），香港：新文化丛刊社，1949年4月。

〔苏〕顾尔希坦著，戈宝权译：《论文学中的人民性》，香港：海洋书屋，1949年5月，再版。

〔苏〕江布尔著，铁弦译：《我的故乡》（诗歌），香港：生活·读书·新知联合发行所，1949年6月。

〔苏〕罗曼·金著，柏园译：《金元文化山梦游记》（长篇节译），香港：新中国书局，1949年7月。

〔乌克兰〕A.冈察尔著，袁水拍译：《旗手》（长篇小说），香港：新文化丛刊社，1949年5月。

〔英〕达尔著，傅东华译：《天下太平》（中篇），香港：龙门联合书局，1949年1月。

RUTE SHAW编，凌山译：《列宁画传》，香港：生活书局，1949年2月。

阿力得拉布·鲁斯坦著，蒋宛译：《蝴蝶国王》（童话），香港：智源书局，1949年。

1950

秦牧：《珍茜儿姑娘》（中篇小说），香港：南方书店，1950年1月。

〔法〕罗曼罗兰著，陈实、秋云〔黄秋耘〕译：《搏斗》（长篇小说），香港：人间书屋，1950年。

附：香港作家创作

黄天石：《花瓶》（小说），香港：源源出版社，1948 年。

黄天石：《一片飞花》（小说），香港：大公书局，1949 年。

江萍：《马骝精》（中篇小说），香港：南国书店，1949 年 8 月。

杰克：《生死爱》（中篇小说），香港：华南出版社，1939 年。

杰克：《红巾误》（长篇小说），香港：复兴出版社，1940 年 6 月。

杰克：《香港小姐》（长篇小说），香港：大公书局，1940 年 6 月。

杰克：《一曲秋心》（长篇小说），香港：新新出版社，1947 年。

杰克：《合欢草》（初编）（长篇小说），基荣文化公司，1948 年。

杰克：《合欢草》（中、下编）（长篇小说），香港：大公书局，1949 年。

杰克：《奇缘》（中篇小说），香港：大公书局，1949 年。

杰克：《选择》（长篇小说），香港：大公书局，1949 年。

李育中：《凯旋的拱门》，香港：自印，1941 年 12 月。

侣伦：《黑丽拉》（短篇集），上海 香港：中国图书出版公司，1941 年 7 月。

侣伦：《无尽的爱》（短篇集），香港：虹运出版社，1947 年 12 月。

侣伦等：《辉煌的新年》，香港：学生文丛社，1949 年 2 月。

平可：《山长水远》（上、中、下），香港：工商日报营业部，1941 年。

平可：《满城风雨》（上）（长篇小说），重庆：五洲书局，1945 年 8 月。

平可：《满城风雨》（下）（长篇小说），重庆：五洲书局，1946 年 11 月。

王香琴：《惜取年华》（长篇小说），香港：胜利出版社，〔1940 年代〕。

望云：《星下谈》（随笔），香港：东方出版社，1949 年 7 月 7 日。

望云：《爱与恨》（中篇小说），香港：新生出版社，〔1940 年代〕。

望云：《天若有情》（上、中、下）（长篇小说），〔1940 年代〕。

望云：《一念之差》（长篇小说），〔1940 年代〕。

望云著，陈子多插画：《黑侠》（上、下）（长篇小说），香港：南华出版社，〔1940 年代〕。

报　刊

《文艺阵地》，1938—1939

《星岛日报·星座》，1938—1941

《大公报·文艺》，1938—1941

《大风》，1938—1941

《文艺青年》，1940—1941

《时代文学》，1941

《大众生活》，1941

《笔谈》，1941

《野草》（含《野草丛刊》、《野草文丛》、《野草新集》），1946—1949

《文汇报·文艺周刊》，1948—1949

《文艺生活》，1948—1949

《大众文艺丛刊》，1948—1949

《中国诗坛丛刊》，1948—1949

《小说》，1948—1949

《新文学史料》，1979—2010

《香港文学》，1985—2010

中文专著

A

阿城：《闲话闲说：中国世俗与中国小说》，台北：时报文化出版企业有限公司，1994 年。

艾晓明：《从文本到彼岸》，广州：广州出版社，1998 年。

C

蔡益怀：《想像香港的方法：香港小说（1945—2000）论集》，北京：中国社会科学出版社，2005 年。

陈残云文集编委会编：《陈残云文集》，天津：百花文艺出版社，1994 年。

陈昌凤：《香港报业纵横》，北京：法律出版社，1997 年。

陈国球：《文学史书写形态与文化政治》，北京：北京大学出版社，2004 年。

陈惠英：《感性·自我·心象——中国现代抒情小说研究》，香港：商务印书馆（香港）有限公司，1996 年。

陈建华：《"革命"的现代性：中国革命话语考论》，上海：上海古籍出版社，2000 年。

陈思和：《陈思和自选集》，桂林：广西师范大学出版社，1997 年。

陈颂声、邓国伟编：《南国诗潮——〈中国诗坛〉诗选》，广州：花城出版社，1986 年。

陈智德编：《三、四〇年代香港诗选》，香港：岭南大学人文学科研究中心，2003 年。

陈智德编：《三、四〇年代香港新诗论集》，香港：岭南大学人文学科研究中心，2004 年。

程光炜：《文化的转轨："鲁郭茅巴老曹"在中国（1949—1976）》，台北：秀威信息科技股份有限公司，2004 年。

F

方德万著，胡允桓译：《中国的民族主义和战争》，北京：三联书店，2007 年。

冯并：《中国文艺副刊史》，北京：华文出版社，2001 年。

冯亦代：《龙套集》，北京：生活·读书·新知三联书店，1984 年。

G

高巍选辑：《许地山文集》（上、下），北京：新华出版社，1998 年。

戈公振：《中国报学史》，台北：台湾学生书局，1982 年，第四版。

葛红兵主编：《20 世纪中国文艺思想史论》，上海：上海大学出版社，2006 年。

H

贺桂梅：《转折的时代：40—50 年代作家研究》，济南：山东教育出版社，2003 年。

洪子诚：《中国当代文学史》，北京：北京大学出版社，2007 年，第 2 版。

胡从经编纂：《历史的跫音：历代诗人咏香港》，香港：朝花出版社，1997 年。

胡从经编纂：《香港近现代文学书目》，香港：朝花出版社，1998 年。

黄继持：《文学的传统与现代》，香港：华汉文化事业公司，1988 年。

黄继持、卢玮銮、郑树森：《追迹香港文学》，香港：牛津大学出版社，1998 年。

黄康显：《香港文学的发展与评价》，香港：秋海棠文化企业，1996 年。

黄宁婴：《黄宁婴诗选》，广州：广东人民出版社，1980 年。

黄淑娴编：《香港文学书目》，香港：青文书屋，1996 年。

黄维樑：《香港文学初探》，香港：华汉文化事业公司，1985 年。

黄子平：《革命·历史·小说》，香港：牛津大学出版社，1996 年。

黄子平：《害怕写作》，香港：天地图书有限公司，2005 年。

J

计红芳：《香港南来作家的身份建构》，北京：中国社会科学出版社，2007 年。

季红真：《萧红传》，北京：北京十月文艺出版社，2000 年。

姜义华：《理性缺位的启蒙》，上海：上海三联书店，2000 年。

姜云飞：《戴望舒论》，天津：天津人民出版社，2001 年。

L

李谷城：《香港报业百年沧桑》，香港：明报出版社有限公司，2000 年。

李国祁等：《近代中国思想人物论：民族主义》，台北：时报文化，1980 年。

李欧梵：《上海摩登——一种新都市文化在中国 1930—1945》，北京：北京大学出版社，2004 年。

李欧梵：《现代性的追求：李欧梵文化评论精选集》，台北：麦田出版股份有限公司，1996 年。

李怡：《现代性：批判的批判——中国现代文学研究的核心问题》，北京：人民文学出版社，2006 年。

李泽厚：《中国近代思想史论》，北京：人民出版社，1979 年。

李泽厚：《中国现代思想史论》，北京：东方出版社，1987 年。

李泽厚、刘再复：《告别革命》，香港：天地图书有限公司，1995 年。

林友兰：《香港报业发展史》，台北：世界书局，1977 年。

刘登翰主编：《香港文学史》，香港：香港作家出版社，1997 年。

刘青峰编：《民族主义与中国现代化》，香港：香港中文大学出版社，1994 年。

刘少奇：《论国际主义与民族主义》，北京：人民出版社，1951 年，第 2 版。

刘心皇：《抗战时期沦陷区地下文学》，台北：正中书局，1985 年。

刘以鬯：《端木蕻良论》，香港：世界出版社，〔1977 年〕。

刘以鬯：《短绠集》，北京：中国友谊出版公司，1985 年。

刘以鬯：《见虾集》，沈阳：辽宁教育出版社，1997 年。

刘以鬯：《畅谈香港文学》，香港：获益出版事业有限公司，2002 年。

刘以鬯主编：《香港文学作家传略》，香港：市政局公共图书馆，1996 年。

刘忠：《思想史视野中的中国现当代文学》，上海：上海人民出版社，2006 年。

卢玮銮：《香港文纵》，香港：华汉文化事业公司，1987 年。

卢玮銮：《香港故事：个人回忆与文学思考》，香港：牛津大学出版社，1996 年。

卢玮銮编：《香港的忧郁：文人笔下的香港（1925—1941）》，香港：华风书局，1983 年。

卢玮銮编：《许地山卷》，香港：香港中华文化促进中心，1990 年。

卢玮銮、黄继持编：《茅盾香港文辑（1938—1941）》，香港：广角镜出版社，1984 年。

吕伦：《向水屋笔语》，香港：三联书店，1985 年。

罗孚等编注：《聂绀弩诗全编》，上海：学林出版社，1992 年。

罗志田：《民族主义与近代中国思想》，台北：东大图书，1998 年。

罗志田：《乱世潜流：民族主义与民国政治》，上海：上海古籍出版社，2001 年。

M

毛泽东：《毛泽东选集》（一至四卷），北京：人民出版社，1991 年，第二版。

孟繁华：《传媒与文化领导权：当代中国的文化生产与文化认同》，济南：山东教育出版社，2003 年。

N

倪伟：《"民族"想像与"国家"统制：1928—1948 年南京政府的文艺政策及文艺运动》，上海：上海教育出版社，2003 年。

P

潘亚暾、汪义生：《香港文学史》，厦门：鹭江出版社，1997 年。

Q

钱理群：《1948：天地玄黄》，济南：山东教育出版社，1998 年。

钱理群、温儒敏、吴福辉：《中国现代文学三十年（修订本）》，北京：北京大学出版社，1998 年。

S

单正平：《晚清民族主义与文学转型》，北京：人民出版社，2006 年。

施蛰存：《沙上的脚迹》，沈阳：辽宁教育出版社，1995 年。

施蛰存著，陈子善、徐如麒编选：《施蛰存七十年文选》，上海：上海文艺出版社，1996 年。

孙陵：《文坛交游录》，台北：大业书店，1955 年。

T

唐小兵编：《再解读：大众文艺与意识形态》，香港：牛津大学出版社，1993 年。

W

汪晖：《现代中国思想的兴起》，北京：生活·读书·新知三联书店，2004 年。

王宝庆主编：《南来作家研究资料》，新加坡：新加坡国家图书馆管理局、新加坡文艺协会，2003 年。

王赓武主编：《香港史新编》，香港：三联书店（香港）有限公司，1997 年。

王宏志：《历史的偶然》，香港：牛津大学出版社，1997 年。

王宏志：《本土香港》，香港：天地图书有限公司，2007 年。

王剑丛：《香港文学史》，南昌：百花洲文艺出版社，1995 年。

王瑞华：《殖民与先锋：中国痛苦：三位女性对香港的文学解读》，北京：社会科学文献出版社，2006 年。

王述编：《萧红》，香港：生活·读书·新知三联书店香港分店；北京：人民文学出版社，1982 年。

王文彬：《雨巷中走出的诗人：戴望舒传论》，北京：商务印书馆，2006 年。

王文彬、金石主编：《戴望舒全集》，北京：中国青年出版社，1999 年。

王晓明主编：《二十世纪中国文学史论》，上海：东方出版中心，2003 年。

王新命：《新闻圈里四十年》（上、下），台北：海天出版社，1957 年。

王瑶：《中国新文学史稿》（下册），上海：上海文艺出版社，1982 年。

魏朝勇：《民国时期文学的政治想像》，北京：华夏出版社，2005 年。

温奉桥编：《现代性与 20 世纪中国文学》，青岛：中国海洋大学出版社，2004 年。

X

夏衍：《懒寻旧梦录》，北京：生活·读书·新知三联书店，1985 年。

夏志清著，刘绍铭等译：《中国现代小说史》，香港：香港中文大学出版社，2001 年。

晓风主编：《我与胡风》，银川：宁夏人民出版社，1993 年。

谢常青：《香港新文学简史》，广州：暨南大学出版社，1990 年。

徐迟：《徐迟文集》，武汉：长江文艺出版社，1993 年。

徐迟：《江南小镇》，北京：作家出版社，1993 年。

徐迟：《网思想的小鱼》，武汉：湖北人民出版社，1997 年。

徐乃翔编：《文学的"民族形式"讨论资料》，南宁：广西人民出版社，1986 年。

许宝强、罗永生选编：《解殖与民族主义》，北京：中央编译出版社，2004 年。

许纪霖编：《二十世纪中国思想史论》（上、下），上海：东方出版中心，2000 年。

许纪霖编：《20 世纪中国知识分子史论》，北京：新星出版社，2005 年。

许子东：《为了忘却的集体记忆：解读 50 篇文革小说》，北京：生活·读书·新知三联书店，2000 年。

Y

杨春时：《百年文心：20 世纪中国文学思想史》，哈尔滨：黑龙江教育出版社，2000 年。

杨厚均：《革命历史图景与民族国家想像：新中国革命历史长篇小说再解读》，武汉：湖北教育出版社，2005 年。

也斯〔梁秉钧〕：《香港文化空间与文学》，香港：青文书屋，1996 年。

叶辉：《书写浮城——香港文学评论集》，香港：青文书屋，2001 年。

元邦建编著：《香港史略》，香港：中流出版社有限公司，1987 年。

袁良骏：《香港小说史（第一卷）》，深圳：海天出版社，1999 年。

袁小伦：《战后初期中共与香港进步文化》，广州：广东教育出版社，1999 年。

Z

张德明：《现代性及其不满：中国现代文学的张力结构》，银川：宁夏人民出版社，2007 年。

张咏梅：《边缘与中心——论香港左翼小说中的"香港"（1950—1967）》，香港：天地图书有限公司，2003 年。

张毓茂、阎志宏编：《萧红文集》，合肥：安徽文艺出版社，1997 年。

赵文敏编：《周而复研究文集》，北京：文化艺术出版社，2002 年。

赵稀方：《小说香港》，北京：生活·读书·新知三联书店，2003 年。

郑树森、黄继持、卢玮銮编：《早期香港新文学作品选》，香港：天地图书有限公司，1998 年。

　　郑树森、黄继持、卢玮銮编：《早期香港新文学资料选》，香港：天地图书有限公司，1998 年。

　　郑树森、黄继持、卢玮銮编：《国共内战时期香港本地与南来文人作品选》（上、下册），香港：天地图书有限公司，1999 年。

　　郑树森、黄继持、卢玮銮编：《国共内战时期香港文学资料选》，香港：天地图书有限公司，1999 年。

　　中华全国文学艺术工作者代表大会宣传处编：《中华全国文学艺术工作者代表大会纪念文集》，北京：新华书店，1950 年。

　　钟紫主编：《香港报业春秋》，广州：广东人民出版社，1991 年。

　　周健强：《聂绀弩传》，成都：四川人民出版社，1987 年。

　　周蕾：《写在家国以外》，香港：牛津大学出版社，1995 年。

　　周俟松、杜汝淼编：《许地山研究集》，南京：南京大学出版社，1989 年。

　　邹荻帆：《邹荻帆诗选》，北京：人民文学出版社，1997 年。

中文译著

　　〔美〕班纳迪克·安德森（Anderson, Benedict）著，吴叡人译：《想像的共同体：民族主义的起源与散布》，台北：时报文化出版企业股份有限公司，1999 年。

　　〔美〕杜赞奇（Duara, Prasenjit）著，王宪明等译：《从民族国家拯救历史：民族主义话语与中国现代史研究》，北京：社会科学文献出版社，2003 年。

　　〔美〕葛浩文（Goldblatt, Howard）著，郑继宗译：《萧红评传》，台北：时报文化出版事业有限公司，1980 年。

　　〔美〕海斯（Hayes, Carlton J. H.）著，帕米尔译：《现代民族主义演进史》，上海：华东师范大学出版社，2005 年。

　　〔美〕汉娜·阿伦特（Arendt, Hannah）著，陈周旺译：《论革命》，南京：译林出版社，2007 年。

　　〔美〕R. 特里尔（Terrill, Ross）著，刘路新等译：《毛泽东传》，石家庄：河北人民出版社，1989 年。

　　〔美〕史景迁（Spence, Jonathan D）著，袁霞等译：《天安门：知识分子与中国革命》，北京：中央编译出版社，1998 年。

　　〔日〕池田诚编著：《抗日战争与中国民众：中国的民族主义与民主主义》，

北京：求实出版社，1989 年。

〔以〕泰米尔（Tamir, Y.）著，陶东风译：《自由主义的民族主义》，上海：上海译文出版社，2005 年。

〔英〕艾瑞克·霍布斯邦（Hobsbawm, Eric J.）著，李金梅译：《民族与民族主义》，上海：上海人民出版社，2000 年。

〔英〕安东尼·史密斯（Smith, A. D.）著，叶江译：《民族主义：理论，意识形态，历史》，上海：上海人民出版社，2006 年。

〔英〕厄内斯特·盖尔纳（Gellner, Ernest）著，韩红译：《民族与民族主义》，北京：中央编译出版社，2002 年。

学位论文

陈润华：《二十世纪中国文学想像的现代性——"虚无、暴力与乌托邦"的世界性因素》，上海：复旦大学中文系博士学位论文，2004 年。

陈智德：《论香港新诗 1925—1949》，香港：岭南大学哲学博士学位论文，2004 年。

郭建玲：《1945—1949 年中国现代文学格局转型研究》，上海：华东师范大学中文系博士学位论文，2007 年。

郭剑敏：《革命·历史·叙事——中国当代革命历史小说（1949—1966）的意义生成》，杭州：浙江大学人文学院博士学位论文，2005 年。

黄仲鸣：《香港三及第文体的流变及其语言学研究》，广州：暨南大学博士学位论文，2001 年。

蒋海升：《"西方话语"与"中国历史"之间的张力——以"五朵金花"为重心的探讨》，济南：山东大学博士学位论文，2006 年。

金进：《革命历史的合法性论证——1949—1966 年中国文学中的革命历史书写》，上海：华东师范大学中文系博士学位论文，2007 年。

李建军：《现代中国"人民话语"考论——兼论"延安文学"的"一体化"进程》，武汉：华中师范大学文学院博士学位论文，2006 年。

李向辉：《"生死场"的现代书写——萧红新论》，兰州：兰州大学博士学位论文，2007 年。

刘超：《民族主义与中国历史书写——清末民国时期中学中国历史教科书研究》，上海：复旦大学历史系博士学位论文，2005 年。

鲁嘉恩：《香港文学的上海因缘（1930—1960）》，香港：岭南大学哲学硕士学位论文，2005 年。

毛丹武：《现代性中的阶级和民族——左翼文学理论话语的一种考察》，福州：福建师范大学中文系博士学位论文，2004 年。

魏家文：《民族国家意识与现代乡土小说》，武汉：武汉大学博士学位论文，2005 年。

颜同林：《方言与中国现代新诗》，成都：四川大学文学与新闻学院博士学位论文，2007 年。

杨思信：《近代中国文化民族主义研究》，北京：北京师范大学历史系博士学位论文，1999 年。

易前良：《国家主义与中国现代文学》，南京：南京大学中文系博士学位论文，2004 年。

于强：《〈小说〉月刊（1948—1949）研究》，上海：华东师范大学中文系硕士学位论文，2008。

周双全：《大陆作家在香港（1945—1949）》，上海：复旦大学中文系博士学位论文，2004 年。

后　记

本书的写作从设想的萌发、资料的准备、执笔为文到修订出版，历时五年。如今面对修订稿，我最大的感受并非在本书写作伊始所遥想的轻松，那种终于告一段落的解脱感几乎从未产生，相反，一种清晰的"在路上"的感觉始终萦绕不去。之所以如此，乃是由于本书距离成熟和完美太远了。在某种程度上，它还没有完成。

在本书写作过程中，某些章节的论述也偶然令我不无欣慰之感，觉得虽不完善，但却并非现有研究的重复，多少有点自己的东西，而这正是学术文字最低要求和基本价值所在。然而，全部书稿完成后，这种欣慰却在很大程度上被遗憾所取代。从总体上看，我对自己多年劳作取得的这一成果并不太满意。检阅书稿，发现不少地方显得仓促。如果将本书比喻成自己学术上生产的一个婴儿，这个婴儿似乎早产了一两周，某些器官呈尚未发育成熟的样子。而之所以未能较大限度地达到预期目标，有着主客观各方面的原因，其中，时间、精力和学力的欠缺都是必须提到的因素。研究之初，我曾对课题所包含的容量之大估计不足。最初，我设想对香港南来作家进行一番较为全面深入的论述，以为花上几年的时间，基本可以穷尽重要的原始素材，在此基础上进行可靠的分析。后来我发现这是一个不可能完成的任务，仅仅是《星岛日报·星座》、《大公报·文艺》等少数几个报纸副刊，要通读的话，至少就得花费一两年时间，而且是在没有其他任务的情况下。于是，我只好调整"策略"，由全面阅读转向重点阅读，试图对不同作家派别现代民族国家想像的不同方式作出较细致的论述。但要做到这一点也是困难的。以致本书虽然涉及到不同的作家派别，但论述的重点还是放在左翼作家身上，右翼作家及其他派别作家的面貌比较模糊。而在左翼作家内部，对其民族主义话语与革命话语的论述上，也存在不平衡的状况，对前者的论述不如后者清晰。这么看来，尽管本书的篇幅不能算小，内容上却显得比较单薄，无论是广度还是深度上都不尽如人意。经过认真修订，弥补了某些不足之处，但有的遗憾仍然存在。好在我已选定学术为终生志业，未来还有机会进一步完善现有研究。

从积极方面看，本书的写作则令我在学术道路上获益良多。通过本书的写作，我算是真正经历了一次高质量、严格的学术训练。经过这一训练，我对学术的本质有了更深刻理解，对学术的严肃性有了新的认识。这种严肃性的表现之一，即是"实事求是"，首先就是对材料真实性的严格要求。我在研究的过程中发现，对一手材料的重要性无论怎么强调都不过分。在引用半个多世纪前的作品时，我尽量查阅作品第一次发表时的报刊或书籍，减少转引，因为我发现，即使是那些被公认为比较可靠的出自著名学者的论著，他们编辑或引用当年的文学作品，只要超过一百五十字，几乎很少有和作品原貌完全一致的。这令我吃惊。以此，为了保存作品的本来面貌，本书在直接引用过程中，采取原文照录的方法，哪怕原文存在语病、内部不一致、表述不规范等情况，也一概照抄，只在个别情况下以加括号的方式加以订正，目的是为读者提供可信的引文。就现代文学研究而言，随着研究对象离我们年代越来越远，当年的史料越来越不容易直接查询（南来作家的很多史料，内地学者就很难看到），我以为在这种情况下，多提供一些真实可靠的史料，也是学术研究的价值之一。相对于某些现有的南来作家研究，本书希望在这方面也能有所作为。总之，本书的写作令我对学术心生敬畏，同时却也坚定了我对学术道路的选择。

本书部分章节初稿曾发表于《文艺理论与批评》、《中国现代文学研究丛刊》、《东方论坛》各刊物，在此感谢为此付出劳动的李云雷、易晖、冯济平诸位先生。感谢人民出版社对本书的接纳，感谢本书责任编辑林敏女士细致高效而善解人意的合作与帮助。感谢在我求学之路上所有曾经给予关爱、指点、帮助、支持的师长、友人和家人，其中，特别感谢始终忙碌的我的导师许子东先生慨然抽空赐序。虽然就如钱锺书在《围城》的序言里所说，作者献书"只是语言幻成的空花泡影，名说交付出去，其实只仿佛魔术家玩的飞刀，放手而并没有脱手"，我还是要将这一不够成熟的果实敬献给你们所有人，献给一切美丽而高贵的心灵。

2011 年元旦
广州小谷围

责任编辑:林　敏
装帧设计:艺和天下

图书在版编目(CIP)数据

文坛生态的演变与现代文学的转折:论中国现代作家的香港书写:
　1937~1949/侯桂新　著. -北京:人民出版社,2011.5
ISBN 978-7-01-009885-2

Ⅰ.①文…　Ⅱ.①侯…　Ⅲ.①中国文学:现代文学-文学研究-1937~1949
　Ⅳ.①I206.6

中国版本图书馆 CIP 数据核字(2011)第 081596 号

文坛生态的演变与现代文学的转折
WENTAN SHENGTAI DE YANBIAN YU XIANDAI WENXUE DE ZHUANZHE
——论中国现代作家的香港书写:1937~1949

侯桂新　著

人民出版社 出版发行
(100706　北京朝阳门内大街 166 号)

北京新魏印刷厂印刷　　新华书店经销

2011 年 5 月第 1 版　2011 年 5 月北京第 1 次印刷
开本:710 毫米×1000 毫米 1/16　印张:20
字数:310 千字

ISBN 978-7-01-009885-2　定价:42.00 元

邮购地址 100706　北京朝阳门内大街 166 号
人民东方图书销售中心　电话 (010)65250042　65289539